서사문학의 시대와 그 여정

17세기 소설사

민족문학사연구소 고전소설사연구반

김정녀(金貞女 Kim, Jeong-nyeo) 단국대학교 교양기초교육원 교수
신상필(申相弼 Shin, Sang-phil) 부산대학교 점필재연구소 HK교수
엄기영(嚴基榮 Um, Ki-young) 대구대학교 국어국문학과 교수
엄태식(嚴泰植 Eom, Tae-sik) 숭실대학교 국어국문학과 강사
윤세순(尹世旬 Yun Se-soon) 성균관대학교 한문학과 강사
이종필(李鍾弼 Lee, Jong-pil) 홍익대학교 국어교육과 강사
장경남(張庚男 Jang, Kyung-nam) 숭실대학교 국어국문학과 교수
조현설(趙顯卨 Cho, Hyun-soul) 서울대학교 국어국문학과 교수
조현우(趙顯雨 Cho, Hyun-woo) 인천대학교 국어국문학과 교수

서사문학의 시대와 그 여정 17세기 소설사

ⓒ 민족문학사연구소 고전소설사연구반, 2013

초판인쇄 2013년 9월 20일 **초판발행** 2013년 9월 30일

지은이 민족문학사연구소 고전소설사연구반
펴낸이 박성모 **펴낸곳** 소명출판 **출판등록** 제13-522호
주소 서울시 서초구 서초동 1621-18 란빌딩 1층
전화 02-585-7840 **팩스** 02-585-7848 **전자우편** somyong@korea.com **홈페이지** www.somyong.co.kr

값 27,000원
ISBN 978-89-5626-914-6 93810

민족문학사연구소 연구총서 02

서사문학의 시대와 그 여정

17세기 소설사

A Study about History of Korean Fiction in 17th Century

민족문학사연구소 고전소설사연구반

 소명출판

정쟁(政爭)의 그늘에 가려 도외시되거나 잊혀졌던 16세기 소설사의 다양한 문제에 주목해 『묻혀진 문학사의 복원』이란 제목의 첫 성과를 2007년에 제출하였다. 16세기에의 조명은 그 자체에 대한 관심에서 비롯된 것이기도 했지만 '소설의 시대'이자 '서사문학의 시대'로 지목되었던 17세기를 염두에 둔 것이었다. 이후 민족문학사연구소 고전소설사 연구반의 화두는 자연스레 17세기의 다기한 문제로 모아졌고, 지금 그 두 번째 발자취를 모아 본서를 내놓는다. 16세기에 뒤따른 연장선이었지만 처음 시작은 두려움, 긴장과 함께 도전에 대한 설렘으로 마치 험준한 고봉(高峯) 앞에 선 등반가의 심정이었다. 새롭게 참여한 연구자들과 함께 17세기 소설사에 대한 시각을 마련하기 위한 준비와 시작에 상당한 시간이 걸렸다. 정상이나 눈에 띄는 명소만이 아닌 주위를 찬찬하게 살피며 이 시기 소설사 안에 자리를 잡은 다양한 환경과 역동적 움직임을 두루 조망하자는 취지가 있었던 때문이다.

동아시아 전란기라는 변환의 키워드로 시작된 17세기는 7년 전쟁의 임진왜란에 이어진 병자호란의 상처와 명·청 교체의 정신적 충격으로 정치사는 물론, 문학사와 문화사적 측면에서 일대 전환의 조류가 지속적으로 유입되어 상하층의 생활과 의식에 파고들어 갔다. 서사문학은 이와 같은 동아시아의 변화에 마주하여 상호 소통하고 공명하며 자신의 자리를 문학사의 한편에 당당하게 마련해내고 있었다. 그래서 전쟁으로 얼룩진 민중들의 삶과 뇌리에 직접적으로 각인되거나, 말과 글로 세대를 거쳐 전하며 간접적으로 전해진 트라우마가 서사문학의 이곳 저곳에서 잔류하거나 돌출되는가 하면, 한편으로는 이에 대한 화해를 시도하며 새로운 서사를 기획하기도 하였다. 「운영전」, 「최척전」을 필두로 「김영철전」과 「강로전」으로, 다시 몽유록과 실기류에 걸친 지극히 사실적인 목소리들이 그것이다. 지난 전란의 상흔을 '기억' 속에는 더듬고 반추하며 '이야기'를 시작하는 것이다. 그 힘들었던 여정에서 사회적 약자로서 역경의 길을 택하거나 걷도록 강요되었을, 그렇지만 목소리만은 다부졌던 '여성'들의 얼굴과 음성도 간취된다.

하지만 시간의 흐름과 함께 기억은 희미해지기 마련이고, 이야기는 주체에 따라 다른 목소리로 굴곡지기도 한다. 고통과 아픔의 기억만을 언제까지 이야기하고 있을 수만은 없는 것이리라. 거대한 회오리가 지나가며 할퀸 상처는 덧나거나 아물기도 하면서 처음과 같을 수는 없어도 새살을 틔웠고, 그렇게 변화된 삶에서 다시 새로운 '애정'의 서사를 준비하고 있었다. 이것이 그간 연구반이 보아 온 17세기 소설사라는 고봉의 모습이며 지금 이 책의 구도로 '1부: 17세기 소설사의 제 양상', '2부: 전쟁과 기억', '3부: 여성, 그리고 애정'으로 잡은 이유이기도 하다.

고전서사문학에 뜻을 같이 한 연구자들이 모여 서로의 의견을 나누어 온 지도 벌써 강산이 변한다는 시간을 훌쩍 넘어섰다. 그사이 모임에 참가했던 연구자들의 면면과 개인의 연구공간이 바뀌기도 하고, 한동안의 숨고르기를 위한 시간도 있었다. 그럼에도 초기 소설사의 문제로부터 한국 고전서사에 대한 끊임없는 열정을 지닌 모임의 성격만은 늘 유지하였다고 자부한다. 앞으로도 그럴 것이고 그렇게 모인 열매들이 다시 세 번째 발자취로 기록될 것이다. 그 모든 걸음이 연구반의 '사랑과 기억의 서사'로 남아 있는 듯하다. 이제는 그 발걸음이 근·현대 서사문학의 연구자들과 조우하는 날로 나아가기를 기약해 본다.

약방의 감초격의 인사가 아닌 꼭 기억할 이야기가 있다. 『묻혀진 문학사의 복원 : 16세기 소설사』에 이어 『서사문학의 시대와 그 여정 : 17세기 소설사』 출간의 제안을 너무도 기껍게 수락해 주시고 편집과 교정에 힘써 주신 소명출판 여러분들께 진심으로 감사의 말씀을 드린다. 진심으로.

2013년 가을
민족문학사연구소 고전소설사연구반

2부_
전쟁과 기억

3부_
여성, 그리고 애정

17세기 전기·몽유록에 나타난 타자 연대와 서로주체성의 의미

조현설

내가 그의 이름을 불러 주었을 때

그는 나에게로 와서

꽃이 되었다.

(김춘수, 「꽃」, 2연)

1. 타자성과 17세기 소설

고소설사의 흐름 속에서 17세기는 그간 대단한 주목을 받아 왔다. 17
세기는 소설 인식의 변화가 나타나고, 독자의 확산과 대중화(통속화) 경
향이 나타나며, 이와 동반하여 국문 창작소설의 출현과 소설의 장편화

현상이 부각되고, 전기(傳奇)·몽유록(夢遊錄) 등 기존 소설 양식 내부의 변화 등이 발생한 고소설사의 터닝 포인트로 인식되어 왔기 때문이다. 필자는 이 글에서 17세기 소설사에 관한 기존의 입론들을 수용하면서 그간 상대적으로 덜 주목된 시각, 다시 말해 '타자'라는 시각을 통해 17세기 소설사 이해의 시야를 확장하고자 한다.

타자란 무엇인가? 타자는 자아의 내부에 존재하는 낯선 것들을 말한다. 자아를 넘어 사회집단의 단위에서도 낯선 존재들은 있을 수 있다. 이 낯선 존재들에 대해 주체가 마음의 문을 닫아 걸 때 타자는 생성된다. 타자란 개인적, 집단적 관계 속에서 주변화되고 소외된 존재들의 이름이라 할 만하다. 그러므로 타자는 고정된 실체가 아니다. 타자는 텍스트 내부에서는 주인공의 주변에 있는 조연들일 수도 있고, 주인공 자신일 수도 있다. 또는 텍스트를 생산한 작가의 사회적 처지를 지시하는 개념일 수도 있다. 타자란 타인과의 관계에서 생성되는 위상적 개념이다.

그런데 타자는 타인으로 존재할 때 타자의 위치를 넘어설 수 없다. 타인이 또 다른 타인과의 관계 속에서 타인의 처지에 공감하고, 타인을 위해 행동할 때 타자를 넘어 주체가 된다. 그런 의미에서 주체란 독립적으로 존재하는 것이 아니다. 개체는 타자와의 관계 속에서만 주체가 된다. 이를 철학자 김상봉의 용어를 빌려 '서로주체성'[1]이라고 불러도 좋을 것이다. 필자가 이 논문에서 작품 분석의 도구로 사용하려는 '타자들의 연대(連帶)'란 이런 서로주체성을 이루는 타자들의 타인에 대한 배려 행위의 다른 이름이다.

---

1   김상봉, 『서로주체성의 이념 : 철학의 혁신을 위한 서론』, 길, 2007.

그간 이런 '타자-연대'라는 시각으로 17세기 소설을 이해하려고 한 시도가 전혀 없었던 것은 아니다. 근래 「최척전(崔陟傳)」을 '희망과 연대의 서사'로 해석한 김현양이 그런 시도를 보여준 바 있다. 그는 "동아시아 전란에 의해 고통받던 중민(衆民)의 삶을 바라보면서, 인간애(無緣慈悲)를 바탕으로 한 동아시아인의 연대(連帶)가, 전란의 고통에서 벗어날 수 있는 하나의 희망임을 「최척전」은 말하고 있는 것"[2]이라고 했다.

그런데 김현양은 '연대'와는 달리 '타자'라는 개념은 특정한 의미로 사용하고 있지 않는 듯하다. '타자'는 논문 결론 부분의 "타자의 불행과 고통을 동정하며 타자가 이를 극복할 수 있도록 도와주는 사랑의 마음은 사실 무차별(無差別)적이어야 한다"[3]라는 문장에서 '갑자기' 사용되고 있는데 이 문맥에서 타자는 나 아닌 남 전체를 가리킨다. 이런 맥락에서 보면 「최척전」의 타자는 최척·옥영과 '연대'했던 동아시아인들 일반, 곧 특정한 계급적·민족적 정체성을 지니지 않은 인간 일반을 지시한다. 또 동시에 연대의 바탕으로 제시된 '인간에 대한 보편적 사랑'도 보편적 인간이 이미 가지고 있는 자질이 된다.

필자는 이 문제에 대해 이전에 인간 일반(동아시아인)의 연대가 아니라 '사회적 약자' 혹은 '소수자'의 연대라고 보는 것이 더 적절하다는 견해를 피력한 바 있는데[4] 이 문제를 '타자들의 연대'라는 개념을 통해 더 분

---

2 김현양, 「「최척전」, '희망'과 '연대(連帶)'의 서사」, 『한국 고전소설사의 거점』, 보고사, 2007, 104~105면.
3 위의 책, 104면.
4 이 문제에 대해 "민족문학사연구소 '17세기 소설사연구반'의 세미나에서 이 글을 발표하고 토론한 바 있는데, 조현설은 '사회적 약자' 혹은 '소수자'의 연대로 구체화할 수 있지 않겠느냐는 의견을 개진했다. 참으로 경청할 만한 견해이며 필자 또한 이 점을 생각하지 않은 것은 아니었다. 그렇지만 여유문과 돈우의 형상에 '사회적 약자' 혹은 '소수자'의 면모가 뚜렷하지 않다고 보아 이 견해를 이 글에 적극적으로 반영하지 않았다. 더욱 진전된 논의가 있

명히 할 필요가 있다는 생각을 하게 되었다. 왜냐하면 「최척전」은 보편적 인간의 연대가 아니라 임·병 양란이라는 동아시아 전란에서 소외된 '타자들'이 연대를 통해 어떻게 전란의 고통을 헤쳐 나갔는가를 보여주는 소설이라고 보기 때문이다.

그러나 필자가 타자 간의 연대라는 시각을 제기하는 것은 단지 「최척전」 때문만은 아니다. 「최척전」이 보여주는 타자들의 연대를 통한 현실극복이라는 주제는 「강도몽유록(江島夢遊錄)」·「운영전(雲英傳)」과 같은 다른 17세기 소설에도 나타나는 소설사적 '징후'의 하나로 보이기 때문에 이런 시각을 분명히 할 필요가 있다는 것이다. 나아가 연대를 형상화하려고 한 작가의 의식이 단지 소설의 주제로 표현된 것만이 아니라 소설 양식 자체의 변화를 초래한 바 있다면 타자들의 연대라는 시각은 충분히 탐구할 만한 가치가 있다고 보는 것이다.

2. 타자들의 연대와 서로주체성

1) 「최척전」의 경우

「최척전」은 크게 보아 '결연-이산-재회'로 이야기가 짜여 있다. 이 세 단락 가운데 작품의 대부분을 차지할 뿐만 아니라 주제의식이 드러나는 부분은 '이산' 단락이다. 최척과 옥영의 결연은 3차에 걸친 위기를

기를 기대한다(김현양, 앞의 책, 105면)"라고 정리했다. 필자의 이 논문은 김 교수의 '기대'에 대한 약간의 답이 될 수 있을 것이다.

맞게 되는데 1차는 임진왜란 중 최척이 변사정의 의병에 차출되면서, 2차는 정유재란으로 고향 남원이 함락되면서, 3차는 누루하치의 요동 침범 시 최척이 명나라 장수 오세영의 서기로 뽑혀 출전하면서 발생한다. 요컨대 16세기 말에서 17세기에 걸쳐 빈발한 동아시아 지역의 전쟁이 최척 일가를 이산으로 몰고 갔던 것이다.

그런데 주인공 최척이나 옥영은 신분상으로 보면 조선사회에서 사회적 약자거나 소외된 존재들이라고 할 수 없다. 이는 김현양이 사회적 약자나 소수자로 보기를 저어한 돈우나 여우문의 경우도 마찬가지다. 돈우는 본래는 장사꾼이었지만 배를 모는 데 익숙하여 왜장 소서행장에 의해 선주(船主)로 선발된 인물이고, 여유문은 명군의 천총(千摠)으로 정유재란에 참여한 무관이다. 이들은 소속된 집단 내에서나 조선과의 관계에서나 약자라고 할 수는 없다. 그러나 이들은 모두 원하지 않았던 전쟁, 다시 말해 스스로 일으키지 않았던 전쟁의 소용돌이 속에 던져진 존재들이다. 이런 의미에서 이들은 전쟁에서 소외된 존재들, 전쟁의 타자들이다. 「최척전」에는 이들 말고도 조선 토병 출신의 노호(老胡), 전쟁으로 인해 반(半)고아 상태가 된 홍도와 홍도의 아버지로 명군에서 탈영한 진위경 같은 전쟁의 타자들이 더 있다.

여기서 우리는 최척과 옥영이 삶을 지속할 수 있도록 도와주는 힘이, 끝내는 최척 일가를 재회로 이끄는 원동력이 이들 전쟁의 타자들 사이의 배려에서 비롯되었다는 사실에 주목할 필요가 있다. 가족이 모두 죽은 것으로 오해한 최척의 처지를 이해하고 그를 귀국길에 명(明)으로 데려간 여유문의 배려, 포로가 된 옥영을 죽이지 않고 왜(倭)로 데려가 사우(沙于)라는 이름까지 주고 장삿배의 항해장을 삼았던 돈우의 배려,

누루하치의 포로가 된 최척과 아들 몽석을 탈출시켜 준 늙은 오랑캐의 배려, 종기로 죽을 지경에 처한 최척을 침으로 낫게 해준 탈영병 진위경의 배려가 있었기에 이들은 자신들을 소외시킨 전쟁의 구렁텅이에서 빠져 나올 수 있었던 것이다.

그런데 최척과 옥영에 대한 타자들의 배려는 일방적인 것이 아니다. 돈우가 옥영을 죽이지 않고 살려둔 것은 그가 불교도였기 때문이기도 하겠지만 그뿐만이 아니라 옥영의 기경(機警)함이 마음에 들었기 때문이고,[5] 여유문이 최척의 구원자가 된 것은 최척이 명나라 말을 할 줄 알아 의사소통이 가능했을 뿐만 아니라 인물 좋고, 생각 깊고, 말타기·활쏘기에 빼어난, 유능한 인물이었기 때문이다.[6] 늙은 오랑캐가 최척 부자를 탈출시켜 준 것은 같은 조선인이었기 때문이고, 진위경이 최척의 병을 구완해 준 것은 탈영한 그가 대구 박씨 집에 기식하다가 어떤 노파에게서 침술을 배웠기 때문이다. 이렇게 본다면 이들의 배려를 불교의 순수하고 차원 높은 자비인 무연자비(無緣慈悲)의 경지라고 보고, 이 무연자비의 인간애를 작품의 핵심적인 주제적 의미라고 보는 것은[7] 적실한 해석으로 여겨지지 않는다. 「최척전」의 타자들은 아무런 연고도 없이 일방적으로 자비를 베푸는 것이 아니다. 이미 상대방으로부터 받은 것이 있었기 때문에, 달리 말하면 상대방에 대해 모종의 매력을 느꼈기 때문에 상대방을 배려한 것이다. 무차별적 배려, 일방적 배려는

---

5 頓于老倭卒, 不殺生, 慈悲念佛. (…중략…) 頓于愛玉英機警, 惟恐見逋, 給以善衣美食, 慰安其心. 朴熙秉 標點 · 校釋, 『韓國漢文小說 校合句解』, 소명출판, 432~433면. 이하 작품 원문은 인용면수만 표시함.

6 陟在義陣時, 與天兵應接酬酢之久, 稍解華語. (…중략…) 陟容貌俊爽, 計慮深遠, 便於弓馬, 嫺於文字, 余公愛之, 共牢而食, 同衾而寢. 431~432면.

7 김현양, 앞의 책, 104면.

일상적 인간의 차원을 넘어선 문제이다. 그러나 이 지극히 인간적인 상호 간의 배려에 연대라는 이름을 붙여도 좋을 것이다. 이런 배려를 통해 전쟁에서 소외당한 「최척전」의 타자들은 서로 자기 생의 주체가 될 수 있었던 것이다.

2) 「강도몽유록」의 경우

타자 연대의 또 다른 형식을 확인할 수 있는 작품이 「강도몽유록」이다. 「강도몽유록」은 「최척전」과 서사 양식은 다르지만 전쟁이 만든 타자들의 집합적 목소리를 들을 수 있는 꽤나 흥미로운 텍스트이다. 「강도몽유록」은 그간 임·병 양란에 대한 문학적 대응의 한 양상으로 다뤄져 왔고,[8] 그 결과 이 작품에서 병자호란 당시 관리들의 무능과 실정에 대한 폭로와 비판이라는 주제가 도출된 바 있다.[9] 근래에는 이런 주제 의식이 구현되는 방식을 발화의 주체인 여성들의 목소리에 초점을 맞춰 분석한 연구[10]로 진전된 바 있다. 그 결과 앞선 논의와는 달리 "여성 인물들이 자신들이 경험한 남성들의 실상을 통해 당시 유교 이념의 허구성을 깨닫고, 자신들이 알게 된 사실, 자신들의 생각을 이야기함으로써, 이 작품은 봉건적 가부장제 사회가 갖는 허구성을 우회적으로 폭로"[11]한 작품이라는 점을 지적해 내기에 이르렀다. 또 본격적인 논의는

---

8 장효현, 「17세기 夢遊錄의 歷史的 性格」, 『韓國古典小說史硏究』, 고려대 출판부, 2002; 신재홍, 『韓國 夢遊小說 硏究』, 계명문화사, 1994.

9 "패권을 추구하는 국제 질서 속에서의 민족의 현실을 판단치 못하고 끊임없는 소모적 분열과 利己的 謀利에만 몰두한 반동적 지배세력으로 인해 민족의 수난이 야기되었음을, 이 시기 몽유록은 공통적으로 문제 삼고 있는 것이다." 장효현, 위의 책, 129면.

10 조혜란, 「「江都夢遊錄」 연구」, 『古小說硏究』 11집, 고소설학회, 2001.

아니지만 앞의 견해들과는 다른 시각에서 "절의를 지키지 못한 남성만 비판되는 것이 아니라 절사하지 않은 여성도 야유된다. (…중략…) 이 작품은 단순히 병자호란 당시의 위정자를 비판하기만 있는 것이 아니라, 절의와 정절 이데올로기를 내세우는 데 큰 힘을 쏟고 있다"[12]라고 지적한 연구자도 있다. 요컨대 사대부 남성들에 대한 비판만이 아니라 당대 사대부 남성들의 이데올로기에 대한 보수의 측면도 공존한다는 견해라고 할 수 있다.

이 같은 선행연구를 통해 「강도몽유록」의 주제나 주제를 구현하는 방식에 대한 해명은 대체로 이뤄진 듯하다. 그러나 해석의 잉여 부분이 없지 않다고 생각한다. 그것은 열네 여성의 정체, 그리고 이들의 폭로와 비판이 지닌 집합성의 문제와 관련되어 있다. 또 이들의 발화를 청취하는 위치에 있는 몽유자 청허선사(淸虛禪師)도 크게 주목되지 않은 해석의 잉여 부분이다. 요컨대 「강도몽유록」의 주제를 구현하는 열네 여성들의 어울림, 그리고 이들과 몽유자의 관계에 나타나는 타자들의 연대에 좀 더 주목할 필요가 있다는 것이다.

「강도몽유록」의 여성들은 이중으로 타자화된 존재이다. 마지막 발언자인 기녀를 제외한 열세 여성들은 살아서는 사대부 가문의 처(妻)·첩(妾)·부(婦)였다. 이들은 가부장제가 강화되던 17세기 조선사회에서 성적(性的)으로 타자화된 존재들이었다. 그런데 그들이 「강도몽유록」에서는 대체로 끔찍한 몰골을 지닌 원귀의 형상으로 출현하고 있다. 흉측한 몸, 혹은 귀신은 타자성의 징표들이다. 몸의 흉측성은 몸에 내재된 것

---

11   위의 글, 350면.
12   박희병, 앞의 책, 533면.

이지만 가려져 있다는 점에서, 귀신은 개인의 의식 내부에 혹은 집단의 의식 내부에 은밀히 존재하지만 일상적으로 인지되지 않는 낯선 것이라는 점에서, 그 결과 우리의 시선에서 소외되어 있다는 점에서 타자들이다. 「강도몽유록」은 이렇게 이중으로 타자화된 여귀(女鬼)들을 불러내어 발화의 장을 창조해내었다는 점에서 몽유록 양식으로서는 전무후무한 작품이다.

그런데 유의해야 할 것은 이들 타자들의 발화와 발화의 장이 지닌 특이성이다. 이들은 사대부가의 여성들이지만 사대부 가(家) 내부에서도 신분의 고하는 실재했다. 그러나 원귀들의 발화의 장에서 이들의 생시의 위계는 해체된다. 이들은 모두 어쩔 줄 몰라 하는 태도나 슬픈 기색을 지닌 채 신분이나 나이의 선후를 무시하고 뒤섞여 앉아 있다.[13] 말하자면 발화의 장에서 이들은 노소고하 할 것 없이 '평등'한 것이다. 이 평등은 심지어 「강도몽유록」의 최후의 발언자인 기녀에게도 동일하게 적용된다. 기녀는 신분상 이질적이고, 몽유자의 눈에 선녀로 보일 정도의 신체를 지녔다는 점에서도 이질적이다. 기녀는 타자들 안을 배회하는 타자다. 그런데도 기녀는 자신을 기녀라고 떳떳이 소개하면서 소신을 편다.[14] 이런 발화의 평등성은 이들이 정서적으로 의식적으로 연대하고 있다는 중요한 표지라고 할 수 있을 것이다.

이러한 타자들의 연대 안에서 '비판과 회한이 담긴 말들'이[15] 공명을 일으키며 쏟아져 나온다. 예컨대 남한산성에서 인조를 모시던 김류(金

13 　其老也其少也, 從表可解, 而莫念先後, 亂坐高會, 其蒼黃之態悲愴之氣, 莫不有矣. 517면.
14 　別有一女, 徘徊其中, 月眉星眼, 玉鬢雲鬢, 可謂仙中仙也. (…중략…) 是人也, 莞爾而笑曰 : "妾, 妓也. 歌之舞之, 芳名遠播, 靑鳥傳信" 531면.
15 　조혜란, 앞의 글, 342면.

鑿, 1571~1648)의 아내이자 강화검찰사 김경징(金慶徵, 1589~1637)의 어머니 유씨(여성 1)는 남편이 공론을 살피지 못하고 사사로이 부귀를 좋아하고 술 취해 놀기 좋아하는 아들에게 강화도 수비를 맡긴 과오를 지적하고, 김경징의 부인(여성 2)은 남편이 능력에 넘치는 중임을 맡고도 강화도를 천혜의 요새로 믿고 방비를 게을리하여 임금을 남한산성에서 내려오게 했으니 죽어 마땅하다고 비판한다. 동시에 이들은 적군이 이르기도 전에 자신에게 칼을 건네 자결하라고 한 아들의 처사에 대해(여성 4), 자기 부인만 챙기고 어머니인 자신을 버려두어 죽게 한 아들의 처사에 대해(여성 7), 국록을 받았으면서도 목숨을 연명하려고 오랑캐의 노비가 되어 체통을 잃은 남편에 대해(여성 8) 회한을 토로한다. 이런 비판과 회한의 토로가 논쟁의 불협화음이 아니라 공명(共鳴)을 일으키면서[16] 이들 타자들을 서로 주체화하고 있는 것이다.

그런데 「강도몽유록」의 타자 연대는 여성들 사이에서만 이루어지는 것이 아니다. 그들을 지켜보고, 그들의 말을 듣는 몽유자 청허선사의 존재를 주목해야 한다. 청허는 성품이 인애하고 마음이 자비로운 인물로[17] 찾는 이 없이 방치된 강화도에 쌓인 시신들을 염해주려고 들어왔다가 꿈에 원귀들을 만나게 된다. 청허는 공수를 전하는 당골과 같은 존재인 셈인데 흥미로운 것은 청허가 선사(禪師)라는 사실이다. 이는 「최척전」에서 옥영을 이끌어주고 구해주는 장륙불이나 돈우의 불심(佛

---

16 공명의 상징적 표지가 '言未了'와 같은 표현의 반복적 사용이다. 한 여성의 발언이 미처 끝나기도 전에 다음 여성이 발언을 시작하는 형식이 반복된다. 말하자면 한 여성의 말이 다른 여성들의 입을 참을 수 없을 정도로 달싹거리게 만드는 형국이 펼쳐진다.

17 寂滅寺有一禪師, 名曰淸虛, 其性也, 仁且愛, 其心也, 慈且悲, 或見寒者, 則寒者衣之, 或見飢者, 則飢者食之, 孰不曰春風於大寒之際也? 516면.

心)과 유사한 맥락을 지니고 있다. 청허는 신분적으로 조선사회의 타자였다. 청허는 그가 꿈속에서 만난 강도의 여성들과 마찬가지로 소외된 위치에 있었다. 기존의 몽유록과 달리 「강도몽유록」은 승려를 몽유자로 설정하여 타자를 통해 타자의 목소리를 듣게 만드는 형식을 취하고 있다. 말하자면 몽유자 청허의 존재성을 매개로 하여 타자들의 연대는 여성들을 넘어 호란(胡亂)에 고통당하는 조선사회의 타자 전체로 향하게 되는 것이라고 해도 좋을 터이다.

이와 관련하여 주목해야 할 한 가지 사실이 더 있다. 강도에 들어간 청허선사의 처소가 그것이다. 청허는 연미정(燕尾亭)[18] 남쪽에 초막을 짓고 법사를 베푼다.[19] 그런데 이 연미정은 범상한 공간이 아니다. 단순한 정자가 아니라 강도를 침범하는 적들을 감시하고 막는 방어의 공간이고, 동시에 '멸공봉사(滅公奉私)'의 대명사인 강도검찰사 김경징이 술을 마시며 풍류를 즐기던 공간이다. 말하자면 전란의 주역들을 상징하는 공간이다. 연미정이 병자호란의 주체의 공간이라면 청허의 초막은 타자의 공간인 셈이다. 「강도몽유록」은 두 공간을 극명하게 대비시키는 방식으로 전쟁의 주체들이 전혀 돌보지 않고 방치해버린 타자들을 구원할 존재는 타자밖에 없으며 타자들이 연대를 통해 서로 주체가 되는 길이야말로 전쟁의 상처를 치유할 수 있는 유력한 길이라는 것을 보여주고 있는 것이다.

---

18   강화군 월곶리 월곶돈대 꼭대기에 있는 정자.
19   燕尾亭南, 誅草爲幕, 法事於斯, 寢食於斯. 517면.

3) 「운영전」의 경우

「운영전」은 전쟁이 배경이 되어 있기는 하지만[20] 액자 내부에 있는 운영과 김진사의 이야기는 전쟁과 무관하다. 이런 점에서 「운영전」은 앞의 두 작품과 거리가 있다. 그러나 안평대군(安平大君, 1418~1453)이 조성한 수성궁의 운영이 수성궁의 규율을 위반하면서 수성궁에는 전쟁과 방불한 팽팽한 대결상황이 조성된다는 점에서 유사한 바 없지 않다. 뿐만 아니라 그런 대결상황으로 인해 운영과 궁녀들의 강력한 연대의식이 조성되고, 이 연대를 통해 주제가 구현된다는 점에서 「최척전」·「강도몽유록」과 방사한 문제의식을 담고 있는 것으로 보인다. 하지만 연대의 경로가 두 작품과 다르다는 점을 유의할 필요가 있을 것 같다.

「운영전」에는 안평대군이 구축한 수성궁이라는 이상적인 공간이 있다. 거기서 안평대군은 열 궁녀를 선발하여 자신이 꿈꾸는 이상적인 인물로 주조하려고 한다. 그래서 경서(經書)와 사서(史書), 이백과 두보 등의 당시(唐詩)를 가르쳐 5년 만에 모두 수성궁 밖의 사대부들 누구와 겨루어도 지지 않을 재원으로 만들어낸다. 그러나 수학의 과정에서 예기치 않은 일이 발생한다. 안평의 호명(呼名)에 돌아보지 않는 궁녀가 나타난 것이다. 운영의 "멀리 바라보니 가느다란 푸른 연기 / 미인은 그만두네 흰 비단 짜는 것. / 바람 맞으며 홀로 탄식하는 / (마음은) 날아가 무산(巫山)에 떨어지네"[21]라는 시가 그 불고(不顧)의 표징이다. 이 시를 두

20　生噊而無聊, 仍入後園, 登高四望, 則新經兵燹之餘, 長安宮闕, 滿城華屋, 蕩然無有, 壞垣破瓦, 廢井頹砌, 草樹茂密, 唯東廊數間, 歸然獨存. 334면.
21　望遠靑烟細, 佳人罷織紈. 臨風獨惆悵, 飛去落巫山. 342면.

고 안평은 누군가를 그리워하는 마음이 보인다고 질책한다. 그러자 운영은 시를 짓는 중에 우연히 나온 표현이지 다른 뜻은 없다고 항변한다. 운영은 안평대군 외에 다른 남자를 만난 적이 없으니 운영의 항변에는 일리가 있다. 하지만 무의식적으로 표현된 시구에는 안평은 물론 운영 스스로도 어쩌지 못하는 감정이 운영의 내부에 (아니 인간의 내면에) 존재하고 있다는 뜻이 함축되어 있다.

안평은 혹독한 수련을 통해[22] 욕정에 흔들리지 않는 윤리적 인간을 만드는 것이 가능하다고 믿고, 그 믿음을 수성궁을 통해 실현하려고 했다. 하지만 마음에는 통제 불가능한 잉여가 있는 법이다. 그렇기 때문에, 바로 이 잉여에서 발현된 시적 화자의 서러운 감정 상태를 "심궁에 갇혀 고목처럼 썩어질 자신의 현실을 인식하기에 이른 자각의 발전 경로"[23]의 결과라고 보기는 쉽지 않은 일이다. 오히려 그것은 인간의 심리 내부에 이미 있었던, 자각 이전의 '충동'과 같은 무의식적 자질로 보인다. 스스로도 인지하지 못한 이 통제 불가능한 충동 때문에 운영은 수성궁의 이질적 존재가 되어 간다. 안평의 의심과 궁녀들의 염려를 한 몸에 받는 수성궁의 타자가 되는 것이다. 운영의 이런 타자성은 안평의 호명에 부응(副應)하지 않고 내면의 충동을 따라 벽에 구멍을 뚫고 김진사 앞에 사신(私信)을 던졌을 때[24] 확연해진다.

그런데 「운영전」의 특이성은 운영의 타자성이, 운영이 김진사와 연애를 전개하는 과정에서 주변으로 전이·확산되어 나간다는 데 있다.

---

22 常下令曰 : 侍女一出宮門, 則其罪當死; 外人知宮人之名, 則其罪亦死. 339면.

23 정출헌, 「운영전의 중층적 애정 갈등과 그 비극적 성격」, 『고전문학과 여성주의적 시각』, 소명출판, 2003, 151면.

24 夜已將闌, 衆賓皆醉, 妾穴壁作孔而窺之, 進士亦知其意, 向隅而坐. 妾以封書, 從穴投之. 351면.

그 과정이 「운영전」에서 가장 정채(精彩)로운 부분이라는 점은 다수 연구자들이 동의하는 바이지만 필자는 그 과정을 타자들의 연대라는 시각에서 재음미해볼 수 있다고 생각한다. 수성궁에 열 궁녀가 있지만 작품의 초반부에서 타자성이 드러나는 존재는 앞서 언급했듯이 운영뿐이다. 다른 아홉 궁녀들은 교육받은 대로 안평대군의 부름에 합당한 응답을 한다. 이 궁녀들의 응답에 균열이 생기는 것은 운영과 김진사가 서로의 마음을 확인한 다음이다. 바로 그 대목에서 "자란 또한 원망을 품고 사는 여인인지라 제 이야기를 듣고는 눈물을 머금고 이렇게 말했습니다. '시는 진정한 마음에서 우러나오는 것이라 속일 수가 없단다'"[25]라는 진술을 통해 운영과 다를 바 없는, 자란의 감추어진 마음이 드러나는 것이다. 운영과 자란(紫鸞), 이 두 타자의 만남, 둘의 공감과 배려는 결국 나머지 궁녀들에게까지 확산되어 수성궁 전체를 뒤흔드는 거대한 사건이 된다. 「운영전」을 「운영전」답게 하는 것은 운영과 김진사의 전기(傳奇)적 만남이 아니라 그 만남이 만들어 내는 타자들의 연대와 연대의 힘이라고 할 수 있다.

「운영전」에서 타자들의 연대는 소격서(昭格署) 놀이판을 만들어 운영이 김진사를 만나게 하기 위해 자란이 남궁(南宮) 궁녀들을 설득하는 과정, 그리고 남궁 궁녀들의 변화과정에 잘 나타난다. 자란이 남궁에 찾아가 소격서행을 설득할 때 처음부터 운영을 거론했던 것이 아니다. 자란은 깊은 궁궐에 갇혀 새장 속의 새처럼 탄식하는[26] 자신들의 신세를 거론한다. 궁녀들 내면에 갇혀 있던 욕망을 자극한 것이다. 이 발언

---

25 紫鸞亦怨女, 及聞此言, 含淚而言曰: "詩出於性情, 不可欺也" 354면.
26 牢鎖深宮, 有若籠中之鳥, 聞黃鸝而歎息, 對綠楊而獻欷. 357면.

에 남궁의 궁녀들은 공감을 표시하거나 반감을 드러낸다. 반감은 물론 안평대군의 엄명을 어길 수 없다는 내면의 규율에서 나온 것이다. 이 논란의 초점은 금련(金蓮)의 주역(周易) 점을 계기로 운영에게로 이동하지만 사태는 달라지지 않는데, 자란이 포기하고 돌아서려 할 즈음 다른 궁녀들에게 술잔을 권한 비경(飛瓊)이 운영의 슬픔에 공감을 표시하자 사태는 급작스럽게 역전된다. 말하자면 운영에 대한 공감과 안평대군의 금지 사이에서 갈등하던 남궁 궁녀들의 마음이 운영 쪽으로 기울어진 것이다. 이렇게 보면 이들의 내면의 욕망, 곧 타자성을 촉발시킨 힘은 서로 간의 연대에 있었던 것이다.

이 연대가 결국에는 운영을 비롯한 궁녀들 대부분을 새로운 주체로 거듭나게 한다. 물론 이들 열 명의 궁녀들이 일사분란하게 연대했다는 것도 아니고 이들의 주체성이 동일하다는 것도 아니다. 그러나 적어도, 모든 일이 탄로나 서궁(西宮)의 다섯 궁녀들이 형장에 끌려나왔을 때 한 말씀만 올리고 죽겠다며 다섯 궁녀(은섬·비취·자란·옥녀·운영)가 올린 진술서, 또는 남궁의 궁녀 소옥(小玉)의 하소연에서 우리는 새로운 주체의 표징을 읽지 못할 이유는 없다고 생각한다. 서궁의 은섬(銀蟾)과 남궁의 소옥의 말을 예로 들어보자.

은섬의 진술은 이러했습니다. "남녀의 정욕은 음양으로부터 부여받아 귀천을 막론하고 사람이라면 누구나 가지고 있습니다. 그런데 한 번 깊은 궁궐에 갇히고 난 뒤에는 이 한 몸 외로운 그림자와 짝하여, 꽃을 보고 눈물을 삼키고 달을 마주해서는 슬픔으로 넋이 나갑니다. (…중략…) 궁궐 담장을 넘기만 하면 인간 세상의 즐거움을 알 수 있건만 그렇게 안 한 것은 그럴 만한 힘이 없어서거나 그러고 싶은 마음이 없어서였겠습니까? 오직 주군의 위엄이 두려워 이 마음을 단단히 다잡고 궁궐 안에서 말라 죽으리라 생각했던 것입니다. 이제 지은 죄도 없으면서 죽을 곳에 놓였으니, 저희들은 죽어서도 지하에서 눈을 감지 못할 것입니다.[27]

소옥이 꿇어앉아 울며 말했습니다. "지난 번 나들이 때 성안으로 가자고 말했던 것이 본래 제 주장이었습니다. 그러나 자란이 밤에 남궁으로 와서 매우 간절히 부탁하기에 가련히 여겨 여럿의 반대 의견을 물리치고 제가 앞장서서 그 뜻을 따랐으니 운영이 절개를 더럽힌 죄는 저에게 있지 운영에게 있지 않습니다. 엎드려 비옵건대 주군께서는 제 목숨을 끊고 운영을 살려 주소서."[28]

은섬은 수성궁의 기획이 허구임을 기획자 앞에서 진술한다. 안평은 유가적 교육을 통해 정념에 흔들리지 않는 이상적인 인간(여성)을 만드는 것이 가능하다고 여겼지만 은섬은 그것이 타자에 대한 억압에 기초한 기획이었다고 비판하고 있는 것이다. 그리고 소옥은 운영을 위해 대신 죽겠다고 나섬으로써 운영의 연애가 궁녀들의 공감을 얻은, 자신들 모두의 연애였다는 것을 우회적으로 항변하고 있다. 운영 하나를 제거한다고 수성궁의 이상이 재건될 수 있는 것은 아니라는 뜻이다. 이들 궁녀들의 서로주체성은 결국 안평대군의 노기를 가라앉힌다. 다른 궁녀들은 풀어주고 운영만 별당에 가두는 모습으로. 물론 운영의 자결로

---

27 銀蟾招曰: "男女情欲, 稟於陰陽, 無貴無賤, 人皆有之. 一閉深宮, 形單影隻, 看花掩淚, 對月消魂, (…중략…) 一踰宮垣, 則可知人間之樂, 而所不爲者, 豈其力不能而心不忍哉? 唯畏主君之威, 固守此心, 以爲枯死宮中之計. 今無所犯之罪, 而欲置之死地, 妾等黃泉之下, 死不瞑目矣" 376~377면.

28 小玉跪而泣曰: "前日浣紗之行, 勿爲於城內者, 妾之議也. 紫鸞夜至南宮, 請之甚懇, 妾怜其意, 排群議從之, 雲英之毁節, 罪在妾身, 不在雲英. 伏願主君, 以妾之身, 續雲英之命" 378~379면.

인해 이들의 연대가 보여준 주체화의 효과는 지속되지 않지만 그렇다고 해서 이들의 연대가 무의미한 것이라고 할 수는 없을 것이다.

그런데 「운영전」에는 「수성궁몽유록(壽聖宮夢遊錄)」이라는 이칭대로 몽유자(夢遊者) 유영(柳泳)이 등장한다. 유영은 전기소설에 자주 등장하는 낙척한 지식인, 가난한 외양 때문에 비웃음거리가 되는 소외된 지식인의 전형이라는 점에서 타자성의 표징을 지니고 있다. 「운영전」의 유영은 타자들의 목소리를 듣고 전하는 타자라는 점에서 「강도몽유록」의 청허선사와 상당히 유사하다. 그러나 타자연대성의 시각에서 보면 다소 다른 면도 보인다는 점을 홀시할 수는 없다. 유영은 청허선사와 달리 두 주인공의 비극적 이야기에 '두려움을 느끼는'[29] 관찰자의 처지에 있는 것이 아니라 감정적으로 동화된다. 유영은 운영과 김진사의 울울한 이야기에 감염되어 망연자실(茫然自失), 침식을 폐하는 지경에 이른다. 이는 물론 전기라는 양식적 성격의 결과이겠지만 이 동화에 서로를 주체화시키는 연대라는 이름을 부여하기는 곤란하지 않을까 생각한다.

3. 타자화된 사유, 또 다른 연대의 형식

지금까지 세 텍스트에 대한 분석을 통해 등장인물들 사이에 어떤 연대가 이뤄지고 있으며 그 연대가 어떤 결과를 낳았는지 검토했다. 그런데 여기서 또 다른 연대의 형식을 검토할 필요가 있다. 그것은 텍스트

---

29   청허선사는 "或恐有知, 隱於林下, 待天之曉, 乃退而出"(532면)한다.

내부의 타자들과 작가 사이에 형성되는 연대의 문제이다. 작가가 텍스트 내부의 타자들의 처지에 깊이 공감하면서 그들과 정서적으로 의식적으로 연대하지 않았다면 「최척전」·「강도몽유록」·「운영전」과 같은 작품의 창작이 불가능했다고 보기 때문이다.

그런데 작가의 연대의식은 표면적으로는 인물의 형상화를 통해 드러나는 것이겠지만 그 이면에서 작동하는 것은 결국 작가의 사유의 문제이다. 하지만 불행하게도 세 작품 가운데 작자가 밝혀져 있는 것은 「최척전」밖에 없다. 하지만 「최척전」의 작가 조위한(趙緯韓, 1567~1649)의 경우에도 그가 임진왜란으로 인해 피난한 경험이 있으며 의병에 참여했고, 계축화옥(癸丑禍獄, 1613)에 연루되어 피해를 당한 일이 있기 때문에 전쟁의 체험이 작품에 반영된 것은 틀림없겠지만 작품 바깥에서 작가의 사유를 검토할 만한 단서는 별로 없다. 따라서 작품의 문면 통해 작가들의 사유에 접근하는 것이 더 유력한 방법일 것으로 판단된다.

텍스트를 통해 사유를 검토할 때 먼저 부각되는 지점은 불교이다. 불교는 「최척전」과 「강도몽유록」·「운영전」에 다른 방식으로 배치되어 있다. 「최척전」의 경우 불교는 옥영이 낙심할 때 꿈에 나타나 삶을 격려하는 장륙불의 형상으로 여러 차례 나타나고, 옥영을 구원해 준 왜인 돈우가 자비심이 깊은 불교도임을 언급할 때 드러난다. 「강도몽유록」의 경우 불교는 이미 언급했듯이 몽유자 청허선사의 형상으로 나타나고, 「운영전」의 경우 안평의 의심 앞에서 운영이 자신에게 죽음이 닥칠 것으로 짐작하고는 자신의 옷과 금은보화를 팔아 부처님 앞에 공양하여 다음 생에서 연분을 이어가게 해달라고 김진사에게 부탁하는 편지에서, 그리고 운영이 자결한 후 김진사가 청량사에서 운영의 혼령을 위로

하는 불공을 드리는 장면에서 나타난다.

「최척전」의 장륙불에 대해서는 그간 전기소설의 낭만성(혹은 환상성)이나 사실성 문제와 관련하여 긍정적, 혹은 부정적으로 해석되어 온 바[30] 있지만 필자가 주목하려는 것은 불교가 지닌 타자성이고, 불교는 「최척전」이 타자들의 연대를 표현하려고 할 때 작가가 기댈만한 가장 적절한 사유였다는 사실이다.

주지하듯이 주자학적 사유는 주체와 타자의 위치를 차별화, 위계화하고, 고정하려 한다. 주체의 위치에 화(華)가 있으면 타자의 위치에 이(夷)가 있고, 군(君)·부(夫)·장(長)이 있으면 신(臣)·부(婦)·유(幼)가 있다. 따라서 설령 주체의 처지에서 타자에 대해 배려의 마음을 발휘하더라도 주체의 위치가 무화(無化)되지는 않는다. 물론 18세기 인물성동이(人物性同異) 논쟁의 인물성동론의 시각이나, 그 연장선에서 홍대용이 보여주는 인물균(人物均)의 시각에 이르면 이런 '위치'에 대한 인식이 상대화되어 평등한 위치에서의 배려와 연대가 가능할 수 있는 사상적 단서가 확보되지만[31] 17세기의 조위한에게 주자학적 사유는 연대를 표현하려는 작가 의식의 적절한 연장이 되기는 어려웠을 것으로 생각된다. 그러나 불교는 만물의 평등에 기초한 사상이고, 주자가 불가능한 이상이라고 비판했던[32] 무연자비(無緣慈悲)를 내세우는 사상이다. 조위한이 이런 불교에 적극 공감했는지는 판단하기 어렵지만 17세기의 전란 속에서 부유하던 타자들이 실제로 의지한 것이 부처와 같은 초월적 존재였다는

---

30   연구사적 논쟁에 내력에 대해서는 김현양, 앞의 글 참조.
31   인물성동이론과 주체-타자의 관계에 대해서는 홍정근, 「조선 후기 주체와 타자인식의 철학적 기반 I」(『한국사상사학』 27집, 한국사상사학회, 2006) 참조.
32   윤영해, 『주자의 선불교비판 연구』, 민족사, 2000, 331~349면.

점, 국가나 신분을 넘어선 타자들의 연대를 표현하기 위해서는 조선사회에서 타자화된 사유였던 불교 외에는 달리 기댈 데가 없었으리라는 점은 분명한 것 같다. 불교적 요소의 선택은 작가가 작중 인물들에게 연대를 표시하는 한 방식이었다고 생각한다.

　그렇다면 「강도몽유록」과 「운영전」은 어떠한가? 「강도몽유록」의 타자-여성들의 발언은 대개 유가적 대의(大義)나 절의(節義) 관념에 기초해 있다. 당대 지배세력인 유가들이 구두선(口頭禪)처럼 내세우던 관념을 통해 왜 언행을 일치시키지 못했느냐고 반문하고, 힐문하고 있는 것이다. 그러나 이런 힐문을 받아줄 대상이 17세기 조선사회에 있었는지 의문이다. 무명의 작가는, 그래서 타자들의 문제 제기를 들어줄 대상으로 불문(佛門)의 청허 선사를 호출해낸 것이 아닐까? 물론 여기에는 승려들이 엄격매자(掩骼埋胔)에 동원되었던[33] 당대의 사회적 실상도 반영되어 있을 터이다. 그러나 그보다 더 긴요한 점은 작가가 자신의 분신과도 같은 청허를 몽유자로 작품 속에 등장시켜 타자 — 여귀들을 목소리에 귀를 기울이려 했다는 것, 다시 말해 그들과 연대하려 했다는 사실이다.

　「최척전」·「강도몽유록」에 비해 「운영전」의 불교는 다소 형식적이다. 두 남녀의 불안한 연애과정이나 궁녀들의 논쟁과정에 개입하여 주인공들이나 등장인물들의 행동을 결정하는 데 관여하지 않고, 다음 생을 기약하는 종반부에서 명복을 빌거나 내생을 기원하는 형식으로 등장한다. 이는 김진사와 운영이 천상의 선관, 선녀였다가 옥황에게 죄를 지어 지상에 귀양 왔다 귀환했다는 적강소설의 상투적인 형식과 크게

33　엄격매자의 문제에 대해서는 최종성, 『기우제 등록과 기후의례』(서울대 출판부, 2007) 참조.

다르지 않다. 이는 「운영전」의 경우 작가의 연대가 다른 사유의 형식을 통해 발휘되기 때문인 것으로 판단된다.

「운영전」의 작가가 작중 타자들과 연대하는 고리는 양명학적 사유로 보인다. 근래 정환국은 양명학의 수용이라는 16세기 후반에서 17세기 전반의 사상사적 흐름 속에서 「운영전」을 읽어낸 바 있는데 의미 있는 시각이라고 생각한다. 그는 『대학』의 '친민(親民)'에 대한 해석을 거론하면서 "정주(程朱)가 이를 '신민(新民)', 즉 백성을 새롭게 깨우친다는 의미로 해석했으나, 왕양명은 '친민' 그대로 백성에게 다가감으로 보았다. '신'은 교훈성을 담고 있는바, '민'을 타자로 구분하여 봄으로써 상하 차별성을 강조하게 되는 반면, '친'은 마음의 감통(感通)으로 민을 내 마음 안에서 살펴보게 됨으로써 상하 구별을 거부한다"[34]라고 보았다. 정환국의 지적대로 양명적 사유에는 자타(自他)의 평등의식이 존재한다. 김진사와 운영의 연애에 보이는 정욕의 긍정뿐만 아니라, 앞서 예거한 은섬의 발언에 보이는 남녀의 정욕에는 귀천이 없다는 평등주의적 인식 등에서 양명학적 사유의 흔적들을 찾기는 어려운 일이 아니다.

주지하듯이 이런 양명학적 사유는 당대의 이단적인 사유, 달리 말하면 타자의 사상이었다. 「운영전」의 알려지지 않은 작가는 이런 사상적 바탕 위에서 당대 사회의 타자였던 궁인 — 여성들의 연대를 통한 존재의 자각을 형상화함으로써 타자에 대한 연대의식을 표현했던 것이다. 이는 동시대 허균이 궁사(宮詞)를 통해 궁녀들의 고통스러운 삶과 연대했던 것이나 「홍길동전」을 통해 서얼이나 하층민들의 욕망과 연대했

---

34 정환국, 「16세기 후반 17세기 전반 사상사의 흐름에서 본 「운영전」」, 『초기 소설사의 형성 과정과 그 저변』, 소명출판, 2005, 308~309면.

던 것과 대단히 유사하다. 허균의 이런 일련의 작품들은, 이미 자세히 규명된 바와 같이 양명학적 사유를 적극 수용한 결과이다.[35] 이를 통해서도 타자 연대를 통한 서로주체성의 추구라는 17세기의 정신사적 분위기를 어느 정도 감지할 수 있다.

4. 전쟁과 연대, 그리고 양식의 변화

그렇다면 왜 17세기에 '타자들의 연대'라는 소설적 지향이 전기나 몽유록을 통해 나타나게 되었는가? 이 문제는 이미 앞서 타자들의 연대를 논의하면서 주목했듯이 임·병 양란이라는 동아시아 전쟁과 무관치 않다. 극심한 병, 심한 굶주림, 사랑하는 자의 상실과 같은 극단적 고통 앞에서 타자의 영역은 적나라하게 드러나는 것인데[36] 전쟁이란 전쟁의 타자들에게는 고통의 극단을 경험하게 한다. 전쟁의 고통은 도처에서 타자를 양산한다. 전쟁의 시공은 타인을 타자로 경험하게 하고 주체가 스스로를 타자로 경험하게 하는 시공이다.

타인을 타자로 경험할 때 자아가 드러내는 반응은 「운영전」의 특이한 인물 '특'의 경우처럼 파괴적인 방향으로 표출될 수도 있다. 특은 사랑에 빠진 상전의, 이전에 미처 발견하지 못했던 어수룩한 모습을 보고는 재산을 탈취하고 죽일 궁리까지 하게 된다. 그러나 인간은 타자에

---

35 허균과 양명좌파의 관계에 대해서는 이종호, 「허균의 문예사상과 좌파양명학 성향 1, 2」(『한국사상과 문화』 11~12집, 한국사상문화학회, 2001)에서 자세히 다뤄졌다.
36 박준상, 「환원 불가능한 (빈) 중심, 사이 또는 관계 : 타자에 대하여」, 『해석학연구』 19집, 한국해석학회, 2007, 180면.

대한 경험을 통해 타자를 배제하는 것이 아니라 배려하고 포용할 때 '희망과 기쁨'이 창출된다는 것을 사적 체험을 통해, 혹은 역사적 경험을 통해 알고 있다. 타자에 대한 이런 배려와 포용을 통해 차이를 넘어서는 일, 이것을 우리는 연대라고 부를 수 있다. 17세기 전기(傳奇)와 몽유록(夢遊錄)의 작가들은 이 연대에서 전란을 넘어서고, 억압을 극복하는 희망을 보았다고 해도 좋을 것이다.

그런데 이런 연대성이 양식 자체를 변화시키는 대목에 좀 더 주목할 필요가 있다. 일반적으로 전기소설의 주인공들은 고독하고 내면적인 성격을 지닌 인물들이다.[37] 그렇기 때문에, 특히 애정 전기의 경우 남녀 주인공들은 서로를 발견한 후 걷잡을 수 없는 사랑의 열병에 사로잡혀 두 사람의 관계에 몰두하게 된다. 다른 사회적 관계는 안중에 없고, 오로지 두 사람의 관계만을 배타적으로 설정하기 때문에 관계에 장벽이 생기면 바로 상사병에 사로잡혀 죽음의 문턱을 오가는 극단적 상태로 돌진한다. 『금오신화(金鰲新話)』의 「만복사저포기(萬福寺樗蒲記)」나 「이생규장전(李生窺牆傳)」의 남성 주인공이 이별을 경험한 후 일상을 완전히 포기하는 것도 이런 관계의 배타성 때문이다. 전기소설의 남녀 주인공은 고독한 예외자라는 점에서 타자들이고, 이들의 사랑에 연대라는 이름을 붙이는 것도 가능하겠지만 그렇다고 하더라도 둘의 연대는 둘 이외의 다른 관계들을 고려하지 않는 배타적 연대라고 할 수 있다. 이런 배타적 관계를 통해 형성되는 타자 연대의 결과를, 앞서 언급한 서로주체성과 견주어 '공동주체성'[38]이라고 해도 좋으리라고 생각한다.[39]

---

37   박희병, 「傳奇的 人間의 美的 特質」, 『韓國 傳奇小說의 美學』, 돌베개, 1997 참조.
38   김상봉, 앞의 책, 234면 참조.

그러나 앞서 살폈듯이 「최척전」·「운영전」은 전기소설의 계보에 놓여 있지만 이전의 전기소설, 또는 17세기의 다른 전기소설들과도 차이를 보인다. 이 차이에 대해서는 그간 환상성의 약화와 현실성의 증대, 다시 말해 사실주의의 발전이라는 관점에서 주로 논의되어 왔지만 타자 연대성의 차이, 또는 주체성의 변모라는 관점에서 새롭게 주목할 필요가 있다고 생각한다. 「최척전」·「운영전」에서 두 주인공의 사랑은 둘을 둘러싼 다른 관계들과 배타적이지 않다. 최척과 옥영은 일국(一國)을 넘어선 타자들의 배려 속에서 사랑을 향해, 가족의 재회를 향해 달려가고, 운영은 생각의 차이를 넘어선 아홉 궁녀의 배려 속에서 사랑을 성취한다.[40] 말하자면 타자들과의 관계 속에서 타자들 서로서로를 주체화하는 것이다. 이 서로주체성 속에서 주인공들은 홀로주체 혹은 공동주체가 대면할 수밖에 없는 고독함과 내면성을 상당 부분 넘어서고 있다고 해도 좋지 않을까?

이런 변모는 「강도몽유록」에도 보인다. 한국 몽유소설을 총괄적으로 연구한 신재홍이 서술구조, 창작동기, 독자들의 수용태도 등에 있어 몽유록의 전범이 될 만한 작품으로 꼽은[41] 「원생몽유록(元生夢遊錄)」(1568)을 보면 몽유자가 꿈속에서 역사적 실존인물들을 만나 토론을 벌이는데 토론자들 사이의 견해차는 몽유가 끝나도록 해결되지 않는다. 따라서 토론에 이어지는 시연(詩宴)은 기쁨의 장이 아니라 고뇌를 토로하는 장이 된다.

---

39 이는 민족의 이름으로 민족 내부의 다양성을 배타시할 때와 유사하게 작동하는 주체성이다.
40 여기서 사랑이 성취되었다는 말은 운영의 자결과 김진사의 동반이라는 비극적 결말에 초점을 둔 것이 아니라 두 사람의 사랑이 가진, 당대 지배이데올로기에 대한 문제 제기라는 전기 소설적 문제의식이 성취되었다는 데 초점을 둔 표현이다.
41 신재홍, 앞의 책, 100면.

「원생몽유록」에서 볼 수 있듯이 몽유록의 몽유자나 몽유 속에 등장하는 인물들은 대개 역사의 주류에서 배제된 인물들, 다시 말해 소외된 인물들이다. 그런 점에서 타자라고 해도 무방한 존재들이다. 그러나 이들 타자들의 만남은 차이를 넘어 서로를 배려하는 만남이라고 하기 어렵다. 더구나 이들 타자들이 시연을 벌이는 장에는 정해진 자리가 있다. 철저히 위계화 되어 있다는 말이다. 이런 자리에서는 평등에 기초한 진정한 연대가 형성되기 어렵다. 이런 점에서 보면 「강도몽유록」의 '난좌(亂坐)'라는 표현 속에 담긴 위계의 부정은 흥미로운 변모가 아닐 수 없다. 타자 연대의 양식적 효과라고 할 만하다. 난좌의 평등성, 평등성에 기초한 합의된 토로야말로 서로주체성의 표현이고, 그것이 몽유 양식 자체의 변화를 초래한 동인일 수 있지 않을까 생각한다.

5. 맺음, 타자들의 연대와 조선 후기 서사문학

타자는 타인으로 존재할 때 타자의 위치를 넘어설 수 없다. 타인이 또 다른 타인과의 관계 속에서 타인의 처지에 공감하고, 타인을 위해 행동할 때 타자를 넘어 주체가 된다. 그런 의미에서 주체란 독립적으로 존재하는 것이 아니다. 주체는 타자와의 관계 속에서만 주체가 된다. 타자를 배제하는 서구의 주류적 전통과는 다른 동아시아적 주체 개념의 본질이 여기에 있다. 그런데 타자와의 관계 속에서 주체화로 나아가는 데는 전기 양식의 일반적인 남녀관계처럼 둘 이외의 다른 관계를 돌아보지 않는 배타적 관계도 있고, 이런 애정관계를 넘어 인간애를 바탕으로 타인들의 처지에 서로 동참하는 상호적 관계도 있다. 필자는 이 논문에서 후자의 관계로 이뤄지는 주체성을 서로주체성이라고 부르고, 이를 통해 17세기 소설을 다시 읽을 수 있는 하나의 시각을 더하고자 했다.

우리 문학사에서 17세기는 언필칭 '소설의 시대'로 불린다. 소설의 시대를 열고, 소설의 시대를 만들어낸 요인들은 여러 가지가 있을 것이지만 '타자들의 연대' 역시 그 요인 가운데 하나일 수 있다. 하지만 이는 지금까지의 소설사 연구에서는 크게 주목받지 못한 부분이었다. 「최척전」의 최척과 옥영은 전기소설의 주인공처럼 결연을 맺지만 그들의 결연 이후의 삶은 전란으로 인해 이산과 유랑으로 내몰린다. 이런 상황에서 이들은 전란으로 인해 타자의 신세로 전락한 동아시아인들의 상호배려를 통해 삶의 위기를 넘어설 수 있었다. 「강도몽유록」의 몽유자 청허선사의 감각에 포착된 원귀들은 한의 토로를 통해 연대의 장을 만들어간다. 이들이 자신들의 시아버지, 남편, 혹은 아들을 한껏 비판할 수 있었던 것은 이들 원귀 여성들이 신분이나 나이의 고하와 상관없이 어울려 만들어낸 연대의 힘에서 비롯된 것이다. 「운영전」 역시 운영과 김진사의 사랑을 자신들의 일로 여기는 동료 궁녀들의 배려와 연대가 안평대군으로 상징되는 당대의 질서를 어떻게 뒤흔드는지를 잘 보여준다. 서로를 주체로 설 수 있도록 격려해주는 서로주체성은 이런 타자들의 연대에서 비롯된 것이다. 이 같은 타자들의 연대, 서로주체성의 획득은 이전에 볼 수 없었던 17세기 소설사의 한 징후임에 틀림없다는 것, 이 징후는 양식의 변화와도 무관치 않으며, 불교나 양명학이라는 당대의 소외된 사유와도 연결되어 있다는 것이 이 글의 결론이다.

그런데 타자들의 연대라는 주제는 단지 전기나 몽유록 양식에서만 확인될 수 있는 문제는 아닐 것이고, 17세기에 한정된 문제만도 아닐 것이다. 이미 「홍길동전」에 그런 양상이 보이고, 이는 후대의 판소리계 소설이나 「덴동어미화전가」와 같은 가사체 서사 양식에서도 두루 주제화되어 나타나는 것으로 생각된다. 이런 양상들을 더 섬세하게 살펴 조선 후기 서사 텍스트들을 다시 읽는 것이 앞으로의 과제일 것이다.

_『국문학연구』 19, 국문학회, 2009

17세기 간행본 서사류의 존재양상에 대하여

윤세순

1. 17세기 소설사와 서사류의 간행

17세기 전반 임·병 양란을 겪은 조선사회는 황폐화되었고, 조정은 전후 복구 사업에 힘을 쏟아야만 했다. 전란은 정치·경제·사회문화 전반에 걸쳐 많은 변화를 야기했고, 이러한 변화는 사람들의 정신세계를 뒤흔들어 놓았을 뿐 아니라 시대의 패러다임을 달라지게 하였다. 이 시기 새롭게 바뀐 패러다임 속에서 고전소설사도 시간이 지날수록 앞 시기와는 다른 모습들을 보여주게 된다.

주지하다시피 17세기는 고전소설사에 있어서 본격소설시대라고 일 컬어지는 시기이다. 이는 17세기 동안 중국 연의류 소설이나 전기소설의 국문 번역과 국문 창작소설의 등장 등에 힘입어 소설 독자층이 대폭 확대되면서 고전소설사에 일대 전환이 일어났기 때문에 붙여진 이름이다. 이처럼 소설문학이 본격화되기 시작하던 17세기 상황에서, 소설문학 발전에 영향을 끼쳤을 소설류, 아니 좀 더 그 범위를 확장하여 서사류[1] 책들에는 어떠한 것들이 있고, 과연 그것들이 어떠한 형태로 존재했는지, 그리고 그 존재형태가 17세기 소설사에서 갖는 의미는 어떠한 지 한 번 따져볼 필요성이 있을 것이다. 소설 작품이 갖고 있는 사회문화적 의미를 충실히 이해하기 위해서는 작품 자체에 대한 분석이 무엇보다도 우선시되어야 하겠지만, 소설 작품과 관련된 주변적인 것들에 대한 연구도 도외시 할 수 없다. 더군다나 확장 일로에 있었던 당시의 소설적 상황과 소설책의 존재형태는 어느 정도 상관성이 있다고 본다.

17세기 서사류 책은 그 만들어진 형태에 따라 크게 간행본(刊行本)과[2] 필사본(筆寫本)으로 나눌 수 있는데, 본고에서는 우선 간행본만을 다루고자 한다. 먼저 당시의 서사류 책의 간행 상황을 대략 살펴보고 나서 17세기에 간행된 서사류 책들에는 어떤 것들이 있는지 살펴볼 것이다.

2. 서사류 간행상황에 대하여

출판이 너무 쉬워져 버려 누구나 마음만 먹으면 책을 펴낼 수 있는

---

[1]　본고에서는 '서사류'라는 용어를 소설류와 실기류 그리고 패설·야담을 포함하는 필기잡록류까지 아우르는 개념으로 사용할 것이다. 본고에서 논의 하고자 하는 주된 대상은 소설류 책들이지만, 필기잡록류와 실기류도 17세기 소설문학의 성장과 정착에 상당한 영향을 주었다고 생각하기 때문에 간과할 수 없어 서사류라는 용어로 한데 묶어 그 간행상황을 살펴보려 한다.
[2]　간행본은 다시 인쇄방법에 따라 목판본(木版本)과 활자본(活字本) 등으로 분류되고, 판주(板主)가 누구냐에 따라 관찬본(官撰本), 사가본(私家本), 사찰본(寺刹本), 사원본(祠院本), 방각본(坊刻本)으로 나누는 것이 일반적이다.

요즘 시대에 출판이란 행위 자체에 그다지 큰 의미를 부여할 수 없다. 이보다는 얼마나 양질(良質)의 의미 있는 책을 출판해 내느냐가 관건이다. 반면 요즘보다 물산이 풍부하지도, 출판기술이 뛰어나지도 못했던 조선시대에 있어서 책을 펴낸다는 것은 그 자체로 의미가 있을 수 있다. 특히 필사본보다 비용과 공력이 훨씬 많이 들어가고, 한꺼번에 보다 많은 서책을 생산해내 더 많은 독자확보를 가능하게 할 수 있었던 간행본이 갖는 의미는 자못 크다 할 수 있다.

임·병 양란을 겪은 이후 조정에서는 전후 복구 사업의 일환으로써 전란 때 손실된 서책과 실생활에 필요한 서책들을 간행·보급하는 데 관심을 기울였다. 한편 이조 후기 양반 사대부들은 유교의 오래된 조상숭배 관습의 영향과 조상들을 현양하여 가문을 빛낼 목적으로 조상들의 문집을 간행하는 데 많은 관심을 쏟았다. 게다가 조상의 시문집 간행이라는 위선사업(爲先事業)을 통해 향촌사회에서 사대부로서의 신분을 유지하기 위한 사회적 목적도 있었다.[3] 이 경우 조상과 가문을 위한다는 입장에서 비용은 결코 문제가 되지 않았다. 당시 문집을 간행하는 데는 물론 그 분량에 따라 다르겠지만 상당한 비용이 요구되었다.

반면 주로 개인적인 취미생활의 일환으로 읽히던 서사류 책들, 특히 소설책들이 17세기에 간행되는 일은 결코 쉽지 않았을 것이다. 더군다나 소설은 풍속을 문란하게 한다는 이유 등으로 16세기 때와 마찬가지로 여전히 공식적으로 인정받지 못하였을 뿐 아니라 공공연히 비난을 받기도 하였다.[4] 여전히 유교사상이 조선사회의 모든 분야에 걸쳐 지

---

3   신승운, 「유교사회의 출판문화」, 『대동문화연구』 39, 성균관대 유교문화연구소, 2001.
4   명나라 말기에 소설이 성행한 것은 일종의 세태변화로서, 『삼국지연의』·『서유기』·『수

배적이었던 상황에서 괴력난신(怪力亂神)을 말하지 않는다는 공자의 말은 허구를 통해 가상의 진실을 창조해 낼 수 있는 소설의 위대성이 무시될 수밖에 없었기 때문이다. 이런 이유 때문인지 17세기는 앞 시기에 비해 보다 많은 소설이 창작되고 읽혔지만, 대중적인 인기를 누려 독자 확보에 많은 영향을 주었을 것으로 추정되는 소설류의 책들은 대부분 간행되지 못하고 주로 필사본의 형태로 만들어졌던 듯하다.

그렇지만 소설류를 포함한 서사류 책들이 전혀 간행되지 않았던 것은 아니다. 16세기 중반 이후 미약하게나마 진행되었던 서사류 간행 분위기가 지속되면서 17세기에도 서사류가 간행되었다. 이 시기에 서사류 간행은 거의 관찬으로 이루어졌다. 개인이 자력으로 서사류책을 펴내는 일은 경제적 여건상 또는 서사류 특히 소설을 폄하하는 사회적 분위기상 결코 쉽지 않았기 때문이다. 관찬본이란 관영의 주도하에 간행된 서적을 말하는데, 소설류의 경우 주로 교서관(校書館),[5] 예조(禮曹),[6] 각 감영(監營)이나 군현(郡縣)[7] 등지에서 이루어진 듯하나, 이에 대한 구체적인 문헌 기록이 남아 있지 않아 간행 경위에 대해 자세히는 알 수

호전』 등과 같은 책들이 가장 손꼽힌다. 이것들이 허무하고 아찔하고 얼떨떨한 사이에서 사람의 마음을 부리고 지혜를 움직이는 것이 지극히 근심스럽다고 이를 만하다. 근래에 들으니, 청나라 사람들이 소설금지령을 내렸다고 하는데, 과연 그렇다면 이것은 반드시 징계할 만한 것이 있어서 그렇게 한 것이다. 그 밖에도 음란하고 괴탄한 작품들은 나오면 나올수록 더욱 기이해지니, 천하의 풍속을 어지럽히기에 충분하다. "明末小說之盛行, 亦一世變, 如『三國志演義』·『西遊記』·『水滸傳』等書, 最爲大家. 其役心運智於虛無眩幻之間者, 可謂極勞矣. (…중략…) 近聞淸人發令禁小說云, 果然則此必有所懲者而然矣. 其他淫藝惡怪之作, 愈出愈奇, 足以亂天下風俗耳" 무악고소설자료연구회 편, 『한국고소설관련자료집』I , 태학사, 2001.

5   교서관은 16세기 중반 즈음에 『전등신화』와 『삼국지연의』를 간행하였다.
6   1543년(중종 38)에 중종의 명으로 예조에서 유향의 『열녀전』을 번역·간행하였다. 『稗官雜記』 권4 참조.
7   1586년 윤경희가 영남의 곤양(昆陽, 현재의 泗川) 군수로 재직 했을 당시 『화영집』을 간행하였다.

없다. 그런데 관찬으로 소설류를 간행한 경우라도 그것이 비공식적일 경우에는 간행이 쉽지 않았던 듯하다.

國恩을 입어 여러 공경의 뒤를 따른 후, 외람되게 芸閣의 提調가 되었고, 책을 印 刊하는 이로움을 알게 되어 개인적인 생각을 품게 되었다. 집의 장서를 뒤적이다 가 이 한 질을 얻었다. 모든 비용을 마련하여 著作 김용에게 일과를 끝내고 틈을 내 어 인간하게 함으로써 널리 퍼뜨릴 것을 도모했다. 우선 없어지지 않게 할 계획은 이룬 셈이다. 그러나 공적인 일을 빌려 사적인 일을 시행했다는 질책을 피하기 는 어려울 것이다.[8]

위 인용문은 송세형(宋世珩)이 16세기 중반 이후 즈음에 쓴 「어면순 서(禦眠楯序)」의 일부인데, 형 송세림(宋世琳)이 지은 『어면순』을 교서관 제조로 있을 당시 비공식적으로 인간하면서 주위의 눈총을 받을까 두 려워했던 마음을 엿볼 수 있다. 아무리 『어면순』의 효용성을[9] 서문에서 드러내고자 애썼지만, 이것이 위정자와 그 측근의 시각에는 전혀 세교 에 도움이 될 법한 책으로 받아들여지지 않을 것이기 때문에, 송세형은 이렇게 전전긍긍하며 조심스럽게 『어면순』을 간행하였던 것이다. 이와 비슷한 시기에 윤춘년(尹春年, 1514~1567)이 교서관에서 『금오신화』를 목 판본으로 간행했는데, 간행 경위에 대한 기록이 남아 있지 않아 알 수는

---

8   "仍承國恩, 忝從諸卿之後, 濫提芸閣, 窺見印書之便, 旋懷爲私之念. 搜家藏, 得此一秩, 給諸工糧資 債, 著作金鏞, 日供例牧之餘, 投間牀印, 以圖廣布, 爲先不朽之計則得矣. 假公行私之責, 終難道矣"
9   그사이에 사신의 공명정대한 논평으로 쇠퇴한 세상의 인심을 경계하였다. 선생이 이 글에 서 우의한 것은 골계에 있는 것이 아니라, 진실로 名敎의 일단을 돕고자 함이니 그 뜻이 은 미하다. "其間史臣之論陽華秋凜, 戒衰世人心. 先生之寓意於斯者, 不在於滑稽, 而實欲扶名敎一端, 其志微矣"「禦眠楯序」.

없지만, 아마도 주위의 시선이 곱지 않았을 것이다. 이러한 추측은 윤춘 년이 교서관 제조로 있던 1559년에 『전등신화구해(剪燈新話句解)』를 간 행하였고, 이후에 이 판본이 계속 인간(印刊)되자, 원로대신 기대승이 선 조 임금 앞에서 교서관에서의 『전등신화』 인간을 통렬히 비난하는 모 습 속에서 충분히 상상해 볼 수 있다.[10]

그렇다면 관영에서 떳떳하게 공식적으로 간행될 수 있었던 소설류 로는 어떤 것이 있었을까? 『열녀전』이나 『정충록(精忠錄)』과[11] 같이 세 교에 보탬이 되는 소설류들이었을 것이다.

요사이 道學이 밝지 못하고 교화가 쇠퇴하여 閨門의 법도가 褻慢하고 문란하여 못하는 것이 없을 지경이 되고 말았습니다. 근본이 이미 이러하니 그 말단도 알 수 가 있습니다. 부부간에 투기하고 부자간에 반목하고 형제간에 해치는 자들이 여기 저기 있습니다. 풍속의 무너짐이 이때보다 심한 때가 없는 것도 다 까닭이 있는 것 입니다. 성상께서 心學에 침잠하고 인륜을 후하게 하기를 힘쓰시어, 이미 『續三綱 行實』을 撰하도록 명하시고 또 『小學』을 인행(印行)하게 하여 중외에 널리 반포코 자 하시니, 그 뜻이 매우 훌륭합니다. 그러나 『삼강행실』에 실려 있는 것은, 거의가 변고와 위급한 때를 당했을 때의 특수한 몇 사람의 뛰어난 행실이지, 일상생활 가

---

10 『전등신화』는 놀라우리만큼 저속하고 외설적인 책인데도 교서관이 재료를 사사로이 지 급하여 판각하는 데까지 이르렀으니, 식자들은 모두 이것을 애통해하고 있습니다. 어떤 사람이 그 판본을 없애려고 하였으나 그대로 오늘에까지 이르렀습니다. 여항 사이에서는 다투어 서로 인출하여 보고 있는데, 그 내용에는 남녀가 모여 음란한 짓을 하고 도리에 맞지 않으며 괴이하고 불경스런 말들이 또한 많습니다. "『剪燈新話』, 鄙藝可愕之者, 校書館私給材 料, 至於刻板, 有識之人, 莫不痛心, 或欲去其板本, 而因循至今, 閭巷之間, 爭相印見, 其間男女會汪 神怪不經之說, 亦多有之矣" 『宣祖實錄』 권3, 宣祖 2년 6월 壬辰條.

11 선조가 세교를 위해 『정충록』을 간행하도록 한 사실에 대해서는, 拙稿 「16세기, 중국소설 의 국내유입과 향유 양상」(『민족문학사연구』 25, 민족문학사연구소, 2004), 154~156면을 참조할 것.

운데에서 행하는 도리는 아닙니다. 그러므로 누구에게나 그것을 요구할 수는 없는 것입니다. 『소학』은 곧 일상생활에 절실한 것인데도 일반 서민과 글 모르는 부녀들은 讀習하기가 어렵게 되었습니다. 바라옵건대 여러 책 가운데에서 일용에 가장 절실한 것, 이를테면 『소학』이라든가 『열녀전』・『女戒』・『女則』과 같은 것을 한글로 번역하여 印頒하게 하소서. 그리하여 위로는 宮掖으로부터 朝廷卿士의 집에 미치고 아래로는 여염의 小民들에 이르기까지 모르는 사람이 없이 다 강습하게 해서, 일국의 집들이 모두 바르게 되게 하소서. 그러면 乖氣는 사라지고 天和가 응하여, 사람마다 윗사람을 친히 하고 관장을 위해 죽는 효용이 있게 될 것입니다.[12]

홍문관에서 풍속의 교화를 위해 필요한 책들을 간행할 것을 중종에게 올린 글인데, 중종은 즉시 홍문관에서 아뢴 뜻이 지당하다고 하며 해당 부서에서 마련하여 시행하라는 전교를 내린다. 위정자들은 『소학』・『열녀전』・『여계』・『여측』이 모두 일상생활에서 사람으로서, 여성으로서의 도리를 생각하고 실천할 수 있게 일깨워주는 일종의 도덕학습교재의 역할을 수행할 수 있다고 보았다. 그런데 이 중에서도 특히 『열녀전』은 사람으로서 갖추어야 하는 덕목 등이 조목조목 항목화 되어 있는 것이 아니라, 인물 또는 사건 중심의 이야기 구조 속에 녹아있어 이것을 읽는 와중에 저절로 체화될 수 있기 때문에 보통의 사람들이 쉽게 감화될 수 있었을 것이다. 다시 말하자면 스토리를 읽어나가는 재미 속에 사람들을 무젖게 하여 은연중에 설득 당하게 하는 교육적 효과를 노렸다고 할 수 있다. 이처럼 세교를 목적으로 한 관영에서의 소설

---

12 『中宗實錄』권28, 中宗 12년 6월, 辛未條.

류 간행 전통은 17세기에도 지속되어 『오륜전전』이 재령에서 관찬으로 간행되기도 하였다.

3. 간행본 서사류의 존재양상

필자가 파악해본 바에 의하면, 17세기 전후에 간행된 소설류 책들은 11개, 간행의도가 있었던 소설류는 1개이다. 이것들을 우선 '재간본(在 刊本)', '초간본(初刊本)'으로 나누어 볼 수 있다.

재간본(在刊本)	초간본(初刊本)
『오륜전전(五倫全傳)』	『정충록(精忠錄)』
『전등신화(剪燈新話)』	『종리호로(鍾離葫蘆)』
『전등여화(剪燈餘話)』	『효빈집(效顰集)』
『옥호빙(玉壺氷)』	『삼국지연의(三國志演義)』
	『세설신어(世說新語)』
	『소설어록해(小說語錄解)』
	『동국신속삼강행실도(東國新續三綱行實圖)』

'재간본'은 16세기에 이미 간행되었고, 17세기에 들어와서 후인(後 印)되거나 새로 간행된 것을 가리킨다. 다시 간행되었다는 사실을 통해서 17세기에 들어와서도 지속적인 관심을 끌며 읽혔음을 알 수 있다. 사실 17세기에는 위에서 언급한 재간본 서사류 책 이외에 17세기에 재 간되지는 않았지만 이미 15, 16세기에 간행되어 17세기에도 존재했던 서사류 책들이 있다. 바로 『태평광기상절(太平廣記詳節)』·『태평통재(太 平通載)』·『유양잡조(酉陽雜俎)』·『열녀전(列女傳)』·『삼강행실』·『화영

집(花影集)』·『금오신화(金鰲新話)』 등이다.

　『태평광기상절』·『태평통재』·『유양잡조』는 15세기 중엽에서 말기 사이에 간행되어 당시 사대부들 사이에서 필기류 편찬을 유행시키는 데 한 몫 하였다. 그런데 워낙 거질(巨帙)이다보니 다시 간행한다는 것이 무척 어려웠을 것이다. 『열녀전』은 사회 풍속의 쇄신 차원에서 세교(世敎)를 목적으로 1543년(중종 38)에 번역되어 간행되었고, 이후 1543년에 기존의 판본이 와해되어 필격(筆格)을 잃었으므로 재차 번역되어 간행되었다. 이처럼 판본이 와해될 정도로 인쇄를 감행하였다면 그 수요가 많았음을 짐작할 수 있다. 풍속의 쇄신 차원에서 16세기에 두 번이나 간행되었다면 17세기에 들어와서도 후인 되거나 간행되었을 법하다. 하지만 17세기에 『열녀전』이 재간되었다는 문헌기록은 아직 확인되지 않았다. 아무튼 17세기에 소설양식이 발전한 이면에는 『태평광기상절』 등 15, 16세기에 간행된 서사류 책들이 존재하고 있었음을 간과해서는 안 될 것이다. '초간본'은 16세기 말이나 17세기에 들어와서야 비로소 간행된 것들을 가리킨다.

　한편 이것들을 서사류의 하위체계로 다시 나누어 보면 다음 표와 같다.

소설류	전기류	필기야담류 및 기타
『오륜전전(五倫全傳)』	『정충록(精忠錄)』	『종리호로(鍾離葫蘆)』
『전등신화(剪燈新話)』		『옥호빙(玉壺氷)』
『전등여화(剪燈餘話)』		『세설신어(世說新語)』
『삼국지연의(三國志演義)』		『소설어록해(小說語錄解)』
『효빈집(效顰集)』		『동국신속삼강행실도(東國新續三綱行實圖)』

1) 소설류

①『오륜전전(五倫全傳)』은 명나라 구준(丘濬, 1421~1495)이 지은 남희
연출본(南戲演出本)『오륜전비기』를 소설형식으로 바꾸어 놓은 것인데,
1531년 낙서거사가 소설의 흥미성과 집안 아녀자들을 교화시키기 위해
언문으로 번안하였다. 그리고 이것을 유중영(柳仲郢, 1515~1573)이 충주
군수로 재임 당시인 1550년에 풍속을 교화시킬 목적으로 충주에서 관
찬으로 간행하였다.[13] 이후 17세기에 들어와서는 1665년에 한희설(韓希
卨, 1612~?)이 재령 군수로 재임 당시『오륜전전』언문본을 번역한 한문
본『오륜전전』을 역시 관찬으로 간행하였다.[14]

②『전등신화(剪燈新話)』는 이미 16세기 중·후반경에 주석을 달아
『전등신화구해』란 이름으로 목활자와 목판본의 형태로 간행된 적이

---

13 그것을 읽는 사람으로 하여금 오랫동안 사모하는 정을 일으키고 선한 본심을 불러내는 것
이 곧 이 책(『오륜전전』)이다. 어찌 다만 듣고 말 뿐이겠는가? 이에 애착을 가지고 흩어진
글자를 모아 엮어서 한 질을 만들었으니, 그 말이 비록 약간에 불과하나 교화를 돈독히 하고
풍속을 선하게 하는 방편이 또한 옛 군자의 서책에 버금가리로다. "使讀之者, 起慕於千載之
下, 而發其本心之善, 則是篇也, 豈徒爲耳之歸乎? 玆用是愛, 裒集散字, 聯爲一帙, 其言雖不過若干,
而其敦化善俗之方, 亦庶幾乎古君子之書矣" 무악고소설자료연구회 편, 『한국고소설관련자료
집』I, 태학사, 2001, 106~107면.
14 일찍이 수십 년 전에 언문 서책 가운데『오륜전전』을 얻어 보았었는데, 그 감탄할 만한 것
이 지극했기에 한문으로 번역하여 세상에 널리 알리려 했었지만 뜻한 바를 이루지 못했었
다. 그런데 군내에 사는 늙은 선비 손정준이 책 한 권을 소매 속에 넣어 가지고 와서 나에
게 보여주었는데, 바로『오륜전전』이었다. 심히 다행으로 여기고, 즉시 관찰사 강유후에
게 아뢰어 판각해서 배포하니, 풍속을 교화하는 데 조금이나마 도움이 될 것이다. 을사년
(1665) 가을 재령군수 한희설이 삼가 발문을 쓴다. "嘗於數十年前, 得見『五倫全傳』於諺書
中, 極其可歎, 欲爲飜眞行布於世, 而有志未就矣. 郡居老儒孫廷俊, 袖一卷書來示余, 乃書『五
倫全傳』也. 深以爲幸, 卽告于觀察使美公裕俊, 入梓行布, 庶幾有補於風化之萬一矣. 乙巳菊
秋, 載寧郡守韓希卨謹跋" 무악고소설자료연구회 편, 『한국고소설관련자료집』I, 태학사,
2001, 108~109면.

있었다.[15] 그런데 치국(治國)에 필요한 경적류(經籍類)들을 주로 간행하는 교서관에서 일개 소설책이 간행되는 일이 발생하자, 원로대신이었던 기대승이 그 내용을 문제 삼으며 강하게 반발하고 나섰다.[16] 하지만 기대승의 혹독한 비난에도 불구하고 이미 여항간에서는 서로 경쟁하듯이 인출하여 볼 정도로 파급되었음을 알 수 있다.

이렇게 16세기에 이미 판각되어 간행된 적이 있는 『전등신화』는 17세기에 들어와서도 간행되었다. 17세기 간본으로 현재 실물로 남아 있는 것은 1614년 간본(연세대 소장본)과 1633년 간본(충남대 소장본)이다.[17] 반면 현존하지는 않지만 제주도에서도 17세기에 『전등신화』가 간행되었음을 확인할 수 있는 기록이 있다. 1653년(효종 4) 편찬된 『탐라지(耽羅志)』를 살펴보면, 창고조(倉庫條)에서 책판고(冊版庫)에 제주향교에 보관된 책판 기록 가운데 『전등신화』가 들어있다.[18] 이로 미루어 보건대, 1653년 이전에 제주에서 『전등신화』가 간행된 일이 있음을 알 수 있다. 이처럼 『전등신화』는 제주에서도 간행될 정도로 그 수요가 많았다. 그렇지만 육지에 비해 물산이 풍부하지 못했던 섬 지역에서 어떻게 간행

---

15 1549년 예조의 아전 송분(宋黃)의 권유로 이문학관을 지낸 임기(林芑)가 『전등신화』를 구해(句解)하였고, 이것을 송분이 목활자를 모아 인간(印刊)하였다. 그런데 이 인간본의 글자가 많이 뭉개져 보는 이들이 아쉽게 여기자, 1559년 교서관의 아전 윤계연(尹繼延)이 당시 이조판서 겸 교서관 제조를 겸하였던 윤춘년(尹春年)에게 아뢰어 다시 간행하여 널리 전하고자 하였다. 이에 임기가 다시 산정(刪定)하고 간략하게 하여 구해하고, 윤춘년이 교정을 보았으며, 윤계연이 손수 써서 판각(板刻)하였다. 이후 1564년에 선행본을 그대로 복각한 판본이 있었다고 한다. 그리고 1568년 유희춘이 교서관 제조로 있었을 때 『전등신화』가 또다시 인간된 적이 있었는데("外校書館冊匠億享, 來議印『剪燈新話』 (…중략…) 『眉巖日記草』 戊辰(1568) 2월 12일", "李星粧送『剪燈新話』 二冊 · 『史文集覽』 二冊 『眉巖日記草』 戊辰(1568) 3월 29일), 이것은 기존의 판각본을 인출해 낸 것으로 추측된다.
16 본고의 각주 10번 참조할 것.
17 정환국, 「설공찬전의 파동과 16세기 소설인식의 추이」, 『민족문학사연구』 25, 민족문학사연구소, 2004.
18 남권희, 「제주도 간행의 서적과 기록류」, 『고인쇄문화』 8, 청주고인쇄박물관, 2001.

경비를 조달했는지, 또 실용서적도 아닌 소설책을 무슨 이유로 제주에서 간행했는지 현재로서는 전혀 알 길이 없다.[19]

③『전등여화(剪燈餘話)』는 1445년에 완성되어 간행되었던「용비어천가(龍飛御天歌)」에 그 이름이 처음 보인다. 이후 1506년 연산군이 중국에 가는 사신에게 중국 소설류를 구입하여 들여오라는 전교를 내릴 때『전등신화』·『효빈집』·『교홍기』·『서상기』등과 함께 언급되어 있다. 이것으로 미루어 보건대 15세기 중반경에『전등신화』가 이미 조정을 드나들던 사대부를 중심으로 읽히고 있었음을 알 수 있다.

한편 중종·명종 연간에 활동한 어숙권이 지은『고사촬요(故事撮要)』 '팔도책판조(八道冊板條)'에 전라도 순창(淳昌)에서 간행되었다는 기록이 있다.[20]『전등여화』도『전등신화』처럼 이미 16세기에 간행되었음을 알 수 있다. 하지만 정확히 16세기 어느 해에 간행되었는지는 알 수 없다. 16세기 당시『전등신화』가『전등여화』보다 더 많이 인구(人口)에 회자(膾炙)되면서 읽힌 사실로 보아『전등여화』보다 빨리 간행되었을 것이다.『전등신화』가 1559년에 처음 간행된 점으로 추정해 보건대,『전등여화』간행은 16세기 중엽 이후에나 가능했을 것이다. 또한 현재로서는 문헌상의 기록을 찾아볼 수 없지만, 17세기에도 이 판본이 다시

19　실록 등의 사서류(史書類)는 섬지역이라는 지리적 특성 때문에 전란의 피해를 면할 수 있고, 농업 관련류의 실용서는 제주 백성의 식생활 향상을 위해 필요했을 것이라는 추측이 가능하다. 또한 한라산의 풍부한 수목들이 목판본을 만드는데 유리한 조건으로 작용하였기 때문에 불리한 지리적 여건에도 불구하고 제주에서 많은 책이 인간(印刊)되었다고도 한다. 하지만 육지에 비해 상대적으로 물력이 넉넉하지 못했던 제주에서 주로 흥미본위로 읽히던 소설류가 간행되었다는 사실은 여전히 많은 의구심을 불러일으킨다.

20　유탁일,「『전등신화』및『전등여화』의 전래와 수용」,『한국문헌학연구』, 아세아문화사, 1989, 303면 참조.

인간되거나 새로 판각되어 간행되었을 것이라는 추정이 거의 빗나가
지 않을 것이다.

④『삼국지연의(三國志演義)』는 16세기 중·후반경 여타 연의류 소설
들과 함께 중국으로부터 조선에 유입되어 점차 폭넓은 독자층을 형성
하며 애독되었고,[21] 점점 많은 사람에게 읽히게 되었다. 하지만 현재로
선『전등신화』처럼 16세기에 간행되었다는 문헌기록은 찾아볼 수 없
다. 현재 실물로 남아있는『삼국지연의』최고본(最古本)은 17세기 초·
중반에 제주도에서 간행된 목판본이다.[22]
　하지만『삼국지연의』가 17세기에 적어도 서너 번쯤 간행되었을 것이
라는 단서들을 여기저기서 포착해 낼 수 있다. 바로 식자층들이 상당한
관심을 갖고 있었음을 알 수 있는 문헌기록들이 많이 보인다. 먼저 당시
의 선비들이 진수(陳壽)의『삼국지(三國志)』보다 나관중의『삼국지연의』를
더 많이 읽었음을 김만중과 이식이 남긴 글을 통해 짐작해 볼 수 있다.

　진수의『삼국지』는 사마천과 반고에 버금가지만『삼국지연의』에 가려서 사람
　들이 다시 보지 않는다.[23]

21　지금 이른바『삼국지연의』는 원나라 사람 나관중에게서 나왔는데, 임진년 이후 우리나라
　　에서 성행하여, 부녀자나 아이들 모두 외울 수 있게 되었다. "今所謂『三國志演義』者, 出於
　　元人羅貫中, 壬辰後, 盛行於我東, 婦孺皆能誦說" 金萬重,『西浦漫筆』.
22　임형택 소장본. 한편 유탁일은 만력 년간 하진우간본(夏振宇刊本)인『新刊校正古本大字音
　　釋三國志通俗衍義』(12권)을 모본(母本)으로 하여 인조 5년(1627)에 제주에서 간행된 간본
　　이 있음을 밝힌 적이 있다.「『三國志通俗衍義』의 傳來板本과 時期」,『碧史 李佑成先生 停
　　年退職紀念 國語國文學論叢』, 여강출판사, 1990.
23　如陳壽『三國志』, 馬·班之亞也, 而爲「演義」所掩, 人不復觀. 李植(1584~1647),『澤堂集』.

우리나라 선비들은 역사서 읽기를 대부분 좋아하지 않으므로 건안 이후 수백 년
의 일들을 이것(『삼국지연의』)에 의거하여 근거로 삼는다.[24]

위의 인용문은 당시 식자층들이 역사 공부의 필요성 때문에 역사서를
읽어야하는 상황에서 역사서보다는 연의류를 선택하였음을 엿볼 수 있
는 기록이다. 역사적인 사실만을 충실히 기록하여 다소 무미건조한 느
낌이 드는 사서(史書)보다는, 사실에 근거하였지만 허구적인 요소가 양
념처럼 요소요소에 뿌려져 사실이 감칠맛 나게 버무려져 재구성된 역사
이야기가 사람들의 구미에 당겼음은 두말할 필요가 없을 것이다.

한편 과시문(科試文)에 『삼국지연의』의 말들이 종종 인용되었고,[25]
심지어 『삼국지연의』에 나오는 내용으로 시험문제를 출제하기도 하였
다.[26] 게다가 소설 작가들은 역사연의의 수법을 모방하여 소설을 창작
하기도 하였다.[27] 이처럼 『삼국지연의』가 대유행하였다는 사실은 아

---

24 "而我國士子多不肯讀史, 故建安以後, 數十百年之事, 擧於此而取信焉" 金萬重(1637~1692),
    『西浦漫筆』.
25 '도원에서 의형제를 맺다', '다섯 관문에서 장수들을 베다', '여섯 번 기산으로 출정하다', '칠
    성단에서 바람에 제사 지내다'라는 말들은 왕왕 선배들의 과문 가운데 인용이 되었다. "如桃
    園結義', '五關斬將', '六出祁山', '星壇祭風'之類, 往往見引於前輩科文中" 金萬重, 『西浦漫筆』.
26 이이중(이민서)이 대제학이었을 적에 일찍이 '풍설방초려' 20운 배율로 호당의 학사들에
    게 시제를 내었다. 내가 '영공은 어찌하여 『삼국지연의』에서 출제 하셨습니까?'라고 묻자,
    그가 웃으면서 "선주가 삼고초려한 때가 겨울이었으니, 풍설을 무릅썼을 것은 말하지 않
    아도 알 수 있겠지요"라고 했다. "李彛仲爲大提學, 嘗出'風雪訪草廬'二十韻排律, 以試湖堂
    諸學士. 余謂 "令公何以衍義出題?' 李笑曰 "先主之三顧, 實在冬月. 其冒風雪, 不言可知矣"
    金萬重, 『西浦漫筆』.
27 정태제(1612~1669)는 『天君衍義』의 목차는 모두 31항목인데, 말을 만들고 이름을 가탁하여
    형체 없는 것을 형용하니 문자의 공교로움은 있으나 허황되고 과장된 병폐가 많다『天君衍義』
    (…중략…) 其目凡三十有一, 設辭假稱, 形其無形, 有文字之工, 而多浮誇之病"라고 하면서, "그 수
    법은 역사연의를 모방했다『其法則倣史氏衍義』고 하였다. 그리고 17세기 말에 창작된 『창선감
    의록』이나 『구운몽』이 章回體로 되어있는 것도 『삼국지연의』를 비롯한 역사연의류의 영향으로
    볼 수 있다.

래의 기록에서 다시 한 번 확인할 수 있다.

(『삼국지연의』가) 지금 인출되어 널리 배포되니, 집에서는 외워서 읽히고 과거
시험장에서는 거론되어 출제됨이 계속되었다. 하지만 이것이 부끄러운 일인 줄
알지 못하니 또한 세상이 변했음을 볼 만하다.[28]

이익은 『삼국지연의』가 간행되어 널리 전파되던 사회 풍조를 우려하
며 달갑지 않게 여겼지만, 그 유행양상을 기정사실로 인정할 수밖에 없
었다. 문헌기록상으로는 『삼국지연의』의 17세기 간행 사실이 거의 나
타나 있지 않지만, 이처럼 17세기 사대부들에게 관심 있게 많이 읽혔던
만큼 몇 차례의 간행이나 복간이 있었을 것으로 추측해 볼 수 있다. 16
세기에 전래된 『삼국지연의』는 17세기에 들어와 시간이 흐를수록 애독
되어 소설 독자층이 크게 확대되는데 기폭제 역할을 했을 것이다.[29]

⑤ 『효빈집(效顰集)』은 중국 명나라 초기의 전기 작품집이다.[30] 우리

---

28 "在今印出廣布, 家戶誦讀, 試場之中, 擧而爲題, 前後相續, 不知愧恥, 亦可以觀世變矣" 李瀷
(1681~1763)의 『星湖塞說』 권9 상, 人事門.

29 『전등신화』는 『삼국지연의』에 비해 읽기가 어려워 주로 사대부층과 漢語를 익힐 필요성
이 있었던 아전들을 중심으로 애독되었다. 반면 『삼국지연의』는 『전등신화』보다 읽기가
수월하고 흥미진진하여 김만중의 지적처럼 부녀자들이나 아이들에게까지 인기가 있었다.
따라서 『삼국지연의』가 『전등신화』보다 소설 독자층 확대에 더 크게 기여했다고 할 수 있
다. 한편 허태용은 17세기 말~18세기 초 대명의리의 차원에서 尊周論이 강화되면서 蜀漢正
統論이 중시된 『삼국지연의』가 크게 유행하게 되었다고 보았다. 「17세기 말~18세기 초 尊
周論의 강화와 『三國志衍義』의 유행」, 『韓國史學報』 15, 고려사학회, 2003.

30 『效顰集』은 15세기 초기 명나라 趙弼이 編述하였다. 총 3권으로서 상권에 11편, 중권에 6
편, 하권에 8편 등 도합 25편이다. 작자 자신이 「效顰集後序」에서 洪邁의 『夷堅志』와 瞿佑
의 『剪燈新話』를 모방하였다고 한 것으로 미루어보아 傳奇小說集임을 알 수 있다. 王靜은
그가 쓴 「效顰集序文」에서 『效顰集』에 대해 다음과 같이 평을 하고 있다. "고금인물의 충
성스러움과 선량함과 사악함과 올바름을 비롯하여 갖가지 인과응보에 관한 일을 모두 기

나라에는 15세기 중·후반경에 전래되었고,[31] 이후에 간행되어 전파되었다. 『고사촬요』에는 전라도 순창에서 목판으로 『효빈집』이 간행되었다고 하였는데, 간행된 시기가 정확히 언제인지 확인할 길이 없을 뿐 아니라 현재 전하지도 않고 있다. 현존하는 조선간본(朝鮮刊本) 『효빈집』은 일본 나고야에 있는 봉좌문고(蓬左文庫)에서 발견되었는데, 심우준은 이 판본을 17세기 중반 이전에 나온 것으로,[32] 최용철은 16세기 말 이전에 나온 것으로 각각 추정하고 있다.[33]

술하였다. 문장은 비록 稗官이나 傳奇와 같은 소설 작품이지만, 권선징악의 뜻을 그 가운데 두었으니 실로 世教를 열었다고 하겠다. (…중략…) 『效顰集』은 그 의도가 엄정하고 文詞가 우아하고 넉넉하며 전인들의 장점을 겸비하고 음란과 방탕의 잘못에 빠지지 않고 선악의 포폄이 전인들을 훨씬 뛰어넘고 있다(備述古今人物忠良邪正善惡應報之事, 辭雖類乎稗官傳奇, 而寓勸懲之意於其中, 誠有開乎世教, (…중략…) 效顰一集, 立意嚴正, 文辭雅瞻, 兼諸子所長而有之, 尤○無淫放之失也. 其於褒善貶惡之意, 則又過前作遠矣)." 최용철, 「『效顰集』의 傳播와 板本 연구」, 『중어중문학』 32, 한국중어중문학회, 2003.

31 成任(1421~1484)이 편찬한 『太平通載』에 『效顰集』의 「孫鴻臚傳」이 「孫剛」이라는 제목으로 수록되어 있다. 성임은 1461년과 1471년 두 차례 연행사절로 중국에 갔다 온 적이 있는데, 이때 구입했거나 아니면 그의 만년에 전래된 판본을 구했을 것이다. 최용철, 「『效顰集』의 傳播와 板本 연구」, 『중어중문학』 32) 한편 연산군이 1506년 『剪燈新話』·『剪燈餘話』·『效顰集』·『嬌紅記』 등의 책을 謝恩使에게 구입해오라고 전교하였다는 내용이 『燕山君日記』(연산군 12년 4월조)에 보인다. 이 전교를 내린 지 얼마 안 되어 연산군이 폐위되었기 때문에 『效顰集』이 구입되어 국내로 들어 왔는지는 확인할 길이 없다. 하지만 14세기 중·후반 이후부터 15세기에 걸쳐 『效顰集』이 『剪燈新話』나 『剪燈餘話』처럼 이미 사대부 문인들에게 알려져 있었음을 알 수 있다.

32 심우준은 이 판본이 조선 효종 연간(1650~1659) 이전에 나온 목판본을 後刷한 것으로 보았다. 「蓬左文庫藏韓籍·漢籍」, 『日本訪書志』, 정신문화연구원, 1988.

33 최용철은 이 판본이 연산군의 언급(1506)이후 임진왜란 발발 사이에 나온 목판본으로, 임진왜란 때 일본으로 전해진 것으로 보았다. 이러한 추정 근거는 이 판본에 찍혀 있는 藏書印이 일본 德川家康의 가문에서 내려오는 귀중본에 찍혀 있는 장서인이라는 것이다. 즉 임란 직후 귀중한 조선간본을 수장했던 德川家康의 도서임을 근거로 이 판본이 임란이전에 나온 刊本일 가능성이 높다고 하였다. 「『效顰集』의 傳播와 板本 연구」, 『중어중문학』 32, 한국중어중문학회, 2003.

2) 전기류

① 『정충록(精忠錄)』은 남송 때 금나라에 저항한 명장 악비(岳飛, 1103~1142)의 사적을 기록한 전기류(傳記類)이다. 『악왕정충록(岳王精忠錄)』 또는 『무목왕정충록(武穆王精忠錄)』이라고도 일컬어지는데, 이는 사후에 무목(武穆)이라는 시호를 받았고, 악왕(岳王)으로 작위가 추서되었기 때문이다. 2권으로 되어있고, 명나라 간본이며 이춘방(李春芳)이 지었다고 한다.[34] 세조·성종 연간의 문신인 최숙정(崔淑精, 1433~1480)이 「독정충록(讀精忠錄)」[35]이라는 7언율시를, 중종·명종 연간의 문신인 김인후(金麟厚, 1510~1560)가 「제정충록(題精忠錄)」[36]이라는 7언절구를 두 수 지은 것으로 미루어 보건대, 15세기에 이미 우리나라에 유입되어 사대부들 사이에서 읽히고 있었던 듯하다. 그런데 이 책이 우리나라에서 간행되었다는 문헌상의 기록은 16세기 후반에 와서야 확인된다. 즉 선조의 명으로 1585년 간행되었는데,[37] 이산해(李山海)가 서문을, 유성룡(柳成龍)이 발문을 지었다. 이 책은 어디까지나 세교에 보탬이 된다는 이유

---

34 조관희 외, 「中國古典小說序·跋選注(8)」, 『중국소설연구회보』 36, 한국중국소설학회, 1998.
35 『逍遙齋集』 권1(『한국문집총간』 권13). "小保精忠天亦知, 宸章褒錫滿旌旗. 指揮到處風塵靜, 出入行間日月遲. 賣國人多猶未死, 捐軀子獨見橫罹. 英雄一死嗟何及, 天下中分遂不支"
36 『河西先生全集』 권7, 『한국문집총간』 권33, 其一. "貫日精忠帝已知, 浮雲一蔽事難爲. 無人擘盡權奸肉, 萬古長吟志士悲" 其二. "敵將懷歸我武揚, 書生生長宋封疆. 甘心學國資強虜, 經籍眞成姦宄囊"
37 이때 간행된 『정충록』의 저본은 역관이 연경에서 돌아오면서 가지고 와서 선조에게 바친 판본이다. "萬曆甲申, 有譯官來自燕都, 以『精忠錄』一帙進者, 上覽之, 嘉歎, 下書局印出"(柳成龍, 『西厓集』 권17, 「精忠錄跋」, 『한국문집총간』 52, 343~344면) 현재 규장각에 소장되어 있는 『회찬송악무목왕정충록(會纂宋岳鄂武穆王精忠錄)』(古貴 923.252-Y7h-v.1-2)이 바로 1585년(宣祖 18)에 간행된 재주갑인자본(再鑄甲寅字本)이며 6권으로 구성되어 있다. 1501년에 쓴 진전(陳銓)과 조관(趙寬)의 원간본(原刊本) 서문에 의하면, 이 책은 명나라 진수절강태감(鎭守浙江太監) 맥수(麥秀)가 이미 존재하던 『정충록』을 새로이 교정하여 간행한 것이다.

때문에 간행되었지만, 유성룡의 발문을 살펴볼 것 같으면, 이 책이 한갓 흥미로운 읽을거리로 전락할 가능성이 있음을 간파하고 경계를 늦추지 않고 있다.

뒷날 이 책을 보는 자가 만약 戰陣과 치고 찌르는 형상만을 좋아하고 狼居에서 패배시킨 일만 상쾌하게 여기고 충효가 근본이 되는 것을 알지 못한다면 한낱 이 것은 衛靑과 霍去病의 일일 따름이니 어찌 무목을 잘 알았다고 할 수 있으며 또 전 하께서 오늘날 이 책을 반포하도록 하신 뜻이겠는가?[38]

『정충록』의 전투하는 장면이 아주 생동감 넘치게 잘 형상화되어 있 음을 위의 인용문을 통해 알 수 있다. 이 때문에 유성룡은 독자들이 이 책의 간행 의도인 악비의 충정어린 마음과 나라를 위해 고군분투하는 모습을 간과해 버리고, 그저 이야기적 흥미성에만 몰두하거나 사로잡 힐까 우려하고 있다. 그렇지만 소설사적 입장에서는 독자들이 『정충 록』을 읽음으로써 소설이 가지고 있는 흥미성이라는 달콤한 매력에 차 츰 젖어들면서 소설 독자들이 늘어날 것이라는 긍정적인 기대를 할 수 있을 것이다.[39] 16세기 말 서사류 책들은 대부분 간행이라는 측면에서

---

38 "後之觀者, 若但喜其戰陣之形, 擊刺之狀, 而欲快心於狼居之北, 不知以忠孝爲本, 則是直衛霍 之事耳. 豈足以知武穆哉? 而亦非殿下今日印頒是書之意也" 柳成龍, 『西厓集』권17, 「精忠錄 跋」, 『한국문집총간』권52, 343~344면.

39 현재 규장각에는 『회찬송악악무목왕정충록(會纂宋岳鄂武穆王精忠錄)』이라는 제목의 서 책이 8개 소장되어 있는데, 청구기호 古貴 923.252-Y7h-v.1-2가 바로 1585년에 간행된 것 이고, 나머지 것은 모두 1769년(英祖 45)에 간행된 것이다. 한편 18세기 중반 궁중에서 필 사된 것으로 추정되는 낙선재본 『무목왕경튱녹(武穆王貞忠錄)』도 소장되어 있는데, 이것 은 『회찬송악악무목왕정충록』과 마찬가지로 악비(岳飛)를 소재로 삼았지만, 웅대목(熊大 木)이 지은 『대송중흥통속연의(大宋中興通俗演義)』의 번역본이다. 따라서 『회찬송악악 무목왕정충록』과 『무목왕경튱녹』은 비록 소재는 같지만, 서로 직접적인 영향관계에 놓여

는 여전히 자신의 모습을 정정당당히 드러낼 수 없었고, 셋방살이 하면서 주인집의 눈치를 살펴야하는 세입자의 입장이었다.

3) 필기야담류 및 기타

① 『종리호로(鍾離葫蘆)』라는 책 이름은 1622년 즈음에 편찬된 『어우야담』에 처음 등장한다. 그런데 『종리호로』에 대해 언급한 『어우야담』의 전후문맥을 살펴보건대, 『종리호로』의 간행지가 중국인지 조선인지 판단하기 애매하게 되어 있다.[40] 반면 1664년 정태재가 쓴 「천군연의서문」에서는 『종리호로』를 『어면순』과 함께 우리나라의 소설잡기류라고 하였다. 이 때문에 『종리호로』의 국적에 대한 논란이 있었다.

그런데 최근 최용철은 아단문고(雅丹文庫)에 수장되어 있는 『종리호로』를 발굴해냈고, 『아단문고장서목록(雅丹文庫藏書目錄)』에 기록되어 있는 『종리호로』에 대한 서지사항을 살펴보고, 조선에서 목판으로 간행된 책임을 알 수 있다고 했다.[41] 또한 김준형은 김휴(1597~1639)가 편찬한 『해동문헌총록』에 『종리호로』의 발문이 기록되어 있음을 밝혀 『종리호로』가 조선에서 간행된 책임을 분명히 하였다.[42]

있지는 않다. 즉 『회찬송악무목왕정충록』은 전기류이고, 『무목왕정틈녹』은 연의소설류이다. 악비가 존경하고 본받을 만한 충신이므로 조선사회에서는 그의 사적을 15세기부터 읽기 시작했지만, 소설읽기가 좀 더 자유로웠던 18세기 중반경에는 『회찬송악무목왕정충록』보다 『무목왕정틈녹』이 소설 독자에게 더 흥미롭게 읽혔을 것이다.

[40] 今年春刊中原書七十小說, 目曰, 『鍾離葫蘆』, 自西伯所來, 淫褻不忍覩聞(만종재본 『於于野談』 권3).

[41] 최용철, 「朝鮮刊本 中國笑話 『鍾離葫蘆』의 發掘」, 『중국소설논총』 16, 한국중국소설학회, 2002.

[42] 김준형, 「종리호로와 우리나라 패설문학의 관련양상」, 『중국소설논총』 18, 한국중국소설학회, 2003.

그 후(책 말미)에 스스로 썼다.

"『절영삼소』는 명나라 사람의 웃음의 도구이다. 예전에는 네 본이 있었는데, 지금 내가 보태거나 줄여 그것의 셋은 버리고 하나만 취하여 이름을 『종리호로』라 하였다. 무릇 78편의 이야기는 비록 정권을 잡거나 국가의 대계를 결정하는 데에는 관계되지 않지만 정신을 수렴하는 데에는 도움이 될 것이다. 宰予는 썩은 나무라는 꾸짖음을 면하겠고, 邵子는 빙 둘러 걷는 수고를 하지 않을 것이니, 이것이 그 커다란 법이다. 어찌 조그마한 도움이라고 하겠는가? 천계 임술(1622)년에 소산자가 평양의 가촌에서 쓰다."[43]

위의 인용문은 『해동문헌총록』에 실려 있는 『종리호로』의 발문이다. 위의 인용문과 『어우야담』 권3의 "今年春刊中原書七十小說, 目曰, 『鍾離葫蘆』, 自西伯所來, 淫藝不忍覯聞"라는 구절을 통해 『종리호로』가 1622년 평양에서 목판으로 간행되었다는 사실을 확인할 수 있다.

한편 김준형은 『소부』와 『절영삼소』와 『종리호로』의 상관관계를 연구하였다. 그는 『종리호로』가 비록 명대 소화집인 『절영삼소』의 이야기들을 발췌한 작품집이지만, 당시 조선의 독자층을 고려하여 우리의 언어습관과 정서에 맞게끔 이야기를 변개시켰다고 했다. 즉 『종리호로』는 중국 명대의 이야기를 바탕으로 했지만, 조선풍으로 변개시켰기 때문에 정태제의 언급처럼 엄연히 조선시대의 작품집으로 간주할 수 있는 것이다.[44]

---

[43]　金烋, 『海東文獻總錄』, 학문각, 1969. 自書其後曰 : "『絶纓三笑』, 明人之笑具也. 舊有四本, 今余增損筆削, 去三而爲一, 名之曰『鍾離葫蘆』. 凡七十八說, 雖不關於謀王斷國, 亦有裨於收斂精神. 宰予免誅於朽木, 邵子不勞於周步, 此其大曆也, 豈曰小補之哉. 天啓壬戌年, 笑山子, 壽于箕城之可村"

②『옥호빙(玉壺氷)』은45 중국 명나라 때 도목(都穆, 1458~1525)이 1515년에 편찬한 필기소설집이다. 현존하는 조선시대『옥호빙』간본(刊本)으로는 경진년무안현간본(庚辰年務安縣刊本)·규장각본(2종)·간송문고본·연세대본·국립중앙도서관본·한국학중앙연구원본·경북대본 등이 있다.46 이처럼 현존하는 간본이 적지 않은 것으로 보아,『옥호빙』이 많이 읽혔음을 짐작할 수 있다. 허균은 1610년에『한정록』을 편찬하면서『옥호빙』등에서 가슴에 와 닿는 내용을 발췌했다고 그 서문에서 밝히고 있다.『옥호빙』이 17세기 초반경에 이미 조선의 식자층들의 독서물이 되었음을 알 수 있다. 간본 가운데 가장 오래된 간본은 1580년에 간행된 것으로 추정되는 경진년무안현간본이다.47 또한 1653년 제주에서 간행된『탐라지』창고조(倉庫條) 책판고(冊版考)에 제주향교에 보관된 책판 기록에『옥호빙』이 나와 있다.48 이로써 옥호빙이 17세기 중반경 제주에서도 간행되었음을 알 수 있다.

③『세설신어(世說新語)』의 원래 제목은 '세설'로 위진남북조시대 남

---

44 김준형, 「『笑府』·『絕纓三笑』와『鍾離葫蘆』의 상관관계와 韓國 稗說로의 變容에 대한 고찰」, 『어문학교육』 31, 한국어문교육학회, 2005.
45 엄밀히 따져보면『옥호빙』은 소설류로 분류될 수 없는 점이 있긴 하지만, 서사라는 차원에서 소설류에 포함시킬 수 있다고 여겨 거론해 본다. '玉壺氷'은 '옥으로 만든 병 속의 얼음'이란 뜻으로 은자의 고결함을 비유한다. 즉 세속의 더러움에 물들지 않은 채 고결한 절조를 지키면서 고상한 정취를 즐기는 삶을 상징적으로 표현한 말이다. 김장환, 「朝鮮刊本 明代筆記集『玉壺氷』」, 『중어중문학』 26집, 한국중어중문학회, 2000.
46 위의 글, 195~196면.
47 도목이『옥호빙』을 처음 편찬 간행한 1515년 이후 경진년은 1580년, 1640년, 1700년 등이다. 그런데 경진년무안현간본은 명나라 천계년간(1621~1627)에 孫如蘭이 교감하여 간행한 본과 40여 자 정도가 다르다. 이것으로 미루어보건대, 경진년무안현간본은 지금은 일실된 도목의 原刊本을 저본으로 했을 가능성이 아주 높다. 위의 글.
48 위의 글; 남권희, 앞의 글.

조 송나라의 유의경(劉義慶)이 편찬한 지인소설집(志人小說集)이다. 『수지(隋志)』에는 자부 소설류(子部 小說類)에 들어 있다. 한위(漢魏)에서 동진(東晉)에 이르기까지의 사림(士林), 관환(官宦), 명류(名流) 등의 일사(逸事) 및 언담을 모아 엮었다.

『세설신어』의 소설적 면모는 "역사상 실존인물을 묘사 대상으로 했지만, 완전한 실록식의 기록이 아니라 적당한 허구와 과장을 가미하여 작자 자신의 창작능력을 바탕으로 다시 편집한 것"[49]이라는 말에서 확인 할 수 있다.

이 책은 통일신라시대에 이미 우리나라에 전래되었던 듯하며, 이후 고려 무신정권 무렵에 청담취향의 고사 성격이 당시의 정치적인 상황과 맞물려 문인들에게 읽혔다.[50] 또한 조선시대로 들어와서는 이의현(李宜顯, 1669~1745)의 『도곡집(陶谷集)』에 처음으로 보인다.

그 담론은 아름답고, 서책의 문자는 모두 담박하고 고상하여 즐길 만한데, 이것은 유의경의 『세설』이 문인들에게 특히 사랑받은 까닭이다. 이로 말미암아 생각해보건대, 당시에 그 인물을 직접 보고 그 언어를 듣는 것 같으니 어찌 매료되지 않을 수 있겠는가? 명대 사람이 그 번잡함을 刪定하고 그 뛰어남을 보충하여 한 권의 서책을 만들었으니, 진실로 문단의 진귀한 보물이다. 중국 사신 주지번이 우리나라에 올 때 가지고 와서 서경(西坰, 柳根의 호, 1549~1627)에게 증정하여 마침내 우

---

49 김장환, 「『세설신어』에 대하여」, 『세설신어』 중국문화총서 7, 살림, 1996, 21면.

50 최치원의 만년 작품인 『春曉偶書』의 마지막 두 구절이 『세설신어』의 고사를 전고로 사용하고 있고, 고려시대 이규보의 장편 古律詩 「次韻吳東閣世文呈諸院諸學士三百韻詩」에서 이규보는 한 시구의 끝에 '이 고사는 세설에 보인다事見世說'라는 주석을 자신이 직접 달았다. 이규보의 年譜에 따르면 이 시는 1195년(고려 명종 25)에 해당된다. 김장환, 「『世說新語』의 韓國 傳來 時期에 대하여」, 『중국어문학논집』 9, 중국어문연구회, 2005.

리나라 문인들이 즐겨 보게 되었다.[51]

주지번이 우리나라에 사신으로 온 시기가 1606년(선조 39)이다. 게다가 "명대 사람이 그 번잡함을 산정(刪定)하고 그 뛰어남을 보충했다"는 구절로 추정건대, 이 시기에 들어온 것은 『세설신어』가 아니라 명대 하량준(何良俊)이 증보하고 왕세정(王世貞)이 산정한 『세설신어보(世說新語補)』인 듯하다.[52]

국내에는 명·청대에 간행된 판본이 10여 종 있으며, 우리나라 간행본으로는 1708년(숙종 34)에 현종실록자(玄宗實錄字)로 간행된 판본이 있다.[53]

김장환은 『세설신어』의 묘사방면의 예술적 특징으로서 ㉠ 인물묘사의 핍진성, ㉡ 간결하고 함축적인 언어묘사, ㉢ 대화와 구어의 폭넓은 운용을 들었는데, 세 가지 모두 소설 창작에 있어서 중요한 요소이다. 고전소설 작가들은 한문학을 향유하던 문인이기도 했을 터이다. 물론 시대는 다르지만 이규보의 경우 『동국이상국집』 전체에서 『세설신어』의 고사를 전고로 사용한 곳이 80여 군데나 된다고[54] 하였다. 이는 관심 있게 『세설신어』를 읽었을 경우에만 가능했을 것이다. 이규보처럼 고전소설 작가들도 『세설신어』를 애독하는 가운데 소설 창작에 필요한 기법들을 은연중 습득하였을 가능성을 충분히 상정해 볼 수 있다.

---

51 "其談論風標, 一書之文字, 則無不澹雅可喜, 此劉義慶『世說』所以爲楷人墨客所劇嗜者也. 因此想當時親見其人聽其言語者, 安得不傾倒也. 明人刪其蕪補其奇, 作爲一書, 誠藝林珍寶也. 朱天使之蕃携來, 贈西坰, 遂爲我東詞人所欣睹焉"『陶谷集』권28「雜著」,〈陶峽叢說〉.

52 김장환, 「『세설신어』에 대하여」, 『세설신어』 중국문화총서 7, 살림, 1996, 32면.

53 김장환에 의하면, 이 판본은 현재 국립중앙도서관·연세대·고려대·성균관대 등에 소장되어 있다고 한다. 위의 책, 33면, 주6번 참조.

54 위의 책, 주18번 참조.

④『소설어록해(小說語錄解)』는[55] 김태준의『조선소설사』에 의하면, 『수호전(水滸傳)』과『서유기(西遊記)』속에서 백화(白話)와 난구(難句) 만을 뽑아 1669년(현종10)에 간행한 일종의 어휘집이다. 민관동은 이 간행본이 현존하지 않고, 김태준이 간행근거를 구체적으로 언급하지 않았기 때문에 17세기 간행사실을 확정지을 수는 없지만, 조선 후기에『소설어록해』필사본과『수호지어록』·『서유기어록』의 간행본이 다량 발견되는 점으로 미루어 보아 김태준이 말한 17세기 간행 사실이 신뢰할 만하다고 하였다.[56]

⑤『동국신속삼강행실도(東國新續三綱行實圖)』는 1617년(광해군 9)에 왕명에 의하여 홍문관 부제학 이성(李惺) 등이 편찬한 책으로, 18권 18책이고, 목판본이다.[57] 이 책은 15세기에 처음 간행된『삼강행실도(三綱行實圖)』와 16세기 초기에 간행된『속삼강행실도(續三綱行實圖)』의[58] 속편으로서, 중국인물 중심이었던 이전의 삼강행실류와는 달리 우리나라의 충신·효자·열녀를 중심으로 편찬되었다. 좀 더 구체적으로 말하자면 임진왜란 이후에 정표(旌表)를 받은 충신·효자·열녀 등을 중심으

---

55 소설류는 아니지만, 소설책을 잘 읽기 위해 만들어진 어휘집이기 때문에 소설류와 아주 밀접한 관련이 있다고 생각되어 거론해 본다.

56 민관동, 앞의 책, 174면 참조.

57 이 책은 원래 1615년에 그 편찬이 완성되었으나, 간행에 막대한 경비가 소요되기 때문에 각 도의 경제력에 비례하여 전라도 6책, 경상도 4책, 공홍도(公洪道; 충청도) 4책, 황해도 3책, 평안도 1책씩 분담하여 1617년에 그 간행이 완성되었다고 한다.

58 『삼강행실도』는 세종의 명에 의해 1434년(세종 16)에 편찬 간행되었고, 대략 1481년(성종 12)에 한글로 언해되어 간행되었으며, 이후 1581년(선조 14)에 중간되었고, 1729년(영조 5)에 이르기까지 여러 번 중간되었다. 『속삼강행실도』는 『삼강행실도』의 속편으로 1514년(중종 9년)에 간행되었다. 본고에서『삼강행실도』와『속삼강행실도』를 별도로 항목 설정하지 않은 이유는『동국신속삼강행실도』에서 이 두 책을 아우르고 있기 때문이다.

로 하여 상·중·하 3편으로 편찬된 『신속삼강행실도(新續三綱行實圖)』를 토대로 하고, 『여지승람』 등의 고전 및 각 지방의 보고자료 중에서 취사선택하여 1,000여 사람의 간략한 전기(傳記)를 만든 뒤에 선대의 예에 따라서 각 한 사람마다 1장의 도화(圖畵)를 붙이고 한문 다음에 국문언해를 붙였다. 원집 17권과 속부 1권으로 되어 있는데, 권1~8은 효자, 권 9는 충신, 권10~17은 열녀에 대하여 다루고 있으며, 속부는 『삼강행실도』·『속삼강행실도』에 실려 있는 동방인 72인을 취사하여 부록으로 싣고 있다.[59] 이 책에는 서사구조를 온전하게 갖추고 있지 못한 아주 단편적인 서술의 인물 이야기들도 다수 들어있다. 하지만 이런 인물 이야기조차도 사람들이 서사류에 관심을 갖게 하는 계기로 작용할 여지는 충분하다.

지금까지 주로 17세기에 처음 간행되었거나 재간된 서사류 책들에 대해 살펴본 결과 거의 전부가 목판본이자 관찬본이었다. 즉 관판본이다. 간행 장소도 서울에만 국한되어 있지 않고 재령·순창·제주·평양 등 다양하였다.[60] 관판의 경우 보통 100여 본을 넘지 않는 수준에서 간행되었다고 한다. 그런데 백성들을 교화시킬 목적으로 국가차원에서 대규모로 인출하여 배포한 경우도 있었다.[61] 바로 『동국신속삼강행실도』가 이에 해당하는 서사류 책이다. 광해군은 『동국신속삼강행실도』를 간행하기 위해 찬집청을 설치하였고, 찬집청 설치 3년 만에 많은

---

59 한국정신문화연구원 편, 『한국민족문화대백과사전』, 1991.
60 1492(성종 23)년에 편찬된 『유양잡조』는 경상북도 상주 감영에서 편찬되었다.
61 남권희·임기영, 「한국의 목판인쇄」, 『고인쇄문화』 8, 청주고인쇄박물관, 2001, 15면 참조.

재정이 동원되어 이 책이 간행되었다. 역대 삼강행실류 중에서 가장 방대한 분량으로, 찬집청의 힘만으로는 부족하여 전라도 300권, 충청·경상도 200권, 황해도 150권, 평안도 50권 등 900여 권을 5도에 분배하여 인쇄·보급하였다고 한다.[62] 이를 통해 17세기 초기에 서사류 책이 전국적으로 보급되었음을 알 수 있다.[63] 서사류 책은 엄밀한 의미에서 소설책은 아니지만, 경우에 따라 사건의 정황을 사실적으로 묘사하고 인물의 모습을 생생하게 형상화하며 극적인 장면화를 보여주는 등 소설적인 요소가 상당히 가미되어 있기 때문에 소설을 읽을 때 느끼는 재미를 충분히 느낄 수 있다. 게다가 국문으로 번역까지 되었던 교화목적의 서사류 책들은 규방의 여성들뿐만 아니라 하층의 남성들을 소설 독자로 확보하는데 혁혁한 공헌을 하였을 것이다.

반면 이 시기에 유행하여 독자층 확대에 상당히 기여했을 것으로 추정되는 중국 연의류 번역소설이나 국문 창작소설들은 간행되지 못하고[64] 필사본의 형태로 존재하였다. 그런데 제아무리 필사본 책들이 유행하였다 하더라도 간행본 책들의 파급효과를 따라갈 수는 없었을 것이다.

---

62 신양선, 『조선 후기 서지사 연구』, 혜안, 1996, 67·94면 참조.
63 앞 시기인 1511년(중종 6년)에는 『삼강행실』이 2,940질이나 인출되어 전국에 배포되었다고 한다. 남권희·임기영, 앞의 책, 15면 참조.
64 17세기에 연의류 번역소설이나 국문 창작소설이 유행했음에도 불구하고 간행되지 못한 이유는 첫째, 이런 류의 소설책들은 '세교(世敎)'나 '박람(博覽)'이라는 뚜렷하게 내세울 명분이 없었기 때문이다. 둘째, 주로 규방의 여성들이 언문을 배우는 교양차원으로 읽었거나 무료함을 달래기 위한 흥미로운 읽을거리라는 인식이 강했을 것이다. 셋째, 주요 독자층이었던 규방여성들은 간행을 시행할 사회적 지위도, 경제적 여건도 확보할 수 있는 처지가 아니었다.

4. 서사류의 방각본 간행 가능성

지금까지 17세기에 간행된 서사류 책들을 우선 '재간본'·'초간본'으로 나누어 보았고, 이것들을 다시 서사류의 하위체계라 할 수 있는 '소설류'·'전기류'·'필기야담류 및 기타'로 나누어 살펴보았다.

'소설류'에는 『오륜전전』·『전등신화』·『전등여화』·『삼국지연의』·『효빈집』이 있고, '전기류'에는 『정충록』이 있으며, '필기야담류 및 기타'에는 『종리호로』·『옥호빙』·『세설신어』·『소설어록해』·『동국신속삼강행실도』가 있었다. 한편 17세기 훨씬 이전에 간행되었지만, 17세기에 여전히 간행본의 형태로 존재하여 17세기 소설문학의 발전에 영향을 주었을 법한 책들이 있다. 『태평광기상절』·『태평통재』·『유양잡조』·『열녀전』·『삼강행실』·『금오신화』·『화영집』 등이 바로 이런 책이다.

17세기에는 순수한 목적의 서사류 책 간행이 결코 쉽지 않았다. 그만큼 서사류 책을 읽으면서 그것이 주는 심미적 쾌감 자체를 느낄 목적으로 서사류 책들이 간행되지는 못하였다. 이 시기 서사류 책들은 거의 교화라는 목적을 위한 수단으로 간행되었을 따름이다. 가령 교화라는 목적의 꼬리표가 제대로 붙지 않았을 경우, 즉 『전등신화』가 간행될 당시 상당한 비난을 받기도 한 것은 주지의 사실이다. 그렇다고 순전히 읽을거리라는 목적에 비중이 있었던 서사류 책들이 없었던 것은 아니었다. 『삼국지연의』 같은 중국 연의류 번역소설이나 『소현성록』 같은 장편 국문 창작소설들은 당시 규방여성들에서 흥미로운 읽을거리였고, 소설책 읽기는 취미 생활의 일환으로까지 되기도 했지만, 아쉽게도 이것들이 간행되지는 못하였다. 따라서 17세기에 확실한 소설 독자 확보나 잠정적으로 소설 독자가 될 가능성이 있는 부류들을 확보하는데 있어서는 아무래도 간행된 서사류 책의 전파가 더 효과적이었을 것이다.

끝으로 이 글의 연장선상에서 17세기 방각본의 존재가능성에 대해 한번 생각해 보려고 한다. 17세기 간행본 서사류들은 거의 모두 관찬본이고, 사가본이나 방각본이[65] 존재했었다는 문헌상의 기록은 아직까지 발견할 수 없다. 하지만 그렇다고 하여 이 시기에 개인이 사적으로 서사류를 간행하지 않았다고 단정지울 수는 없다.[66] 그 이유는 1637년에 전라도 태인 지방에서 개인에 의해 판매용으로 간행된 것으로 추정되는『사서언해』가 현존하고 있기 때문이다. 이 책은 개인이 사사로이 간행한 것으로, 지방간본(地方刊本)의 특징을 보이고 있고, 간행기록으로 보아 판매용으로 간행되었을 가능성이[67] 농후하다. 만약 이『사서언해』가 영리를 목적으로 하는 방각본이 확실하다면, 방각본이 이미 17세기 중반에 엄연히 존재했던 것이다. 상황이 이러했다면, 서사류 책 특히 소설류 책은 방각본과 함께 통속성과 상품성이라는 측면에서 절묘한 조화를 이루어 이 시기에 방각본 서사류 책이 간행되었을 법하다. 16세기 말에 여항간에서 다투어 인출하여 보던『전등신화』같은 소설 책은 이 시기에 이미 영리를 목적으로 판매되었을 개연성이 높다.

_『민족문학사연구』38, 민족문학사학회, 2008

---

65 私家本과 방각본은 모두 개인이 간행한 서책이라는 면에서는 공통점이 있다. 하지만 사가본이란 개인이 대가를 바라지 않고 자비를 들여 간행한 서책을 일컫는 말이고, 방각본이란 개인이 영리를 목적으로 자비를 들여 간행한 서책을 일컫는 말이다.

66 坊刻本이란 개인이 사적으로 영리를 목적으로 간행한 것을 말한다. 방각본의 기원은『고사촬요』권말 하한수의 기록(1576년(선조 9) 7월, 수표교 아래 북쪽 자리 수문 입구에 있는 河漢水의 家刻板을 사고 싶은 사람은 찾아오라)에서 알 수 있듯 16세기 후반으로 추정된다.

67 옥영정, 「17세기 개인출판의 사서언해에 관한 고찰」,『서지학연구』27, 서지학회, 2004.

중국 서사문학의 전파와 조선적 수용의 가능성

신상필

1. 고전 서사문학에의 재접근

　현재 동아시아로 일컬어지는 지역은 이미 오랜 역사기간 다양한 왕조의 등장과 사라짐 속에서 부단한 영향 관계를 맺으며 저마다 자신의 정체성을 확립해왔다. 기본적으로 동아시아 문명은 '한자문화권'이라는 개념으로 이해되듯이 중국으로부터 발신(發信)된 정보가 정치·경제·사회·문화의 모든 방면에 긴밀하게 관계되어 있었으며, 그 역방향의 교류도 전개되어 왔다. 마찬가지로 동아시아 소설사 역시 지속적인 상호영향 관계 속에서 전개되고 있었다. 한국의 경우 소설 양식은 중국 당(唐)에서 성행한 전기(傳奇)의 수용과 함께 시작되어, 명(明) 구우(瞿佑, 1341~1427)의 『전등신화(剪燈新話)』에 힘입은 김시습(金時習, 1435~1493)의 『금오신화(金鰲新話)』가 탄생하였고, 17세기 동아시아 전환기의 소용돌이에서 소설의 시대로 불리는 한국적 발자취를 남긴 것으로 대략적인 이해가 가능하다. 이 점에서 17세기 동아시아의 전환기는 16세기와 함께 서사 양식에 상당한 자극과 자양분을 공유하였던 시기로 이해할 필요가 있다. 금속활자본『삼국지통속연의(三國志通俗演義)』가 이미 16세기 중반 조선에서 간행되었던 사실도 이를 확인할 수 있는 좋은 사례이다.[1] 그만큼 16~17세기에는 중국 문화, 특히 중국 소설의 조선 전래가 매우 활발하게 이루어졌음을 말해 준다.

이와 관련하여 중국 명대(明代) 화본소설(話本小說)의 번역(飜譯)·번안(飜案)·개작(改作) 양상에 대한 관심이 진작에 고조된 바 있다.[2] 본고는 특히 풍몽룡(馮夢龍, 1574~1646)의『유세명언(喩世明言)』에 실린「장흥가중회진주삼(蔣興哥重會珍珠衫)」의 성립과정과 조선조 서사문학의 영향 관계에 주목하고자 한다. 「장흥가중회진주삼」의 조선조 영향 관계에 대해서는 이미 선행연구에서 언급한 바 있다.[3] 하지만 이들 논의는 대체로 18, 19세기 작품들이 중국 화본, 혹은 문언소설을 번역·번안·개작하고 있는 양상을 작품과 비교하여 소개하는 데 그친다. 중국 소설의 조선 전래와 관련하여 작품 간의 차이와 연관성만을 주목한 것이다. 물론 백화소설(白話小說)이 병자호란(丙子胡亂)을 전후하여 역관(譯官)들에 의해 소개된 것으로 추정한 연구도 있다.[4] 하지만 이러한 가능성은

---

1   박재연·김영 교주,『三國志通俗演義』, 중한번역문헌연구소, 학고방, 2010.
2   김태준,『朝鮮小說史』, 學藝社, 1939; 김기동,『李朝時代小說論』, 精硏社, 1959; 이명구,「李朝小說의 比較文學的 硏究」,『대동문화연구』5집, 성균관대 대동문화연구원, 1968; 신동일,「韓國古典小說에 미친 明代短篇小說의 影響: 혼사장애구조를 중심으로」, 서울대 博士學位論文, 1985; 이헌홍,「朝鮮朝 訟事小說 硏究」, 釜山大 博士學位論文, 1987; 曾天富,「韓國小說의 明代話本小說 受容 硏究」, 釜山大 博士學位論文, 1995.
3   李佑成·林熒澤 譯編,『李朝漢文短篇集』(上), '24. 償恩' 해설, 一潮閣, 1973, 330면; 金東旭,「蔣興哥重會珍珠衫'의 野談으로의 飜案樣相」,『中國文學硏究』32집, 2006.

보다 이른 시기에 간취된다. 바로 본고가 주목한 「장흥가중회진주삼」의 핵심 모티프와 관련된 사안으로 선행연구가 『동야휘집』·『청구야담』과의 관련 양상으로 주목한 시점보다 한참을 앞선 시기이다.

뿐만 아니라 지금 본고가 주목하려는 비교문학적 관점은 단지 영향 관계의 시기적 상한선을 올려 잡는데 그치지 않는다. 여기에는 필기(筆記)가 연관되어 있으며, '견문의 기록'이라는 필기의 양식적 특성이 중국 서사의 파장에 반응하는 현장을 통해 조선적 수용 양상의 또 다른 가능성을 확인하고자 하는 것이다. 이때 구비 전승의 개입을 통한 의미망을 점검하게 될 것이다. 이를 통해 중국 서사문학에 공명하여 한국 서사문학사가 쌓아 올린 지층의 의미와 가능성에 접근하는 하나의 기회가 되기를 기대한다.

2. 한문 서사 양식의 공명과 변주

풍몽룡의 「장흥가중회진주삼」은 『유세명언』에 실린 첫 번째 작품으로 유명한데, 논의를 시작하기 위해 먼저 그 대략적인 내용을 소개하면 이러하다.

절세미인 삼교아(三巧兒)는 남편 장흥가(蔣興哥)가 장사를 떠난 사이 진대랑(陳大郎)이라는 상인의 유혹에 빠져든다. 이를 알게 된 남편은 그 사실을 숨긴 채 이혼을 요청한다. 이후 삼교아는 재혼하여 관인 오걸(吳傑)의 첩이 된다. 이후 전남

---

4   李明九, 『옛소설』, 세종대왕기념사업회, 1976.

편 장홍가가 살인사건에 연관되어 잡혀오자 삼교아는 남편 오걸에게 간청하여 사건을 무마시켜주고, 장홍가와 삼교아의 지난 사정을 전해들은 오걸은 두 사람의 재결합을 이루어준다.

이것이 작품의 큰 얼개만을 간추린 내용이다. 그사이에는 홀몸이 된 장홍가가 객사한 진대랑의 장례를 치르지 못한 채 고생하던 진대랑의 아내를 우연히 만나 처로 삼고, 재혼했던 삼교아가 남편 오걸의 후의에 힘입어 다시 장홍가의 첩으로 재결연하는 과정이 더해져 있다. 이때 작품의 제목에 표방되어 있는 '진주적삼'은 삼교아와 진대랑의 부적절한 관계가 발각되는 계기로 활용되는 동시에 새로운 인연의 장치가 되는 물건이다. 이를 놓고 보자면 「장홍가중회진주삼」은 상인으로 설정된 장홍가와 진대랑 두 인물의 행동과 대화 속에서 중국의 상업 사회가 현실감 있게 간취되며, 그 내조자인 아내들의 굴곡진 처지 역시 남녀 관계 속에서 흥미진진한 서사를 그려내었다. 이와 함께 관인 오걸이, 장홍가가 자신의 상품을 훔친 노인과의 실랑이 끝에 저지른, 우발적인 살인을 정상참작의 범위 안에서 해결해주는 대목은 짧은 송사소설의 한 장면으로 읽힌다.

하지만 작품에서 보다 주목되면서도 정채를 발하는 장면이 있다. 바로 진대랑이 진주장사 설(薛)노파의 계획에 따라 삼교아와 결연하기까지의 과정을 그린 대목이다. 그 진행과정에 주목하는 이유는 우연히 삼교아와 눈길이 마주쳐 그녀를 잊지 못하게 된 진대랑의 쉽지 않은 결연 과정을 어떻게 현실적 서사 문맥에서 설득하고 있는지 궁금증을 자아내는 때문이다. 그것도 남편이 장사로 집을 비우기는 했지만 규방의 아녀자를 만나는 일은 그리 쉬운 노릇이 아니라는 점에서 더욱 그러하다. 작품은 사회적 인간관계에 노숙한 장사치 여인 설노파를 매개로 삼아 은밀하면서도 꾸준하게 남녀의 밀회로 이끌어내는 과정을 상당한 분량에 걸쳐 현실감 있게 구성해 내고 있다.

본고가 영향 관계로 주목하는 부분도 바로 여기에 있다. 조선 중기 문인 어우당(於于堂) 유몽인(柳夢寅, 1559~1623)의 『어우야담(於于野談)』에 실린 한 작품이 「장흥가중회진주삼」의 설노파가 중재하던 남녀 결연 장면과 상당히 유사하며, 이 점에서 영향 관계가 성립하는 것으로 여겨지기 때문이다. 영향 관계의 이해를 위해 각 작품의 주요 대목을 인용해 보기로 한다.

①

한 달쯤 되자 부인의 남편은 글공부를 위해 산사(山寺)로 들어갔다. 부인은 유모와 함께 잠자리를 하였고, 여러 시비(侍婢)들은 바깥채에서 밤을 지내었다. 어느 날 유모는 취한 척하며 대원모(大圓帽)를 머리에 쓰고 알몸으로 아기씨의 잠자리로 파고들어 그녀를 끌어안으며 말하였다. "사랑스런 우리 아기씨. 서방님께서 사랑해 주실 만도 하구려." 그렇게 남녀가 사랑 놀음 하듯 장난과 희롱을 하여 마음이 동하도록 만들었다. 이러기를 한참이나 하였다. "우습구려. 할멈이 미쳤나봐. 망령이 나지 않고서야." 이런 말로 두세 차례나 밀쳐보았지만 유모는 계속 희롱하듯 어루만져 부인을 점점 견디지 못하게 하였다.

그러더니 유모는 "소피 좀 보고 올게요" 하며 이부자리를 나섰다. 하지만 유모는 진작에 몰래 상인을 문 밖에서 기다리도록 해 두었던 것이다. 상인은 홀딱 벗은 채 대원모를 써서 유모인 양 꾸미고 곧장 이불을 들추어서는 유모가 하던 대로 부인을 품에 안았다. 부인은 이런 줄도 모른 채 유모라고만 여겨 그가 희롱하는 대로 몸을 맡겼다. 상인은 마침내 제 하고픈 대로 정을 통하였다. 상인은 이날부터 새벽에 나갔다 밤이면 다시 찾아오곤 하였다.[5]

②

(장사차 집을 비워 혼자지내는 삼교아에게 일부러 술자리를 마련하고 남편 없이 혼자 사는 할멈으로 어떻게 정욕을 해결하는지 그 구급방(救急方)을 알려주겠다며 운을 떼워 놓은) 설노파는 한 마리 나방이 등불에서 맴돌자 곧 부채를 한 번 휘두르는데 일부러 등불을 꺼트리려는 수작이었다. "이그! 제가 가서 불을 붙여오지요." 할멈이 곧장 나가며 누각의 문을 여는데 진대랑은 진작 누각의 계단을 올라와 문간 뒤에 한참을 기다리고 있었던 것이다. 이 모두가 할멈이 미리 마련한 계략이었다. 할멈은 짐짓 "등잔 가져간다는 것을 잊었구랴" 그러더니 되돌아 들어오며 그 참에 진대랑을 끌고 들어와 자신의 침상에 숨겨두었다. 그리곤 할멈이 누각을 내려가더니 다시 올라와 말하였다. "밤이 깊어 부엌의 불씨도 모두 꺼졌으니 어쩐다?" "저는 등불을 켜고 자는 데 익숙해서 캄캄한 게 너무도 무섭답니다." "제가 아가씨 침상에서 함께 자면 어떨런지요?" 삼교아도 그녀에게 구급방을 물어보려던 참이라 "좋겠네요"라고 하였다. "아가씨 먼저 자리에 드세요. 저는 문을 닫고 오지요." 삼교아가 먼저 옷을 벗고 잠자리에 들며 "할멈도 얼른 잠자리에 드세요" 하니 "지금 갑니다" 하고는 침상에 있던 진대랑을 끌고 들어와 알몸으로 삼교아의 잠자

---

5   유몽인, 『어우야담』(萬宗齋本), 224~225면, "不閱月, 婦人之夫婿, 出山寺讀書, 婦人與媚共宿, 諸侍婢宿于外, 媚陽醉, 頭戴大圓帽, 脫衣裳, 入婦人衾, 抱持婦人曰: '可愛吾女兒, 宜夫書生愛之也.' 戲作男女之狀, 挑其心, 如此者良久. 婦人曰: '可笑, 老媚母, 何狂若是, 豈非病風而然乎?' 再三推之, 媚戲久而要女愈苦. 俄而, 脫身而出曰: '小便復來.' 媚已密使賈人候外, 赤身戴大圓帽, 假媚狀, 直開衾, 抱持猶前, 婦人不知覺, 以爲媚也, 任其戲之, 賈人遂恣意奸焉. 自是之後, 晨往夜入" 작품의 全文은 본고에 부록함.

리에 들게 하였다. 삼교아는 그의 몸을 어루만지며 말했다. "나이도 많은 노친네가 몸은 이리도 부드럽담." 그 사람은 대답 없이 곧장 품으로 파고들어 부인을 끌어안았다. 부인도 할멈인줄로만 알고 두 손으로 끌어안았다. 그 사람은 갑자기 몸을 포개고는 일을 저질렀다. 부인은 술을 여러 잔 마셔 취한 눈으로 몽롱한데다 할멈의 충동질로 춘심까지 일어난지라 이제 자세히 살필 겨를도 없이 그가 하는 대로 몸을 맡겼다.[6]

①은 『어우야담』의 한 대목이며, ②는 「장흥가중회진주삼」의 내용이다. 「장흥가중회진주삼」에서 설노파는 진주 장신구를 흥정하는 것으로 삼교아와 가까워지기 위한 빌미를 마련한다. 그렇게 가까워진 설노파는 남편의 출타로 독수공방하던 삼교아의 외로움을 이용하여 같은 방에서 지내자며 침대를 나란히 놓는 등 주도면밀한 과정을 거쳐 그녀의 침실로 진대랑을 안내할 수 있었다. 지금 인용한 『어우야담』의 한 작품과 「장흥가중회진주삼」의 해당 대목에 흐르는 정조와 분위기에서 상호 연관의 가능성이 느껴진다. 뿐만 아니라 인용 대목의 전후로 전개되는 사건에서도 「장흥가중회진주삼」과의 관련성을 충분히 감지할 수 있다. 물론 화본소설로서의 「장흥가중회진주삼」이 지닌 편폭과 분량, 각 대목의 세심한 배치와 묘사에 『어우야담』이 미치지 못하고 있음은 분명하다. 이러한 차이는 내용을 담는 그릇, 즉 양식적 특성과 더불어 이야기의 산출 배경 및 수용 양상에서 기인한다. 그럼에도 정조와 분위기를 느낄 수 있다고 언급한 것은 『어우야담』이 「장흥가중회진주삼」을

6 　풍몽룡 편, 『유세명언』, 三秦出版社, 2003, 18면.

단순 모방하지 않았음을 강조하려는 것이다. 실제 『어우야담』은 상당한 변모 양상을 보여준다. 양자의 차이를 정리해 보면 다음과 같다.

	「장흥가중회진주삼」	『어우야담』
남편의 신분	상인	독서인
남편 부재 사유	장사를 위한 외유	산사(山寺)에서의 글공부
조력자	진주상인 노파	부인의 유모
갈등유발자의 조력자와의 관계	상인 간의 관계	상인 신분으로 유모의 딸과 혼인
작품 후반부 처리	삼교아와 이혼한 장흥가는 진대랑의 병사(病死) 후 그 부인과 재혼 / 관인과 재혼한 삼교아는 살인사건에 연루된 전남편을 구원하고 장흥가의 후실(後室)로 재결합	부인의 부적절한 행실을 알게 된 관인(官人)인 시아버지가 상인을 도둑으로 몰아 죽이고 사실을 은폐해 부부 관계 유지

표로 정리한 바와 같이 작품 전체로 볼 때 후반부는 상당히 다르게 처리되어 있으며, 전반부의 경우 등장인물들의 관계나 상황 설정이 변모되어 있다. 하지만 작품의 핵심 대목이라 할 인용문의 남녀 밀회를 마련하는 과정과 침대로 인도하는 장면에서 두 작품의 상호 연관성을 확인할 수 있다. 그러나 대폭 수정이 가해진 후반부의 경우에도 삼교아가 재혼한 남편의 역할이 부인의 시아버지로 바뀌어 인물 설정은 달라졌지만, 두 작품 모두 관인 신분의 인물이 남녀의 부적절한 관계로 인한 파국 양상을 원만하게 조정하여 부부의 재결합으로 마무리한 점은 동일하다. 핵심 서사구조와 달라진 이들 외면적 양상은 발신자로부터 연원한 중국의 사회문화적 격차를 수신하는 과정에서 조선적 해석과 수용으로 여과하면서 발생한 것이다.

그렇다면 이러한 변환은 어떻게 발생한 것이며, 이로부터 어떠한 의미를 읽어 낼 수 있을 것인가? 표에서 정리한 상이한 대목들을 살펴보면 「장홍가중회진주삼」의 내용은 대체로 명대 중국 사회에서 자연스럽게 이해 가능한 생활정감이다. 특히 장홍가와 진대랑, 그리고 설노파이들 세 사람은 모두 상인으로 설정되어 특유의 성향과 생활상이 작중인물에 체현되고 있다. 이는 규방의 여인을 외간 남자와 맺어주는 설노파의 작업과정이 조선 독자들의 관심을 끌었지만, 사회·경제적 측면의 상이함으로 인해 조선의 일반적인 생활정감에 거부감 없이 수용되기 어려웠다는 의미이기도 하다. 여기서 『어우야담』의 변모 양상을 이해해야 할 것이다.

「장홍가중회진주삼」은 유명한 상인 집안의 정조를 갖춘 부인과의 간통이라는 기본 구도가 서사의 핵심이며, 서사 전개의 힘이 되고 있다. 이 기본 구도가 조선적 정황에서 이해되려면 상인 집안은 문벌이 훌륭한 집안으로, 정조를 지닌 부인은 규방의 아녀자로 설정되는 것이 자연스럽다. 유몽인도 이야기의 서두에서 "우리나라는 규방의 예법이 더욱 엄격하여 사족(士族) 가문의 대문 안은 외부 사람이 들여다보기 어려웠다我國重閨範, 士族家門楣之內, 外人所難覸"고 증언하고 있다. 이렇게 기본 구도가 잡힌 조선적 수용 과정은 장홍가의 상업을 위한 출타를 독서인 남편이 과거 준비를 위한 산사에서의 독서 장면으로 대치할 수 있었다. 나아가 진대랑이 마을 사정에 훤한 진주장사 노파를 조력자로 택하였지만, 『어우야담』은 비단상인이 규방 여인과 어려서부터 함께 지내며 시집까지 따라온 유모에게 접근하는 것으로 변모시킨다. 하지만 유모를 매개로 삼은 규방 여인에의 접근 구도는 아직 조선적 생활상에 어색한 점이 있어 보인다. 이에 『어우야담』은 먼저 상인을 유모의 딸과 혼인시켜 비부(婢夫)로 삼고, 그가 집안의 하인처럼 지낼 것을 자청함으로써 규방 아녀자에게 접근할 수 있는 추가적 장치를 마련하고 있다.

마찬가지로 후반부의 상이한 내용 전환 또한 다음과 같은 이해가 가능하다. 이혼과 재혼, 특히 장흥가가 자신의 아내와 정을 통한 진대랑의 부인과 재혼한다거나 이혼한 전부인을 후실로 들여 재결합한다는 설정은 재가(再嫁)도 쉽지 않은 조선 당대의 기록으로 수용하기에 난감한 성격을 지니고 있다. 비록 현실적으로 매우 특수한 사례가 존재할 수 있을지라도 말이다. 『어우야담』은 이를 관인 시아버지의 엄명하에 담을 넘는 상인에게 도둑의 누명을 씌워 잡아 죽이고, 그간의 사정도 집안사람들의 입단속을 통해 비밀에 붙임으로써 부부가 해로하도록 마무리하였다.

3. 중국 서사 전래와 수용의 또 다른 가능성

그렇다면 이상의 논의를 정리할 때 「장홍가중회진주삼」을 수용한 『어우야담』의 전반부 내용을 번안으로, 후반부 내용을 개작으로 이해할 수 있을 것이다. 하지만 이를 중국 소설을 접한 유몽인의 번안과 개작으로 단순하게 인정하고 말 것인가? 그러기에는 석연치 않은 대목이 있어 여기에 몇 가지 의문을 제기해 본다.

먼저 양자의 창작시기와 전파의 시점에 관련된 문제이다. 「장홍가중회진주삼」이 실린 풍몽룡의 『유세명언』은 1621년 간행되었다. 유몽인의 저술 『어우야담』은 평소 기록해 오던 것이 10권에 달하는 분량이었으나 1623년 인조반정(仁祖反正)의 과정에서 그가 사사(賜死)되자 상당한 이본으로 흩어져 전하게 되었다. 이 점에서 『어우야담』이 「장흥가중회진주삼」을 직접 수용했다면 『유세명언』의 간행 이후 유몽인의 사망까지 2년이라는 매우 짧은 시기에 조선으로 수입·수용되었어야 한다. 하지만 수입과 독서, 번안 및 개작이 그 2년 사이에 이루어질 가능성이란, 불가능한 것은 아니지만, 쉽게 이해되지 않는다. 오히려 『유세명언』의 저본이 된 풍몽룡의 『정사유략(情史類略)』(전 24권)에 실린 작품이 영향을 주었을 가능성이 높다.[7] 『유세명언』이 의화본(擬話本)의 성격을 지닌데 반해 『정사유략』은 역대필기소설의 선집이라는 점에서 문언문(文言文)이라는 『어우야담』의 문체적 성격과도 연관성이 높아 보이기 때문이다.

여기서 필자는 이들의 영향 관계가 문헌 전승(文獻傳承), 즉 유몽인의 독서를 통한 번안과 개작이기 보다는 구전(口傳)에 의한 수용 가능성을 조심스럽게 제기해보고자 한다. 무엇보다 『어우야담』과 같은 필기(筆記)나 야담(野談)은 그 특성상 사대부 주변의 생활에서 견문(見聞)한 사실을 기록의 원천으로 삼는 경우가 일반적이기 때문이다. 그렇다면 앞서 살펴본 『어우야담』의 작품 변모 양상도, 중국의 문헌을 접한 유몽인이 번안·개작 하였다기보다는, 조선의 여항간에 구전되던 이야기가 전래 과정에서 조선화 되었고, 유몽인의 견문을 거쳐 수록된 것으로 이해함이 자연스러워 보인다. 더구나 『정사유략』은 송존표(宋存標)가 편찬한 『정종(情種)』(전 8권)의 작품을 인용하였다고 한다.[8] 문제는 송존표의 『정종』 또한 당숙(堂叔)인 송무징(宋懋澄, 1568~1622)의 「부정농전(負情儂傳)」과

---

7   楊玲, 「從『情史·蔣興哥重會珍珠衫』到『喩世明言·蔣興哥重會珍珠衫』」, 『中國古代小說戲劇研究叢刊』, 2006.

8   金源熙, 「被人遺忘的小說集 : 『情種』淺談」, 『中國小說論叢』 22輯, 2005.

「주삼(珠衫)」을 실은 것이며, 이 「주삼」이 바로 「장흥가중회진주삼」의 모델이 된 작품이다.[9] 「주삼」은 등장인물들의 성명도 없고, 분량도 단편에 해당하지만 「장흥가중회진주삼」의 주요 내용이 문언소설의 면모로 십분 구현된 작품이다.

「장흥가중회진주삼」은 풍몽룡의 작품 가운데 보다 주목을 끌었던 것으로 생각된다. 이후 이 작품을 기반으로 삼아 극본(劇本)으로 개편한 원우령(袁于令)의 『진주삼기(珍珠衫記)』, 유(柳)○○의 『진주삼(珍珠衫)』, 한한자(閒閒子)의 『원범루(遠帆樓)』, 섭헌조(葉憲祖)의 『합향삼(合香衫)』 등이 나와 많은 관객들의 인기를 얻은 데서도 알 수 있다.[10] 하지만 이 이야기의 근저에는 송무징의 「주삼」이 자리하고 있으며, 이후 수많은 독자와 관객들의 관심을 이끌어냈다는 점에서는 풍몽룡의 공헌이 지대하다 하겠다.[11] 본고가 관심을 갖는 『어우야담』 소재 '진주삼' 관련 이야기의 전파와 수용 양상은 적어도 송무징의 「주삼」에서 송준표의 『정종』, 풍몽룡의 『정사유략』과 『유세명언』으로 전개되는 과정에서 연관되고 있음이 분명하다.

무엇보다 그 근저에 송무징의 기록이 존재함을 기억할 필요가 있다. 「주삼」이 저자의 문집인 『구약별집(九籥別集)』 권2 『패(稗)』에 실려 있기 때문이다.[12] '패(稗)'는 기본적으로 '자질구레하다'는 의미이자, 패

---

9   李格非·吳志達 選注, 『元明清小說選』, 中州古籍出版社, 1984, 158~161면. 이 책에서는 송무징 작품의 출전을 『정사유략』으로 밝히고, 제목을 「珍珠衫記」로 소개하였다.

10   譚正璧, 『三言兩拍資料』上, 上海古籍出版社, 1980, 6~7면.

11   楊玲, 앞의 글. 그는 풍몽룡이 문언소설을 화본소설로 전환하면서 작품 분량의 대폭적인 확대와 함께 '情節豊贍曲折', '主題鮮明突出', '語言生動形象·雅俗兼濟'의 방면에서 보다 생명력을 불어 넣어 明代 단편소설에 지대한 영향을 미친 것으로 설명하였다.

12   송무징의 문집 『구약집』(중국사회과학출판사, 1984)을 소개와 함께 제공해주신 선문대 박재연 선생님께 이 자리를 빌려 감사드린다.

관(稗官)·패설(稗說)을 의미하는바, 민간에 전승하던 자질구레한 이야기의 기록임을 표방한 것이다. 이로써 송무징의 기록 역시 당대 중국에서 회자되던 구전 이야기의 견문에 기초한 것으로 짐작할 수 있다. 그렇다면 억측일 수 있으나 문헌 기록으로 남은 송무징의 「주삼」이전에 전승되던 이야기가 조선에 전래되었을 가능성도 점쳐볼 수 있다. 실제 『정종』과 『정사유략』에는 송무징의 작품을 수록하고 그 논찬부에서 각각 "이는 새로운 주삼 이야기로 서점에 옛 각판이 있다此新珠衫也, 坊間有舊刻", "소설에 「진주삼기」가 있는데 성명은 모두 없다小說有「珍珠衫記」, 姓名俱未的"라는 사실을 덧붙여 밝히고 있다. 「주삼」은 송무징이 『패』에 기록한 36편의 작품 가운데 하나이며, 당대 민간에 유전하던 이야기나 단편 소설을 정선(精選)한 것임을 알 수 있다.

송무징의 『패』, 송존표의 『정종』, 풍몽룡의 『정사유략』과 『유세명언』은 중국 전래, 혹은 당대의 서사성 강한 기문(奇聞)과 일사(逸事)의 수집이라는 독특한 기록 전통을 이루어냈다. 특히 송무징의 작업은 송존표와 풍몽룡의 주목을 받았을 정도로 민간의 서사에 대한 관심을 대변한 것이며, 『패』는 민간의 서사 환경을 반영하고 있다고 할 수 있다. 이러한 측면을 고려해 본다면, 16세기 후반 중국 민간의 선호를 받았던 서사 작품과 이야기는 이를 접할 수 있었던 조선 측 인사들의 관심도 끌었으리라 예상할 수 있다. 그에 대한 전파의 가능성을 다음과 같이 상정해 보고자 한다.

먼저, 일본의 침공으로 7년간 전개된 임진왜란에 원병(援兵)으로 조선에 들어 온 6만에 달하는 명군(明軍)을 통한 전파이다. 이들은 임진왜란과 정유재란 두 차례에 걸쳐 조선에 파견되었는데, 이들이 주둔하던 기간 중국의 생활 관습과 문화가 조선에 남았을 가능성이 농후하다. 대표적인 경우로 관왕묘(關王廟)를 지목할 수 있다. 이는 명(明)의 수군 도독 진린(陳璘)의 요청에 의해 남대문 밖에 처음 세워졌고, 현재 동대문 밖 동묘(東廟)는 그 대표적 유적이다. 이때 서울 외에도 강진·안동·성주·남원 등지에 관왕묘가 만들어졌다고 한다. 명의 원병들은 조선을 돕기 위해 전쟁에 참여한 병사들이었으나, 그들이 거처하며 지내던 생활 관습은 조선에 일정 정도의 영향을 남길 수밖에 없었다. 본고가 논하고 있는 중국 서사문학의 경우에도 이들 원병의 조선 주둔과 함께 전래되었을 가능성이 존재한다. 다만 그 구체적인 정황이나 관련 기록을 확인하지 못하여 추정에 그칠 뿐이라는 점이 아쉬움으로 남는다.

하지만 분명 이들 중국 원병과의 접촉은 있었을 것이다. 단지 중국과 조선의 언어가 통하지 않는 상황에서 서사문학의 전파에는 일정한 난관이 존재한다. 특히 구전의 상황을 염두에 둘 때 더욱 그러하다. 그렇다고 불가능한 것만도 아니다. 우선은 한문 식자층이 조선에 주둔한 중국인들의 서사 작품을 얻어 보았을 가능성이 있으며, 이때 문헌 자체가 전파되는 동시에 다시 구전을 통해 전파되었을 가능성을 상정해 볼 필요가 있다.

또 다른 직접적인 소통 방식으로 역관(譯官)에 의한 전파 가능성이 존재한다. 이들은 중국과의 외교관계에서 매우 중요한 역할을 맡았을 뿐만 아니라, 중국 사회의 사회상과 다양한 변화에 대해서도 매우 민감하게 반응하고 있었다. 그렇다면 조선에 주둔한 원병과의 관계에서도 이들 역관의 역할은 상당히 중요했으리라 여겨진다. 하지만 이러한 추정에도 군사 작전과 외교의 한정된 상황으로 역관의 역할이 제한되었을 것이라는 반론을 제기할 수 있겠다. 마찬가지로 역관이 당시 서사문학의 전파에 관련되었다는 구체적 정황 자료도 쉽게 찾을 수 없다. 대신 이들 역관의 서사문학에 대한 관심을 보여주는 사례로부터 간접적으로나마 일단의 가능성을 엿보고자 한다.

> "우리 서포(書舖)에 가서 몇 권의 한서(閑書)를 사와 소일하면 어떨까?"
> "어떤 책을 사는 것이 좋을까?"
> "『조태조비룡기(趙太祖飛龍記)』와 『당삼장서유기(唐三藏西遊記)』를 사자."
> "책을 사려면 사서(四書)나 육경(六經)을 사는 것이 낫지 어찌해서 이런 소설(小說)을 사서 보려는 것이냐?"
> "너는 이 『서유기(西遊記)』가 얼마나 재밌는지 모른단 말이냐? 지루하고 답답할 때 보면 정말 갑갑함을 없애기에 좋지. 당 삼장(唐三藏)이 손행자(孫行者)를 데리고 차지국(車遲國)에 가서 백안대선(伯眼大仙)과 다투는 대목의 이야기는 너도 알잖아?"
> "내가 들어 볼 테니 네가 이야기해 보아라."[13]

『박통사(朴通事)』에 나오는 한 대목이다. 인용문의 다음으로는 『서유기(西遊記)』의 해당 내용이 서술되고 있다. 『박통사』는 고려 조정에서 역관을 양성하기 위해 마련한 '한어 학습서(漢語學習書)', 즉 일종의 외국어 학습 교재이다. 인용문의 대화에 등장하는 두 인물은 다름 아닌 통

---

13 『朴通事新釋諺解』, 서울대 규장각, 2004, 428~430면. "我兩箇到書舖裡去, 買幾部閑書來, 消遣何如?', '買甚麼書好呢?', '買『趙太祖飛龍記』『唐三藏西遊記』', '要買書, 買些四書六經也好, 怎麼只要買那小說看呢?', '你不知這『西遊記』熱鬧得狠哩? 悶時節看看, 眞好解悶. 那唐三藏引着孫行者, 到車遲國, 和伯眼大仙鬪聖, 這一段故事, 你知道麼?', '你說我聽.'"

사(通事), 즉 역관들이다. 지금 이들의 대화를 통해 외교 업무를 벗어난 역관들의 일상적 관심사와 현장을 엿보게 된다. 한 역관이 심심함을 견디지 못하고 서점에서 소설책을 구해 소일하자는 제안에 다른 한 역관은 이왕이면 사서(四書)나 육경(六經)을 볼 것이지 한갓 소설책이냐며 타박을 놓는다. 소설에 대한 일반적인 반응이다. 하지만 소설 구입을 제안한 역관이 『서유기』의 재미와 일상의 효용을 설명하고 손오공(孫悟空)이 백안대선(伯眼大仙)과 결투를 벌이는 대목으로 구미를 끌자 상대방 역관도 금세 관심을 보이며 경청하고 있다.

『박통사』는 고려조의 한어학습서라는 점에서 조선의 경우와 차이가 날수도 있다. 그러나 역관들의 일반적인 생리라는 측면에서 『박통사』의 인용 대목이 보여주는 그들의 일상적 면모가 그리 다르진 않을 것이다. 그렇다면 조선조 역관들의 관심사 한편에도 중국 문화, 특히 당대에 흥행하던 서사문학에 대한 관심이 높았으리라는 점은 충분히 짐작된다. 인용문에서 『서유기』의 한 대목을 이야기해 보라는 요청에 서슴지 않고 응하는 모습에서 당시 역관들의 소설 작품에 대한 관심도를 여실하게 느낄 수 있다. 더구나 『박통사』가 역관 양성을 위해 국가에서 간행한 한어학습서라는 점에서, 역관의 소설 구매 장면은 너무도 자연스런 생활상의 하나로 채택되었으리라 여겨진다.

앞서 동아시아 전란의 오랜 기간 중국인들과 동행한 역관들 역시 군사 업무에만 종사하지는 않았을 것이다. 이 과정에서 역관들은 중국인과의 잦은 접촉을 통해 16세기 중국의 문화적 환경에 노출되었음이 분명하다. 그 한편에 소설, 혹은 서사문학과 연관된 다양한 이야기 문화의 상호 교류가 다분하였을 것으로 예상된다. 여기서는 「장홍가중회진주삼」과『어우야담』의 연관관계를 논의하기 위해 비슷한 시기에 벌어진 동아시아적 전환기의 전란 상황을 대표적으로 들어보았다. 유몽인의 경우에도 1592년 임진왜란 바로 직전에 질정관(質正官)으로, 왜란 중 문안사(問安使)로, 1609년 성절사 겸 사은사로 세 차례 명나라에 사신으로 다녀온 경험이 있다. 마찬가지로 사신 행차에 동행한 역관들의 존재는 중국과 한국의 서사문학 교류에 징검다리 역할을 톡톡히 하였을 것으로 여겨진다.[14]

역관들의 서사문학에서의 위상은 보다 재조명될 필요가 있다. 이때 보다 관심을 두어야 할 것은 역관을 통한 중국 서사문학의 수용 양상에 문헌 전승과 함께 구전에 의한 전파의 가능성이 발생한다는 점이다. 이제 앞서 '진주삼 이야기'의 『어우야담』 수용 양상과 관련된 구비 전승의 문제에 대해 언급하는 것으로 결론을 대신하고자 한다.

4. 서사의 조선적 수용 과정의 의미와 과제

'진주삼 이야기'를 수용한 『어우야담』이 「장흥가중회진주삼」이나 「주삼」의 문헌을 통한 직접적 영향을 받은 것으로 생각되지는 않는다. 앞서 언급했듯이 『어우야담』은 오히려 송무징의 「주삼」이 기록된 환경, 즉 방각본의 유행과 송무징이 「주삼」으로 기록한 중국 저간의 서사 환경으로부터 영향 받았을 가능성이 농후하다. 문언문이라는 점과 함

---

14 역관들과 관련된 서사문학의 연관성에 대해서는 신상필, 「漢語學習으로 본 소설 환경」, 『동방한문학』 30집, 2006 참조.

께 양자 공히 작중 인물의 성명이 없는 것도 그러하다. 사실 본고가 보다 주목한 전파 양상은 직접적인 문헌 전승이 아닌 구비 전승의 가능성에 있다. 물론 중국문학의 번역·번안·개작과 같은 직접적인 전래의 측면이 존재한다. 그러나 언급한 바와 같이 유몽인이 직접 해당 작품을 접하고 이를 번안·개작하여 『어우야담』에 실었다는 추정은 필기의 양식적 특성상 뭔가 어색한 점이 있다.

이점에서 『어우야담』은 삼언이박(三言二拍)과 같이 송(宋)·원(元)·명(明) 시기의 이야기들을 수집해 보다 확대하여 화본작품으로 만든 경우와 다르다. 야담문학의 시초라 할 『어우야담』의 필기적 성격을 고려할 때 '견문의 기록'이라는 성격이 강하기 때문이다. 또한 『어우야담』의 이야기는 전후로 유몽인의 평어(評語)를 설정하고, 그 시작에서 "근자의 일인데 지체 높은 어느 가문에 새로 맞은 며느리가 자색이 빼어나게 아름다웠다(近者, 有高門盛族, 婦女新嫁, 姿容絶美)"고 하여 저자 당대에 회자되던 이야기를 견문하고 수록한 것으로 밝히고 있다. 이것이 유몽인 스스로가 번안이나 개작의 사실을 숨기기 위한 설정으로 보이지는 않는다. 실제 『어우야담』의 기록은 유몽인이 견문한 "근자의 일"이었을 것이며, 필기 혹은 야담으로서 『어우야담』의 성격에도 부합한다.

이러한 가능성을 염두에 둘 때 다음과 같은 새로운 인식이 가능해 진다. 앞서의 논의에서도 간략하게 언급하였듯 일견 송무징, 혹은 풍몽룡의 작품에서 영향을 받은 것으로 보이는 『어우야담』 수록 이야기를 단순히 번안과 개작으로 이해하는 방식에 대한 전환의 필요성이다. 일반적으로 번안·개작이라 하였을 경우, 『해탁(諧鐸)』을 수용한 『동야휘집(東野彙輯)』의 경우와 같이,[15] 중국의 문헌을 접한 작자가 자신의 성향과 문식에 맞춰 재창작한 것을 의미한다. 이때 번안과 개작을 통한 한국 고전 소설사의 이해에 접근하는 일은 반드시 필요하지만 간과하기 쉬운 문제가 있다. 번안·개작이라는 의미에는 문헌 전승을 통한 전파에 국한되어 다른 영향 관계에 대한 가능성을 닫아버리고 마는 것이다. 무엇보다 구전의 가능성이 대폭 소거되고 만다. 지금 『어우야담』의 '진주삼 이야기' 수용 과정을 통해 살펴본 것은 바로 이러한 인식에 대한 새로운 가능성을 타진하기 위함이다. 다시 말해 중국의 생활정서를 기반으로 삼은 서사문학이 우리 측에 수용되는 과정에서, 그 최초의 전파 방식이 문헌 전승이든 구전이든 간에, 상당한 시일에 걸쳐 다양한 계층의 구전 과정을 거칠 경우 다분히 조선적 성향의 면모를 갖추어 간다는 점에 주목해야 하는 것이다. 이렇게 형성된 여항간의 이야기는 조선사회에서 발생하고 실재한 사실로 받아들여져 필기와 야담 작품에 수용될 수 있었기 때문이다.

예를 들어 「장흥가중회진주삼」의 경우 19세기 야담 작품집에 수용되어 『동야휘집』 권7의 「환호구신구합연(還狐裘新舊合緣)」과 「복체금전후활명(覆屍衾前後活命)」, 『청구야담(靑邱野談)』(栖碧外史 海外蒐佚本) 권6의 「닉시신해쉬상은(匿屍身海倅償恩)」으로 번안되는 사례가 그러하다.[16] 이 중 「환호구신구합연(還狐裘新舊合緣)」의 경우 「장흥가중회진주삼」의 내용을 조선적 정황으로 고스란히 변환했다는 점에서 문헌 전승에 의한 번안으로 인정할 수 있다. 하지만 나머지 두 작품은 구전에 의한 조선적 변용이 이루어진 경우로 볼 때 그 이야기 전환의 양상이 보다 자연스럽게 이

---

15   이강옥, 「『동야휘집』의 『해탁』 수용 양상」, 『한국한문학연구』 19집, 1996.
16   李佑成·林熒澤, 앞의 책; 金東旭, 앞의 글.

해될 것으로 생각한다. 요컨대 중국 서사의 전파는 문헌과 구전의 두 가지 양상이 가능하며, 한국에서의 수용 역시 문헌과 구전의 두 가지 경로가 존재한다는 것이다. 특히 문헌 수용의 경우 번역·번안·개작의 성향이, 구전 수용의 경우 중국적 서사 구도가 국내의 사회적 환경에 적응하고 단련되는 '서사의 조선적 수용 과정'이 강화 된다. 물론 이들 양상은 일률적으로 작동하지 않을 뿐 아니라, 상호 복합적으로 그 과정을 넘나들 것이다. 이를 도식화 해 보면 다음과 같다.

기존 필기와 야담에 대한 이해 방식은 근원 사실의 구전 과정에서 민중적 기질과 현실성이 녹아들어 야담이라는 서사 전통이 일구어 졌고, 그 안에 한문단편과 같은 결정체와 한문단편 작가가 형성되었다는 것이다. 여기서 고려해야 할 사안은 중국 서사와의 상호 교류과정도 한몫하고 있다는 점이다. ①의 노정이 주를 이룰 경우 그 결과는 『동야휘집』과 같은 번안, 개작의 성격이 두드러진 문헌 전승의 형태가 될 것이다. ②의 노정이 주를 이룰 경우 일정한 기간과 다양한 이야기꾼들의 언변을 거치며 조선적 정감을 담지한 서사의 조선적 변용이 강화될 것이다. 바로 ②의 전승과정이 이 글에서 다룬 『어우야담』의 '진주삼 이야기' 수용 과정에 해당한다. 본고에서 주목한 『어우야담』의 작품은 자칫 순전히 조선조 근원 사실로부터 연원한 구전이 필기로 포섭된 사례로 여겨진다.[17] 하지만 이는 중국 서사가 조선에서의 구전 과정을 거치

며 조선적 변모가 이루어졌고, 필기·야담 작가의 붓끝에 채록되는 결과로 진행되었음을 이해해야 한다. 여기서 중국 서사 전파의 한국적 서사 수용 과정이라는 새로운 성격과 또 다른 가능성의 현장을 확인하는 것이다.

이러한 이해 방식의 전환을 통해 「장흥가중회진주삼」에 대한 야담으로의 수용 양상의 기존 논의는 다음과 같이 재해석할 수 있는 여지가 생긴다. 『어우야담』의 경우 장흥가에 해당하는 인물이 독서인으로 설정된 것에 반해 「환호구신구합연」은 상인으로 설정되었다. 또한 『어우야담』에서 완전히 변모된 후반부가 「복체금전후활명」과 「닉시신해쉬상은」의 두 작품에서는 등장인물의 설정이 변개된 형태의 서사로 재구성되었다. 이처럼 '진주삼 이야기'에 얽힌 다양한 변환 양상은 전자의 경우 『어우야담』의 시기와 달라진 조선 후기 상업적 발전상의 면모가 야담에 반영되는 과정과 관계되며, 후자의 경우 인물의 설정을 달리함으로써 보은(報恩)의 측면을 강조하고 있는 현상에서 조선적 서사화의 한 특질로 상정해 볼 수 있다. 여기에는 기록자의 작가 의식이 깊이 개입되었겠지만, 구전의 과정에서 조선조 중기와 후기에 '서사의 조선적 수용 과정'이 시대적·사회적 환경 변화에 따라 일정한 차이를 노정하고 있음도 주목할 필요가 있다. 이와 같은 서사화 양상에의 관심과 해석은 중국 서사문학의 조선적 수용 양상이라는 점에서, 우리 고유의 서사화 특성을 이해하는 데 일단의 실마리를 확보할 수 있는 통로가 되리

---

17 물론 ①에서 ②로, 또는 그 역방향의 진행, 나아가 양자로의 반복된 과정도 가능하다. 다만 본고는 『어우야담』에서 명확히 확인되듯 구전 과정을 통한 변모와 정착 양상에 보다 관심과 이해가 필요함을 강조한 것이다.

라 생각한다. 앞으로 보다 세밀한 접근과 분석을 통해 '서사의 조선적 수용 과정'이 확인되는 보다 다양한 작품을 발굴해야 할 것이다. 이 점에서 본고는, 새로운 자료의 발굴을 기약하고는 있지만, 『어우야담』이 수용한 '진주삼 이야기' 한 편의 작품만으로 논지를 전개한 한계가 분명하다. 다만 본고의 논의 가능성을 '양축(梁祝) 설화'의 한국적 존재 양상에서 발견할 수 있기에 이를 소개하는 것으로 후고를 기약하고자 한다.

'양축 설화'는 양산백(梁山伯)과 축영대(祝英臺)의 만남과 이별을 그린 내용이며, 근대 초기 구활자본으로 성행한 『양산백전』의 서사틀을 제공하였다. 재미있는 사실은, 「장흥가중회진주삼」의 경우와 마찬가지로, 지금까지 『양산백전』이 풍몽룡의 『정사』와 『유세명언』의 번안으로 이해되고 있었다는 점이다. 하지만 양축설화는 『패해(稗海)』, 『유청일찰(留靑日札)』, 『협주명현십초시(夾注名賢十抄詩)』 등을 통해 이미 14세기 전반 이전에 전승되었음이 새롭게 확인되고 있다. 뿐만 아니라 양축설화는 분명 식자층에 의해 문헌을 통해 인지되어 여러 문인들의 문헌에 독서 흔적으로 남은 동시에, 지금까지도 밀양과 제주도의 구전으로 전승되어 채록되었다고 한다.[18] 양축설화의 국내에서의 전승은 필시 문헌을 통해 알려졌음에 분명하다. 이때 그 이야기가 현재 시점에서 구연되고 있다는 점에 주목할 필요가 있다. 더구나 밀양 채록의 경우 구연자와 청중들이 "대야대야 수영대야, 복아복아 상산복아, 한서당에 글을 읽어 남자여자 몰랐더노"라는 관련 노래를 창작해 향유하고 있으며, 제주 채록의 경우 자청비와 문도령으로 바뀌어 지역 신화로 인지되고

---

18 이와 관련해서는 김수연, 「'양축'설화의 국내유입과 「양산백전」에 나타난 소설화 양상」, 『고소설연구』 29집, 2010 참조. 양축설화에 대한 소개는 이 논문에 의지하였다.

있다.[19] 양축설화가 노래로 불려지고, 제주에선 〈세경본풀이〉의 농사를 주관하는 신으로 설정되었다는 것은 문헌으로 전래된 중국의 이야기가 국내에서 구전되는 양상을 보여준다. 더구나 이들 구연자는 이를 전래의 고유한 이야기로 인지할 뿐 아니라, 지역적인 토착화의 양상까지 보여주고 있다. 여기에 더해 근대 초기 『양산백전』으로의 출현은 본고가 제기한 '서사의 조선적 수용 과정'이라는 이해 방식의 가능성과 연계되고 있다. 그렇다면 이제 관련 자료의 조사와 함께 개별 양상에 대한 보다 객관적이고도 진지한 해석을 통한 고전 서사의 실재와 의미에 다가서는 일이 남아있다.

_『민족문학사연구』 46, 민족문학사학회, 2011

---

[19]　위의 글, 422~423면.

17세기 열녀 담론과 소설적 대응

장경남

1. 임진왜란과 열녀

임진왜란 이후에 조선왕조는 혼란한 사회 질서를 확립하기 위하여 전란중의 충신·효자·열녀의 사례를 찾아내 포상하는 정책을 펼쳤다. 성리학적 사회윤리를 통치이념으로 채택했던 조선조는 임진왜란 후에 왕조에 대한 불신감이 팽배하자 전후 민심수습을 통한 통치체제의 안정책의 하나로서 성리학적 사회윤리를 강화시켜야 한다는 필요성을 도출해 내었던 것이다.[1] 이러한 정책의 일환으로 『동국신속삼강행실도』의 간행에 엄청난 관심과 노력을 기울였다. 전쟁으로 인한 윤리의 붕괴는 체제에 대한 위협이었기에 충·효·열의 사례를 찾아내 정표하

---

[1] 정홍준, 「임진왜란 직후 통치체제의 정비과정」, 『규장각』 11, 서울대 규장각, 1988, 37면.

거나, 충신·효자·열녀의 행적을 책으로 엮어 일반 민중에게 보급함으로써 체제의 안정을 구축하고자 했던 것이다. 임진왜란으로 인해 경제와 문화가 처참하게 붕괴되었으니, 수많은 서적이 소실되었던 것은 두말할 필요도 없다. 이런 상황 속에서 『동국신속삼강행실도』라는 거질의 윤리서를 국가적 에너지를 동원하여 편찬했던 것은 윤리와 체제가 불가분의 긴밀한 관계에 있었기 때문이다. 전쟁을 초래한 체제의 무능과 위기를 피지배층에 대한 윤리적 의식화를 강화함으로써 돌파하려고 했던 것이다.[2]

윤리적 의식화과정에서 국가-남성은 여성을 동원하였다. 여성을 동원하여 열녀 이데올로기를 끊임없이 유포한 것은 국가의 존립을 위해서 필수적인 일이었다. 국가-남성은 특별한 행동을 수행하는 여성의 역할을 만들어 냈고(예를 들면, '후덕한 아내', '순종적인 며느리', '수절한 과부'), 여성을 이러한 역할을 완벽하게 실천한 여성과 그렇지 않은 여성으로 분류하였다. 친족에 의해 기록되고 그들의 문집에 첨가된 여성에 대한 전기(傳記)에는 개인의 성격에 대한 정보는 아주 조금밖에 없다. 그런 기록에서는 여성을 유교 교리에 충실한 화신으로 교조적으로 묘사하는 경향이 있었다. 여성은 유교 이데올로기의 본질을 제공하는 역할을 담당해야 했으며, 조정과 사회에 '올바른 인간상'을 제시해야 했다.[3]

올바른 인간상의 하나로 국가-남성은 열녀상을 제시했다. 열녀의 열행은 당대의 온갖 매체를 동원해 제시되었다. 조선 전기에 국가적 차원에서 진행되었던 열녀 만들기는 임진왜란을 통해 그 효과를 톡톡히 확

---

2   강명관, 『열녀의 탄생』, 돌베개, 2009, 301면.
3   마르티나 도이힐러, 이훈상 역, 『한국사회의 유교적 변환』, 아카넷, 2003, 358면.

인했다. 왜적 앞에서 절개를 지키며 죽어간 여성들의 행위는 다름 아닌 국가에서 강조하던 열녀상의 실천이었던 것이다. 열녀의 열행 가운데 우리의 눈길을 잡는 것이 '節死'이다. 그것도 임란 이후의 열녀에게서 집중적으로 나타난다.

임진왜란은 열녀의식을 시험하는 시금석이었다. 여성들은 전쟁이라는 위기를 정절의 위기, 곧 성적 위기로 판단하고 죽음으로써 정확하게 성적 종속성을 지켰다. 여성의 임진왜란 체험은 뒷날 열녀의식을 강화하는 중요한 계기로 작용했다.[4] 임란 이후에 간행된 『동국신속삼강행실도』의 열녀편은 절사한 여성으로 장식을 했다. 열녀전의 입전 인물 또한 죽음에 이른 여성이 대부분이다. 절사는 열녀로 인정을 받기 위한 필요충분조건이었다. 열녀 이데올로기를 끊임없이 유포한 국가-남성의 논리가 먹혀들었던 것이다.

임진왜란 기간에 절사한 열녀 이야기가 17세기를 관통했고, 17세기 이후로는 국가-남성의 시대가 전개되었다. 17세기에 여성과 관련된 기록은 전쟁 체험의 기억을 통해 이루어졌다. 각종 실기와 열녀전에 서술된 열녀 이야기가 그것이다. 실기와 열녀전에 주요 소재로 등장한 여성은 절사한 여인이다. 이와는 다르게 소설 속에 그려진 여성은 절사한 열녀의 형상이 아니다. 죽음으로 내몰린 상황임에도 불구하고 살아남는다. 아니 살아 남겨진다. 살아남거나 살아 남겨진 여성은 모든 고난을 극복해 가는 적극적인 여성으로 그려지고 있다. 그 고난 극복의 동기나 과정, 결과는 서로 다른 양상을 띠고 있다. 이는 당대의 절사에 대

---

4   강명관, 앞의 책, 332면.

한 소설 작가의 의도된 반응으로 볼 수 있을 것이다.

2. 전후 관 주도의 열녀 담론

종전 직후 민심 수습 작업은 농민의 생존조건의 회복에 초점이 두어
졌고, 그 조치로 조세의 감면, 양전(量田)의 실시, 대동법(大同法)의 시행
등이 이루어졌다. 이와 함께 통치 이념에 충실한 民의 사례를 적극 발
굴하여 포장(褒獎)하는 방법도 택하였다.[5] 충신·효자·열녀에 해당되는
사례를 적극적으로 발굴하여 이들에게 포상을 하려는 것이다. 이 같은
정표정책은 임란 이전에도 이루어졌지만, 종전 후에는 민심의 교화정
책의 하나로 더욱 활발히 추진되었다.

정표정책과 더불어 효자·충신·열녀들의 실적(實迹)을 모아 책으로
만드는 일에도 온갖 힘을 기울였다. 『동국신속삼강행실도(東國新續三綱
行實圖)』 편찬이 그것이다. 선조대부터 축적된 자료를 바탕으로 1614
년(광해군 6) 7월에 드디어 찬집청(撰集廳)을 설치하여 행실도의 편찬을
시작하여, 1615년(광해군 7) 12월 21일에 윤근수(尹根壽)의 서문(序文), 기
자헌(奇自獻)의 전문(箋文), 유몽인(柳夢寅)의 발문(跋文)을 붙여 완성한
것이 『동국신속삼강행실도』이다. 이 책은 효자도 8권, 충신도 1권, 열
녀도 8권으로 총 17권이며, 수록된 인물은 총 1,650여 명이다. 대부분
선조 34년 예조에서 만든 임진년 이후 사절인(死節人)이 차지하고 있
다.[6] 이 가운데 수적으로 단연 앞서는 것이 열녀이다.

---

5 정홍준, 앞의 글, 41면.

『동국신속삼강행실도』에 수록된 열녀의 수는 719명이다. 선조조의 열녀는 553명인데, 임진왜란 이후에 정려된 열녀가 541명, 임진왜란을 직접 반영하고 있는 열녀가 441명이다. 임진왜란을 반영하지 않은 경우는 112명인데, 112명 중 일부는 선조조에 발생한 열녀가 아니라 명종조의 인물로 선조조에 와서 정려를 받은 사람일 것이다. 이 112명 중 죽음으로 열녀가 된 수는 33명이다. 임진왜란을 배경으로 한 열녀는 모두 441명으로 전체 열녀 553명의 80%에 해당한다. 이 중 죽음으로 인한 열녀가 아닌 경우는 네 가지 경우에 불과하다. 임진왜란을 배경으로 발생한 열녀는 모두 '죽음'이라는 가장 잔혹한 방법으로 열녀가 되었다고 단언할 수 있다.[7] 『동국신속삼강행실도』에 기록된 예를 보이면 다음과 같다.

김씨는 유영겸의 아내요, 신씨는 유연순의 아내이니 다 서울 사람이다. 임진왜란에 왜적을 한 가지로 피하더니 도적이 문득 이르러 그 계집종을 잡아 옷을 끄르고 범하거늘 김씨는 스스로 목매어 달아 죽고, 신씨는 절벽으로 달려가 물에 빠져 죽으니라. 소경대왕조에 정문하였다.[8]

박씨는 대구 사람인데 현감 박충후의 딸이요, 선비 이종택의 아내이다. 왜적이 문득 이르거늘 박씨가 얼자 휘양과 함께 낙동강에 빠져 죽었다. 박씨는 이때 나이

---

6   金恒洙, 「조선 전기 삼강행실도와 소학의 편찬」, 『한국사상과 문화』 19, 한국사상문화학회, 2003, 206~207면.
7   강명관, 앞의 책, 2009, 304~319면 참조.
8   "김시는 뉴영겸의 안해오 신시는 뉴영순의 안해니 다 셔울 사롬이라 임진왜난의 왜적을 흔가지로 피흐더니 도적이 믄득 니르러 그 계집죵을 자바 오살 그르고 범흐거늘 김시는 스스로 목미야 드라 죽고 신시는 졀벽으로 드라가 믈의 짜뎌 주그니라 쇼경대왕됴애 경문흐시니라." 『동국신속삼강행실도』 권3~4.

19세, 휘양은 15세로 시집을 가지 않았다. 박씨는 처음 왜적의 변을 듣고 휘양과 서로 약속하기를, "만약 왜적을 만나면 너와 함께 죽어 더럽혀지지 않도록 하리라" 하였는데, 마침내 그 말과 같았다. 금상조에 정문하였다.[9]

그림과 함께 서술된 열녀의 서사 내용은 이처럼 간략하다. 그림과 한문 원문, 이어 언해가 실려 있는데 한 면을 다 채우는 경우가 거의 없다. 서사의 내용은 대체로 여성의 이름과 거주지, 남편의 직함 또는 신분을 밝히고, 이 여성이 왜적과 조우하고, 강간과 납치의 위협에 격렬히 저항하다가 잔인한 방식으로 살해되거나 자살한다. 아주 간단한 서사이지만, 서사의 종결은 죽음, 즉 절사이다. 간단한 서사임에도 불구하고 다양한 사례를 보여줌으로써 여성의 절사는 강렬한 인상으로 남게 되었다.

『동국신속삼강행실도』에서 확인할 수 있는바, 임진왜란은 정절을 수호하기 위해 격렬하게 저항하는 여성의 이미지를 창출하였다. 그리고 국가-남성은 이 책의 발행으로 죽음의 잔혹성, 열녀서사의 잔혹성의 당위를 선전했다.[10] 절사한 열녀에 대한 기록은 전란 이전 시기의 열녀와는 다른 양상을 보인다. 열녀의 열행은 개가를 거부하고 수절하는 것이 일반적이었다. 그러나 임진왜란과 관련된 열녀서사는 모두 죽

---

9 "박시는 대구부 사름이니 현감 박튱후의 뚤이오 션빅 니종틱의 안해라 왜적이 믄득 니르거눌 박시 얼아ᄋ 휘양으로 더브러 낙동강의 ᄲᅢ뎌 주그니 박시는 시절으 나히 열아홉이오 휘양은 나히 열다ᄉ시니 혼가롤 몯ᄒ엿더라 박시 처엄의 도적의 긔별을 돋고 휘양으로 더브러 서ᄅ 언약ᄒ야 굴오디 만일 도적을 만나면 널로 더브러 ᄒᆞᆫ가지로 주거 더러인배 되디 아니호리라 ᄒᆞ더니 ᄆ춤내 그말ᄀᆞ티 ᄒᆞ다 금샹됴의 졍문ᄒᆞ시니라." 『동국신속삼강행실도』 권5~20.

10 강명관, 앞의 책, 330면.

음으로 귀결된다. 열녀의 절사는 당연시되고 있는 것이다. 이를 주도한 것은 국가-남성이었다. 절사한 여성들의 사례를 내세워 열녀 이데올로기를 만들어갔던 것이다.

사회의 지배적인 이데올로기와 합치하는 행위 규범을 전파하는 과정의 가장 중요한 측면 하나는 동의된 혹은 집합적인 기억을 창출하는 것이다.[11] 서적 인쇄 시대에는 문자가 새로운 기억의 공간을 열어주는데,[12] 『동국신속삼강행실도』의 간행은 개인의 기억에 머물러 있던 열녀의 기억을 집단의 기억으로 강화하는데 이바지하였다.

이데올로기는 하나의 체계 및 제도로서, 개인의 행위나 사유를 일정하게 강요하고 구조화한다. 많은 경우에 이데올로기가 무의식적 양태를 취하는 것은 이 때문이다. 바꿔 말하면 이데올로기는 문제 틀로 기능하면서 인식과 행위를 결정적으로 규정하는 것이다.[13] 17세기의 열녀 담론도 이와 관련이 깊다.

3. 열녀 담론의 확산

전란을 직접 체험한 사람들이 자신의 체험을 기록한 것이 실기(實記)이다. 이 기록을 통해 전란의 전 과정을 들여다 볼 수 있다. 우리가 주목하는 열녀의 행위에 대한 기록도 어렵지 않게 찾아볼 수 있다. 실

---

11 로버트 허시, 강성현 역, 『제노사이드와 기억의 정치』, 책세상, 2009, 180면.
12 알아이다 아스만, 변학수 · 백설자 · 채연숙 역, 『기억의 공간』, 경북대 출판부, 2003, 61면.
13 윤평중, 『담론이론의 사회철학』, 문예출판사, 1998, 166면.

기에 기록된 여성 관련 기사는 왜적에게 굴하지 않고 저항한 여성에 대한 기록이 주를 이룬다.

정영방(鄭榮邦)의 「임진조변사적(壬辰遭變事蹟)」은 작자가 16세 때 체험한 피란 체험의 기록인데, 주된 내용은 형수와 누이의 절사 기억이다. 정영방은 임란이 발발하여 왜적이 두 길로 나누어 안동과 상주로 향한다는 소식을 듣고는 친모 안동 권씨(55세), 형 정영후(24세), 형수 청주 한씨(24세), 누나(19세), 장조카(2세) 등과 함께 피란한다. 피란 중 형수와 누나는 왜적을 피해 강물에 몸을 던진다.

조금 뒤, 한 왜적이 산 위에서 소리를 지르며 아래로 내려오자, 형수가 이를 보고 바위 위에서 아래로 몸을 던지니 누님도 뒤따랐다. 그 바위 아래는 물이 도는 沼였는데, 두 사람이 서로 이어 뛰어내려 물속에 빠져 죽었다. 노친은 보지 못했고, 우리가 옆에서 보았지만 어찌할 수 없었다.[14]

위의 인용문은 작자의 일가족이 왜적을 피해 피란하던 중에 왜적을 만나자 형수와 누님이 정절을 지키기 위해 몸을 던져 죽은 상황에 대한 기록이다. 비록 옆에서 보고 있었지만 어찌할 수 없을 정도로 순식간에 일어난 일이었다. 그런데 형수와 누님의 죽음은 순간적 판단에 의한 것이 아닌 평소에 지니고 있었던 생각을 실천에 옮긴 것이다.

죽기 며칠 전에 형수가 말하기를 "꿈에 다리꼭지(여자의 머리를 꾸미기 위해 얹

---

14   정영방, 「임진조변사적」(정석용 역, 「눈물로 쓴 임진왜란 체험기」, 『시사춘추』 6월, 1991, 162면).

는 가발) 열 개를 주었는데, 이것은 무슨 징조입니까?" 하니, 곁에 친척 노파가 잇달아 "다리꼭지는 머리의 꾸미개다. 이를 주웠으니 어찌 좋은 징조가 아니겠는가?"고 하자, 형수가 "이런 때에 머리를 꾸미는 것이 좋다고 말할 수 있습니까?"라고 하였다. (…중략…) 평소 형수를 볼 때 늘 은장도를 차고 있었으며, 누님도 손수 비단실을 땋아 끈목을 만들어 늘 허리띠에 지니고 있었으니, 그렇게 죽고자 한 계획과는 벗어났다. 그러나 그들이 반드시 죽을 마음을 갖고 있었던 것은 이미 작정한 지가 오래되었다.[15]

작자의 형수와 누이는 왜란을 만나 꿈속에서 이상한 징조를 경험하고는 반드시 좋은 일은 아닐 것이라 여겨 늘 은장도와 비단실을 지니고 있다가 불행한 일을 만나면 죽으려고 작정하고 있었다. 죽음으로써 정절을 지키고자 했던 당대 여성의 모습을 실기를 통해 확인할 수 있는 것이다. 몸을 더럽히기 전에 죽음으로써 정절을 지키고자 했던 마음가짐은 『동국신속삼강행실도』에서 본 바와 같다. 작자의 형수와 누이가 과연 죽을 작정을 하고 있었는지는 알 수가 없다. 전후 수많은 사례들이 보고되는 상황에서 자신의 가족에게서 일어난 사건을 이와 동일시한 것은 아닐까 생각해 볼 수 있다. 그만큼 절사의 문제는 당대에 이미 널리 퍼져 있었던 것이고, 가문의 영광을 위해서는 죽은 여성을 이렇게 회상할 수밖에 없지 않았을까. 망자의 이름을 기억하고 경우에 따라서는 후세에 전해주는 것이 가족들의 책무처럼 받아들여졌다. 망자에 대한 기억은 종교적인 차원과 세속적인 차원으로 나누어지는데, 전자는

---

15   위의 책, 165면.

경건함으로, 후자는 칭송으로 각기 대변된다.[16] 실기에 기록된 망자의 기억은 칭송을 위한 것이다.

왜적에게 유린을 당하느니 차라리 죽음으로써 절개를 지키겠다는 여성들의 각오는 정희득(鄭希得)의 『월봉해상록(月峰海上錄)』에서도 엿볼 수 있다.

> 배가 칠산 앞바다에 이르자 갑자기 적선을 만났다. 사공의 놀란 고함소리에 온 배에 탔던 사람이 창황실색하여 어쩔 줄을 몰랐다. 어머님 이씨께서 형수 박씨와 아내 이씨, 시집 안 간 누이동생에게 이르기를,
>
> "추잡한 왜적이 이렇게 닥쳤으니 횡액을 장차 예측할 수 없구나. 슬프다. 우리 네 부녀자가 자처할 방도는 죽음 하나만이 생사 간에 부끄럽지 않을 뿐이다"
>
> 하시니, 아내가 말하기를,
>
> "집에서 난을 처음 당했을 때, 일찍이 가장과 더불어 함께 죽기를 약속했지요. 저의 결심은 이미 정해 있습니다"
>
> 하고는, 낯빛도 변함없이 늙은 어버이께 하직을 고하고 (…중략…) 드디어 어머님·형수누이동생과 더불어, 앞을 다투어 바다에 몸을 던졌다.[17]

피랍과정부터 시작해서 일본에서의 포로생활과 귀환까지를 기록한 『월봉해상록』의 처음 부분이다. 일가족이 함께 피란을 하다가 왜적을 만나자 정절을 지키기 위해 바다에 몸을 던진 기억의 서술이다. 흥미 있는 것은 『동국신속삼강행실도』에 기록된 것과 같이 평소에 죽음을

---

16   알아이다 아스만, 앞의 책, 39면.
17   정희득, 『월봉해상록』(국역 해행총재 8권), 민족문화추진회, 1989, 226면, 정유년 8월 27일조.

각오하고 있었다는 서술이다.

피로인들은 귀환 이후 자신이 훼절하지 않았음을 어떻게 입증해야 하는가의 문제에 직면하는데, 그들이 할 수 있는 것은 자신의 과거를 '기억'하고 그것을 '글'로 쓰는 일밖에 없었다. 따라서 그들이 자신의 체험을 기록한 실기에는 단순한 과거 사실 기록의 차원을 넘어서는 의미가 있다. 과거의 기억을 현재의 '욕망'을 위해 소환하여 기록하는 과정에서는 고의적이지 않더라도 과거 기억에 대한 일정한 '변형'이 생겨날 수밖에 없다.[18] 실기에 기록된 여성의 절사 행위는 기록자의 시각에서 서술된 것이다. 겉으로 드러난 여성들의 행동은 사실의 기록일 수 있으나, 평소에 절사하기를 작정했었다는 서술은 기록자의 의견으로 볼 수밖에 없을 것이다. 이는 당대의 열녀 담론에 강박되어 열녀를 배출한 가문으로 인정받고 싶은 욕망에 기인한 것이다. 실제로 『월봉해상록』에 기록된 8명의 부녀자는 후에 조정에서 열녀정문(烈女旌門)을 세워 주었다는 사실은 이를 뒷받침한다.

전란의 참화를 체험하고 이를 기록으로 남긴 실기 작자들에게 지조를 지키기 위해 죽음을 선택한 여성에 대한 기억은 남다른 것임에 틀림없다. 그것도 전후 복구과정에서 만들어진 열녀 담론이 사대부가에 주요 이슈가 되었기에 죽음을 선택한 여성에 대한 기억은 더욱더 또렷하게 일어났을 것이다. 개인적 기억은 집합적 기억 혹은 사회적 기억을 받치고 있는 주춧돌이다.[19] 열녀의 기억이 개인의 실기에 기록되어 읽

18　조현우, 「전란체험의 '기억'과 '서사화'의 문제」, 『문학과 정치 혹은 문학의 정치』(민족문학사연구소 창립20주년 기념 5차 심포지움 발표집), 민족문학사연구소, 2010.12.23, 78면.
19　로버트 허시, 앞의 책, 35면.

힘으로써 이제 더 이상 개인의 것이 아닌 집단의 것으로 확대되어 열녀 담론으로 확산되었다.

임란 후 형성된 국가-남성 주도의 열녀 표창은 열녀전(烈女傳)을 통해서도 이루어졌다. 열녀전은 고려조부터 이미 쓰였다. 그런데 전후 열녀전에 입전된 인물은 대부분 정유재란 때 순절한 여성들이라는 점이 이채롭다. 임진왜란 이전에 쓰인 몇 안 되는 열녀전에는 절의를 지키기 위해 자결하거나 타살된 여성들에 관한 것은 없다. 남편 사후에도 살아서 그 신주를 정성껏 보살핀 여성이나, 천한 여성인데도 자신이 섬기던 어른을 위해 수절하며 근신했던 여성이 입전되었다. 전란이라는 상황 속에서 여성의 자결은 실천되고 국가-남성은 그것을 표창했다. 이후 열녀전은 대부분 순절이나 자결로 귀결되어 열녀란 남편을 따라서 혹은 남편을 위해서 죽은 여성을 의미하는 것으로 변질되었다. 이것은 지배계층이 반드시 목숨을 버려 종사한 여성만을 열녀로 포상한 사실과도 무관하지 않을 것이다.[20]

정절은 절사와 동의어가 되어 버렸고, 임란을 배경으로 한 열녀전의 대부분은 절사한 여성을 입전한 것이다. 이 열녀전은 작자가 직접 목도한 인물을 입전한 경우가 있는가 하면 다른 사람에게서 들은 사실을 바탕으로 입전한 경우도 있다. 가령, 이정암(李廷馣, 1541~1600)의 「삼절부전(三節婦傳)」은 임란과 정유재란 시 자결한 작자의 며느리, 누이동생과 딸을 다룬 것으로 작자의 체험 사실이다. 그런데 흥미로운 것은 다음에 예로 든 작품의 경우처럼 다른 사람에게 들은 이야기를 입전한 것이다.

---

20 이혜순, 「열녀전의 立傳意識과 그 사상적 의의」, 한국고전여성문학회, 『조선시대의 열녀 담론』, 월인, 2002, 10면.

지난 무신년에 나는 보광사에서 글을 읽었는데, 여가 시간에 정유왜란 때 있었던 열녀들의 일에 이야기가 미쳤다. 무과 출신의 임형이 말했다. "내가 해남에서 왜적의 포로가 되어 짐을 지고 따라 가는데 4, 5일쯤 되어 현의 북쪽에 있는 백련동에 이르렀지요. 왜적들이 산을 탐색하다가 한 남자를 만났는데 나이가 서른쯤 되었어요. 그를 잡으러 산 위로 쫓아가는데 그 빠르기가 나는 것 같았습니다. 이때 그의 아내는 그 곁에 엎드려 숨어 있었어요. 자기 남편이 벗어나지 못할 줄 헤아리고 즉시 일어나 왜적의 발을 끌어 그를 절벽에서 던졌지요. 왜적은 죽었고, 다른 많은 도적들이 이를 보고 그 부부를 잡으려고 모두 힘을 다했어요. 둘 다 잡혔는데 왜적이 그 남편은 묶어서 땅에 꿇어앉게 하고 다음 여자의 옷을 벗겨 네 도적들이 각각 여인의 수족을 잡고 한 왜적으로 하여금 그를 폭행하게 했지요. 여인은 즉시 몸을 솟구쳐 날아 도적을 발로 찼어요. 둘 다 함께 몸을 펼쳐 길이 십 장이 넘는 언덕 아래로 몸이 떨어져 뼈가 부러지고 얼굴이 부서져 죽었지요. 왜적들은 서로 돌아보며 경악하여 그 남편을 베어 죽이고 가버렸습니다. (…중략…)

아! 슬프다. 세상에는 작은 행실을 하고도 가문의 세력에 의해 심지어 아름답게 꾸미고 크게 확대하여 끝내 역사에 이름을 빛내게 한 이들도 있다. 그러나 이 여성들 같은 이들은 이름이 모두 사라져버렸으니 슬프도다. 단지 이 여인들뿐만 아니라 무릇 선비들 또한 이와 같을 것이다. 내 비록 누구누구라고 이름 부를 정도로 시를 잘하지 못하지만 간략하게나마 들은 바를 기록하여 다음에 붓을 들어 이 이야기를 전할 사람을 기다린다.[21]

이 글은 나해봉(羅海鳳, 1584~1638)의 「이열녀전(二烈女傳)」으로, 정유

---

21 나해봉, 「二烈女傳」, 이혜순 · 김경미, 『한국의 열녀전』, 월인, 2002, 51~52면.

재란 시 왜적에게 포로가 되자 적을 발로 차서 함께 절벽으로 떨어져 죽은 여인과, 적의 위협에 굴하지 않고 몸을 지켜 죽임을 당한 여인에 관한 열녀전이다. 무과 출신의 임형(林逈)이라는 사람에게서 들은 이야기임을 전제하고 있다. 임형은 자신이 목도한 사실을 기억해 내 작자에게 전하고, 작자는 이를 기록하여 후세에 전해지길 바라고 있다.

열녀전은 대상 여인의 행실에 감동한 문사가 이를 기록하여 후대에 남기려 한 의도에서 이루어진 것으로 이를 통해 다른 여성들에게 귀감으로 삼게 하려는 교화의 입장이 숨겨져 있다. 순응과 복종을 보증하는 가장 효율적인 방법은 정치적 사회화를 통해 사회의 지배적인 이데올로기와 합치하는 행위규범을 전파하는 것이다. 이러한 과정의 가장 중요한 측면 중 하나가 동의된 혹은 집합적 기억을 창출하는 것이다.[22]

그런데 입전 인물의 행위 서술은 다소 과장된 것으로 보인다. 임형은 자신이 목격한 장면을 회상해 냈고, 이를 작자에게 전해 주었다. 회상은 근본적으로 재구성된 것이며, 그것은 항상 현재에서 출발하기 때문에 기억을 회상할 시점에서 기억된 것이 치환, 변형, 왜곡, 가치전도 내지는 복구되는 것이 불가피하다고 한다.[23] 임형이 회상한 내용을 사실 그대로라고 믿기가 어려운 이유이다. 다소 과장된 서술은 절사한 여성을 미화하려 했기에 가능했다. 여성 미화를 통해 사대부 내지 남성이 중심이 되어 이룩한 사회 질서의 회복에 대한 원망(願望)이 잠재되어 있기 때문이다.

---

22 로버트 허시, 앞의 책, 180면.
23 알아이다 아스만, 앞의 책, 34면.

4. 열녀 담론의 소설적 대응

실기와 전에서 보여 주었던 열녀 담론의 확산과는 다른 방향으로 열녀에 대한 형상화가 소설에서 이루어졌다. 절사 행위에 대한 미화의 서사와는 달리 죽음의 위기를 극복해 낸 여성 이야기가 등장한 것이다. 열녀 이데올로기로 여성을 억압하던 서사가 아닌 이러한 억압에 대항하는 무기로서의[24] 역할을 소설이 감당한 것이다. 임란 후에 등장한 「최척전」, 「동선기」, 「한강한전」의 여성 서사에서 이를 확인할 수 있다. 이 세 작품은 전란의 소용돌이를 헤쳐 나가는 여성을 중심인물로 설정한 것이 공통점이다. 전란은 새로운 여성 형상을 만들어 내는 배경 역할을 하고 있다.

예의 열녀는 죽음으로써 자신의 정절을 드러냈고, 이는 여지없이 기록으로 남겨짐으로써 열녀 = 절사라는 등식이 성립하였다. 그런데 소설속의 여성은 같은 처지임에도 불구하고 죽지 않는다. 아니 죽게 만들지 않았다. 그러면 어떻게 그려내고 있는가를 각각의 작품을 통해 확인하기로 한다.

1) 「최척전」의 옥영

조위한의 「최척전」은 전란 속에서 가족의 이산과 해후라는 거대 서사에 임진왜란으로 인한 민중의 고난이 잘 투영되어 있는 작품이다. 특

---

24   로버트 허시, 앞의 책, 123면.

히 옥영의 서사는 그야말로 고난과 극복의 서사이다. 「최척전」에 대한 기존 연구는 "전란의 고통과 주체의 극복의지"를 주제로 보는 것이 일반적이었고, 여기에다 '불교적 요소'와 '인간애'를 또 다른 주제의식으로 해석하였다.[25] 이 글이 주목하는 것은 '불교적 요소'이다.

조위한이 겪었던 임란의 기억은 민중의 피폐한 삶이었다.[26] 이러한 기억은 「최척전」의 등장인물의 면면에서 확인할 수 있다. 임란 후의 정치적 상황 또는 사대부의 행태는 '열녀 만들기'에 치중되었다. 이에 따라 순절한 여성이 칭송을 받았다. 그러나 조위한은 순절한 여인에 열광하는 당대의 정치사회적 욕구를 정면에서 비판하고 있는데, 이는 옥영의 서사를 통해 드러난다. 죽음의 기억, 죽임의 기억에 반발해, 인간의 존엄성을 옹호하는 이야기가 만들어진 것이다. 옥영의 수난과 그 극복은 바로 이를 바탕으로 하고 있다.

「최척전」에서 옥영이 목숨을 끊으려고 한 사건은 모두 다섯 장면에 걸쳐 등장한다. 옥영의 자살 결심은 물론 여성의 정절 문제와 관련이 깊다. 각 장면을 나열해 보면, ① 의병에 참전한 최척을 두고 양생에게 시집을 보내려는 어머니의 처사에 항거하여 목을 맨 장면, ② 왜병인

---

25 김기동, 「불교소설 최척전 소고」, 『불교학보』 11, 동국대 불교문화연구소, 1974; 김현양, 「최척전, '희망'과 '연대'의 서사 : '불교적 요소'와 '인간애'의 의미층위에 대한 주제적 해석」, 『열상고전연구』 24, 열상고전연구회, 2006.12; 진재교, 「월경과 서사 : 동아시아의 서사체험과 '이웃'의 기억」, 『한국한문학연구』 46집, 한국한문학회, 2010.

26 조위한 일가가 겪은 피란생활의 여정은 「欲哭」이라 제한 조찬한의 오언고시 2수(현주집 권1), 조찬한이 아내 유씨를 애도한 「祭亡室文」(현주집 권14), 조위한이 찬한 「祭亡子倚文」(현곡집 권13) 등에 아주 핍진하게 서술돼 있다. 특히 「欲哭」은 임진왜란과 정유재란 동안 조찬한 자신과 가족이 겪은 피란생활의 체험을 시간의 흐름에 따라 아주 사실적으로 쓴 서사 한시로, 전란 체험의 뼈저린 아픔과 정유재란 때 자결한 아내[柳氏]에 대한 애도심을 곡절하게 담은 수작이다. 양승민, 「최척전의 창작동인과 소통과정」, 『고전소설 문헌학의 실제와 전망』, 아세아문화사, 2008, 200면, 각주 67번.

돈우에게 잡혀 물에 빠져 죽으려고 두세 번 바다에 뛰어든 장면, ③ 최척과 재회한 후 중국에서 둘째 몽선과 며느리 홍도를 맞이한 후 다시 최척이 명나라 장수 오세영의 서기가 되어 참전하려고 하자 칼을 뽑아 자결하려는 장면, ④ 최척이 참가한 관군이 함몰되었다는 소식을 듣고 최척도 죽었을 것이라 생각하고 밤낮으로 통곡하다가 자결하기로 결심한 장면, ⑤ 몽선과 옥영을 데리고 조선으로 향하다가 풍랑을 만나 표류하다 무인도에 갇히고, 해적에게 배를 강탈당한 후에 자신의 판단을 한탄하며 절벽에 올라가 몸을 던지려는 장면 등이다.

①은 이미 언약을 한 상대에 대해 절개를 지켜야 한다는 의지의 표현으로 자결을 시도한 것이고, ②는 왜적 앞에서 정절을 지키기 위해 자결을 시도한 것이다. ③, ④는 남편을 따라 죽는 열행으로서의 자결 시도이며, ⑤의 경우는 다소 무모한 설정 같다. 그러나 해적을 만난 이후 또 다시 같은 상황을 만나게 될 경우를 상정하면 옥영의 선택은 정절을 선택한 것으로 볼 수 있을 것 같다.

이와 같은 옥영의 죽음결행에 조응하는 것이 장륙불의 현몽이다. 작자는 의도적으로 장륙불을 옥영에게만 현몽하도록 하였다. 장륙불의 현몽을 사실주의적 성취의 한계로 보아[27] 부정적인 입장을 취하는가 하면, 반대로 옥영의 위기를 극복해 주는 음조로 보아[28] 긍정적으로 파악하기도 한다. 옥영에게 장륙불은 다섯 번 현몽한다. 두 번은 몽석과

27 박일용, 「장르론적 관점에서 본 최척전의 특징과 소설사적 위상」, 『고전문학연구』 5, 한국 고전문학회, 1990; 박희병, 「최척전 : 16·17세기 동아시아의 전란과 가족이산」, 『한국 고전 소설 작품론』, 집문당, 1991.
28 신해진, 「최척전에서의 '장육불'의 기능과 의미」, 『어문논집』 35, 고려대 국어국문학연구 회, 1996; 김현양, 앞의 글.

몽선의 출생 몽조이고, 세 번은 위의 ②, ④, ⑤ 장면에 이은 음조이다. ②의 장면은 아래와 같다.

이때 옥영은 왜병인 돈우(頓于)에게 붙들렸는데, 돈우는 인자한 사람으로 살생을 좋아하지 않았다. 그는 본래 부처님을 섬기면서 장사를 업으로 삼고 있었으나, 배를 잘 저었기 때문에 왜장(倭將)인 평행장(平行長)이 뱃사공의 우두머리로 삼아 데려왔던 것이다. 돈우는 옥영의 영특한 면모를 사랑하였다. 옥영이 붙들린 채 두려움에 떠는 것을 보고 좋은 옷을 입히고 맛있는 음식을 먹이면서 옥영의 마음을 달래었다. 그러나 옥영이 여자인 줄은 끝내 몰랐다. 옥영은 물에 빠져 죽으려고 두세 번 바다에 뛰어 들었으나, 사람들이 번번이 구출해서 결국 죽지 못하고 말았다.

어느 날 저녁이었다. 옥영의 꿈에 장육금불이 나타나 분명하게 말했다.

"삼가 죽지 않도록 해라. 후에 반드시 기쁜 일이 있을 것이다."

옥영은 깨어나 그 꿈을 기억해 내고는 전혀 희망이 없는 것은 아니라고 생각했다. 그래서 마침내 억지로라도 밥을 먹으며 죽지 않고 살아남았다.[29]

예의 열녀처럼 옥영 또한 왜적에게 붙들리자 물에 빠져 죽으려고 몇 번이나 시도를 하였다. 그러나 꿈속의 장륙불의 예언을 믿고 억지로라도 밥을 먹으며 죽지 않고 살아남았다. 옥영이 자살을 결심하고 있을 때마다 장륙불이 현몽하여 "삼가 죽지 않도록 하거라. 뒤에 반드시 기쁜 일이 있으리라"고 계시함으로써 삶의 용기를 북돋워주는 기능을 하는 것이다.

목숨을 끊으려는 순간마다 장륙불이 현몽하여 옥영은 생을 유지하

---

29   이상구 역, 『17세기 애정전기소설』, 월인, 1999, 206~207면.

고, 희망을 갖게 된다. 장륙불의 현몽은 옥영을 죽음에서 삶으로 전환시키는 역할을 하고 있는 셈이다. 작자의 의도는 여기에 있다고 하겠다. 옥영의 행보가 전란으로 인한 가족의 해체 위기를 새로운 여성 형상을 통해 극복해 내고자 했던 작가의 지향을 드러내고 있는 것이기도[30] 하지만, 한편으로는 작가가 바라본 열녀의 '절사'에 대한 문제 제기 차원으로 볼 수 있지 않을까 싶다. 살생을 금하고 있는 불교적 입장을 끌어들임으로써 유교적 질서를 위해 죽음까지도 찬양해야 되는 당대의 열녀 이데올로기에 정면으로 대응한 것이다.

「최척전」은 주자(朱子)를 이념적 이상으로 내세워 주체[華]와 타자[夷]의 차별을 세계의 질서로 보편화하고자 했던 시선으로부터 빠져나와, 주자에 의해 실현 불가능한 이상이라 호되게 비판된 무연자비의[31] 불교적 이념을 통해서 고통 받는 민중의 삶을 구원하고, 나아가 맹목적인 죽음에 대한 각성을 끌어내고자 했던 소설이다. 마지막 장면에서 최척과 옥영이 "두 아들과 두 며느리를 이끌고 성대하게 제물을 갖추어 만복사로 가서 성의를 다해 재를 올린" 것으로 설정한 이유도 여기에 있다.

2) 「동선기」의 동선

「동선기」는 기녀인 주인공 동선을 내세워 열녀 담론에 대응하고 있다. 「최척전」이 불교 사상을 기저로 하여 여주인공 옥영의 위기 극복과

---

30 이종필, 「행복한 결말의 출현과 17세기 소설사 전환의 일 양상」, 『고전과해석』 11, 고전문학한문학연구학회, 2011, 95면.

31 김현양, 앞의 글, 96면.

정을 서사화한 것임에 비해, 「동선기」는 도교사상에 바탕을 둔 남녀 주인공의 결연과 위기 극복의 과정을 서사화하고 있다.

「동선기」에 대한 연구는 17세기 소설사의 맥락에서 애정전기소설적 면모와 변모양상,[32] 통속적 면모,[33] 현실 도피적 이상세계의 지향[34] 등을 드러내는데 집중되었다. 이 과정에서 전란과의 관련 양상도 검토되었다. 임란 후 소설사적 변모와 함께 전란을 주요 요인으로 보았다. 전쟁에 참여했다가 옥에 갇힌 서문적을 찾아 나선 동선의 행적에 초점을 둔 것이다. 이 글에서 주목하고자 하는 것도 동선의 형상이다. 특히 서문적과의 결연 이후의 서사에서 보이는 동선의 형상이다.

동선은 서문적과 결연을 이룬 이후, 서문적에게 "좋은 날을 기다렸다가 급히 돌아가 부모님을 봉양하고 아름다운 부인을 위로해 주십시오. 첩은 마땅히 죽음이라도 무릅쓰고 지켜서 뒷날을 기다리겠습니다"[35]라고 한다. 서문적이 부모와 부인을 위해 도리를 다하게 하고 뒷날을 기다리겠다고 약속을 한 것이다. 이로부터 동선은 서문생에게 한 말을 독실하게 지켜 날로 그가 돌아오기만 고대하다가 난리를 만나게 된다. 서문적에게 일부종사하는 정숙하고 지혜로운 여인으로 그려진 것이다.

동선은 '전란'을 기점으로 적극적인 여성상으로 변모한다. 전란이 발발하자 기지를 발휘하여 서문적의 생사를 확인한다든가, 군령이 엄하

---

32 신상필, 「동선기 연구」, 성균관대 석사논문, 1997; 정환국, 「동선기의 지향과 소설사적 의미」, 『초기소설사의 형성과정과 그 저변』, 소명출판, 2005.

33 양승민, 「동선기의 작품세계와 소설사적 위상」, 『고전소설 문헌학의 실제와 전망』, 아세아문화사, 2008.

34 문범두, 「동선기의 도교사상적 연구」, 『영남어문학』 15, 영남어문학회, 1988; 소재영, 「동선기 연구」, 『고소설연구』 2, 한국고소설학회, 1996.

35 會待天風, 急速歸帆, 奉萬里之晨昏, 看一簾之花月. 妾當守死以俟他日矣. 『교감본한국한문소설 : 전기소설』, 고려대 민족문화연구원, 2007. 이하 동일.

여 재회를 이루기도 쉽지 않자 동자의 복장을 하고 전쟁으로 헤어진 아버지에게 편지를 전한다는 슬기를 발휘해 편지를 전하는 것 등에서 알 수 있다.[36] 사실 전란 이후의 서사는 동선을 중심으로 진행된다. 결연 이전에는 남자 주인공에게 비중을 두었지만, 전란 이후는 중심이 여주인공으로 옮겨진다. 서문적의 모습보다 동선의 형상을 보다 적극적이며, 비중 있게 그리고 있는 것이다. 이와 더불어 전란 속에서 서문적과 동선의 이합이 자못 사실적 필치 속에 그려진다. 더구나 부장 안기가 이들 사이에 끼어들어 갈등을 일으킴으로써 동선과 서문적은 걷잡을 수 없는 전란의 파고를 경험한다.[37] 안기는 동선을 차지하려고 하며, 서문적은 안기의 모함에 의해 연경의 감옥에 갇히게 된다.

동선은 이 소식을 듣고 소리도 내지 못하고 말하기를, "하늘이여! 하늘이여! 어찌 이러한 이치가 있습니까? 박명한 여생 다시 무엇을 바라겠나이까? 천지가 망망하니 또 어디로 가오리까?"하고는, 음식 먹기를 그쳐 거의 죽을 지경에 이르렀다. 그러다가 스스로 깨달아 "십여 년 뒤에 마땅히 복 있는 땅에 들어갈 것이라는 뜻을 오히려 기억해 내겠구나. 지금 몸이 바로 결정되는 일이 다시 만에 하나 일어나지 않았다면 내 어찌 자중하지 않겠는가? 하였다.[38]

서문적이 감옥에 갇혔다는 소식을 들은 후에 보인 동선의 반응이다. 곡기를 끊고 자결을 결심한 행동을 보이고 있다. 일부종사하는 열녀의

---

36 신상필, 앞의 글, 23면.
37 정환국, 앞의 책, 328면.
38 仙聞之 失聲曰 "蒼天! 蒼天! 寧有是理哉? 薄命餘生 復何望乎? 天地茫茫 且安歸哉?" 遂絶飮食 幾至莫救. 而已 自解曰 "十餘年後 當入福地之意 尙可記也 今己卽決 更無萬一 吾何不自重乎?"

형상에 다름 아니다. 그러다가 서문적과 결연 전에 꿈속에서 들었던, "기적(妓籍)에 내려쳐 특별히 고생시켜 이전의 허물을 속죄케 하였으니, 이후로 십여 년에 마땅히 복지(福地)에 들어가리니 서문생을 버리지 말라"[39]고 했던 말을 기억해내고 자중한다. 이 장면은 「최척전」에서 옥영이 돈우에게 잡혀 자결하려고 할 때 보였던 몽조와 같은 수법이다.

안기는 서문적을 모해하여 여진에 잡히게 하고 나서 동선을 회유하는 글을 보낸다. 이에 대한 대답으로 동선은 아래와 같은 장문의 글을 써서 보낸다.

실로 나는 이처럼 나의 님을 우러러 바라는 자입니다. 하늘이 은혜 베풀지 않음을 차탄하고, 세상일에 어려움이 많음을 통탄하며, 한평생 기구한 운명을 만나 만리에 이별함을 답답해합니다. 하늘이 내린 사람 없음을 원망하고 전쟁이 늘 절박함을 탄식하며 답답한 이 마음에 오직 이러한 생각뿐으로 그리는 사람 보지 못하고 더욱 잊지 못하게 합니다. (…중략…) 아녀자의 하찮은 말과 비천한 절개는 비록 같은 대상으로 말할 수는 없는 것이지만 사단을 가지고 있음은 남자나 여자가 매한가집니다. 신체발부는 부모에게 받고, 성정원기는 하늘에서 받았습니다. 이미 지각지량이 있거늘 유독 수오지심이 없으오리까? 이미 강상지전을 들었사온데 어찌 부부의 의리에만 어둡겠습니까? 군자의 도는 여기에서 시작되고, 부부의 정조도 마땅히 여기에서 드러나는 것입니다. (…중략…) 옛 얼굴 다시 만나 앞일을 다시 말한다면 한 번만 보아도 좋으리니 만 번 죽음을 어이 아끼리오? 처음 마음은 밝기가 해와 달의 오랜 약속과 같고, 견고함이 쇠와 돌 같아서 밝아 이지러질

---

39   降生妓籍, 特令苦之, 以贖前愆, 爾後十餘年, 當入福地, 其勿捨西門氏云.

수 없으며 견고하여 깰 수 없습니다. 가령 달콤한 말이 귀를 즐겁게 하고, 화려한 재물이 눈을 유혹할지라도 오히려 옮길 수 없고, 흰 칼날이 앞에 있고 천둥과 우레가 위에 있어도 끝내 흔들어 빼앗아 갈 수는 없습니다. 충신의 의리 늘 이에서 다하고 열녀의 절개 늘 여기서 끝납니다. (…중략…) 신하로 충성치 않고 비첩으로 정절이 없으면 그 죄 천지에 용납되지 않고 귀신이 내리는 재앙 더 이상 클 수 없으니 비록 살고자 하나 어찌 살수가 있겠습니까? 내가 부인하면 아마 죽게 되겠지요. 이 외에는 다른 것이 없으니 엎드려 바라건대 장군은 용서하소서.[40]

전란으로 인한 님과의 이별을 한탄함과 동시에 한 남자에 대한 굳은 정절을 저버릴 수 없다는 의지의 표현이다. 정절이 없으면 어찌 살 수가 있겠느냐고 하며 죽음까지 각오한 동선의 모습에서 일부종사의 열녀를 떠올릴 수 있다. 그렇지만 동선은 안기의 재촉에 더 이상 그 괴로움을 참지 못하고 죽음을 택하고 만다.

남편 이외의 남성과의 성관계는 '더럽혀지는 것', 곧 오염으로 규정되었다. 더럽혀진다는 표현은 조선시대 열녀에 관한 서술에서는 관습적으로 사용되었다. 남편 외 남성과의 성관계가 '오염'이라는 관념에 여성들이 깊이 의식화 되었던 것이다. '오염'이라는 관념의 주입을 통해

---

40 實有維我矣, 如此良人, 所仰望者. 嗟旻天之不惠, 痛時事之多艱, 值一生之崎運, 悶萬里之離別. 怨不在於天人, 嘆尙切於干戈, 蘊此深衷, 惟是篤念, 懷人不見, 俾我敢忘. (…중략…) 若夫兒女子瑣屑之辭, 卑薄之節, 雖不可同日言之, 然有是四端, 男女一也. 身體髮膚, 受之於父母, 性情元氣, 稟之於天地. 旣有知覺之良, 獨無羞惡之心乎? 旣聞綱常之典, 獨昧夫婦之義乎? 君子之道, 造端乎此, 夫婦之貞, 利見於斯矣. (…중략…) 重逢舊面, 再叙前事, 一見可布, 萬死何惜? 初心炯如, 日月宿約, 牢如金石, 炯不可玷, 牢不能破. 假令甘言悅耳, 華利誘目, 尙不得轉而移之, 白刃當前, 雷霆在上, 終莫可搖而奪之. 忠臣之義, 恒於斯盡矣. 烈女之節, 恒於斯畢矣. (…중략…) 臣子而不忠, 婢妾而無貞, 罪不容於天地, 殃及遷於鬼神, 雖欲生, 其奈何乎? 余所否者, 殆將於死矣. 此外無他, 伏願將軍卒恕之.

여성의 생명과도 바꿀 수 있는 강렬한 수치심을 여성의 의식 속에 심으려고 했던 것이다.[41] 따라서 신체가 오염되었다는 치욕은 죽음으로 벗어날 수밖에 없었다. 죽음으로 인한 열행의 실천은 이래서 가능했던 것이다. 안기의 강요를 뿌리친 동선의 죽음은 바로 열행의 실천이다.

죽어서 입관까지 되었던 동선이 다시 살아나고, 살아난 동선은 감옥에 갇힌 서문적을 구하러 연경으로 향한다. 이 과정에서 서문적의 친구인 장만호의 도움을 받기도 하지만, 장만호의 동료인 호손달희에게 치욕을 당하자 손을 잘라 버린다.

이날 저녁 일행이 모두 자고 있는데 홀연 내닫는 소리가 아주 빠르게 들리고 불빛이 대낮 같아 모두 놀라 깨니 한 무부가 급히 들어와 동선의 손을 붙잡고 성화같이 끌고 나가니 동선이 손을 이끌려 나와 본즉 곧 달희였다. 달희가 있는 곳에 이르니 활과 칼 그리고 창과 도끼 등이 좌우에 널려 있어 동선이 급히 도끼를 잡아 자기의 손을 잘라 달희의 이마에 던지면서 말하기를, "이것은 너의 손에 잡혔던 것이니 내 이를 어디에 쓰리오?" 하고, 곧 돌아 나오매 아무도 잡으려고 하지 않았다.[42]

동선이 자기의 손을 도끼로 잘라 버리는 장면은 『삼강행실도』에서도 볼 수 있다. 「이씨부해(李氏負骸)」에서 이씨는 남편의 시신을 지고 돌아오다가 여관 주인이 투숙을 거부하고 이씨의 팔을 끌어 문 밖으로 내치자, 팔이 더러워졌다면서 자신의 팔을 도끼로 잘라 버린다. 동선의

---

41   강명관, 앞의 책, 160~161면.
42   是夕, 一行穩頓牢睡, 忽聞馳突之聲甚速, 火光如晝. 衆睡驚覺, 見一武夫, 驟入, 拿洞仙之手, 星火曳出. 仙隨手以出, 乃樺嬉也. 到其舘, 見弓劍戈斧之屬, 交置左右. 仙急引斧, 斬其手掌, 以抵樺嬉之額上曰 "是汝之手中物也. 吾將安用哉!" 乃出, 無敢挽者.

행위는 이씨의 행위와 다르지 않다. 남편 이외의 남성과의 성관계를 금지하는 성적 종속성은 어떤 남성과의 신체적 접촉도 오염으로 판단하는 경지까지 진행되었다.[43] 오염된 신체의 일부를 훼손하는 것은 열녀편에 자주 등장하는 서사 가운데 하나이다. 머리털을 자르거나 귀를 자르고, 코를 베어 버리는가 하면 손가락을 자르기도 한다. 더럽혀진 신체를 제거해 버림으로써 열행을 실천한 것이다. 동선이 손을 잘라버리는 행동은 바로 이 같은 열녀의 형상이다.

동선이 죽음에 이르는 과정과 호손달희에게 더럽혀진 손을 자르는 행위까지는 현실적 국면으로 사건이 전개되었다. 동선과 서문적의 결연과 전란으로 인한 이별의 서사는 「최척전」의 옥영과 최척의 서사에서처럼 사실적이다. 전란을 겪으면서 직간접으로 경험해 보았던 사건이기에 쉽게 서사화될 수 있었고, 그로 인해 사건 전개는 사실적인 경향을 보인다. 그러나 동선의 열행 이후의 사건 전개는 비현실적 국면으로 바뀌어 버린다. 죽었던 동선이 살아나는 장면, 도끼로 자른 손이 다시 붙는 장면, 동선과 서문적 일행이 도죽산으로 들어가는 마지막 장면 등이 그것이다. 현실적인 국면으로 사건이 전개되다가 느닷없이 등장하는 비현실적 국면은 어떻게 보아야 할까?

열행을 실천한 여성의 이야기를 꾀했다면 동선의 죽음에서 서사는 마무리되었어야 했다. 그러나 작가는 여주인공을 다시 살려냈다. 죽음으로써 열행을 실천한 열녀 담론이 지배적인 당대의 분위기와는 분명 다른 것이다. 정절을 실천하기 위해 전란 중에 종사한 수많은 여성에

---

43   강명관, 앞의 책, 161면.

대한 기억이, 적어도 작자에게는 찬양의 대상이기보다는 연민의 대상으로 다가왔던 것이다. 죽지 않았을 수도 있는데, 남편을 죽은 것으로 생각하고 무모하게 종사한 여성에게는 죽음보다는 재회의 희망을 갖게 하는 것이 효과적이라 생각했던 것이다.

동선이 소생하여 서문적을 구출하는 과정으로 사건을 진행시킨 것은, 그 과정에서 또 다른 고난을 겪게 되지만, 작가의 의도가 어디에 있는지를 분명하게 드러낸 것이다. 죽음이라는 극단적인 선택보다는 고난의 극복과정을 통해서 희망을 전하고 싶었던 것이다. 궁극적으로는 동선과 서문적의 행복한 재회를 꿈꾼 것이기에 가능했다.

서문적을 구출한 이후에 동선과 서문적은 도죽산으로 들어가는 것으로 이야기는 끝이 난다. 죽어서 승천하는 것이 아니라 뒤따르는 무리 백여 명을 데리고 자원해 은둔한다는 점이 낯설다. 동선의 주도하에 떠날 채비가 계획적으로 진행된 데 이어 이웃의 자원자 백여 명과 함께 댓잎을 타고 도죽산에 숨어들었다고 했다. 도죽산은 선계이다. 동선과 서문적 일행은 선계에서의 영생을 꿈꾸었던 것이다. 인간의 삶을 억압하는 유교 이데올로기에 대한 거부가 도선적 삶의 지향으로 나타났다고 할 수 있다. 죽음이 없고 구속이 없는 자유분방한 삶의 추구는 경직된 이데올로기를 극복할 때 가능했던 것이다.

3) 「한강한전」의 이씨

「한강한전」의[44] 여성 서사의 지향은 앞의 두 작품과는 다르다. 유교 이데올로기에 더욱더 충실한 모습을 보여주고 있어 주목된다. 이는 가문소설적 성격을 띠고 있는 작품 성격과 무관하지 않다고 본다. 이 작품은 가문의 실질적인 가장인 위씨와 이씨를 중심으로 이야기가 진행된다. 1대에 해당하는 한타는 청렴 강직한 인물로 나이 50이 되도록 부인 위씨와의 사이에 일점혈육이 없던 중, 부인이 태기 있음을 알고 기뻐하지만, 부인이 자녀를 낳기 전 우연히 병을 얻어 끝내 자식을 보지 못하고 죽는다. 한타는 자신의 죽음을 예견하고 부인에게 만약 아들을 낳지 못하면 '취양(取養)'하여, 자신의 사후 가문의 뒤를 이을 것을 강조한다. 위씨는 상중에도 태아를 위해 의연하게 대처한다. 위씨는 남편을 대신하여 가문을 이끌고, 유복자 진한이 가문을 올바로 이끌 수 있도록 손수 글을 가르치며, 검소한 생활 속에서 엄하게 교육한다. 위씨는 전 승상 이경복의 무남독녀인 이소애를 며느리로 맞이하고, 진한은 과거에 급제하여 학사 벼슬에 오른 후, 가달의 난을 평정하러 중군장으로 참전한다. 이씨는 남편이 참전한 사이에 아들 한강한을 낳는다. 위씨가 세상을 떠나고, 진한도 전사한다.

　이 작품의 주된 서사는 한진한의 전사 이후이며, 주목할 인물은 한진한의 부인인 이씨이다. 이씨는 전사한 남편의 유골을 찾아와 안장을 하고, 이후로 대부인으로서 가문을 이끄는 인물이다. 이씨의 남편 한진한

44　「한강한전」은 한강한 4대에 걸친 이야기로, 약 44,000여 자의 분량의 작품이다. 이 작품은 현재 영남대본(한강한전, 110면), 규장각본(韓江玄傳, 102면), 다곡본(한강현전, 95면) 등 3개의 이본이 있는 것으로 알려졌다. 이본 가운데 다곡본의 경우, 작품 말미의 필사기인 "셰당 슝졍 긔원후 병진"으로 미루어 崇禎 紀元後 丙辰은 1676년(숙종 2)으로 추정하고 있으며, "이 칙 듀인은 션졍 회지션셩 무쳠종파 지일가벌 셩듀딕 말녀 리소져 함규지물이라"라는 필사기를 통해서 회재 이언적(1491~1553)의 후손으로 무쳠종파 第一家閥 셩쥬댁 말녀 이소져로 보고 있다. 세 이본의 계통관계는 분명히 드러나지 않는데, 영남본이 다곡본과 가까운 것으로 보인다. 규장각본은 완본이 아니다. 서인석·권미숙, 「영대본 한강한전 해제 및 주석」, 『국어국문학연구』 26, 영남대 국어국문학과, 1998 참조. 따라서 본 연구의 대상 자료는 영대본 「한강한전」으로 한다.

은 가달의 난에 중군장으로 참전했다가 전사하는데, 편지를 써서 자신의 말로 하여금 집에 전달하게 한다. 남편이 전사했다는 소식을 듣고 이씨는 유골을 수습하고자 하나, 시비들이 "만일 불행하오면 사당을 누가 받들며 어린 애기를 어찌 길러내리이까? 다시 생각하옵소서"라며 막는다. 이에 이씨는 다음과 같이 응대한다.

> 이씨 눈물을 흘리며 왈, "너의 정성을 다하여 공자를 잘 길러 한씨의 사당 향화를 끊지 말라. 이는 너의 충심에 있는 것이요, 나도 또한 학사의 해골을 찾아 선산에 안장하니 내 절행이라. 무릇 사람의 일생일사는 상사라 불행하여 죽다가 절행을 뜻하지 아니 하리요. 너희는 일시 목전의 생각뿐이거니와 이미 대의를 정하였으니 난 간치 말라." 옥랑 등이 다시는 할 말씀이 없어 물러나니라.[45]

이씨는 남편의 해골을 찾아 선산에 안장하는 것이 '절행'이라고 강조하고, 불행하여 죽을지라도 절행을 행하지 않을 수 없다고 한다. 죽음을 각오한 이씨는 종 막선을 데리고 길을 떠나나 산속에서 길을 잃고 만다. 청의동자의 인도 아래 어떤 노인을 만나 음식과 약을 받고, 말이 가는 대로 따라 가라는 가르침까지 받는다. 이씨는 "그제야 자기 아버님인 줄 알고 공중을 향하여 치사하고 노인 수작하던 말"을 종 막선에게 전한다. 이 노인은 시아버지가 현현한 것이다. 시아버지의 가르침

---

45 "니씨 눈물를 흘너며 왈, "너이 졍셩을 다하여 공자를 잘 질너 한씨이 샤당 숭화을 끈치 말나. 이난 너이 츙심이 잇난 거시요, 나도 쏘한 학사이 희골을 차자 션순이 안장흐니 니 졀힝이라. 무릇 사람이 일싱 일사난 샹스라. 불힝하여 죽다 졀힝을 뜻지 아니 하리요. 너이 난 일시 목젼 싱각뿐니너이와 나는 이무(미) 디이(大義)을 졍하여신니 난 간치 말나." 옥낭 등이 다시난 혀을 말삼이 업셔 물너나이다." 서인석·권미숙, 「영대본 한강한전 해제 및 주석」, 『국어국문학연구』 26, 영남대 국문과, 1998, 169면.

을 따라 말이 가는 대로 행하여 서주에 이르렀다.

이력저력 행한 지 삼 삭만에 서주땅에 이르니 몸이 피곤함에 행역할 길 없어 잠
깐 졸더니 비몽간에 소나무 밑에서 보던 노인이 와 이르되 "이제는 다 왔으니 내
주던 약을 먹고 가라" 하거늘, 이씨가 약 봉지를 내어 먹으려 할 제 막선이 길 가기
를 재촉하거늘 소리에 놀라 깨달으니 남가일몽이라.[46]

이씨의 꿈에 다시 나타난 노인은 시아버지이다. 남편의 시신을 수습
하러 가는 중에 만난 난관은 시아버지의 도움으로 극복된다. 시아버지
의 몽조는 「최척전」의 장륙불의 몽조와 같다. 흥미로운 것은 「최척
전」의 옥영이 위기에 처할 때 현몽한 것은 장륙불이고, 「동선기」의 동
선이 위기에 처할 때 등장한 존재가 신선임에 비해, 이씨의 꿈에 나타
난 인물은 시아버지인 점이다. 시아버지의 몽조는 이 작품의 지향을 짐
작케 하는 요소이다.

이씨는 시아버지의 도움을 얻어 남편의 유골을 찾고, 남편을 따라 죽
으려고 하나 막선의 만류로 유골을 수습해 귀가한다. 집으로 돌아와 관
곽을 갖추어 대부인과 함께 선산에 안장하고, 3일이 지난 후에 이씨는
죽기를 결심하고 음식을 먹지 않고 침금을 덮고 누워 일어나지 않는다.
시비 등이 공자가 장성함을 기다려 영화를 보고 사당을 받드는 것이 옳
다고 만류하자, 이씨는 "무릇 세상에 부부라 하는 것은 생즉동생 사즉

---

46 "이려구로 힝한 지 삼 삭만이 셔쥬당(땅) 이르니 몸이 뇌곤ᄒᆞ미 힝역할 길 업셔 잠간 조우
던이 비몽간이 송홍밋힉셔 보든 노인니 와 이로ᄃᆡ, "이지인 다 왓시니 ᄂᆡ 쥬든 약을 먹고
가라" 하겨날, 니씨 약 봉지를 ᄂᆡ여 먹으려 할 지 막션니 질 가기을 지촉ᄒᆞ겨날 소리이 놀
너 ᄭᅵ달으니 남가일몽나라." 위의 글, 173면.

동혈함이 응당함이라. 내 이미 지원(至願)을 이루었으니 마땅히 가군의 뒤를 쫓는 것이 열녀의 행실이라"고 하면서 간섭하지 말라고 한다. 『삼강행실도』 열녀편에서 보았던 대로 종사(從死)로써 열행을 실천하려는 것이다.

계속되는 만류에 이씨는 순임금이 남쪽에 순수(巡狩)하다가 붕(崩)한 후에 그 처 아황과 여영이 뒤를 쫓은 사적을 거론하면서 결심을 굽히지 않는다. 그러자 남편 유골 수습에 동행했던 막선이 선대감이 보내신 약병이나 보라고 간청한다.

이씨가 깨달아 약병을 가져오라 하여 여러 번 봉한 것을 떼어보니 편지봉투가 있는지라. 이씨가 펴보니 '부인 이씨께 전하노라' 하였더라. 내면에 하였으되, "만리 중에 왕반(往返)은 잘하니 다행이다. 내가 주던 약을 먹여 너를 구함이 사당에 향화를 끊치지 않게 함이라. 옥황께옵서 너의 정성에 감응하사 복을 차지한 선관에게 전고(傳告)하여서 목숨을 잃기를 보존하며 복록으로 무량(無量)하게 하였으니 어찌 천명을 거역하리오? 부질없이 죽지 말고 천명을 순수(循守)여여 손자를 잘 길러 백자천손을 볼 것이니 한 잔 차를 보내니 먹으라" 하였더라. 이씨가 편지 보기를 마치매 절사할 뜻이 없는지라.[47]

47　"이씨 씨달나 약병얼 가져오라 ᄒ여 여불(여러 번) 봉한 겨슬 ᄶᅥ여본니 편지봉이 잇난지라. 이씨 피여본니 '부인 니씨겨 전ᄒ노라' 하엿드라. 니면이 하엿시되, "만 니 즁이 왕반(往返)은 잘하니 라(다)힝하다. 니 쥬든 약을 먹기(여) 너를 구함이 사당이 향화을 근치지 안니 함이라. 옥황기(께)옵셔 너 정셩감응ᄒ사 복(福) 차지한 선관(仙官)이 젼고(傳告)ᄒ옵셔 몸슘을 일기를 보존하며 복녹으로 무량(無量)ᄒ겨 하여시니 엇지 천명을 겨역ᄒ리요. 부지럽시 죽지 말고 천명을 슌슈(循守)ᄒ여 손아(孫兒) 잘 질너 빅자천손을 볼 겨사미 한 잔 차을 보너난니 먹으라" 하엿드라. 이씨 편지을 보기 맛치미 절사할 쓰지 업난지라." 서인석·권미숙, 위의 글, 179면.

이씨의 시아버지가 편지를 통해 강조한 것은 사당에 향화를 끊어지지 않게 하라는 것과 손자를 잘 길러 백자천손을 보라는 것이다. 조상 제사와 자손 번성의 의무를 이씨에게 부여한 것이다. 시아버지의 현몽은 의지할 데 없는 이씨를 보호하고 그 행위의 정당성을 부여하는 기능을 하며, 시아버지의 현현은 이씨의 삶에 직접적으로 개입하여[48] 유교 이데올로기를 더욱더 공고히 하는데 기여하고 있다. 이후에 보이는 이씨의 행적이 이를 뒷받침한다.

이씨는 시아버지의 글을 읽고 절사할 뜻을 버리고, "장사 후 절사하기를 정하였으매 정을 부치지 않은" 아들을 안으며 "백자천손의 후록을 보리라" 다짐하면서 시아버지가 보낸 차를 마시고 평상시 기운을 찾는다. 죽음을 유예하고 자식을 키우는 경우 역시 자녀에 대한 자연적 애정과 연민, 즉 모성에 기인한 것은 아니다. 그것은 역시 가부장제의 명령이다. 이는 남아에 해당하는 경우이며, 남편의 제사를 받들 사람 혹은 대를 이을 사람을 양육한다는 의미였다. 열이 자연적 모성에 선행한다는 것이다.[49] 가부장제의 강화는 남성에게서만이 아니라 여성, 가장권을 가진 대부인에게서도 실천되었다.

이후의 서사는 대부인 이씨를 중심으로 한 가문 창달과 번영의 서사로 전개된다. 장편 가문소설의 서사 문법에서 벗어나지 않는다. 아들 한강한은 석상서의 딸과 정혼한 후에 가달의 난을 만나 원수로 출전하여 승전을 하고, 황제의 동생인 초왕의 딸과 늑혼을 하게 되어 공주와

48 강인범, 「한강현전의 현실인식과 그 형상화 방식」, 『한국문학논총』 29, 한국문학회, 2001, 115면.
49 강명관, 앞의 책, 510~511면.

석소저를 부인으로 얻는다. 한강한은 북방의 도적을 방비하러 순무어사로 나갔다가 양통판의 딸을 구출하여 남매를 맺는다. 이 모든 사건에 중심을 이루고 있는 인물은 대부인 이씨이다. 이씨는 엄정한 치가(治家)로 집안의 중심을 잡는 인물이다. 작품의 결말 부분은 회갑을 맞이한 이씨가 아들 손자며느리를 앞세우고 잔칫상을 받는 장면과 후손이 부귀영화를 누리는 것으로 서술되었다.

> 이적에 구용이 각각 아들 다섯씩 낳으니 다 기골이 준수하고 기이한지라. 대부인이 손자 보기를 즐겨하여 분부하시니, 연왕과 두 왕후, 아홉 손부 다 각각 자식을 거느려 들어가니 대부인이 차례로 들어오라 하여 보시고 살짝 웃으시며 하나씩 차례로 보니 명인 총혜하여 기이한 골격이 사람의 집에 극히 선한지라. 왕을 돌아보아 왈, "이제 사람의 집이 이렇듯 성함이 상서롭지 아니하다" 하시니 왕이 엎드려 대답하여 왈, "어찌 임의대로 하오리까?" 하며, 서로 즐기다가 물러나오니라.[50]

이씨의 가문 번성은 정절의 대가임을 작자는 분명히 밝히고 있다. 회갑연에 참석한 초왕후가 이씨를 향하여 "만 리 외에 가서 낭군의 해골을 찾아 왔으니 그 정절이 천지개벽 후 처음이라. 하늘이 감동하여 오늘날 이 경사 있사오니 어찌 두렵지 않으리오"하니, 이씨는 "응당 할 일이다. 어찌 인사를 받으리까?"라고 대답한다. 대부인 이씨의 치가와 이

---

50 "이 익 구용이 각 〃 아달 다섯식 나흔되 다 긔골이 쥼슈하고 기이한지라. 디부인이 손쟈 보물 질기 분부하신니, 연왕과 두 왕후, 아홉 손부 다 각 〃 자식 겨녈여 들어간이 디부인이 차리로 드려오라 하여 보시고 미미히 우익시며 하나식 차리로 본이, 명인총혀하여 그이한 골격이 사람이 집이 극키 성한지라. 왕을 도라보와 왈, "이지 사람이 집이 이렷텃 성하미 샹셔롭지 안타" 하신이 왕이 부복 디왈, "엇지 임으(임의)디로 하오릿가" 하며 셔로 질기다가 물너나오이라." 서인석·권미숙, 앞의 글, 206면.

로 인한 가문의 번성과 영화는 이씨의 정절에서 비롯된 것이다.

이씨는 남편의 유골을 수습하고 종사(從死)를 하려고 했다. 종사는 열녀의 행동이다. 이씨 또한 열녀의 행위를 따르고자 했던 것이다. 그런데 이씨가 마음먹은 종사는 일어나지 않았다. 작자는 이씨를 열녀의 형상이 아닌 다른 모습으로 만든 것이다. 그렇기에 이씨의 죽음을 유예시킨 것이다. 유예시킨 이유는 시아버지의 편지에 기록되어 있다. 조상 제사와 자손 번성이다. 이점이 바로 작자의 의도인 셈이다. 종사로 인한 열녀의 형상보다는 가문을 위한 여성의 형상에 방점을 둔 것이다. 여성에 대한 유교의 이미지는 이중적인데, 한편으로는 정숙하고 순종적이어야 하며, 또 한편으로는 강하고 책임감이 있어야 했다.[51] 작자는 이씨를 강하고 책임감 있는 여성의 형상으로 만든 것이다. 개인의 명예보다는 가문을 위해 봉사하는 여성의 이미지는 이씨를 통해 확인한 셈이다. 국가-남성이 만들어 놓은 가문을 위해 봉사하는 여성상은 이 작품에서 볼 수 있다. 결국 이 작품은 유교 이데올로기를 더욱 공고히 하려는 의도가 강한 소설로, 앞의 두 작품과 차별된 모습을 보이고 있다고 하겠다.

5. 17세기 소설사와 열녀 담론

17세기에 조선사회를 관통했던 열녀 담론은 절사한 열녀 이야기로 장식되었다. 국가-남성은 자신들의 지배논리를 강화하기 위해 절사한

---

51   마르티나 도이힐러, 앞의 책, 358면.

열녀를 양산해 냈다. 『동국신속삼강행실도』 등을 통해 열녀를 계몽하고자 했고, 그에 따라 열녀전과 같은 문학작품에서는 이에 부응하는 열녀의 행위를 입전하는 경우가 많아졌다. 실기도 이에 벗어나지 않았다. 전란을 체험한 작가들의 견문 기록 가운데 여성에 관한 것은 정절을 위해 목숨을 던진 기록이 대부분을 차지한다.

그러나 소설에서는 다른 양상을 보이고 있다. 「최척전」의 옥영, 「동선기」의 동선, 「한강한전」의 이씨는 전란의 참상을 겪은 인물이라는 점에서 공통점을 지니고 있다. 절사로 목숨을 버려야 하는 상황도 공통적으로 경험한 인물이다. 그런데 이들 소설의 여주인공은 죽지 않았다. 아니 작자는 여주인공을 죽이지 않았다.

여주인공은 죽음의 상황을 맞이하지만 각각 장륙불, 신선, 시아버지의 몽조로 인해 극복되고 있다. 열녀 담론이 무성한 현실에서 절사에 대한 회의는 각기 다른 방향으로 반향을 일으켰던 것이다. 「최척전」은 살생을 금하고 있는 불교적 입장을 끌어들임으로써 유교 질서를 위해 죽음까지도 찬양해야 되는 당대의 열녀 이데올로기에 정면으로 대응한 것이다. 「동선기」의 주인공은 선계에서의 영생을 꿈꾸었던바, 인간의 삶을 억압하는 유교 이데올로기에 대한 거부가 도선적 삶의 지향으로 나타난 것이다. 「한강한전」은 종사(從死)에 의한 열녀의 형상보다는 가문을 위한 여성의 형상을 지향하고 있다. 조상 제사와 자손 번성이라는 현실적 목적을 위해 죽음은 유예되었고, 대신 강하고 책임감 있는 여성 형상을 만들었던 것이다.

지배문화에 대한 불만은 쉽게 문학적 소재가 될 수 있다. 지배자들은 개인의 과거뿐만 아니라 미래까지도 찬탈해 간다. 그들은 기억에 자신들을 남기고 그 행적을 기념비로 남긴다. 이런 공식적인 기억 정치의 맥락에서 벗어난 여성과 세속의 기억은 문학적 이름으로 회귀한다. 문학에서만 그런 기억이 권리를 찾을 수 있는 것은 공적 기억의 검열과 왜곡으로부터 자유로울 수 있기 때문이다.[52] 「최척전」의 옥영, 「동선기」의 동선, 「한강현전」의 이씨의 형상은 당시의 지배층이 만들어 놓은 열녀 담론에서 형성되었던 여성 형상과는 다르다. 절사를 택하지 않았음에도 그녀들의 열행은 그려졌다. 17세기 소설사에서 여성의 열행은 다양한 방식으로 서사화된 것이다.

_『민족문학사연구』 46, 민족문학사학회, 2011

52　변학수, 『문학적 기억의 탄생』, 열린책들, 2008, 56면.

2.
부

전쟁과 기억

병자호란의 책임 논쟁과 기억의 서사

인조의 기억과 '대항기억'으로서의 「강도몽유록」

김정녀

1. 기억의 서사로 읽는 병자호란

병자호란이 일어난 이듬해 1637년 1월 22일, 강도(江都)는 함락되었다. 인조(仁祖)가 남한산성에서 청(淸)의 침략에 맞서 고군분투하던 사이, 강도에는 종묘와 사직의 신주를 받든 조정 대신과 봉림대군, 비빈, 원손 등이 피난해 있었다. 청은 인조에게 '성(城)을 나와 군신(君臣)의 예로 항복할 것'과 '화친(和親)을 배척했던 신하들을 결박해 내보낼 것'을 요구하였고, 계속 대항하면 '국가의 존망을 장담할 수 없을 것'이라며 위협의 강도를 높여 갔다. 하루하루 괴롭게 버티던 인조는 결국 강도함락 소식에 무너지고 만다.[1] 유일한 희망이었던 강도의 함락, 그날 이

---

[1] 고립된 남한산성에서 강도 함락 소식을 들은 인조는 막다른 길에 내몰린 심정으로 '차라리 자결하고 싶다'고 토로했다(『仁祖實錄』, 인조 15년 1월 26일). 강도만 보존한다면 종묘사

후 인조는 청 태종에게 항서(降書)를 보내고 삼전도(三田渡)에 나아가 삼배구고두(三拜九叩頭)의 예(禮)를 올리는 치욕까지 겪어야 했다. 대의(大義)에 따라 척화를 주장했던 윤집(尹集), 오달제(吳達濟), 홍익한(洪翼漢) 등을 속박하여 청에게 넘겨주는 수모를 참아내야 했으며, 심지어 세자와 대군이 인질이 되어 북으로 떠나는 모습도 지켜봐야 했다.[2]

병자호란의 2대 격전지 중 한 곳인 강도(江都), 천험의 요새 강도를 지켜냈다면 전세는 전혀 다른 방향으로 흐를 수도 있었던 곳, 그날 그곳에서는 무슨 일이 일어났던 것일까? 당시 강도의 사정이나 병자호란을 증언해 줄 역사기록(歷史記錄)은 적지 않다. 그러나 "역사 인식의 합리성과 객관성, 주체성이 근본적으로 불신"[3] 받는 오늘날 '역사'가 객관적 진리를 우리에게 보여주리란 순진한 기대를 하는 사람은 많지 않다. 오히려 공적인 영역 바깥이나 주변에 놓여 있던 개인적인 기록, 혹은 허구적 이야기들이 사건이나 현상의 본질을 이해하는 데 유효할 수 있다는 사고가 설득력을 얻고 있다. 객관적 사실의 기록으로 인정받는 '역사'에 문제제기를 하고, 사적인 '기억들'을 통해 역사기억을 재탐색하고 있는 최근 우리 학계의 움직임은 이러한 저간의 사정을 잘 반영하고 있다 하겠다.[4]

직을 의탁할 길이 있다고 믿었기에 강도 失陷은 인조에게 큰 충격이었으며 청에 대한 대항 의지를 일시에 꺾어버리는 계기였다고 할 수 있다.

2 『仁祖實錄』, 1636년(인조 14, 병자) 12월 13일(계미)~1637년(인조 15, 정축) 2월 5일(을해).

3 전진성, 『역사가 기억을 말하다』, 휴머니스트, 2005, 26면. 전진성은 근래 기억에 대한 증가된 관심은 현대 서구 문명의 본원적 위기가 낳은 증상으로 볼 수 있으며, '역사의 대안으로서 기억 담론이 대두하게 되었다고 설명하고 있다. 아울러 기억 담론은 이미 기성화 된 역사를 넘어서 과거의 다양한 재현 방식과 다양한 정체성들을 포용할 수 있는 계기를 마련해 주었다는 점에서 긍정적으로 평가할 만하다고 논의하였다(19~25면). 본고의 논의 또한 이러한 관점에서 출발한 것이다.

4 대표적인 논의로 정출헌, 「임진왜란의 영웅을 기억하는 두 개의 방식 : 사실의 기억, 또는 기

본고에서는 이러한 '기억들' 가운데 병자호란 당시, 강도(江都) 실함(失陷)의 순간 자신들에게 불어 닥친 피바람의 기억을 생생하게 증언하고 있는 「강도몽유록」에 주목하고자 한다. 주목의 이유는 두 가지이다. 첫째, 이 작품은 공식적 기록이 아닌 '사적'인 기억 서사로 창작, 향유되었기 때문이다. 즉 「강도몽유록」은 '꿈' 속에서 당시 참화를 피하지 못하고 죽어간 '여인들'이 모여 '집권층 사대부 남성을 향한 통렬한 비판'을 전면에 내세우고 있는 허구적 서사이다. 둘째, 이 작품은 병자호란의 발생 책임론에 대해 '공적 역사'와는 반대되는 이야기를 함으로써 '대항기억'으로서의 성격을 잘 드러내고 있는데, 이에 대한 고찰은 역사와 기억의 관계 및 향후 기억 문화 연구에 있어 새로운 시사점을 제공할 것으로 기대되기 때문이다.

논의의 방향은 크게 두 부분으로 나뉜다. 우선 공적 역사 기록을 토대로 병자호란의 책임 소재에 대한 논쟁의 일단을 일별하고자 한다. 이 과정에서 국왕인 인조의 기억, 즉 공적 기억이 어떻게 만들어지고 있는지를 고찰할 것이다. 다음 허구적 서사인 「강도몽유록」에서 그날의 일을 어떻게 재현하고 있는지를 살펴보고자 한다. 공적 기억과 대비되는 대항기억으로서의 면모를 고찰함으로써 작자의 창작 의도가 어디에 있는지를 탐색해 보고자 한다. 이를 통해 「강도몽유록」과 같은 기억 작업이 당대 역사 현실에서 어떤 기능을 담당했는지를 보다 구체적으로 논의하고자 한다.

역의 서사」(『한문학보』 21집, 우리한문학회, 2009), 김일환, 「병자호란 체험의 '再話' 양상과 의미 연구」(동국대 박사논문, 2010), 정출헌, 「탄금대 전투에 대한 기억과 두 편의 「달천몽유록」」(『고소설연구』 29집, 한국고소설학회, 2010) 등을 들 수 있다.

2. 병자호란의 책임 소재에 대한 인조의 기억

전란 직후 부각되는 문제들 가운데 단연 핵심은 난의 책임 소재에 관한 것이다. 인조는 남한산성에 고립된 지 3일째 되는 날, 강화도로 피난할 수 있는 시간적 여유를 상실한 상황에서 체찰사 김류(金瑬), 병조판서 이성구(李聖求), 좌의정 홍서봉(洪瑞鳳) 등을 불러 대책을 의논하다가 결국 눈물을 흘리며 다음과 같이 이야기한다.

①상이 울며 이르기를, "삼백 년 동안 온갖 정성을 다해 중국을 섬겼고 받은 은혜도 매우 많은데, 하루아침에 원수인 오랑캐의 臣妾이 되려 하니 어찌 애통하지 않겠는가. 倫紀가 사라진 때를 당하여, 다행히 당시 절개를 지키던 諸賢과 함께 反正의 거사를 일으켜 임금의 자리에 있으면서 임금의 일을 행한 지 벌써 14년인데, 끝내 犬羊과 禽獸와 같은 결과가 될 줄이야 어찌 생각이나 했겠는가. 그러나 경들에게야 무슨 잘못이 있겠는가. (…중략…) 연소한 자가 사려가 얕고 논의가 너무 과격하여 끝내 이 같은 화란을 부른 것이다. 당시에 만약 저들의 사자를 박절하게 배척하지 않았더라면 설사 화란이 생겼다고 하더라도 그 형세가 이 지경까지는 이르지 않았을 것이다" 하니, 모두 아뢰기를, "연소하고 생각이 얕은 자가 일을 그르쳐서 이 지경에 이른 것입니다" 하였다.[5]

병자호란은 이미 벌어진 일이지만 그것은 있어서는 안 되는 현실이었다. 광해군에 대한 반정(反正)으로 들어선 인조 정권에서 '척화(斥和)'

---

5   『仁祖實錄』, 1636년(인조 14, 병자) 12월 17일(정해).

는 입국의 토대[立國之地]가 되어 준 명분이었다.[6] 그러므로 인조나 반정 공신들이 척화론자요, 반청론자인 것은 지극히 당연한 일이었다. 그런데 청이 조선을 침략하는 일이 벌어졌고 이내 인조와 조정 신료들은 남한산성으로 내몰렸다. 사세가 이 지경에 이르자 인조는 전란의 책임을 도리어 반청을 주장한 척화신들에게 두게 된다. ①의 인용문에서 보았듯이 인조는 '윤기(倫紀)가 사라졌을 때 반정(反正)을 일으켜 지금 14년이 되었는데, 연소한 자들의 엷고 과격한 논의 때문에 끝내 견양(犬羊)과 금수(禽獸)의 결과가 초래되고 말았다'며 척화파에 대한 원망의 빛을 내비치고 있다. 정묘호란 당시만 해도 인조와 공신세력 중 대부분은 척화를 주장하였다. 그것이 명(明)에 대한 의리를 지키는 것이라 믿었다. 그러나 척화가 현실적인 힘을 얻지 못하자 주화론을 따르게 되었음에도 병자호란이 발생하게 된 책임을 척화신들에게 돌리고 있는 것이다.[7]

병자호란 발발 당시 인조는 척화파와 주화파 사이에서 결국 선전(宣戰) 교서(敎書)를 내리는 것으로 청의 신하국이 되는 것을 거부했다. 하

---

6   『仁祖實錄』, 1637년(인조 15, 정축) 1월 23일(계해).

7   병자호란의 발발 원인을 척화파에게 두고 있는 인조의 이해는 역사적 사실에 기반한 것이 아니다. 병자호란 이전까지만 해도 척화파와 주화파는 전쟁을 유발할 정도로 대립하지 않았다는 것이 최근 역사학계의 보고이다. 광해군의 외교정책을 강력히 공격하며 등장한 인조 정권이기에 척화는 반정의 명분이었다. 그러므로 정묘호란으로 講和를 맺은 뒤에도 척화는 인조대의 기본 정서였다. 明이 여전히 중원의 천자로 있는 한 그것은 바뀔 수 없는 것이었다. 그런데 청 태종이 황제를 칭하면서 조선을 침략한 상황에서 和親은 곧 청의 신하국이 되는 것을 의미하므로 인조가 이를 거부하여 발발한 것이 병자호란이다. 결국 병자호란은 형제맹약을 지킬 의사가 없는 청의 침략 전쟁이었던 것이지 정책으로 반영되지도 않은 척화론 때문에 일어난 것이 아니다(오수창, 「오해 속 병자호란, 시대적 한계 앞의 인조」, 『내일을 여는 역사』 26, 내일을여는역사, 2006, 33~45면; 한명기, 『정묘·병자호란과 동아시아』, 푸른역사, 2009, 140~155면 참조). 결국 척화파의 과격한 논의 때문에 병자호란이 일어났다고 보는 인조의 역사 이해는 자신의 실추된 왕권을 지키기 위한 하나의 방편이었다고 할 수 있다.

지만 그 귀결이 '금수의 결과'가 되자 충격이 클 수밖에 없었을 것이다. 이러한 인조의 충격은 전란 중 척화파에 대한 은근한 원망으로 드러났다. 그런데 시간이 흐르면서 사세가 점점 급박해지고 결국 청 태종에게 무릎을 꿇고 항복하는 치욕을 겪게 되자, 인조는 전란 후 척화파에 대한 노골적인 혐오를 드러내고 배척하기에 이른다.[8]

　이러한 분위기 속에서 무장 출신 구굉(具宏) 등은 '치욕의 책임'을 척화신 윤황(尹煌)에게 전가하여 그의 목을 베야 한다고 주장하기도 했다.[9] 전란 책임을 져야 할 묘당 대신들 역시 이에 편승하여 척화파에 대한 맹렬한 공격을 퍼부으며 이를 기정사실화 한다. 이 과정에서 척화를 주장했던 대간들은 '나라를 그르친 자'들로 매도되었고 그들 가운데서도 윤황, 유황(兪榥), 홍전(洪瑑), 유계(兪棨) 등은 특히 '사특한 마음을 가지고 나라를 혼란케 한' 죄를 받고 정배되기에 이른다.[10] 윤황 등의 논죄에 대해 양사(兩司)에서 여러 차례 합계(合啓)하여 그 불가함을 강력히 주달하였으나 인조는 받아들이지 않았다. 심지어 윤황 등에 대해서는 '나라의 존망을 헤아리지 않고 오로지 헛된 명예만을 중히 여긴 무리'라며, 이들을 '석방하는 것은 터무니없는 일'이라고 일축하기도 하였다.[11]

　②상이 이르기를, "이 어찌 척화한 것이겠는가. 곧 나라를 그르친 것이다. 表文을 올려 신하로 칭하는 경우에는 대간이 극력 간쟁하는 것이 참으로 마땅하다. 그러나 그때의 일은 사신을 보내어 화를 늦추려는 계획에 지나지 않았는데, 이 무리

8　한명기, 위의 책, 194~195면.
9　羅萬甲, 『丙子錄』, 「急報以後日錄」, 정축 2월 5일.
10　『仁祖實錄』, 1637년(인조 15, 정축) 2월 19일(기축).
11　『仁祖實錄』, 1637년(인조 15, 정축) 10월 7일(신축).

들이 그사이에서 가로막아 국사가 마침내 이에 이르게 하였으니, 죄가 어찌 적겠는가. 이른바 '시의에 동요되지 않는다'는 것도 그렇지가 않다. 대신이, 대간의 논의가 한창 일어나고 있음을 듣고 곧바로 자기의 뜻대로 행하는 것은 형세상 그럴 수 없는 것이다. 마땅히 해야 할 일이더라도 대간이 논집하고 있으면 임금도 뜻대로 단행할 수 없는데, 대신이 어찌 동요하지 않을 수 있겠는가. 절절이 나라를 그르친 죄를 어찌 다 말할 수 있겠는가. 그때 말한 자가 상서롭지 못한 말을 많이 했었는데, 뒤에 모두 讖言과 같이 부합되었다. 오늘날에 와서 생각하니 대저 복 없는 사람이다" 하고, 상이 성낸 빛을 띠니, 좌우 신하들이 묵묵히 있었다.[12]

③ 상이 이르기를, "이들은 나라의 존망은 도외시하고 명예만을 차지하려 하였으며, 같은 무리끼리는 감싸고 다른 무리는 배격하여 나라가 망하게 하였으니, 매우 가증스럽다. 그처럼 경박한 무리를 쓴들 무슨 도움이 되겠는가" 하였다.[13]

위의 인용문들은 1639년(인조 17) 2월 7일과 3월 25일에 있었던 인조와 묘당 대신들의 대화를 기록한 것인데, 인조의 척화파에 대한 인식을 단적으로 보여주는 대목이다. ②는 우의정 심열(沈悅)이 병자호란 당시 '척화를 주장한 신하들을 등용하여 인심을 위로하자'고 한 말에 대한 인조의 답변이고, ③은 영의정 최명길(崔鳴吉)이 '세월이 이미 오래 되었으니 그들을 풀어 주어 재주와 기량에 따라 쓰는 것이 어떻겠느냐는 제언에 대한 답변이다. 병자호란 초기 인조의 언사(인용문 ①)와 비교해 보면 난의 책임이 척화파에게 있다는 점에서는 같으나 그 논조는 훨씬 거

---

12   『仁祖實錄』, 1639년(인조 17, 기묘) 2월 7일(을미).

13   『仁祖實錄』, 1639년(인조 17, 기묘) 3월 25일(임오).

칠고 감정도 격해졌다. 그들은 단순히 척화를 한 것이 아니라 '나라를 망하게 한 장본인'들이라는 것이다. '성하지맹(城下之盟)'으로 권위는 땅에 떨어지고 마음에 형언할 수 없는 상처를 입은 인조로서는 종전(終戰) 후 2년여가 지난 뒤에도 척화신들에 대한 분노를 거두지 못하고 있음을 알 수 있다.

이상에서 살펴보았듯이 인조의 기억 속에서 '병자호란의 책임은 척화파에게 있다'는 것으로 정리되었다. 척화파가 헛된 명예를 얻기 위해 반청을 주장하다가 결국 청의 노여움을 사 전쟁이 일어나게 된 것이란 해석이다. 전란 후 인조는 척화론의 입장에 섰던 윤황을 비롯한 신료들을 대부분 조정에서 쫓아내고, 난 발생 초기 청군 지휘관들과 담판을 벌여 자신이 남한산성으로 피신할 수 있도록 시간을 벌어준 친청파 최명길을 중심으로 조정을 재구성하였다. 최명길은 이러한 인조의 뜻에 편승하여 대신이 중심이 되는 정치질서를 구축하고자 했다.[14]

인조나 친청파 세력의 이와 같은 인식은 현실 정치에 대한 어떤 비판적 성찰의 기능도 담당하지 못한다는 점에서 문제적이다. 그러나 중원에서는 청의 세력이 점점 강성해지고 있고, 여전히 조선을 압박하고 있던 상황에서 당시 국사를 담당했던 김류, 최명길, 윤방(尹昉) 등 친청파 공신 세력에게 책임을 묻는 것은 인조로서는 여간 부담스러운 일이 아니었을 것이다. 임금의 자리마저 위태로운 상황에서 척화론을 주장한 반청파의 손을 들어 주는 것은 또 다른 전쟁을 의미하므로 난의 책임소재를 객관적으로 살필 만한 여력이 인조에겐 없었다.

---

14 오수창, 「인조대 정치세력의 동향」, 이태진 편, 『조선시대 정치사의 재조명』, 범조사, 1986, 112~115면; 한명기, 앞의 책, 194~201면.

④지난해 가을·겨울 이전에는 김류가 화친을 배척하는 논의가 매우 준열하여 '청국이라 쓰지 말아야 하고 信使를 보내서는 안 된다'고 까지 말하다가, 전하께서 특별히 '적이 깊이 들어오면 체찰사는 그 죄를 면할 수 없으리라'는 분부를 내리신 이후로 화친하는 의논에 붙어 윤집(尹集) 등을 묶어 보내고 윤황(尹煌) 등의 죄를 논할 것을 김류가 실로 주장하였습니다. 자신이 將相을 도맡아 마침내 임금이 성을 나가게 하고도 자신의 잘못을 논열한 적이 한 번도 없었습니다.[15]

⑤지난날 척화론에 대해서는 온 나라가 의논이 동일했고 전하께서도 불끈 노하시어 팔방에 告諭하였습니다. 만약 국세가 강력하여 적이 침범해 와도 대처할 능력이 있었다면 그 주장은 천하에 빛났을 것입니다. 어찌 문득 나라를 망하게 하는 원인이 되었겠습니까. 국사를 담당한 사람은 나라를 그르친 죄를 받지 않았는데 논의한 사람만 일을 망친 책임을 뒤집어써서 귀양은 먼저 가고 석방은 뒤로 밀렸습니다.[16]

인용문 ④는 기평군 유백증(兪伯曾)의 상소이다. 유백증은 병자호란 발발 직후 김류와 윤방 등을 주벌할 것을 주장하다 파직을 당한다.[17] 그러나 이후 재차 상소를 올려 김류와 윤방이 나라를 그르친 죄를 조목조목 열거하며 논죄할 것을 강하게 주달한다. 위 인용문은 재차 올린 상소 중 일부를 보인 것이다. 유백증은 김류가 병자호란 발생 직전 척화론자에서 주화론자로 변신했으면서도 오히려 윤집 등을 속박하여

---

15 『仁祖實錄』, 1637년(인조 15, 정축) 6월 21일(무오).
16 『仁祖實錄』, 1638년(인조 16, 무인) 5월 5일(정묘).
17 『仁祖實錄』, 1637년(인조 15, 정축) 1월 4일(갑진).

청에 넘기고, 윤황 등에게 난의 책임을 떠넘기고 있는 정황을 고발하고 있다. ⑤는 사헌부에서 올린 차자(箚劄)인데 상벌의 시행이 온당하지 않음을 간(諫)하고 있다. 당시 '척화는 국론'이었음을 주장하며, 만약 조선이 청보다 우세하였다면 천하에 빛났을 외론(義論)이라고 말한다. 공론을 따른 대간들에게 일을 망친 책임을 모두 뒤집어씌우고 정작 국사를 담당했던 대신들은 나라를 그르친 죄를 받지 않은 것을 문제 삼고 있는 것이다.

국정을 도맡았던 장상(將相)과 주어진 책무를 수행하지 못한 사람들에게 책임이 있다는 위의 인용문과 같은 논조는 당시 대간들이 일관되게 주장한 것으로, 김류, 윤방, 김자점(金自點), 심기원(沈器遠), 신경원(申景瑗), 김경징(金慶徵), 이민구(李敏求) 등이 주요 논핵 대상이었다. 강도 함락의 책임으로 김경징, 장신(張紳)이 차례로 사사된 뒤에도[18] 김류 등에 대한 논죄를 주청하는 상소는 그치지 않았다. 결국 인조는 삼사의 공론에 밀려 김류의 관작을 삭탈하기에 이른다.[19] 인조의 신임을 한 몸에 받았던 그였지만 사사로이 아들(김경징)에게 강도 검찰사라는 중임을 맡겨 함락을 초래했기 때문에 군율을 비켜갈 수 없었던 것이다.

그러나 인조는 불과 8개월 만에 김류를 조정으로 다시 불러들였다. 김자점 역시 양사의 반발에 밀려 정배를 당하지만[20] 1640년(인조 18) 2월 심기원과 함께 호위대장에 임명되고 1642년(인조 20) 1월에는 特旨에 의해 병조판서에 오른다.[21] 척화파인 윤황이 끝내 석방되지 못하고 적소

---

18 장신은 인조 15년 3월 21일 자진하라는 명을 받고, 김경징은 인조 15년 9월 21일 賜死되었다.
19 『仁祖實錄』, 1637년(인조 15, 정축) 8월 4일(기해).
20 『仁祖實錄』, 1637년(인조 15, 정축) 2월 15일(을유).
21 『仁祖實錄』, 1640년(인조 18, 경진) 2월 2일(계축). 1642년(인조 20, 임오) 1월 16일(병술).

에서 卒한 것과 극명하게 대비되는 지점이다.[22] 결국 주요 친청파 공신 세력들은 속속 재등용 되었으며, 1642년 11월 명(明)과의 밀통 사건으로 최명길이 삭직된 뒤 인조와 김류, 김자점의 유착은 더욱 견고해지게 되었다. 이후의 정국은 인조와 친청파들이 반청 척화세력을 제거하고 정권 기반을 다지는 과정이었다고 할 수 있다.[23]

전쟁의 발발 원인을 비롯하여 전란 초기의 미흡한 대응과 강화도의 함락, 그리고 마침내 굴욕적인 항복으로 끝난, 병자호란의 모든 책임이 척화신들에게 있다고 믿고 있는 인조의 기억은, 이러한 국내외적 상황 속에서 '만들어진 기억'이라고 할 수 있겠다.

3. '대항기억'으로서의 「강도몽유록」

앞 절에서 살펴보았듯이 인조의 기억이란 것은 정권을 옹호하고 유지하는 데 불편한 기억들은 걷어내고, 유리한 기억들은 극단적으로 부각시키는 한편, 또 어떤 기억들은 억압하면서 재구성한 것에 불과하다. 공적 기억은 그 구성과정에서 개별 주체의 기억과 부딪치기도 하지만, 대개의 경우가 그렇듯이 "권력층의 기억만이 보편적인 기억으로 승화

1643년(인조 21, 계미) 5월 6일(무술).

22 『仁祖實錄』, 1639년(인조 17, 기묘) 6월 8일(갑오).

23 1644년 심기원의 역모, 1645년 귀국한 소현세자의 사망, 1646년 세자빈인 강빈의 옥사와 임경업의 옥사 등 일련의 역사적 사건들은 인조대 후반 親淸派와 反淸派의 대립 속에서 김자점 등 친청파들이 반청파 척화세력을 철저히 제거하는 과정 중에 일어난 것이었다고 볼 수 있다. 지두환, 「仁祖代 後半 親淸派와 反淸派의 대립 : 沈器遠・林慶業 獄事를 중심으로」, 『韓國思想과 文化』 9호, 한국사상문화학회, 2000, 101~121면 참조.

되고, 피지배층의 기억이나 여타의 불편한 기억들에 대한 망각이 사회적으로 조직화"[24]된다. 그러나 시간이 흘러 자발적으로 일어난 망각이 아닌, 지배세력에 의해 조정되고 억압된 기억은 사라지지 않고 개개인의 기억 속에 남아 있을 수밖에 없다. 그리고 공적 기억이 지배력을 얻어갈수록 억압된 기억 또한 그에 대항하여 이런저런 형태들로 모습을 드러내기 마련이다.[25] 이 절에서 다룰 「강도몽유록」은 조정되고 억압된 기억을 소환해내고 있다는 점에서 인조의 공적 기억에 '대항'하는 성격을 띠고 있다고 볼 수 있다.[26]

'꿈'이라는 우의적 장치를 통해 공적 기억과는 다른 이야기를 들려주고 있는 「강도몽유록」은 일찍부터 여러 연구자들에 의해 주목받아 왔다.[27] 병자호란에 대한 기억 서사 중 특히 이 작품이 관심을 끄는 이유는 그날의 기억을 재현하고 있는 방식의 독특함 때문이다. 남성이 아닌 여성이, 전쟁에서 살아남은 자가 아닌 죽은 자의 원혼이, 그리고 현실이 아닌 꿈속에서 그날의 일이 재현되고 있다. 그런데 「강도몽유록」이 단순히 강도에서 순절한 여인들의 참상을 사실적으로 드러내기 위한

---

24 전진성, 앞의 책, 74면.
25 인조가 친청과 공신세력을 끼고 병자호란의 책임을 척화신들에게 돌리며 반청파를 제거해 나가자 대간들은 '公論'으로 그 부당함을 지속적으로 제기한다. 그런 점에서 인조대 대간들의 논계는 인조의 공적 기억에 대한 일종의 '대항기억'의 성격을 지닌다고 볼 수 있다.
26 '역사'가 기성 질서를 변호하는 이데올로기로 전락할 때, 여타의 기억들은 이에 '대항'하는 성격을 띠게 된다. 이때 '대항기억'은 권위주의적이고 억압적인 기존의 역사 이데올로기를 넘어설 수 있다는 점에서 매우 전향적이다. 그러나 이 또한 새로운 헤게모니의 가능성을 좇아 경쟁하는 기억이라는 점을 염두에 두어야 한다. 즉 대항기억과 공적 기억을 진실-왜곡이란 이분법적 구도로 보아서는 안 되며 개별 기억들 간에 이루어지는 통합과 갈등의 역동적 관계로서 파악해야 한다(전진성, 앞의 책, 93~94면). 대항기억은 또 다른 대항기억에 의해 재검토될 여지가 있다. 그런 점에서 '대항기억'은 공적 기억에 대한 '사적 기억', 집단기억에 대한 '개별 기억' 내지 '또 다른 집단기억'의 성격을 지닌다고 할 수 있다.
27 「강도몽유록」에 대한 기왕의 연구사적 검토는 최근의 연구 성과로 미룬다. 정충권, 「「강도몽유록」에 나타난 역사적 상처와 형상화 방식」, 『한국문학논총』 45집, 한국문학회, 2007, 67~90면.

의도에서만 창작된 것이라면 굳이 그녀들의 기억이어야 할 이유도, 통곡 속에 갇힌 원혼들을 불러내 말하도록 할 이유도 없다. 무엇보다 '몽유록'이란 꿈의 형식에 가탁할 게 무엇이란 말인가?[28] 작자가 '몽유록'이란 양식을 통해 그녀들의 기억을 소구해낸 의도는 어디에 있는지, 그녀들은 어떤 기억을 간직하고 있는지 살펴보자.[29]

1) 전란 속에 부각된 기억들

「강도몽유록」은 강도에서 목숨을 잃은 여인들의 생생한 체험을 주요 서사로 다루고 있다.[30] 부녀자들은 전쟁의 참화가 자신들을 어떻게

---

28 조혜란은 「강도몽유록」을 여성 수난의 양상을 극적으로 부각시키고, 유교 이념의 허구성을 통렬하게 비판한 작품으로 보았고(조혜란, 「「강도몽유록」 연구」, 『고소설연구』 11집, 한국고소설학회, 2001, 329~354면), 김경미는 여성의 목소리가 전면화된 것에 특별히 의미를 부여하여 전쟁에서의 참혹한 경험을 여성 스스로 재현한 작품으로 보았다(김경미, 「전기소설의 젠더화된 플롯과 닫힌 미학을 넘어서」, 『한국고전여성문학연구』 20집, 한국고전여성문학회, 2010, 234~236면). 여성들이 토로하고 있는 이야기 그 자체만을 놓고 보면 일면 타당한 논의이지만, 「강도몽유록」은 '탁몽서사'의 양식이다. 작자가 전쟁에서 죽은 여성들을 통해, 그녀들의 목소리를 빌려 작품을 창작한 寓意가 무엇인지를 도외시하고 '여성'에만 초점을 두는 것은 작자의 창작 의도나 장르적 전통을 고려하지 않은 해석이라 할 수 있다. 작품이 산생된 현실적 맥락을 좀 더 명확히 파악하기 위해서는 몽유록 장르가 지닌 언표 양식을 고려해야 할 것이다.

29 필자는 기왕의 논문에서 「강도몽유록」에는 공신세력의 秕政 및 전란 책임에도 불구하고 이들이 인조 말년까지도 여전히 정국을 주도하고 있는 역사적 모순을 비판하기 위한 非功臣士類의 목소리가 寓意的으로 반영되어 있다고 논의한 바 있다(김정녀, 『조선 후기 몽유록의 구도와 전개』, 보고사, 2005, 58~60 · 63~79면). 그러나 최근 역사학계의 연구 성과를 살펴보면 병자호란 직후 인조대 후반 정치사는 인조 '반정공신' 대 '비공신사류'의 대립보다는 '친청파'와 '반청파'의 대립 구도로 바라보는 것이 적확하다. 본고에서는 이러한 연구 성과를 수용하는 한편 이 작품이 창작된 현실적 맥락을 정밀하게 재고찰하고자 공적 기억과 대비되는 대항기억으로서의 구체적 면모를 살펴보고자 한다.

30 지금까지 학계에 보고된 「강도몽유록」의 이본은 漢文筆寫本 7종, 國文筆寫本 1종이 전한다. 필자는 최근 국문본의 이본적 특성과 의미를 살피는 자리에서 한문본 6종의 이본 간 편차에 대해 논의한 바 있다(김정녀, 「신 자료 국문 「강도몽유록」의 이본적 특성과 의미」, 『고소설연구』 27집, 한국고소설학회, 2009, 5~37면). 각 이본이 지니는 특징적인 국면에

짓밟고 할퀴었는지를 통곡하듯 쏟아내고 있다. 통곡의 울음 갈피갈피에는 이 전쟁이 왜 일어났으며, 어떻게 이토록 참혹하게 패할 수 있는 것인지, 원통한 죽음들은 이렇게나 많은데 도대체 누구의 잘못인지를 묻고 있다. 비록 발화하고 있는 여성은 15명이지만 뒤섞여 앉은 여인들의 수는 훨씬 많다. 여인들의 구체적 경험을 하나씩 풀어내며 작자가 의도한 것은 공적 기억과의 부딪힘이다. 공적 담론의 장에서 이야기되던 '사실'과는 또 다른 기억을 전쟁의 최대 피해자라 할 수 있는 부녀자들의 입을 통해 들려주고 있는 것이다.

(1) 직분과 도리를 망각한 제신(諸臣)들의 행태

「강도몽유록」은 종묘사직을 뒤흔들고, 임금이 오랑캐에게 무릎을 꿇게 만들고, 순식간에 쳐들어와 거침없이 죽이고 빼앗는 호적들의 분탕질 속에서 힘없이 스러져간 백성들의 목숨에 대한 책임이 정작 누구에게 있는지를 작품 전반에 걸쳐 문제 삼고 있다. 여기에서 우리가 눈여겨보아야 할 것은 병자호란의 책임에 대한 인조나 친청파 세력의 기억과의 차이이며, 그 이면에 담긴 의미이다.

난 직후 양사에서는 강도 수호의 임무를 맡은 제신들에 대해 군율을 적용해야 한다는 논의가 빗발쳤다. 대표적인 사례를 보이면 다음과 같다.

①江都 수호의 임무를 받은 諸臣들이 방어할 생각은 하지 않고 날이나 보내면

대해서는 이 논문으로 미루고자 한다. 본고에서는 서사 단락의 누락이 없고 다른 이본에 비해 오·탈자가 적은 미국 Berkeley大 所藏本을 대상으로 논의를 전개하되, 오류가 명백한 부분은 여타의 이본을 참고하여 교감하였다.

서 노닐다가 적의 배가 강을 건너자 멀리서 바라보고 흩어져 무너진 채 각자 살려고 도망하느라 종묘와 사직 그리고 빈궁과 원손을 쓸모없는 물건처럼 버렸을 뿐 아니라 섬에 가득한 생령들이 모두 살해되거나 약탈당하게 하였으니, 말을 하려면 기가 막힙니다. 검찰사 김경징, 부사 이민구, 강도유수 장신, 경기 수사 신경진, 충청 수사 강진흔은 모두 律을 적용하여 죄를 정하소서.[31]

②김경징은 비록 그의 검찰 하는 임무가 적을 방어하는 일과 관계는 없다 하더라도 종묘사직의 신주와 빈궁·원손이 모두 兵禍 중에 빠져 있는데도 일찍이 털끝만큼도 돌보며 염려하는 뜻이 없이 배를 타고 도망하느라 겨를이 없었으니, 원손이 다행스럽게 모면한 것은 하늘이 실로 도운 것입니다. 그렇다면 김경징의 죄는 여러 장수들이 군율에 저촉된 것과 비교하여 조금도 차등이 없습니다. 그리고 이민구가 도망한 것 역시 김경징과 원래 차이가 없습니다. 장신의 경우는 강도유수로서 자신이 舟師를 총괄하고 있으면서도 천연의 요새를 잘 수비하지 못하였습니다. 적의 보병 수십 명이 두 개의 작은 배를 타고 강을 건너는데도 방어하는 사람이 한 사람도 없이 배를 타고 도망하면서 남보다 뒤떨어질까만 염려하였습니다. 그리하여 마침내 국가로 하여금 부득이한 조처를 취하게 하였는가 하면, 사대부와 백성과 부녀자들이 베임을 당해 죽고, 넘어져 죽고, 줄지어 포로로 잡혀가게 하였으며, 10년 동안 국가가 저축한 것을 하루아침에 다 없어지게 하여 장차 나라를 어떻게 할 수 없게 만들었으니, 이것이 누구의 죄입니까."[32]

양사에서는 검찰사 김경징, 부사 이민구, 강도유수 장신 등이 직분과

---

31 『仁祖實錄』, 1637년(인조 15, 정축) 2월 11일(신사).
32 『仁祖實錄』, 1637년(인조 15, 정축) 2월 21일(신묘).

도리를 망각하고 제 한 몸을 돌보느라 여념이 없었기 때문에 임금은 삼전도의 굴욕을 겪어야 했고, 백성과 부녀자들은 처참히 살해되었으며, 겨우 살아남은 자들은 줄줄이 포로로 잡혀 가는 지경에 이르게 되었다고 강도 높게 비판하고 있다. 그러나 정작 인조는 김류, 한홍일 등을 탄핵하는 상소를 외면하였듯이 강도 수비의 책임을 방기한 제신들의 죄를 묻는 것에 대해서도 미온적이었다. 인조가 대간들의 쏟아지는 비난을 억누르다 못해 결국 강도 함락의 책임을 물어 그에 합당한 죄를 준 이는 장신과 김경징, 강진흔, 변이척에 불과했던 것이다.[33]

「강도몽유록」의 작자는 패전의 책임에 대해, 그리고 강도가 함락되어 백성들이 도륙 당하던 그날의 상황에 대해 어떻게 기억하고 있을까. 작자는 몽유자 청허선사를 이끌어 강도 함락의 순간 가장 고통스럽게 죽어갔을 여인들의 참혹한 형상을 목도하도록 하는 것으로 작품을 시작한다. 한 척이나 넘는 창이 머리를 관통한 모습, 칼끝이 뼈에 박혀 피가 엉겨 붙은 모습, 머리통이 박살나버린 모습, 물을 잔뜩 들이켜 배가 불룩한 모습 등 차마 눈 뜨고는 볼 수 없는 형상들이 몽유자 청허선사의 시선을 통해 그대로 전달된다.[34] 적병의 창칼에 무참히 찔려 죽은 시신, 스스로 목을 매거나 칼로 목을 찔러 고꾸라진 시신, 절벽에서 떨어지거나 강에 투신하여 자살한 시신 등 수없이 많은 원혼들이 어지러이 앉아 흐느끼는 작품 초반의 장면은 강도 함락 당시의 처참함을 여과 없이 보여 준다고 하겠다.

---

33 『仁祖實錄』, 1637년(인조 15, 정축) 3월 21일(경신); 9월 21일(병술).
34 "於是, 進其步, 慣其視, 則丈餘之索, 尺許之鋒, 或係於纖頸, 或懸於粉骨, 或頭腦盡破, 或口腹含血, 其慘惻之形, 不可忍視, 亦不可勝言(也)"「江都夢遊錄」.

오랑캐의 분탕질 속에 속절없이 죽을 수밖에 없었던 부녀자들은 지원극통한 심사를 털어 놓는데, 이들이 가장 중요하게 부각시킨 기억은 바로 당시 국사(國事)를 담당한 대신과 관료들의 책임론이다. 대간들의 주요 논핵 대상이었던 김류, 김경징, 한흥일, 장신 등의 책임론을 들고 나온 이들이 다름 아닌 그들의 부인과 며느리라는 사실은 공적 기억에 대한 의미심장한 도전으로 볼 수 있다. 핵심 내용을 옮겨 본다.

③宗廟社稷이 전란을 당하매 그 참상을 이루 다 말할 수 없습니다. 아, 이 나라의 運命이여. 天命인가요, 妖怪의 장난인가요? 구태여 그 이유를 따진다면 이에 이르도록 한 사람은 바로 우리 낭군이지요. 왜냐하면, 그 지위가 台輔이고 소임은 體副인데 公論을 살피지 않고 편벽되이 私事로운 情으로 江都의 막중한 책무를 철없는 자식에게 맡겼기 때문입니다.[35]

④낭군은 재주를 스스로 헤아리지 못하고 大事를 맡아 天險한 地理만을 믿고 軍務를 게을리하였으니, 적병을 막아내지 못한 것은 당연한 이치입니다. 강을 휩쓰는 비바람에 社稷은 무너지고 한 구석 무너진 城에서 끝내 三軍은 해체되고 말았습니다. 임금께서 城을 나와 항복하셨으니 萬事가 이미 다 어그러졌습니다. 아, 이 모든 것이 江都를 지키지 못한 데서 연유한 것이니 낭군의 목숨이 도끼 아래 떨어진다 해도 군법에 마땅할 것입니다.[36]

---

[35] "宗社蒙塵, 慘不足道. 嗟余殞命, 天耶? 鬼耶? 苟求厥由, 則致之者有, 郎君是也. 何則? 台輔其位, 體副其任, 而莫察公論, 偏懷私情, 江都重任, 付之嬌兒"「江都夢遊錄」.

[36] "(郎君)才不自量, 專任大事, 重恃天險, 懶治軍務, 害至防難(sic難防), 理所宜也. 滿江風雨, 社稷浮沉, 一隅殘堞, 三軍解體, 龍駕下城, 萬事已謬. 嗚呼! 皆由於江都之失守, 則命殘鈇鉞, 在軍法宜也"「江都夢遊錄」.

⑤낭군은 임금을 가까이 모셔 거듭 크나큰 은혜를 입었으니 오늘날의 寵臣으로 저 사람을 빼고 다시 누가 있겠습니까? 임금께서 굳게 믿어 원손과 비빈을 부탁하셨으므로 한 번 충심을 떨쳐 능히 大事를 다스리고자 하였습니다. 그러나 그 才操가 미치지 못하니 족히 책망할 것도 없습니다. 다만 한스러운 것은 낭군이 성문을 활짝 열어 胡狄을 맞아들이고, 그들의 손을 맞잡아 절하고 꿇어앉아 목숨을 구걸했다는 것입니다. 그러니 城을 뒤로 하고 한 번 크게 싸워보겠다는 생각을 어느 겨를에나 했겠습니까?[37]

⑥舅父의 허물을 말하는 것은 도리가 아니지만, 서글픈 정회가 저절로 솟아나옵니다. 특별히 天恩을 입어 江都의 留守가 되었으니, 강도는 중요한 땅이라 마땅히 굳게 지켰어야 했습니다. 그런데 그리 깊지도 않은 강과 높지 않은 城堞만 방자하게 믿고 적병의 大劍과 長槍은 우습게 여겨 해가 중천에 오르도록 잠에 빠져 있거나 술에 취해 江樓에 누워 있기만 했습니다. 그러니 국가의 존망을 꿈에서라도 생각이나 했겠습니까? (…중략…) 아! 舅父여! 살아 이때를 만나 공훈을 세우지 못하고 도리어 국은을 저버렸으니 누구를 허물하며 누구를 원망하겠습니까? 제 비록 여자이나 오히려 부끄럽습니다.[38]

인용문 ③은 김류 부인의 말이다. 종묘사직이 이토록 참혹한 지경에

---

37 "然郎君近侍銀臺, 重被鴻恩, 則今代寵臣, 舍此其誰? 天有所恃, 付之元孫妃嬪, 則一奮忠烈, 能治大事, 非其才也, 不足責也, 獨恨夫洞開城門, 延入羯奴, 拜以手, 跪以膝, 救其死尙不瞻, 背城一戰, 奚暇思之?"「江都夢遊錄」.

38 "舅父之過, 義不可道, 而愴然之情, 如水自湧, 何以爲制? 持(sic恃)荷天恩, 留守江都, 則江都重地, 端宜固守, 而平流斷(sic短)堞, 浪自爲恃, 大劍長槍, 視若虛器, 而僞枕白日, 醉臥江樓, 國家存亡, 夢裡何思? (…중략…) 悲夫舅也! 舅也! 生逢此辰, 不成勳業, 而反致負國, 誰咎誰怨? 余是女子, 而猶有愧焉"「江都夢遊錄」.

빠지게 된 모든 책임이 인사(人事)를 제대로 처리하지 못한 자신의 남편에게 있다며 울먹인다. 중책을 맡고도 술과 계집에 빠져 아무런 대비책을 마련하지 않은 자식 놈이야 말할 것도 없지만, 나라의 중신(重臣)이되어 '공론(公論)'이 아닌 '사정(私情)'으로 일을 처리한 결과 이 모든 사단이 일어나게 되었으니 누구의 잘못이겠냐고 남편을 원망한다.[39] 그러자 말이 채 끝나기도 전에 이번에는 김경징의 부인이 나서서 ④에서와 같이 무책임한 남편의 잘못을 토로한다. 그녀는 감당치도 못할 대사(大事)를 맡은 김경징이 강도의 지리적 조건만을 믿고 군무(軍務)를소홀히 하였으니 적을 방어하지 못한 것은 당연한 결과라고 말한다. 만사가 어그러진 것이 모두 강도를 지켜내지 못해서이니 군법에 따라 죽은 것은 당연하다고 한다. 그런데 김경징 부인은 여기에서 그치지 않고논의를 확대하여 자신의 남편과 마찬가지로 패배의 책임이 있는 이민구, 천하의 권세를 누렸으면서도 병기(兵器)에 피 한 방울 묻히지 않은김자점, 도성 수비의 막중한 임무를 내던지고 도주한 심기원 등의 이기적이고 도리를 망각한 행태를 비난하며, 이들에게는 나라를 그르친 책임이 돌아가지 않은 것을 문제 삼고 있다.[40]

작품이 시작되자마자 당시 국정 운영을 책임지고 있던 김류와 그의아들 김경징의 부인이 남편들의 무능과 제신(諸臣)들에 대한 공격을 퍼

---

[39] "是兒也, 欣有富貴, 樂醉花月, 遠慮渾忘, 軍務何知? 江非不深, 城非不高, 而有(sic大)事已謬, 死亦宜矣. 然惟父之過, 在爾何責?"「江都夢遊錄」.

[40] "然而李敏求, 同時一任, 而有何忠義, 能保性命, 以終天年? 都元帥(sic帥)金自點, 雄震海內, 威挾四方, 兵戰無一血, 而像身嚴穴, 逃存性命, 月暈中吾君, 視若路人, 而王法不行, 恩寵反加. 可笑沈器遠, 其才也非究(sic器)也, 其慮也不遠, 而委以重任, 使守城門, 則君臣分義, 念外渾忘, 挺身逃患, 自以爲智, 龜縮龍門, 以負國恩, 而軍律不加, 寵祿還深, 則郎君之獨被其戮, 豈不寃歟"「江都夢遊錄」.

붓고 있다는 사실은 무엇을 의미하는가? 그녀들은 단순히 정서적인 차원에서 원통함을 호소하는 것이 아니다. '공론(公論)'을 무시한 '사정(私情)'의 폐단이 어떤 결과를 가져 왔는지, 무능하고 부패한 관료들의 행태로 인해 종묘와 사직이 얼마나 위태로워졌는지, 천하의 병권(兵權)을 장악하고도 국난을 당하여 피 한 방울 흘리지 않은 자가 한 나라의 도원수 자격이 있는지를 묻고 있다. 병자호란에 대한 대신과 관료의 책임론을 분명히 하고 있는 것이다.

⑤는 좌부승지 한흥일(韓興一)의 후처,[41] ⑥은 강도유수 장신의 며느리가 한 말이다. 한흥일의 후처는 남편이 임금의 지극한 은혜를 입어 원손과 비빈을 부탁받았지만 그 일을 감당할 재주가 부족한 인물이라고 말한다. 그러나 재주가 미치지 못하는 것은 그렇다 하더라도, 임금의 총신(寵臣)으로서 성문을 활짝 열어 적병을 맞아들이고 구차하게 목숨을 구걸한 죄가 있으니 그것이 한스럽다고 한다. 장신의 며느리 역시 강도유수의 중책을 맡고도 적을 얕보아 국가의 존망을 돌아보지 않은 시아버지의 실책을 비판한다. 그러면서 강도를 굳게 지켜 공훈을 세우기는커녕 도리어 국은(國恩)을 저버린 시아버지가 부끄러울 따름이라고

---

41 최근 김일환은 「강도몽유록」을 고찰하면서 다섯 번째 부인을 윤방이 아닌 한흥일의 후처로 지목하였다(김일환, 「여성의 전쟁 체험과 殉節의 기억」, 민족문학사연구소 심포지엄, 2012.7.25, 9~12면). 당시 종묘사직의 신주와 빈궁, 원손을 받들고 강도에 들어간 사람 중 묘사제조(廟社提調)인 윤방 외에도 예조참판 여이징, 예방승지 한흥일 등이 있었는데, 강도에서 그 후처가 순절한 인물은 한흥일이라는 것이다. 책임의 비중으로 보자면 윤방이 적격이지만 강도에서 순절한 부인에 관한 기록이 없음을 논거로 들었다. 전란 후 신주 호송의 잘못으로 주요 논핵 대상이 된 사람은 원임대신인 윤방이었다. 그러나 참판과 승지로서 그 책임을 방기한 여이징, 한흥일 등도 사헌부의 탄핵을 지속적으로 받았다(『仁祖實錄』, 1637년(인조 15, 정축) 4월 3일). 이들은 몇 달 후 관작이 삭탈되지만(『仁祖實錄』, 1637년(인조 15, 정축) 8월 16일), 한흥일은 김류와 마찬가지로 다음 해 바로 관직에 제수된다는 점에서 설득력 있는 견해라 생각된다.

토로한다.

국가 권력을 좌지우지했던 대신과 제신들이 패전 후 책임을 회피하는 상황이 이어지자 대간들은 상벌이 공정하지 않음을 여러 차례 간언한다. 강도에서 순절한 부녀자들이 모여앉아 하나하나 끄집어낸 위의 기억들은 당시 대간들의 탄핵 상소와 맥을 같이 한다. 하나같이 남편과 시아버지가 국가의 존망이 경각에 달린 상황에서도 자신의 직분에 부합하는 행동을 하지 않아 이 지경에 이르렀음을 규탄하고 있다. 그리고 이러한 실정(失政)들이 결국 병자호란과 강도 실함이라는 참상을 야기한 것이라며 거세게 몰아붙이고 있다. 그녀들의 기억 속에 갈무리되어 있는 사실은 이러하였던 것이다.

(2) 척화신의 절의(節義) 찬양

작품에서 작자가 또 하나 중요하게 부각시킨 기억 하나는 척화론자의 절의에 대한 찬양이다. 이는 병란 발발 이후 줄곧 척화신들을 '나라의 존망을 도외시한 경박한 무리'로 규정하고, 결국 그들에게 '나라를 그르친 죄'를 물었던 인조의 기억에 대한 강도 높은 도전이라고 할 수 있다. 이 이야기는 열세 번째 부인의 입을 통해 전달되고 있다.

⑦이때 閻羅王이 제게 말했습니다. "아름답도다, 그대여. 淸風처럼 상쾌하고 秋霜처럼 늠름하구나. 雷聲霹靂과 같은 전쟁을 피하지 않고 斧鉞도 두려워하지 않는도다. 甲子年 變故 때는 元勳의 목을 벨 것을 주장하였고, 또 丁卯年 亂離 때는 和議를 제일 먼저 배척하여 江都를 불태우는 한이 있더라도 크게 떨치고 일어날 것을 주장하였으며, 이미 淸論을 세워 後金과 맺은 兄弟之約을 깨뜨리고자 하였으

니, 충성심이 지극한 것이요 또한 先見之明이 있도다. 朱雲 같은 곧은 절개와 汲黯 같은 바른 말을 이 사람이 아니고서는 이을 사람이 그 누구이겠는가? 이 사람은 바로 너의 시아버지로다. 너 또한 시아버지의 뜻과 절개를 본받아 節義로써 죽었으니, 그 절의를 높이고 장려하지 않을 수 없도다. 그러므로 너로 하여금 극락세계에서 노닐게 하겠노라." (…중략…) 上帝께서 살펴보시고 冥府에 詔書를 내리셨습니다. "짐이 중히 여기는 것은 義요, 귀히 여기는 것은 절개이니 사람들은 모름지기 이를 행하고 지켜야 하느니라. 그러므로 이 의와 절개를 능히 지키고 행한 사람은 천당에 들어오게 하여 일신을 편안케 하리라."[42]

열세 번째 부인은 자신의 절의(節義)뿐만이 아니라 구부(舅父)의 절개와 충심 덕분에 염라왕으로부터 포장(褒獎)을 받는다. 이에 더하여 명부(冥府)에서 올라온 옥첩(玉牒)을 살핀 상제(上帝)의 포장(褒獎)으로 천당(天堂)에도 오르게 된다. 그런데 위 인용문에서 염라왕이 칭송한 구부(舅父)의 절개와 충심은 모두 척화와 관련된 내용들이다.

위 인용문의 발화자는 윤선거(尹宣擧)의 부인 이씨(李長白의 딸)로,[43] 부인의 구부(舅父)는 곧 윤황(尹煌)이다. 윤황은 갑자년의 변고(이괄의 난) 때 원훈(元勳)의 목을 벨 것을 주장하였고, 정묘년의 난리 때는 화의(和

---

42 "閻羅王謂余曰, '美哉! 人也. 淸風洒落, 秋霜凜烈, 不避雷霆, 芥視鈇鉞, 故甲子之變, 請斬元勳, 丁卯之亂, 首斥和義(sic議), 請燒江都, 獻振起之策, 旣立請(sic淸)論, 破兄弟之盟, 忠心至也, 先見明矣. 朱雲直節, 汲黯忠諫, 非有此人, 則繼者其誰也? 是人乃爾之父也. 爾亦體其義, 愼其節, 死其節義, 則其節也其節也其義也(其節也가 중복 필사됨), 不可不褒獎, 故使之逍遙於極樂世界'云. (…중략…) 天帝覽畢, 詔於冥府曰, '朕之所重者義, 而人也行之, 朕之所貴者節, 而人也守之. 其所守之者行之者, 使入天堂, 安樂其身.'"「江都夢遊錄」.

43 『연려실기술』인조조 고사본말「殉節婦人」에는 병자호란 당시 강화도에서 순절한 부인들의 기사가 실려 있는데, 갑곶의 수비가 무너진 소식을 듣고 스스로 목을 매어 죽은 윤선거의 부인 이야기가 가장 먼저 나온다. 이긍익, 『국역 연려실기술』 VI, 민족문화추진회, 1988, 250면.

議)를 반대하며 강도(江都)를 불태우고 진기(振起)할 계책을 주달한 바 있다.[44] 이괄의 난 때 윤황이 공신인 이귀를 탄핵한 것은 난의 토벌에 실패한 책임을 물은 것이지만, 정묘호란 때 세 차례나 이귀를 참수할 것을 청한 것은 이귀가 최명길과 함께 화친을 주장하였기 때문이다.[45] 한 번 맞서 싸워보지도 않고 강화(講和)하는 것은 두 나라의 '화친'이 아니라 '한 나라의 굴복'[46]을 의미한다는 의견을 개진한 윤황의 말대로, 1636년 청 태종은 형제맹약을 깨고 조선을 침략했다. 병자호란이 일어나자 윤황은 정묘호란 때와 마찬가지로 척화를 주장하다가 유배를 당했다. 작자는 이러한 일련의 사건을 토대로 윤황의 충심과 절개를 드러내는 한편 선견지명이 있다고 칭송한다.

인조가 전란 후 '척화파 책임론'을 제기하고 그 죄를 물을 때 으뜸으로 거론된 척화신이 윤황이었다. 윤황은 정묘호란에서 병자호란에 이르기까지 활약한 척화신 가운데 가장 대표적인 간관(諫官)이라 할 수 있다.[47] 「강도몽유록」의 작자는 인조가 '나라를 그르친 자', '국가의 존망을 도외시하고 명예만을 차지하려 했던 경박한 무리'라고 매도한 윤황에 대해 중국 전한(前漢) 때의 간신(諫臣) 주운(朱雲)과 급암(汲黯)에 비유하며 다시없는 절개를 이은 간원(諫院)이라며 찬양하고 있다. 이는 인조의 공적 기억에 대한 '대항기억'으로서의 면모를 잘 드러내는 지점이라고 할 수 있겠다.

---

44 윤황과 윤선거의 가계 및 행적에 대해서는 『국역 국조인물고』(세종대왕기념사업회, 2003~2006)를 참고하였다. 16권(271~276면); 17권(271~279면).
45 『仁祖實錄』, 1627년(인조 5, 정묘) 2월 1일(무술).
46 『仁祖實錄』, 1627년(인조 5, 정묘) 2월 16일(계축).
47 김문준, 「윤황의 경세론과 척화의리론」, 『동양철학연구』 42집, 동양철학연구회, 2005, 91~113면.

인조는 '전란을 부른 책임'을 척화를 주장한 반청론자에게서 찾았지만, 척화신으로서는 의와 절개를 굳게 지킨 것일 뿐이다. 대간들은 척화신 윤황 등을 논죄한 것은 억지 죄안(罪案)이라고까지 비판하였다.

⑧ 아, 전하께서 계해년 反正 초기에 光海君의 죄를 낱낱이 거론할 때 오랑캐와 서로 통한 것이 그중 하나를 차지하였으니, 이것이야말로 오늘날 나라를 세우게 된 근본이라 할 것입니다. 저 화친을 배척한 인사들이 또한 어찌 자신을 위하여 계책한 것이겠습니까. 단지 천지의 떳떳한 법도를 알아 바꿀 수 없는 대의를 붙들어 세우려고 한 것일 뿐인데, 무슨 나라를 그르친 죄가 있겠습니까. 설령 조정이 그 말을 모두 적용한 결과로 전쟁을 야기시켰다 하더라도 고금 천하 어디에 자신의 肢體를 잘라 이리와 호랑이에게 먹이로 주면서 '저가 앞으로 나를 아껴 깨물지 않을 것이다'고 할 수가 있겠습니까.[48]

⑨ 윤황 등은 時勢를 헤아리지 못한 잘못은 있으나 단지 大義를 부지하려고 했을 뿐 결단코 다른 마음은 없는데, 지금 억지로 罪案을 정하여 重典을 적용하였으니, 실로 듣기에 놀랍습니다. 윤황 등을 정배하여 내쫓으라는 명을 도로 거두소서.[49]

⑧은 시강원 설서 유계의 상소문이다. 유계는 병자호란 시 인조를 호종하여 남한산성에 있었는데, 이때 묘당의 신하들이 화친을 배척한 사람의 명단을 기록하여 오랑캐 진영으로 잡아 보내려 한다는 말을 듣고

---

48   『仁祖實錄』, 1637년(인조 15, 정축) 1월 23일(계해).
49   『仁祖實錄』, 1637년(인조 15, 정축) 2월 22일(임진).

그 부당함을 극력 주달한다. '반정의 명분'에 따라 대의를 붙들었을 뿐 척화신들에게 무슨 나라를 그르친 죄가 있냐고 항의하고 있다. 그러나 인조는 결국 자신의 지체(肢體)를 잘라 이리와 호랑이에게 먹이로 던져 주고 청 태종에게 무릎을 꿇고 만다. 전란 후 유계는 윤황과 마찬가지로 정배된다. ⑨는 윤황 등을 정배하라는 명에 반대하며 양사에서 올린 차자(箚剳)이다. 십분 양보하여 시세(時勢)를 헤아리지 못한 잘못은 있을지라도 억지 죄안을 만들어 처벌하는 것은 불가하다며 비판하고 있다. 당시 김경징, 장신 등의 경우는 사사해야 한다는 공론이 거셌음에도 불구하고 형(刑)을 감하여 정배를 명한 일과 비교하면 인조에게 반청 척화세력은 친청 행보를 위한 걸림돌이요, 제거의 대상이었음을 분명히 알 수 있다.

　인조는 자신에게 '삼배구고두례'라는 치욕을 안겨준 친청파 공신들을 오히려 비호하고, 그 친청파 공신들은 자신들의 정치적 기반을 잃지 않기 위해 윤황 등 척화파에게 책임을 전가하는 역사적 사실 앞에 「강도몽유록」의 작자는 묻고 있다. 인조반정의 명분이 무엇이었는지 기억 못하느냐고. '광해군이 동기(同氣)를 살해하고 모후를 폐함으로써 인륜을 저버린 것', '명에 대한 은혜를 잊고 오랑캐와 교통함으로써 예의와 삼강을 쓸어버린 것', 그중에서도 인조 정권의 정당성을 뒷받침하는 '입국(立國)의 토대'는 단연 '척화'였는데 오히려 '반정의 정당성'을 스스로 허물어뜨리는 과오를 저지르고도 책임을 회피하느냐고. 작자는 척화신을 대표하는 윤황을 칭송함으로써 인조와 친청파 공신세력이 내세운 공적 기억의 허위를 고발하고 있다고 하겠다.

2) 억압된 기억의 소환에 담긴 우의(寓意)

1)항에서 논의한 바와 같이 강도 함락의 순간 참화를 피하지 못하고 죽어간 부녀자들은 실상 전란이 일어난 원인을 인조와는 전혀 다른 맥락에서 바라보고 있다. 작자는 '척화파 때문에 난이 일어나게 되었다'는 공적 기억과는 달리 묘당 대신들의 국정 운영의 실책, 명분과 도리를 잃어버린 제신들의 행태, 대의(大義)를 따르려는 사기(士氣)를 꺾어 친청파 중심의 정국을 구축하려는 인조의 행보 등을 거론하며 공적 기억이 애써 억압하고 조정하려던 기억들을 부각시키고 있다. 「강도몽유록」이 대항기억의 성격을 지니고 있음은 당시 양사(兩司)에서 올린 차자(箚刺)나 유백증, 유계, 조석윤, 김종일 등의 상소(上疏)를 보아 알 수 있다. 인조의 공적 기억에 대항하던 당시 대간들의 공론이 강도에서 순절한 여인들의 입을 통해 서사화 되어 있는 것이다.

그런데 「강도몽유록」의 작자는 공적 기억의 문제점을 왜 강도 함몰 시 죽어간 여인들을 소환하는 방식으로, 그리고 '몽유록'이란 꿈의 양식에 가탁하여 형상화하고 있는 것일까? 이 항에서는 대항기억을 꿈의 서사로 창작한 작자의 의도에 초점을 맞춰 논의해 보고자 한다.

기존 연구에서 「강도몽유록」은 1640~1644년 즈음에 창작이 이루어졌을 것으로 추정된 바 있다.[50] 이 시기는 전란 후 신료들이 출사를 기피하는 분위기에서 반정(反正)의 정당성에 대한 회의와 의문이 제기될 수 있는 상황이었다.[51] 뿐만 아니라 청이 자신을 교체할 수도 있다는

50　김정녀, 「신 자료 국문본 「강도몽유록」의 이본적 특성과 의미」, 8~9면.
51　장령 유석(柳碩) 등은 전란 후 김상헌이 출사하지 않는 것을 두고, 혼자만 절의를 지킨다고

위기감 때문에 인조는 청의 인심을 잃지 않기 위해 친청(親淸) 정책을 더욱 명확히 표방할 수밖에 없었다. 결국 인조로서는 친청파 공신세력의 도움이 절실했던 것이다. 이 시기에 일어난 일련의 사건들, 즉 1640년 김자점과 심기원 등의 복귀, 1641년 광해군의 죽음, 1642년 명과의 밀통 사건 발각, 최명길 실각, 1644년 4월 심기원 모반 사건 등은 인조와 친청파 공신세력인 김류, 김자점의 관계가 더욱 공고해지는 원인 혹은 결과에서 빚어진 것들이다.

언관직 출신의 척화신이 배척, 제거되던 상황에서 대간들이 제 역할을 감당하기란 어려웠을 것이다. 아래의 인용문은 당시 대간이 자주 체직하여 인재를 구하기 어려운 실정을 토로한 인조의 말이다.

⑩ 옛날에는 간관의 직임에 임용된 자가 7년 동안이나 재직하기도 하였는데, 지금은 나를 부족하다고 여겨서 버리는 것인가? 아니면 그 직임에 오래 있으면 염치가 없다고 여겨서 그러는 것인가? 廢朝 때 '천 번 부르고 만 번 부른다'는 말이 있었는데, 지금 呈辭하는 사람은 또한 천 번 올리고 만 번 올려 마지않으니, 정원이 어떻게 받아들이지 않을 수 있겠는가. 만일 끝까지 받아들이지 않으면 반드시 소를 올려 체직을 구할 것이다. 대간은 임금의 허물을 바로잡을 뿐만 아니라, 일국의 憲章을 모두 규찰한다. 그런데 이같이 자주 체직하여 온갖 법도가 무너지게 하니 이는 무슨 마음에서인가.[52]

자위하며 인조를 더러운 임금이라 여겨 섬기지 않으니 극변으로 위리 안치해야 한다고 탄핵한 바 있으며(『仁祖實錄』, 1638년(인조 16, 무인) 7월 29일), 인조는 신료들이 '벼슬살이를 좋아하지 않는 것은 곧 중국을 잊지 않는 것이다'고 말하면서, 그것을 스스로 고상한 덕행이라 여기는 풍조를 개탄하기도 하였다(『仁祖實錄』, 1639년(인조 17, 기묘) 2월 21일).

52 『仁祖實錄』, 1639년(인조 17, 기묘) 2월 4일(임진).

⑪ 상이 또 이르기를, "나 역시 이 사람을 전혀 병통이 없다고 여긴 것은 아니다. 다만 지금 사대부들 모두가 직무에 힘쓰지 않는 것을 고상한 운치로 삼는데, 이 사람은 매우 열심히 직무를 수행하기 때문에, 마음속으로 그를 퍽 소중하게 여겼을 뿐이다. (…중략…) 당나라 때 양성(陽城)은 諫官에 제수되어 그 자리에 7년간이나 재직했었는데, 지금은 간관의 자리에 7일간 재직한 자도 드물다. 隱逸은 거두어 쓰지 않을 수 없지만, 기타 외방에 있는 사람에게는 대간직을 제수하지 않는 것이 옳다. 諭旨가 왕래할 때에 공연히 폐단만 끼칠 뿐이다" 하였다.[53]

⑩은 참찬관 이경여(李敬興)가 삼사(三司)의 관원을 아침에 제수하였다가 저녁에 고치는 일이 예사라며 한탄한 것에 대해 인조가 신료들의 출사 기피 풍조를 나무라며 한 말이다. 예전과 달리 지금은 관직에 제수된 자들이 천 번이고 만 번이고 사퇴의 뜻을 올리니 임금인 자신을 부족하다고 여겨 '버리는 것' 아니냐며, 인조는 노골적으로 불편한 기색을 드러내고 있다. ⑪ 역시 벼슬하지 않는 것을 고상한 운치로 여기는 분위기와 간관(諫官)의 자리가 자주 바뀌는 상황을 이야기한 것이다. 그런데 인조는 인재 등용의 어려움을 이야기하면서도 고향에 내려가 있는 사람에게는 대간직을 제수하지 않는 것이 옳다고 말한다. 사대부들이 벼슬에서 해면되면 곧장 고향으로 내려가 출사하지 않으려 하기 때문에 유지를 내려 봐야 소용없다는 것이다. 그러나 척화파 신료들을 대부분 제거하고 '곧은 말 하는 사람을 과격하다'고 여겨 입을 다물도록 한 당사자가 인조 자신이라는 점은 간과하고 있다.[54]

---

53   『仁祖實錄』, 1644년(인조 22, 갑신) 12월 6일(경신).
54   대사헌 이목은 인조에게 우리나라에 충신의사가 없는 이유는 "전하께서 항상 입을 다물고

병자호란, 강도 함락이라는 사건은 돌이킬 수 없는 과거사이지만, 전란이 일어난 원인이 무엇이고, 그 책임을 누가 져야 하며, 앞으로 어떻게 해야 하는가의 문제는 현재진행형이다. 그런데 인조는 자신의 정권 기반을 안정적으로 구축하기 위해 '척화파 책임론'을 공적 담론화 하고 정작 군율에 따라 처단해야 할 친청파 공신세력을 재등용함으로써 병자호란 발발 원인을 객관적으로 반성할 기회를 놓치고 만다. 인조의 친청을 표방한 정국 운영은 사대부들의 출사 기피 풍조를 낳았으며, 삼사의 간관들이 인조나 대신을 견제하는 기능을 수행할 수 없는 지경에까지 이르게 된다. 이런 상황에서 「강도몽유록」의 작자는 인조가 억압하고 조작한 기억이 무엇인지를 지배세력의 가장 아픈 부분일 것이 분명한 '죽은', '그녀들'의 목소리에 가탁(假託)하여 몽유록으로 형상화하고 있는 것이다.

작자는 강도 함몰 당시 절의를 지키며 죽어간 그녀들의 죽음을 비극적이지만 순결하고 숭고한 죽음으로 바라보고 있다. 여인들은 한결같이 자신들은 '자결하였으나 정절(貞節)로 청사(靑史)에 길이 남을 것이니 죽어도 죽은 것이 아니며'[55] '의(義)를 좇아 죽은 것이기에 백골이 먼지처럼 사라진다 해도 한스러울 것이 없다'[56]고 이야기한다. 또한 '대대로 의와 절개를 지킨 여인들은 명부(冥府)에서 더욱 그 절(節)을 높이 평가 받아 천당에서 만세토록 행복을 누리게 되었으니 비록 젊어 혼(魂)이 되었더라도

잠잠히 있는 사람을 충량하다 여기고, 곧은 말 하는 사람을 과격하다고 여기기 때문입니다' 라고 말한 바 있다. 『仁祖實錄』, 1644년(인조 22, 갑신) 10월 23일(정축).

55 "嗟余自決, 婦人貞節, 名流靑史, 魂入天堂, 則地下人間, 俱有光彩, (死)不死也, (快則)快矣" 「江都夢遊錄」.

56 "舍義求生, 不若一死, 投於絶壁, 白骨爲塵, 是(所)甘也, 無足恨也" 「江都夢遊錄」.

무슨 한이 있겠느냐[57]고 말한다. 오랑캐의 무자비한 창칼 앞에 힘없이 떼죽음을 당한 그녀들은 「강도몽유록」에서 전쟁의 최대 피해자인 동시에 순결한 희생자로서의 이미지를 부여받고 있다. 삶을 버리고 의를 따른 고귀한 죽음이지만 하나같이 아깝고 안타까운 희생자들이기에 그녀들이 통곡하듯 쏟아낸 그 수많은 말들은 공적 담론과 부딪히는 순간 '대항기억'으로서의 정당성을 부여받게 된다. 희생자로서의 면모가 부각되면 부각될수록 대항기억 또한 확고한 정당성을 지니게 된다.

한편 작자는 강도에서 순절한 여인들의 입을 빌려 억압된 기억을 소환해내고, 그 기억이 공적 기억에 대한 비판적 기능을 담당하도록 하기 위해 '탁몽서사(託夢敍事)'라는 몽유록 양식을 선택하고 있다. 전쟁에서의 패배, 그 책임의 소재를 따지자면 당시 국정을 담당했던 친청파에게 있다. 그런데 전쟁 발발의 책임은 척화신들이 떠안게 되었으며 그들은 결국 청으로 압송되어 죽임을 당하거나 정배되었다. 척화신들은 인조와 친청파 공신세력의 정권 안정화를 위한 희생양이 된 셈이다. '강도가 함락되고 남한산성이 위급해져 임금이 오랑캐에게 그 치욕을 당했어도 충신과 절사는 찾아볼 수 없고, 늠름한 정조(貞操)는 오직 부녀자들만이 지니고 있었다'[58]는 마지막 기녀(妓女)의 발화에는 대의(大義)를 붙들어 척화를 주장하다 끝내 배척당한 반청파의 기억이 우의적으로 반영되어 있다고 볼 수 있다. 공적 기억에 의해 억압당한 기억들은 이렇게 희생자들의 통곡성으로 작품 속에 형상화되어 있다고 하겠다.

---

57 "前後一節, 男女何異? 先有其祖, 繼有其孫, 則豈不美哉! 是以命入天堂, 萬世永樂, 弱歲爲魂, 何有恨也?"「江都夢遊錄」.

58 "江都陷沒, 南漢危急, 主辱如何? 國恥方深, 而忠信節義, 了無一人, 貞操凜烈, 惟有婦女"「江都夢遊錄」.

4. 기억 서사의 역사적 · 문화적 기능

「강도몽유록」의 작자는 인조나 친청파 공신세력의 '기억'과 '망각'을 문제제기하며, 그들이 억압하고 조정한 기억을 끄집어내어 잊지 말아야 하는 진실이 무엇인지를 이야기한다. 그 이야기를 전달하기에 가장 적합한 사건으로 채택한 것이 병자호란의 유일한 전장지이면서 큰 피해를 안겨준 강화도였고, 이 전쟁의 최대 피해자이자 희생자인 여성들을 화자로 내세워 정작 전란의 책임이 누구에게 있는지를 문제 삼고 있다.

지금까지 본고에서는 객관적 사실 기록으로 인정받는 '역사'와 사적인 '기억 서사'를 통해 역사적 주체와 기억의 주체가 어떤 지점에서 만나고 부딪치는지를 살펴보았다. '병자호란의 책임이 척화신에게 있다'고 믿고 있는 인조나 친청파 공신세력의 기억은 전란 후 실추된 왕권을 회복하고 정권을 안정적으로 구축하기 위해 '만들어진 기억'이다. 「강도몽유록」은 인조가 억압하고 조정하려 했던 기억을 들추어냄으로써 전란 발발의 책임이 척화신에게 있다는 공적 기억에 대항하는 성격을 지니고 있다.

작가가 작품에서 공적 기억에 대항하기 위해 부각시킨 개별 기억은 두 가지다. 하나는 당시 국사를 담당한 대신과 관료의 책임론이고, 다른 하나는 척화신의 절의 찬양이다. 이러한 대항기억의 정당성을 확보하기 위해 작자는 전란의 최대 피해자이자 희생자라 할 수 있는 순절한 여성들을 소환해내었는데, 이들의 모습에는 대의(大義)를 좇아 척화를 주장하였으나 끝내 인조와 친청파 공신세력의 정권 안정화를 위해 희생양이 되고 만 척화신들의 모습이 오버랩 되어 있다. 이러한 반청 세력의 기억이 부녀자들의 입을 통해 우의적으로 전달되도록 작자는 몽유록 양식을 채택하였다.

이상에서 정리한 바와 같이 「강도몽유록」은 강도 함락의 순간 참화를 피하지 못하고 죽어간 부녀자들을 통해 공적 기억에 정면으로 대항하는 이야기를 함으로써 대항기억으로서의 역사적 기능을 담당하도록 하였다. 그런데 작품에 구현된 기억이 당대의 현실 정치적 차원에서는 '대항기억'으로서 의미를 지니지만 후대 독자들에게도 여전히 같은 맥락으로 받아들여질까? 작자 당대의 첨예한 문제였을 병자호란의 책임 논쟁이 100여 년이 지난 후에도, 200여 년이 지난 후에도 똑같은 맥락으로 독자들에게 소환될까?

기억은 누가, 언제, 왜 소환하느냐에 따라 얼마든지 새로운 형태의 기억으로 나타날 수 있다.[59] 병자호란 당시 강도에서 순절한 여인들의 입을 통해 드러난 기억 역시 언제고 다시 소환될 수 있으며, 소환되는 목적이나 환경에 따라 재해석되고 또 다른 문화적 기능을 담당할 여지가 있다. 애초 작자의 창작 의도대로 권력층이 담론화한 공적 기억에 대한 대항기억으로서 작품이 기능할 수도 있고, 시간이 흘러 정치적 맥락에서 자유로워지면 병자호란 당시의 참상을 적나라하게 드러낸, 여인들의 죽음과 그녀들이 지켜낸 정절 이데올로기만이 부각된 작품으로 독자에게 수용될 가능성도 있다.[60] 이때 작품을 통해 복원되는 기억

---

[59] 어떤 하나의 기억은 고정될 수 없다. 그것은 시간 스키마, 수용자의 관심 등 매개 변수에 따라 '모순적 변증법'을 거쳐 보다 반성적인 새로운 형태의 기억으로 통합되어가는 '의사소통적', '문화적' 차원으로 이해해야 한다. 전진성, 앞의 책, 77~103면 참조.

[60] 기존의 연구에서 여성의 '정절'에 초점을 맞춰 「강도몽유록」의 주제를 해석한 논의들은 기억을 창조한 작자의 의도보다는 이를 수용하는 독자의 관점에 좀 더 기울어진 것으로 이해된다. 절사를 실천한 여성들을 통해 가부장제 사회구조를 떠받치고 있는 정절 이데올로기

은 국가 위기 상황에서 문화적 현상으로 존재했던 '열녀'이지 병자호란을 둘러싼 정치적 논쟁이 아님은 물론이다.[61] 그리고 또 어떤 여성 독자는 그녀들의 한스러운 죽음에 대한 동일시의 결과 작품을 통해 자신이 당면한 삶의 문제를 위로받는 등, '기억 서사'가 문학적 치유의 기능도 할 수 있다는 것을 이 작품의 유통과정에서 확인할 수 있다.[62]

이상에서와 같이 개별 주체의 기억은 역사와의 관계 속에서 현실 정치적 기능만 하는 것이 아니라 문화적 기억으로 환원됨으로써 부단한 변화 가능성을 동시에 지닌다고 할 수 있겠다. 그런 점에서 「강도몽유록」은 역사와 기억의 관계, 기억 서사의 역사적·문화적 기능을 탐색하는 데 유용한 자료라 할 수 있다.

_『한국학연구』35, 고려대 한국학연구소, 2010

의 허구성을 비판한 작품으로 보거나(조혜란, 앞의 글), 또는 여성들의 정절(남성들의 정절도 포함)에 의탁해 지조, 절조와 같은 관념을 확대 재생산하여 기존의 가치를 회복하는 작품으로 본 연구(장경남, 「병자호란의 문학적 형상화 : 여성 수난을 중심으로」, 『어문연구』31(3), 한국어문교육연구회, 2003) 등이 그것이다.

61 이것은 「강도몽유록」을 창작한 작가의 의도와는 별개의 문제이다. 작품의 수용사적 맥락에서 '기억 서사'가 독자의 처지나 의도에 따라 다른 맥락으로 수용될 여지가 있음을 의미하는 것이지 작품의 창작 의도나 주제가 시대마다 달리 해석될 수 있다는 의미는 아니다.

62 국문본으로 유통된 「강도몽유록」은 한문본과는 그 수용의 층위가 다르다. 후대에 번역 유통된 국문본은 '병자호란'이나 '강도 함락'과 같은 정치적 맥락에서 독자에게 수용된 것이 아니다. 국문본의 필사 후기에 따르면 여성 인물의 발화 내용 하나하나에 대한 동일시의 결과 필사자는 이 작품에서 자신의 지극한 슬픔을 위로받고 있다(김정녀, 「신 자료 국문본 「강도몽유록」의 이본적 특성과 의미」, 30~33면 참조).

「강로전」에 나타난 전쟁의 기억과 욕망의 서사

조현우

1. 권칙과 「강로전」을 둘러싼 의문들

이 글에서는 권칙이 '돌아온 자'로서 겪었던 의심과 비난의 시선에 대한 문학적 대응으로 「강로전」을 창작했으며, 그 속에는 강홍립에 대한 '증오'와 '연민'의 양가적 시선이 공존하고 있음을 입증하고자 한다. 또한 「강로전」을 통해 주체가 자신의 과거를 기억하는 과정에서 현재의 욕망과 필요에 따라 어떻게 과거를 변형하는가, 그리고 그 과정에서 과거에 대한 기억이 어떻게 허구적 서사로 전환되는가도 살펴보고자 한다. 이를 통해 거대한 충격으로서의 전쟁과 그 전쟁이 기억되고 서사로 만들어지는 과정이 17세기 소설사를 이해하는 데 어떤 도움을 줄 수 있을 것인가도 검토해 보고자 한다.

「강로전」은 박희병 교수에 의해 처음으로 소개되면서 본격적인 연구가 시작되었다. 박희병 교수는 「강로전」이 17세기의 숭명배호론을 담고 있는 작품이며, 소설사에서 최초로 부정적 주인공을 창안했다고 평가했다.[1] 이러한 평가는 후속 연구에서도 별다른 이의제기 없이 수용되었다. 가령, '집권한 지 얼마 되지 않은 서인들이 광해군 대를 혼조(昏朝)로 규정하면서 그들의 도덕적 우위를 재확인하려는 시도',[2] '존명사대(尊明事大)와 척화론(斥和論)이라는 시대적 이념을 충실히 작품화한 것'[3]과 같은 견해가 그 예이다. 그 밖에도 실기인 「강도록」과의 대비를 통해 부정적 주인공의 형상화에서 실기와 소설이 드러내는 차이가 지적되었다.[4] 이본별 특징에 대한 연구가 이루어졌고,[5] 방대한 구조와 생생한 인물 형상을 지닌 소설로서 '중세기로부터 근·현대로 발전하는 데 중요한 교량적 역할'을 담당했다는 평가를[6] 받기도 하였다.

선행연구에 대한 간략한 검토를 통해서 「강로전」이 정묘호란 전후의 '숭명배호론'을 충실하게 서사화한 작품으로 이해되고 있음을 알 수 있었다. 그러나 이와 같은 견해에는 설명되어야 할 지점이 남아 있다. 첫째, 작자 권칙이 왜 이 시기에 숭명배호론을 서사화했는가에 대해 설명해야 한다. 특히 권칙이 강홍립과 함께 참전했고 조선 귀환 이후 실절했다는 비난을 받았던 인물이라는 사실을 염두에 두어야 한다. 권칙이 「강로전」을 지었던 시기는 잠시 열리는 듯했던 그의 관직생활이 '과

1 　박희병, 「17세기 숭명배호론과 부정적 소설주인공의 등장」, 『한국 고전소설과 서사문학』 상, 집문당, 1998.
2 　송하준, 「조선 후기 역사소설의 변모양상과 주제의식」, 고려대 박사논문, 2004, 58면.
3 　신해진, 『권칙과 한문소설』, 보고사, 2008, 57면.
4 　정환국, 「17세기 실기류와 소설의 거리」, 『한문학보』 7, 우리한문학회, 2002, 115~120면 참조.
5 　소인호, 「「강로전」 이본 연구」, 『우리어문연구』 24, 우리어문학회, 2005, 101~130면.
6 　최웅권, 「숭욕억리의 암울한 정감세계」, 『고소설연구』 24, 한국고소설학회, 2007, 145면.

거'의 행적이 문제가 되면서 좌절되었던 시기였다. 그런 점에서 「강로전」에 드러나는 '숭명배호론'과 강홍립의 부정적 형상화를 작자 권칙의 상황과 관련지어 좀 더 섬세하게 해석할 필요가 있다.

둘째, 강홍립을 일관되게 부정적으로 형상화하는 이 작품에 왜 전기소설의 설정이 포함되어야 했는가를 설명해야 한다. 소씨녀와의 결연과 이별에 대한 곡진한 서술은 강홍립의 부정적 형상화에 그리 도움이 되지 않는다. 그럼에도 이 부분은 지나치게 길고 상세하게 서술되어 있고, 강홍립에 대한 미묘한 연민의 시선까지 감지된다. 따라서 전기적(傳奇的) 설정이 「강로전」에 왜 포함되었는가, 그리고 그것을 통해 권칙은 무엇을 말하고자 했는가를 분석할 필요가 있다.

이와 같은 관점에서 본고에서는 먼저 「강로전」의 창작 시기와 배경을 구체적으로 검토해 보고자 한다. 권칙은 왜 이 시기에 「강로전」을 창작했으며, 그것을 통해 말하고자 했던 바는 무엇인가? 본고의 2절에서는 이 문제를 권칙이 「강로전」을 지었던 1630년 전후의 정치적 상황과 작자의 개인적 처지를 연계하면서 풀어보고자 한다. 특히 이 과정에서 1627년에 화친 반대와 대명의리를 주장하며 일어났던 '이인거의 난'이 불러일으킨 파장에 주목해 보고자 한다.

3절에서는 「강로전」에 담긴 심하전투의 '기억'에 대해 살핀다. 권칙은 이문학관으로 심하전투에 참전했다. 그가 「강로전」을 통해 제시하는 심하전투가 어떤 모습인가를, 특히 '밀지'의 서사적 기능과 '항복'의 책임 소재 규명이라는 문제를 중심으로 검토할 것이다. 이를 통해 「강로전」의 심하전투 관련 서술이 강홍립의 부정적 형상화를 통해 권칙 자신을 포함한 장졸들이 '피해자'였음을 드러내는 것에 초점이 있음을 입증하고자 한다.

4절에서는 「강로전」 후반부에 드러나는 미묘한 서술 시각의 변화에 주목한다. 특히 강홍립을 정묘호란을 일으킨 원흉이자 역심을 가진 인물로 서술하면서도, 이와 동시에 소씨녀와의 결연과 이별을 전기소설의 필체로 곡진하게 그려내는 서술이 어떻게 공존할 수 있는가를 집중적으로 검토한다. 이를 통해 권칙이 강홍립에게 '증오'와 '연민'이라는 양가적 시선을 갖고 있었음을 입증하고, 그러한 시선에 담긴 함의를 밝혀 보고자 한다.

2. '실절'의 오명과 그 문학적 대응

「강로전」은 서사 말미의 "崇禎庚午秋"라는 기록으로 보아 1630년에 창작되었다. 그렇다면 이 시기에 권칙은 어떤 상황에 놓여 있었을까? 그에게 이 시기에 「강로전」을 창작하도록 만든 원인은 무엇인가? 권칙에 관한 자료는 많지 않아 그의 생애를 온전히 재구하기는 어렵다. 선행연구에서는 권칙에 관한 몇 가지 자료를 발굴하고 이를 토대로 그의 생애에 관한 여러 가지 사실을 밝혀낸 바 있다.[7] 그러나 창작시기와 이유에 관해서는 좀 더 살필 부분이 남아 있다. 권칙이 심하전투와 강홍립을 왜 이 시기에 굳이 기억하여 「강로전」을 짓게 되었는가는 충분한 설명이 되고 있지 않기 때문이다. 따라서 이 작품이 창작된 1630년 전후 권칙의 생애를 좀 더 면밀하게 분석해야 할 필요가 있다. 이러한 과

[7] 박희병, 앞의 글, 37~46면; 신해진, 「서얼 권칙」, 『권칙과 한문소설』, 보고사, 17~52면 참조.

정을 통해 「강로전」이 어떤 상황 속에서 무엇을 위해 창작되었는가를 알아낼 수 있을 것이다.

> ① 지금 너의 「서정록(西征錄)」을 보니, 네 시가 숙부 권필과 몹시도 닮았도다. 오직 전장에서 절개를 잃은 일만은 애석하구나. 그러나 왕유·정건·저광희·소원명은 모두 위관(僞官)을 받았던 무리임에도, 그 시가 천추에 탁월하여 당시(唐詩) 중에서도 높이 평가받았다. 하물며 너는 고작 스무 살에 이 같은 불행을 만났으니, 채염의 「호가십팔박」 시에 견주어 어찌 같은 날에 논할 수 있겠느냐. 힘써 노력하거라. 너는 앞길이 창창하니 왕유·정건·저광희·소원명 등과 함께 (네 시가) 오래도록 전해진다면 어찌 석주 정도에 그칠 뿐이겠느냐. 네가 내게 「김장군충렬록」을 보내주었는데, 읽으면서 나도 모르게 눈물이 흘러내렸다.[8]

위의 인용문은 유몽인이 권칙이 보내온 「서정록」에 붙인 글인데, 권칙이 조선으로 돌아온 이후 어떤 처지에 놓여 있었는가를 잘 보여준다. 유몽인은 권칙이 가진 뛰어난 문학적 재능을 높게 평가하면서, 그의 숙부인 권필보다도 더 훌륭한 문장가가 될 수 있다고 격려한다. 그가 권칙에게 따뜻한 위로와 격려를 보내고 있다는 점에서, 유몽인이 권칙에게 상당한 호감을 갖고 있었음을 알 수 있다.

그러나 유몽인이 조선으로 돌아온 권칙에 대해 '전쟁터에서 실절했다'고 평가한다는 점에 주목할 필요가 있다. 권칙에게 호의를 갖고 있

---

8 "今觀爾西征錄 甚矣 爾之詩 酷似爾季父 而獨惜失身戎馬之間也 然而王維 鄭虔 儲光羲 蘇源明 皆僞署之餘 而其詩卓絶千秋 爲唐詩高選 況爾弱冠乳臭 遭此不幸者乎 其比蔡琰胡笳詩 豈並日而論哉 勉之哉 前途萬里 將與數子者 傳詠千秋 豈但一石洲而止哉 爾贈我金將軍忠烈錄 不覺涕下"『於于集(後集)』卷之四 '題權學官 侙 西征錄.'

었던 유몽인조차 이렇게 그를 평가했다면, 다른 사람들이 권칙을 어떤 시각으로 바라보고 있었던가를 짐작하기란 어렵지 않다. 유몽인이 권칙에게 그의 문재를 십분 발휘하여 '왕유·정건·저광희·소원명'의 전철을 밟으라고 조언하고 있는 것은 이와 관련하여 이해된다. 이들은 모두 당나라 때의 시인으로, 안사의 난 때 포로가 되었다가 안녹산 휘하에서 벼슬살이를 했던 인물들이다. 그 결과 이들은 뛰어난 문재(文才)가 있었음에도, 후세에 심한 비난의 대상이 되었다.[9] 권칙은 심하전투에 고작 이문학관으로 참전했으며, 고난을 겪으며 탈출해 온 인물이다.[10] 그럼에도 유몽인은 그를 안사의 난 때 반군에 빌붙어 벼슬했던 인물들에 비기면서, 그 해결책으로 문재를 잘 살려 실절이라는 오명에서 벗어나라고 권유하고 있다. 이는 '강홍립의 휘하'였다는 사실이 권칙에게 얼마나 심각한 문제를 야기하고 있었는가를 잘 보여준다.

심하전투에서 조선으로 돌아온 이후 권칙의 행적에 대해서는 별다른 기록이 없다. 그 후 10여 년이 흐른 뒤 1627년 강원도 횡성에서 일어난 '이인거의 난' 처리과정에서 권칙의 이름이 발견된다. 그는 이 사건과 관련하여 소무원종공신(昭武原從功臣) 1등에 녹훈된다.[11] 그 후 권칙

---

9   가령, 주희가 한(漢)나라 때 문인인 기준(紀逡)과 당임(唐林), 그리고 당(唐)나라 때의 왕유(王維)와 저광희(儲光羲)를 묶어, "기준과 당임의 절개가 비범하지 않은 것은 아니지만 왕망(王莽)의 조정에서 벼슬하였고, 왕유와 저광희의 시 작품이 청아하고 심원하지 않은 것은 아니지만 안녹산(安祿山)의 조정에 빌붙었기 때문에, 그들이 평소에 각고의 노력을 기울여 가까스로 후세에 전할 만한 것들이 그저 뒷사람의 비웃음거리에 지나지 않는다(『晦庵集』 권76 "向薌林文集後序")"고 비판했던 일은 이와 관련하여 좋은 참조가 된다.

10 『청성잡기』에 나오는 다음과 같은 기록은 권칙이 어떤 고난을 겪고서야 조선으로 돌아올 수 있었는가를 잘 보여준다. "국포(菊圃) 권칙은 문관으로 강홍립을 수행하여 심하전투에 참여했는데, 강홍립은 오랑캐에게 항복하였으나 권칙은 적진을 탈출해 돌아와서 압록강에 이르렀다. 여러 날을 먹지 못해 앞이 보이지 않았는데 사람 똥을 먹고서야 앞이 보여 마침내 살아 돌아올 수 있었다(權菊圃俶 以文吏 從姜弘立 深河之役 弘立降虜 而俶脫身逃還 至鴨綠江 不食數日 目不能視 嘰人矢而始覩 竟得生還)." 성대중, 『청성잡기』 권5, 醒言.

은 1630년 3월에 있었던 식년진사시에 응시하여 합격하고, 말직인 서부참봉에 제수된다. 그러나 그해 8월 그를 파직해야 한다는 상소 때문에 벼슬에서 물러난다. 「강로전」은 그가 서부참봉에서 파직된 직후 지어진 것으로 보인다.

이렇게 볼 때, 「강로전」의 창작 배경을 살피기 위해서는 1627년에 있었던 이인거의 난을 좀 더 면밀하게 살펴볼 필요가 있다. 심하전투에서 돌아온 이후 말직이나마 관직을 제수받을 수 있었던 이유가 이 사건과 깊은 관련을 맺고 있는 것으로 보이기 때문이다. 이인거는 1627년 정묘호란 당시 화친을 주장한 최명길·김류와 같은 신하들과 후금의 사신을 죽여 명나라에 대한 의리를 지키겠다는 명분으로 군사를 모집하다가 붙잡혔다. 그는 국문과정에서 자신이 역모를 일으키려 한 것은 아니었다고 항변했지만, 역모의 수괴로 지목되어 처형되었다. 이 사건을 진압한 공로로 원주목사 홍보(洪靌)를 비롯한 여러 인물들이 공신으로 녹훈되었다.

그러나 이 사건 처리, 특히 공신 녹훈 문제를 둘러싸고 당시 조정은 오랜 기간 격론에 휩싸였다.[12] 이러한 논쟁은 이인거의 역모가 과장되었다는 의혹 때문이었다. 즉 이인거는 고작해야 수십 명의 무리를 이끌고 과격한 상소를 올리려했던 그저 어리석은 인물에 불과한데도, 원주

---

11 신해진 교수는 권칙이 쓴 부친의 誌石文을 소개하면서, 여기에 소개된 내용을 토대로 권칙이 소무원종공신 1등으로 녹훈되었다는 사실을 지적한 바 있다. 신해진, 『권칙과 한문소설』, 보고사, 2008, 51면. 소무원종공신을 기록한 「昭武原從功臣錄券」에서 그의 이름이 확인된다.

12 1627년 10월에 일어난 이인거의 난은 그달에 곧바로 진압되었고, 관련 인물들에 대한 처벌도 신속하게 집행되었다. 그러나 정작 이 사건에 대한 공신 녹훈은 1628년 12월이 되어서야 마무리된다. 이는 그사이에 지속적인 사간원의 상소와 공신 녹훈에 대한 이의 제기가 있었기 때문이다.

목사 홍보가 공을 세우고자 그를 역모의 수괴로 부풀렸다는 것이다.[13] 이러한 입장에 섰던 신하들은 소무공신의 녹훈 자체에 대해 못마땅한 시선을 거두지 않았다. 그 결과 이인거의 난과 관련된 공신 녹훈을 재검토해야 한다는 간언이 끊이지 않았다.

이러한 대립은 표면적으로 공신 녹훈 문제를 둘러싸고 벌어졌지만, 그 이면에는 같은 해에 일어났던 정묘호란을 어떻게 이해하는가의 문제가 자리 잡고 있다. 이인거가 역모로 고변되었던 것은 관아를 통해 올린 상소문 때문이었다. 이 글에서 이인거는 오랑캐와 화친을 맺은 인조를 비난하고, 그렇게 하도록 간언한 신하들의 목을 베어야 한다고 주장한다. 더 나아가 자신에게 병권을 준다면 의주로 가서 오랑캐 사신의 목을 베겠노라고 호언장담한다.[14] 화친을 주장했던 신하들은 이인거의 난을 심각한 사태로 인식했다. 특히 정묘호란 당시 가장 적극적으로 화친을 주장했던 이귀(李貴)는 이 문제를 지속적으로 거론하며 인조를 압

---

13 『인조실록』의 이인거 관련 기록에는 다음과 같은 사관의 평가가 부기되어 있는데, 이 글을 살펴보면 당시 이인거의 난이 어떤 시각에서 이해되고 있었는가를 짐작할 수 있다. "사신은 논한다. 예로부터 난신적자(亂臣賊子)가 어찌 한정이 있겠는가만 인거의 역적질에는 무리가 20명이 못되었는데도 임금 곁의 악인을 제거하겠다고 방백(方伯)에게 스스로 말하였다. 생각건대 인거의 행위는 자신의 행위가 난역(亂逆)의 죄에 빠진다는 것을 몰랐던 듯하니 참으로 한 번의 웃음거리도 안 된다. 그런데 홍보(洪寶)는 적병(賊兵)의 형세를 장황하게 치계하고, 이어서 진격해 소탕한다는 말을 하여 생판으로 임금을 속이고, 조정의 대신은 덩달아 그 계책을 도와 끝내 녹훈(錄勳)하기에 이르렀으니, 나라에 사람이 있다고 말하겠는가." 『인조실록』, 인조 5년 10월 1일.

14 "전하께서는 적변(賊變) 이래로 몸소 갑옷을 입으시고 바람과 이슬을 피하지 않으면서 조종(祖宗)께서 배양해 놓으신 여러 신하와 더불어 콩죽과 보리밥을 먹고 와신상담(臥薪嘗膽)하면서 한마음 한뜻으로 지성껏 하늘에 빌었어야 했습니다. (…중략…) 이는 하지 않고 안으로는 오랑캐의 사신 접대를 일삼고, 밖으로는 눈치나 살피는 것으로서 계책으로 삼으니, 무슨 까닭입니까. 이것이 천지와 귀신이 함께 분노하는 바입니다. (…중략…) 신이 군사 일으킨 것을 망령되다 하시지 말고 특별히 병권을 내려 주시어 토적(討賊)의 대의를 펴게 한다면 화친을 주장한 매국(賣國)의 간신을 목베어 전하의 만세(萬世) 수치를 씻은 연후에 숙배(肅拜)하고 서쪽으로 내려가겠습니다." 『인조실록』, 인조 5년 10월 1일.

박했다. 그는 사건의 심각성을 인식하지 못하고 역당을 끝까지 국문하지 않았다며 대사헌 정광적을 비롯한 국문 참여자들을 공개적으로 비난했다.[15] 그는 이 사건과 같은 역모를 근절하기 위해 고변을 장려하고 고변자에 대한 공신 녹훈을 더 후하게 해야 한다고 주장하기도 했다.[16]

반면 후금과의 화친을 반대하고 명나라에 대한 의리를 지키자고 주장했던 신하들은 애초부터 이인거의 난을 심각한 역모 사건으로 여기지 않았다. 가령, 정홍명(鄭弘溟)·오달승(吳達升)과[17] 같은 신하들은 이인거가 어리석은 인물로 오랑캐와의 강화라는 수치스러운 사건을 견디지 못해 벌인 과격한 행동 정도로 이 사건을 인식했다. 오히려 이들은 대단지도 않은 사건을 공에 눈이 어두운 나머지 심각한 역모 사건으로 둔갑시킨 원주목사 홍보 이하 관련자들에게 비난의 시선을 거두지 않았다. 그 결과 이들은 공신 녹훈이 과도하다며 간언을 그치지 않았는데, 심지어 역모의 진압에 가장 큰 공을 세운 홍보조차도 이와 관련하여 처벌해야 한다고 주장했을 정도였다.[18] 이러한 주장 속에는 화친을 비판하고 오랑캐 사신을 척살해야 한다는 이인거의 상소 내용 자체는 틀리지 않았다는 인식이 담겨 있었다.

---

15   『인조실록』, 인조 5년 11월 2일.

16   『승정원일기』, 인조 6년 1월 27일.

17   사간 정홍명은 송강 정철의 아들이며 김장생의 문하였다. 그는 병자호란 당시 의병을 이끌고 청군과 전투를 벌였으며, 그 후 척화파를 두둔하는 상소를 올리고 귀향했다. 또 정언 오달승은 삼학사의 한 명인 오달제의 형이다. 이러한 그들의 배경으로 미루어보아 그들이 후금과의 화친에 대해 어떤 시각을 가지고 있었는가를 짐작할 수 있다.

18   "녹훈이 얼마나 중요한 일입니까. 원훈이 충분히 생각하여 넣거나 뺄 것을 제대로 해야 할 것인데, 대신이 훈신을 감정(勘定)할 때, 말을 얼버무려 경중과 선후를 가리지 않아서 뒤늦게 도착한 영장(營將)을 모두 훈적에 기록되게 하였습니다. 풍녕군(豐寧君) 홍보(洪寶), 오천군(鰲川君) 이탁남(李擢男)을 모두 무거운 율로 추고하소서." 『인조실록』, 인조 5년 12월 22일.

결국 이인거의 난과 공신 녹훈을 둘러싼 논란은 정묘호란과정에서 화친을 주장했던 이들과 명나라에 대한 의리를 우선했던 인물들이 이 사건을 어떻게 인식하고 있는가를 보여준다. 그렇다면, 이제 문제는 그러한 논란이 소무원종공신 1등으로 녹훈된 권칙의 상황 및 「강로전」의 창작과 어떤 연관성이 있는가를 살피는 일이다.

이인거의 난 이후 권칙은 1630년 3월에 시행된 식년진사시에 응시하여 진사가 되었다. 그리고 곧이어 서부참봉에 제수되었다. 그런데 권칙이 32세라는 나이로 진사시에 응시했던 것은 몇 가지 추정을 가능하게 한다. 그는 서얼이었던 데다가 심하전투 참전 이후 실절했다는 비난을 받고 있었다. 따라서 그는 정상적인 경우라면 환로에 나가기 어렵기에, 과거에 응시할 이유가 없었다. 그럼에도 그가 1630년에 진사시에 응시했고 미관말직에 불과하더라도 벼슬을 제수받을 수 있었던 것은 이인거의 난과 관련하여 공신으로 녹훈되었기 때문이었다. 그러나 그는 서부참봉에서 곧바로 파직된다. 이와 관련하여 다음의 기록을 살펴볼 필요가 있다.

②근래 관방(官方)이 어지러운데 적합하지 못한 사람들이 백집사(百執事)의 반열에 많이 있기 때문입니다. 사직서령(社稷署令) 유중형(柳重炯)은 관직 생활이 보잘것없는데도 외람되이 5품으로 올랐고, 공조좌랑 조후열(趙後說)은 이름이 드러나지 않은 데다 염치마저 없고, 사어(司禦) 조문영(趙文英)과 시직(侍直) 한희인(韓喜仁)은 모두 미련하고 어리석은 사람이어서 사람들이 모두 비웃고 손가락질하고, 예빈시주부(禮賓寺主簿) 정호례(鄭好禮)는 사람됨이 비루하고 용렬한 데다 나이가 많고, 헌릉참봉(獻陵參奉) 신서민(申瑞民)은 행실이 거칠고 비루하여 능졸(陵

卒)을 침학(侵虐)하였고, 서부참봉(西部參奉) 권칙(權杖)은 본래 서얼 출신인 데다 성품도 어리석고 망녕되니, 모두 태거(汰去)하도록 명하는 것이 어떻겠습니까?[19]

위의 인용문은 사간원에서 권칙을 비롯한 몇몇 관리들의 문제를 지적하면서, 이들을 모두 파직하도록 청하는 글이다. 선행연구에서는 위의 글에서 권칙의 성품을 우망하다고 말한 점에 주목하면서, 그의 성품이 숙부 권필과 마찬가지로 자유분방했던 점이 파직 상소의 원인이 되었을 것으로 추정한 바 있다.[20] 권칙은 역모사건을 진압하는 일에 공을 세운 인물인 데다가, 그가 그 공으로 받은 벼슬은 고작해야 서부참봉이라는 미관말직에 지나지 않았다. 따라서 역모사건의 공신이자 하급관료인 그를 굳이 지목하여 파직하자고 간언했다면, 여기에는 무언가 다른 이유가 있었다고 보는 편이 타당하다.

그렇다면 그 이유는 무엇인가? 이에 대한 답을 찾기 위해서 권칙과 함께 언급되는 사람들에 주목할 필요가 있다. 이들에게서 어떤 공통점이 발견된다면, 이들을 묶어서 파직하자고 간언하는 배경을 추론할 수 있을 것이기 때문이다. 위의 글에서 거론된 인물들 중에서 그 배경을 비교적 명확하게 짐작할 수 있는 인물은 유중형과 신서민이다.

유중형은 인조반정이 일어나자마자 의금부에 구금되었던 것으로[21] 미루어 보아, 광해군 때의 행적을 의심받았던 인물이다. 그런 그가 이 시기에 5품 벼슬을 제수받고, 동시에 그를 파직시켜야 한다는 비판을

---

19 『승정원일기』, 인조 8년 8월 4일.
20 박희병, 앞의 글, 40~46면 참조.
21 『승정원일기』, 인조 1년 윤 10월 8일.

받게 된 이유는 무엇인가? 유중형은 정사공신이었던 유순익(柳舜翼)의 양자였을 뿐만 아니라, 그 자신 역시 정사원종공신(靖社原從功臣) 1등에 녹훈되었던 인물이다.[22] 그런데 유순익은 반정에 실제로 공을 세웠다기보다는 이귀와의 친분 때문에 공신으로 녹훈되었다고 비판받았던 인물이었다.[23] 따라서 유중형은 그의 과거 전력에도 불구하고, 유순익과 이귀의 후광으로 공신으로 녹훈되었고, 1630년에는 5품 벼슬까지 제수받았던 것이다.

헌릉참봉 신서민은 신서정(申瑞廷)의 동생이다. 신서정은 북인의 거두였던 정인홍의 문하로 인목대비의 폐서를 주장하는 상소를 올려 인조반정 이후 위리안치 되었던 인물이다. 따라서 통상적인 경우였다면 신서민이 관직에 오르기 어려웠을 것임은 당연하다. 그런데 신서민은 인조 6년에 일어났던 유효립의 역모사건 이후 영사원종공신(寧社原從功臣) 1등에 녹훈된다.[24] 신서민이 이 시기에 최하위 관직이기는 하지만 헌릉참봉에 제수되었던 것은 이러한 공적 때문이었던 것으로 보인다.

결국 이들은 인조반정 이후 광해군 때의 행적으로 의심을 받았음에도, 인조반정 이후 이런저런 공을 세워 벼슬을 제수받았던 인물이다. 즉 유중형·신서민·권칙은 과거에 비난받을 만한 행적이 있었지만, 각각 정사·영사·소무원종공신으로 녹훈되면서 이 시기에 관직에 진출

---

22 「靖社原從功臣錄券」에는 '前主簿 柳重炯'이 1등으로 기록되어 있다.

23 인조반정 당시 유순익은 분병조참의였는데, 인목대비가 머무르던 경운궁을 지키다가 반정군에게 문을 열어주었다. 그가 반정에 참여한 것은 사실이나 실제로 한 역할은 미미했다. 반정 이후 그가 병조참판에 임명되었을 때 부기된 사관의 다음과 같은 논평은 당시 그를 바라보는 시각이 어떠했는가를 보여준다. "유순익은 잔약하고 못나서 본래 인망이 없었는데, 이귀(李貴)와 서로 친분이 있는 관계로 의거의 모의를 들을 수 있었고 병조참판으로 임명되기에까지 이르렀으므로 사람들이 모두 비웃었다." 『인조실록』, 인조 1년 3월 18일.

24 「寧社原從功臣錄券」에는 '幼學 申瑞民'이 1등으로 기록되어 있다.

해 있었다. 따라서 사간원의 상소는 이처럼 "적합하지 못한 사람들"[25]을 관직에서 축출하려는 의도에서 비롯된 것이었다. 권칙이 이러한 인물들과 함께 거론되어 파직되었던 것은 그 역시 심하전투와 관련된 과거가 여전히 문제되고 있었다는 사실을 알게 해준다.

권칙은 공신으로 녹훈되면서, 자신의 과거에 대한 비난을 불식하고 관직에 진출하여 능력을 발휘할 수 있는 기회를 잡았다. 권칙은 논란이 많았던 이 사건에서 화친을 주장한 신하들을 척살하고 명나라에 대한 의리를 지키자고 주장했던 이인거를 토벌하는데 공을 세워 공신으로 녹훈된다. 그런데 문제는 바로 이러한 공신 녹훈이 그의 '전력', 감추고 싶은 과거인 강홍립과 심하전투 참전을 떠올리게 만들었을 것이라는 점이다.

화친을 반대하고 명나라에 대한 의리를 지켜야한다고 주장했던 인물들에게 권칙은 명나라를 배신하고 후금의 편에 붙어 만세의 치욕을 안겨주었던 바로 그 사건의 관련 인물이었다. 게다가 이인거의 난은 1627년의 정묘호란 및 강홍립의 조선 귀환에 대한 반발로 야기된 사건이었다. 따라서 화친 반대론자들이 볼 때, 강홍립과 별반 다르지 않은 권칙이 척화와 대명의리를 주장한 이인거의 난 처리과정에서 공신으

---

[25] 함께 거론되고 있는 나머지 인물들 역시 이러한 사정과 관련된 것으로 보인다. 가령, 조후열은 그의 동생인 조후량(趙後亮)이 무신이던 것으로 볼 때, 그 역시 무신이었을 가능성이 높다. 조후열은 1630년 이전까지 별다른 기록이 없다가, 이 시기에 갑자기 정6품의 공조좌랑으로 제수된다. 이것은 그가 정묘호란 당시 어떤 공을 세웠기 때문으로 추정할 수 있고, 사간원의 상소는 공조좌랑 제수가 과분하다는 지적으로 보인다. 또 한회인은 진천현감 등을 지낸 한전(韓詮)의 아들이다. 한전은 정3품 어모장군(禦侮將軍)을 지낸 부친 한여성(韓汝聖) 덕분에 음관으로 벼슬길에 올랐지만, 지방관으로 재임하면서 번번이 부정축재 혐의로 사헌부의 탄핵을 받았다. 이러한 배경을 지닌 한회인은 광해군 때 폐비론에 반대하다가 유배된 정온(鄭蘊)을 제주도까지 압송했던 인물이기도 하다.

로 녹훈되었다는 사실은 받아들이기 어려웠을 것이다. 권칙이 사간원의 탄핵으로 관직에서 파면되었던 까닭은 이와 같은 의심과 비난의 시선 때문이었다.[26]

「강로전」은 권칙이 공신 녹훈, 진사시 합격, 서부참봉 제수와 파직이 이어진 직후에 지어졌다. 권칙은 서얼이었지만 뛰어난 문재가 있던 인물이었다. 그러나 그는 강홍립의 휘하로 심하전투에 참전했다가 돌아온 이후 실절했다는 의심과 비난에 시달렸다. 공신 녹훈과 서부참봉 제수는 그가 과거에서 벗어나 자신의 문재를 떨칠 기회를 잡게 해주는 듯 보였지만, 이는 곧 좌절로 이어졌다. 그 직후에 권칙은 자신에게 오명을 안긴 강홍립을 '강씨 오랑캐'로 지칭하면서 심하전투에서 조선 귀환과 죽음까지 다룬 글을 지었던 것이다.

이렇게 보면 「강로전」은 강홍립에 관한 글인 동시에, 강홍립과 밀접하게 연관된 자신의 과거를 해명하기 위한 변론의 성격이 강한 글임을 추론할 수 있다. 「강로전」은 권칙에게 '강홍립의 서사'인 동시에 '나의 서사'이기도 했던 것이다. 그렇다면 「강로전」에 투영된 권칙의 자기 변론의 구체적 양상은 어떠하며, 그 변론은 어떤 의미를 갖는가를 살필 차례.

---

26 이와 관련하여 심하전투 당시 종사관으로 참전했던 이민환이 받았던 비판은 좋은 참고가 된다. 이민환은 '이괄의 난' 때 호종하고, 정묘호란이 일어나자 장현광(張顯光)의 종사관이 되어 군병을 모집하는 일에 공을 세웠다. 그는 이 공으로 1627년에 종6품에 불과한 금교찰방(金郊察訪)에 제수되었다. 그러나 사헌부에서는 그를 "절의를 잃은 사람으로서 세상 사람들에게 버림을 받았으니 다시 의관(衣冠)의 반열에 끼게 할 수 없다(『인조실록』, 인조 5년 6월 25일)"고 비판했다.

3. 심하전투에 대한 변론 : '피해자'로서의 '나'

「강로전」은[27] 강홍립의 가문에 대한 소개로 시작되어, 강홍립이 조야에서 촉망받았던 인재였음을 기술한다. 그 후 1618년의 출병에 대한 간략한 서술에 이어, 강홍립과 모친 사이의 이별 장면을 묘사한다. 이때까지 강홍립에 대해서는 별다른 부정적인 내용이 서술되지 않는다. 그러나 출병 이후 강홍립에 대한 서술 시각은 완연히 달라진다. 조선의 군대가 대동강을 건너 관서지방에 도달하자마자, 강홍립은 갑자기 군무를 돌보지 않고 술판을 벌인다. 그리고 싸우고자 하는 장졸들에게 '밀지'를 핑계로 댄다.

①"모든 일에는 완급이 있는 법이고 주상께서 내린 밀지가 내게 있으니 그대는 걱정 말라!" (…중략…) 이 일을 전해들은 진중의 장수들은 모두들 화가 머리끝까지 나 이렇게 말했다. (…중략…) "군사를 일으켜 적을 정벌하러 나선 판에 밀지가 있어 싸우지 않는다는 게 가당키나 한 말이오!" 장수들이 눈물을 줄줄 흘리자 이민환이 이들을 진정시키며 말했다. "원수의 속마음을 아직 헤아릴 수 없소. 섣불리 선동했다가는 우리 군대에 이로울 것이 없으니, 우선 참고 일이 어떻게 되는지 지켜보도록 합시다."[28]

---

[27] 본고에서는 『전란의 소용돌이 속에서』(박희병·정길수 역, 돌베개, 2007)에 실린 번역문을 사용한다. 원문은 『한국한문소설 교합구해』(박희병 편, 소명출판, 2005)에 실린 것을 활용한다. 앞으로는 상세한 서지사항은 생략하고, 면수만 표기하도록 하겠다.

[28] 99~100면; "凡有緩急 密旨在吾 請君勿憂" (…중략…) 幕中將士聞者 皆怒髮衝冠曰 (…중략…) "安有興兵征敵而有密旨不戰者乎?" 相與涕泣橫流 民奐止之曰 "主將之意 未能逆料 輕相扇動 於軍不利 不如姑忍以觀其終" 455~456면.

인용문 ①에서 강홍립은 이민환에게 밀지를 핑계로 대며 군무를 소홀히 하는 것을 정당화하고, 이 말을 전해들은 장졸들은 모두 화를 내며 강홍립을 비판한다. 「강로전」에서 세 차례나 등장하는 밀지는 이처럼 후금과의 전쟁에서 소극적 의지를 보이는 강홍립과 적극적으로 싸우고자 하는 나머지 장졸들이 대립하는 이유가 된다. 광해군이 강홍립에게 때를 보아 항복하라는 밀지를 실제로 내렸는가의 여부는 여전히 논란거리이다.[29] 그러나 「강로전」을 이해하는 과정에서 밀지가 실재했는가의 여부는 그다지 중요하지 않다. 그보다는 심하전투에 참전했던 권칙이 왜 이토록 자주 강홍립의 입을 빌려 밀지를 거론하는가, 또 밀지는 서사적으로 어떤 기능을 수행하는가의 문제가 더 중요해 보이기 때문이다.

인용문 ①에서 강홍립이 "밀지가 내게 있다"고 언급한 대상은 종사관 이민환이다. 그런데 강홍립의 이 말에 이민환은 깜짝 놀라 그 상세한 내용을 알고자 한다. 이민환은 종사관이었음에도 밀지의 존재에 대해서 전혀 알지 못했던 것이다. 문제는 강홍립의 이러한 언급이 사실상 밀지의 존재 자체를 드러낸다는 점이다. 밀지란 그 내용뿐만 아니라 존재 자체에 대해서 기밀이 유지될 때 의미가 있다. 그런데도 강홍립은 밀지가 존재한다는 사실을 스스로 폭로하고, 이민환은 이를 장졸들에게 널리 전파하고 있다.

강홍립의 이러한 행위는 서사에서 어떤 의미를 갖는가? 먼저 강홍립이 스스로 밀지가 있다고 언급함으로써 밀지가 실재했음이 적어도 서

---

29   한명기, 『임진왜란과 한중관계』, 역사비평사, 1999, 255~264면 참조.

사 내적으로는 확고부동한 사실이 된다. 또 강홍립을 제외한 '나머지 장졸들'은 밀지의 존재는 알았지만 정작 그 '내용'은 몰랐다는 점이 부각된다. 그 결과 이민환의 언급처럼, 어떤 내용인지 '미리 헤아릴 수 없었기에', '참고 기다릴 수밖에 없었다'는 논리가 성립된다.

그런데 이와 같은 밀지의 기능은 강홍립을 제외한 '나머지' 장졸들이 왜 심하전투에서 항복하게 되었는가에 대한 좋은 변명이 된다는 점에서 흥미롭다. 그들은 밀지의 내용이 무엇인지 몰랐기에, 결과를 지켜볼 수밖에 없는 처지로 형상화된다. 그들이 밀지의 내용을 최종적으로 확인했을 때, 이미 강홍립은 밀지에 따라 항복을 결정한 후였다.

②내가 막북을 누비고 다니면서도 가는 곳마다 적다운 적을 만난 적이 없건만, 조선 사람의 용맹이 이러할 줄은 꿈에도 몰랐다. 만일 산꼭대기의 병사들까지 힘을 합해 싸웠더라면, 우리는 앞뒤로 협공을 당해 한 명도 살아남지 못했을 것이다.[30]

③오랑캐 철기병이 우리 군대를 둘러싸 압박하며 앞으로 나아가도록 재촉했는데, 도중에 분을 참지 못해 물에 몸을 던져 자살하는 이들이 많았다. 오랑캐 장수가 감탄하며 이렇게 말했다. "조선 사람의 기개와 절개가 이러하니, 남에게 굴종할 사람들이 아니로구나!"[31]

---

[30] 110면; "吾橫行漠北 所向無敵 不料朝鮮人勇悍至此也 如使山頂之兵 齊力合戰 則吾腹背受敵 無遺類矣" 460~461면.

[31] 113면; 胡人以鐵騎擁逼我軍 催趨前往 途中多有磨拳躍身落澗自絶者 胡將歎曰 "朝鮮人氣節 如此 非可屈於人者" 462면.

인용문 ②와 ③에서 강홍립의 항복이 '나머지 장졸들'에게 어떤 결과를 초래했는가가 드러난다. ②에서 서술자는 귀영가의 입을 빌려, 김응하가 이끈 조선군의 용맹함을 칭찬한다. 그런데 귀영가는 "만일 산꼭대기의 병사들까지 힘을 합해 싸웠더라면", 후금군이 패배했을 것이라고 언급한다. 이러한 언급은 조선군의 역량을 높게 평가하는 것인 동시에, 강홍립과 '밀지'만 아니었다면 '나머지 장졸들'이 패전이나 항복하는 일이 없었을 것임을 강력하게 암시한다. 또 ③에서는 항복한 이후에도 '나머지 장졸들'이 굳은 절개를 지니고 있었음을 보여준다. 강홍립이 항복을 결정해 놓고도 비굴한 태도로 목숨을 연명하는 것으로 그려지는 것과는 달리, '나머지 장졸들'은 스스로 목숨을 끊으면서까지 후금군에 저항하는 모습으로 형상화된다.

이렇게 볼 때 강홍립을 제외한 '나머지 장졸들'은 철저하게 '피해자'로 그려지고 있음을 확인할 수 있다. 이들은 밀지를 내린 광해군과 이를 따른 강홍립 때문에 자신들의 의지와는 무관하게 '항복'과 그로 인한 치욕을 고스란히 뒤집어쓴 피해자가 되었던 것이다.[32] 이러한 '나머지 장졸들' 속에 권칙 자신도 포함되어 있음은 물론이다. 이와 같은 서술 속에서 강홍립은 항복에 대해 전적으로 책임져야 하는 인물이 된다.

④조선의 장수들도 입을 모아 이렇게 말했다. "군량이 아직 떨어지지 않았는데 늘 바닥이 났다고 말하여 중국 장수의 화를 돋우는 이유가 대체 무엇입니까?" 홍립

---

[32] 「강로전」의 여러 부분에서 이와 같은 서술을 확인할 수 있다. 가령 심하전투 직전 오랑캐를 해치지 말라는 강홍립의 명령에 나머지 장졸들이 놀라면서 의논하는 장면이나 항복하려는 강홍립을 장졸들이 옷자락을 잡아당기며 만류하는 장면 등이 여기에 해당된다.

이 말했다. "나에게 밀지가 있으니 때가 되면 알 수 있을 거요." 장수들이 말했다. "밀지에 오직 물러나 움츠리고 있으라고만 쓰여 있습니까? 지금이 바로 때가 되면 알게 될 거라던 그때이니 밀지를 열어 여러 사람들의 의심을 풀어주어야 하지 않겠습니까?"[33]

인용문 ④에서 강홍립은 군량 부족을 핑계로 진군하고자 하지 않는다. 명나라 장수가 이에 대해 분노하자, 휘하 장수들도 강홍립을 비판한다. 「강로전」만 놓고 보면, 강홍립은 부족하지도 않은 군량을 핑계로 어떻게든 진군을 늦추려 했던 인물로 그려지고 있다. 그런데 사료를 보면, 조선군은 압록강을 건넌 직후부터 군량 보급에 어려움을 느끼고 있었다. 특히 우모채(牛毛寨)에 도달했을 무렵에는 군량이 이미 완전히 바닥나 명군에게 군량을 얻어 연명했을 정도였다.[34] 심하전투 당시 군량 보급의 책임자는 박엽(朴燁)이었는데, 당시에도 군량 보급 실패의 책임을 물어 그를 처벌해야 한다는 의견이 비변사에서 제기되었다.[35] 보급 지연에 따른 군량 부족은 조선군의 체력과 사기에 상당한 영향을 미쳤고, 이는 결국 심하전투 패배의 주요한 원인이었다.

---

33   103~104면; 諸將皆曰 "軍食不至盡絶 而每言粮盡 挑天將怒 是何主見?" 弘立曰 "密旨在吾 臨機可見" 諸將曰 "密旨專言退縮乎? 今已臨機 何不析示以破衆疑乎?" 458면.

34   "창성에서 강을 건너던 날에 사람들이 제각기 10일치 양식을 가지고 출발하였는데, 지금 이미 거의 다 되어 양식이 떨어질 날이 눈앞에 닥쳤습니다. (…중략…) 날이 저물도록 군량이 도착하지 않았으므로 우영(右營)에는 어제 저녁에 양식이 떨어져 교유격이 보내온 소미(小米) 10포와 마두(馬頭) 2포를 나누어 주었습니다. 화가 눈앞에 닥쳤는데 어떻게 해야 할지 모르겠습니다." 『광해군일기』, 광해군 11년 2월 28일.

35   "지금 군량을 떨어지게 한 죄는 전적으로 박엽에게 있으니, 이것이 본사가 처벌하기를 계속 청하여 마지 않는 까닭입니다. (…중략…) 박엽을 우선 추고하여 교만한 습성을 징계하고, 조속히 창성으로 달려가 윤수겸과 협력하여 운송하도록 함으로써 군량을 계속 댈 수 있는 여지를 마련하게 하소서." 『광해군일기』, 광해군 11년 3월 8일.

이와 같은 사정을 감안할 때, 「강로전」에서 군량 보급 문제를 거론하지 않는 일은 오로지 밀지와 강홍립에게 책임을 돌리기 위한 설정이라는 것을 알 수 있게 된다. 전투에서 군량 보급이 갖는 의미를 생각한다면, 권칙은 이 문제를 거론함으로써 자신을 포함한 조선군이 어쩔 수 없는 상황에 놓여있었다는 점을 부각할 수 있었다. 또한 군량 보급의 책임자였던 박엽은 광해군 때 대 후금정책의 핵심적 역할을 맡았기에, 인조반정 직후 곧바로 처형되었던 인물이다. 그런 점에서 권칙은 「강로전」을 통해서 박엽이 전쟁의 결과를 좌우할 군량 보급에 실패했다고 비판할 수도 있었다.

그러나 권칙은 군량 보급과 전쟁의 승패를 연관시키지 않았다. 만약 「강로전」에 군량 보급이 원활하지 않았던 상황이 서술되었다고 가정해보자. 이렇게 되면 군량 부족으로 조선군이 겪었던 어려움을 전달할 수는 있지만, 이와는 다른 종류의 문제가 발생하게 된다. 즉 '밀지'를 반복적으로 언급함으로써 강홍립을 항복의 유일하고 궁극적인 책임자로 규정하는 일이 그 타당성을 상실하게 된다. 나머지 장졸들에게 싸우고자 하는 의지와 조건이 충분히 구비되어 있었는데도 항복했을 경우에만, 강홍립에게 그에 관한 전적인 책임을 물을 수 있기 때문이다.

지금까지 논의한 내용을 정리해보자. 「강로전」의 심하전투 관련 서술에서는 밀지가 반복적으로 언급된다. 그런데 강홍립의 언급을 통해 밀지의 존재 자체가 확인되었으면서도, 정작 그 내용이 무엇인지는 공개되지 않는다. 그 결과 강홍립을 제외한 나머지 장졸들은 자신들의 의지나 능력과는 무관하게 패전과 항복의 멍에를 쓰고 만 '피해자'로 형상화된다. 또한 심하전투 당시 군량 보급이 제대로 이루어지지 않았음에도, 권칙은 이를 전혀 서사에 반영하지 않았다. 이는 강홍립을 심하전투 항복에 관한 전적인 책임자로 만들기 위한 것으로 해석할 수 있다. 따라서 「강로전」의 심하전투 서술에는 '나머지 장졸들' 속에 포함되어 있었던 권칙이 자신이 강홍립과 '밀지'를 내린 광해군 때문에 억울한 처지에 놓이게 된 피해자였음을 은연중에 드러내려는 의도가 담겨 있다.

4. '돌아온 자'의 증오와 연민

「강로전」은 강홍립의 일생을 담고 있다. 즉 권칙과 관련되어 있는 심하전투 관련 기록에서 서사가 종결되지 않고, 그 후의 후금 생활, 조선 복귀, 그리고 죽음에 이르는 과정이 상당한 비중으로 서술된다. 만약 권칙이 심하전투의 패전만을 변명하기 위해서였다면, 이와는 다른 구성도 가능했을 것이다. 굳이 1630년까지 기다리지 않고 심하전투 관련 내용만을 서술하거나, 심하전투 이후의 행적에 관해서는 소략하게 다룰 수도 있었을 것이기 때문이다. 또 권칙이 직접 참전했던 심하전투에 관해서는 서술에 큰 어려움이 없었겠지만, 강홍립의 후금 생활에 대해서는 사실상 별다른 정보가 없었을 것이라는 점도 감안해야 한다. 따라서 권칙이 1630년에 강홍립의 후금 생활 및 조선 귀환 이후의 사정까지 소상하게 포함된 글을 쓰게 된 배경에는 이 부분이 자신의 처지와 관련되는 어떤 의미가 있었음을 짐작할 수 있다.

「강로전」의 심하전투 관련 서술 속에서 강홍립은 대단히 비굴한 인물로 그려진다. 그는 적장인 귀영가나 누르하치 앞에서 벌벌 떨며 목숨을 구걸하는 인물이다. 그런데 항복 이후의 강홍립은 그 이전과는 사뭇 다른 모습으로 그려진다. 즉 항복 이전의 강홍립이 무능한 장수이자 졸장부로 나타났다면, 항복 이후의 강홍립은 누르하치에게 대단한 환대를 받으며 요동 정벌에 큰 공을 세운 책략가로 그려진다. 게다가 그는 누르하치와 홍타이시를 설득해 정묘호란을 일으킨 원흉으로 지목된다. 흥미로운 점은 이 부분에서 강홍립이 전쟁을 통해 자신의 또 다른 '야망'을 실현하려 했던 인물로 그려진다는 사실이다.

①지금 군사를 일으키는 때를 맞아 선봉에 세워주신다면 조선의 가왕(假王)이 되어 지혜롭고 용맹한 이를 모으고 그중 가장 정예한 자들을 뽑아 10만 군대를 갖추어 보이겠습니다. 이로써 주군의 은혜에 보답할 뿐만 아니라 하늘이 주신 천하통일의 기회에 보탬이 되도록 하겠습니다.[36]

②강인은 온 집안이 무고하다는 소식을 알리고 홍립이 조선 사람을 함부로 살육한 일을 꾸짖더니 (…중략…) 홍립은 잘못을 깊이 뉘우치고, 밤에 사람을 시켜 인수(印綬)를 강물에 던져 버리게 한 뒤 탄식했다. "대사는 한낱 꿈으로 돌아가고 내 한 몸에 재앙만 쌓였구나!"[37]

인용문 ①에서 강홍립은 누르하치에게 조선의 임금이 되고 싶다는 속내를 드러낸다. 문제는 이러한 그의 야망이 서사 내에서 그리 설득력

---

36 132~133면; "今當用兵之際 請爲前驅 仍爲假王 收其智勇 簡其精銳 十萬之衆 可以立辨 非但某報德之塙 天賜一統之資也" 472면.

37 145면; 及絪到虜營 見弘立 報而閤門無恙 責其專行殺伐…弘立心自感傷 夜使人投印于江 歎曰 "大事歸一夢 徒積一身殃!" 479면.

있게 서술되지 않는다는 점이다. 후금에 항복한 이후 강홍립은 누르하치가 내려준 재화와 미녀에 크게 만족하여 조선으로 돌아올 생각을 잊어버렸다고 서술된다. 그러다가 조선에서 도망친 한윤이 자신의 가족이 몰살되었다는 거짓 정보를 흘리자, 복수심에서 조선을 치려 하지만 소씨녀에 대한 애정과 가족에 대한 복수 사이에서 고민한다.

한윤의 거짓 정보로 인한 강홍립의 조선 귀환은 당시 유포되었던 소문을 반영한 것인 동시에, 서사 내적으로도 충분히 개연성을 확보하고 있다. 그러나 강홍립이 왜 갑자기 조선의 임금 자리를 탐내게 되었는가에 대해서는 서사 내적으로 별다른 설명을 찾기 어렵다. 이는 인용문 ②에서 강홍립이 자신의 야망을 너무나 쉽게 포기하는 장면에서도 마찬가지이다. 강홍립이 숙부인 강인을 한 번 만나 꾸짖음을 들었다는 이유만으로 '두려움'을 느낀다는 설정은 쉽게 납득되지 않는다. 결국 「강로전」에서 강홍립은 조선 귀환을 앞두고 급작스럽게 '역심'을 가진 인물로 설정되었다가, 그 '역심'을 별다른 이유 없이 포기한 것으로 그려진다.

따라서 강홍립의 '역심'은 어떤 의도를 가지고 서사에 포함된 것이다. 강홍립을 부정적으로 그리기 위해서라면, 굳이 그가 역심을 가지고 있었다고 과장하지 않더라도 충분했기 때문이다. 강홍립이 조선으로 돌아왔을 때, 그를 죽이라는 상소가 계속되었다. 그러나 강홍립을 비난하면서 그를 처형하라고 주장했던 사람들조차 강홍립에게 '역심'이 있다고 믿는 사람은 없었다. 강홍립을 비판하고 그를 처형하라는 상소에서, 강홍립은 '반신(叛臣)', 오랑캐의 '모주(謀主)', '항복한 장수' 등으로 지칭되었다.[38] 그러나 이러한 글에서조차 그에게 역심이 있었다고 주장한 경우는 찾아보기 어렵다.

그렇다면 권칙은 왜 「강로전」에서 강홍립을 '역심'을 가지고 조선에 돌아온 것으로 서술했을까? 강홍립을 이렇게 묘사함으로써 그는 무엇을 노렸던 것일까? 여기서 다시 한 번 「강로전」이 1630년에 지어졌다는 사실을 떠올릴 필요가 있다. 2절에서 살폈던 것처럼, 권칙은 이 시기에 자신의 과거 행적이 문제되어 소무원종공신 1등에 녹훈되었음에도 벼슬에서 물러나야만 했다. 따라서 권칙의 과거를 '현재'의 문제로 만들어 그를 파직하게 만든 요인은 바로 강홍립의 조선 귀환이다. 강홍립이 조선으로 돌아옴으로써 심하전투에서의 '항복'이 권칙에게 지나간 '과거'가 아니라 '현재'의 문제로 다가왔던 것이다.

강홍립의 귀환은, 권칙을 '강홍립의 휘하'였던 과거를 새삼스럽게 드러냈을 뿐만 아니라, 그를 강홍립과 마찬가지로 실절했음에도 죽지 않고 '돌아온 자'로 의심되도록 만들었다. 권칙의 '과거'를 문제 삼아 그를 파직하라고 요구했던 사간원의 상소는 바로 이러한 의심의 산물이었다. 따라서 권칙은 강홍립과 자신이 무언가 다르다는 점을 입증해야만 하는 처지가 되고 만다. 권칙은 강홍립을 '역심'을 가지고 조선으로 돌아온 인물로 그림으로써, 탈출해 돌아온 자신과 역심을 가진 채 돌아온 그가 전혀 다른 인물임을 보여주려 했다. 동시에 강홍립에 대한 일관된 비난의 시선을 드러냄으로써, 자신이 강홍립과 같은 무리가 아님을 입증하려 했던 것이다.

이러한 차별화의 욕망은 서사를 부자연스럽게 만들면서까지 강홍립

---

38 사간 윤황(尹煌), 지평 조경(趙絅) 등은 정묘호란 당시 상소를 올려 화친 논의를 적극적으로 반대하고 강홍립을 처벌하라고 주장했다. 이들의 글에서 강홍립은 '반신(叛臣)', '오랑캐의 모주(謀主)', '항복한 장수' 등으로 지칭되고 있다.

에게 일정한 역할을 수행하게 했던 원인이 되었다. 3절에서 살폈던 것처럼, 심하전투에 관한 서술은 강홍립을 치욕스러운 항복의 '유일한' 책임자로 규정하는 과정을 통해 자신의 '과거'를 변명하는 것이었다. 반면 강홍립이 역심을 가지고 조선으로 돌아왔다는 설정은 '돌아온 자'라는 조건은 같지만 자신과 강홍립은 엄연히 다르다는 '현재'를 위한 변명이라고 할 수 있다.

이러한 시각에 따라 서술된 「강로전」의 결말은 철저하게 몰락하여 모든 이들에게 외면당한 채 죽어가는 강홍립의 비참한 최후를 그린다. 그런데 「강로전」의 결말부에는 강홍립을 만나기 위해 후금에서 건너온 소씨녀의 애절한 사연이 등장한다. 역사적으로 실재했던 인물을 모델로 하여 만들어진 소씨녀와[39] 강홍립의 만남과 이별 장면에서 전기소설의 필치를 느낄 수 있다는 점은 이미 선행연구에서 지적된 바 있다.[40] 문제는 강홍립을 철저하게 악인으로 형상화하고 있는 「강로전」에서, 특히 그의 비참한 최후를 서술하는 결말부에 왜 굳이 소씨녀의 애절한 사연을 포함시켰는가 하는 점이다.

사실 전란의 소용돌이 속에서 희생당할 뻔했던 명나라 여성의 사연을 담아내는 일은 강홍립의 부정적 형상화라는 의도와는 그리 어울리지 않는다. 소씨녀의 사연이 실제로 있었던 사건을 토대로 한 것이라고

---

39 1627년 6월에 요동지휘사(遼東指揮使) 동기공(佟奇功)의 두 딸이 조선에 건너와 강홍립과 박난영을 만나게 해달라고 요청한다. 이들은 후금군에 포로가 되었다가, 언니는 강홍립, 동생은 박난영과 혼인한다. 이들은 남편을 따라 조선에 거주하게 해줄 것을 요청했지만 끝내 거부당했다. 당시 조정에서는 강홍립이 명나라 사람을 부인으로 거느리는 일이 옳은가, 이들을 조선에 머물게 할 수 없다면 어디로 보내야 하는가를 두고 여러 날 동안 논의했다. 『인조실록』, 인조 5년 6월 18일 기사 참조.

40 박희병, 앞의 글, 53~56면; 정환국, 「16~7세기 동아시아 전란과 애정전기」, 『민족문학사연구』 15, 민족문학사학회, 1999, 49~50면 참조.

해도, 이를 서사에 어떤 비중으로 반영하는가는 철저하게 작가의 몫이다. 가령, 유한준(兪漢雋)의 「강홍립전」은 그 중립적인 제목과는 달리, 강홍립을 일관되게 악인으로 형상화하면서 그에 대한 일말의 연민이나 이해도 드러내지 않는다. 그리고 그 일관된 형상화는 「강로전」과는 다르게 소씨녀의 비중을 최소화하고, 강홍립이 드러내는 번민의 깊이를 보여주지 않음으로써 가능했다.[41]

사실 강홍립과 소씨녀의 사연이 곡진하게 서술될수록, 그전까지 일관되게 서술되었던 강홍립의 부정적 형상은 흔들리게 된다. 그들의 사랑과 이별이 안타까울수록 강홍립은 '증오'의 대상에서 조금씩 '연민'의 대상으로 변모하기 때문이다. 그렇다면 권칙은 소씨녀와의 결연 및 이별 이야기를 왜 이토록 상당한 비중으로 서술했을까? 또 이를 굳이 전기적 설정을 통해 서술했던 이유는 무엇인가? 주지하듯 전기(傳奇)는 우리 소설사에서 소외된 사대부 계층이 세계의 횡포를 서사화했던 장르였다. 그렇다면, 이러한 전기적 설정의 도입과 강홍립이라는 부정적 인물의 형상화는 어떻게 연관될 수 있는 것인가?[42]

일관된 '증오'에서 미묘한 '연민'으로 변화된 시선에는 '돌아온 자'로

---

41 「강홍립전」의 서술은 소씨녀와의 결연 부분에서 강홍립이 '미녀'를 누르하치로부터 상으로 받고 더욱 방자해졌다는 점을 강조할 뿐, 소씨녀와 강홍립의 대화는 모두 생략한다. 또 「강로전」과는 달리 전기소설의 필치가 거의 드러나지 않는다. 또 결말 부분에서도 소씨녀의 편지와 강홍립의 반응 등 독자가 조금의 연민이라도 느낄 만한 부분은 모두 생략되어 있다. 「강홍립전」과 「강로전」을 비교해보면, 가장 많은 차이를 보이는 부분이 바로 소씨녀와 관련된 부분이다. 이러한 차이는 유한준이 「강로전」의 소씨녀 관련 부분이 강홍립을 비판하는 일에 도움이 되지 않는다고 생각했음을 보여준다.

42 박희병 교수는 소씨녀와 강홍립의 결연과 이별담이 "전계소설과 전기소설의 양식적 혼효를 보여주는 현상"이라고 지적하면서도, 그와 같은 시도가 성공적이었는가에 대해서는 일정한 의구심을 표명했다. 박희병, 앞의 글, 56면. 이러한 의구심 속에도 전기소설의 설정이 「강로전」에 왜 굳이 포함되어야 했는가에 대한 의문이 담겨 있는 것으로 보인다.

서 권칙이 그에게 느꼈던 양가적 감정이 담겨 있다. 권칙은 강홍립의 휘하로 전투에 참여했다가, 가까스로 탈출해 고국으로 돌아온 인물이다. 그럼에도 권칙은 그를 아꼈던 유몽인에게조차 전쟁터에서 실절했다는 평을 들어야 했다. 따라서 권칙에게 강홍립은 자신에게 억울한 누명을 씌운 주범이라는 점에서, 그리고 자신이 받은 모든 불합리한 시선의 원흉으로 지목된 인물이라는 점에서 '증오'의 대상이었다. 강홍립에 대한 부정적 형상화는 단순히 강홍립이 악인임을 보여주려는 것이 아니라, 그렇게 함으로써 자신을 포함한 장졸들이 억울한 피해자임을 보여주려는 서사적 장치였다. 「강홍립전」이 아니라 「강로전」이라는 감정 섞인 명칭을 붙인 것도 그런 점에서 이해된다.

그러나 동시에 권칙에게 강홍립은 드러내놓고 말할 수 없는 '연민'의 대상이기도 했다. 특히 강홍립이 돌아온 이후 겪어야 했던 비난과 냉대는 권칙에게도 낯선 것이 아니었을 가능성이 크다. 강홍립에게 투사된 은밀한 연민은 사실 그와 동일하게 '돌아온 자'로서 권칙이 갖고 있던 문제의식과 무관하지 않다. 다음의 글은 그 문제의식이 무엇인가를 보여준다.

③고국을 떠나온 우리 두 사람의 마음이 서로 통해 평생 고락을 같이하며 해로할 것을 하늘과 바다에 맹세했었지요. 굳은 언약을 했건만, 예기치 못한 큰 일이 생겨 우리의 행복을 깨어지고 말았어요. 일이 마음처럼 되지 않아 한 번 이별한 뒤 돌아오지 않으시니 낭군의 다정한 목소리가 자나 깨나 귓가에 맴돈답니다.[43]

---

43   151~152면; "離邦去土 二人懷抱 誓海盟山 一約金石 呑舟巨魚 敗我深歡 事不從心 一別無還
丁寧好音 寤寐在耳" 483면.

④ "내 일찍 과거에 급제하여 조정의 요직을 두루 거쳤건만, 만년이 기구하여 세상 사람들이 딱하게 여기는 처지가 되었다. 착한 사람에게 복이 돌아가고 악한 자에게 재앙이 돌아가는 것은 하늘의 이치다. 내가 평생 한 일을 모두 기억하기는 어렵지만, 유독 생각나는 것은 내가 나이 어려 한창 혈기 방장할 때 사헌부와 사간원을 드나들며 누가 나를 조금만 언짢게 해도 반드시 그를 해코지한 일이 한두 번이 아니었다는 사실이다. 하늘이 그 일 때문에 내게 이런 앙갚음을 하는 것일까? 저 높은 곳에서 하늘이 굽어보시니, 사람은 속일 수 있을지언정 하늘은 속이지 못하겠구나.[44]

인용문 ③은 소씨녀가 강홍립에게 보낸 편지이고, ④는 강홍립이 죽기 전에 남긴 유언이다. 강홍립의 이러한 유언은 소씨녀의 편지를 받고 난 직후에 이루어진다. 전기소설의 필체로 이루어진 이 편지에서 소씨녀는 강홍립과 자신의 마음은 변함없지만, 왜 자신들의 처지가 이렇게 되었는가를 질문한다. 소씨녀는 "예기치 못한 큰 일[呑舟巨魚]"이 벌어졌고, "일이 마음처럼 되지 않아[事不從心]" 두 사람이 헤어질 수밖에 없었다고 토로한다. 이러한 언급 속에서 두 사람의 애정이나 의지와는 무관하게 자신들을 갈라놓았던 '운명'의 문제가 등장하고 있음을 보게 된다.

소씨녀의 편지를 받은 강홍립은 그녀와 만날 수 없는 처지를 비관한다. 그는 자신이 이러한 처지에 놓이게 된 원인으로 '천도(天道)'를 지목한다. 문제는 그가 자신이 받은 업보의 원인으로 애써 찾아낸 것이 고

---

[44] 153면; "吾早登科第 歷敭清顯 晚節崎嶇 爲世所悲 福善禍淫 天之道也 平生作爲 難可追記 而獨念 年少氣銳 出入臺閣 以睚眦傷害人者 非一二 天其以是 施此惡報也? 高高上帝 赫赫下臨 人可欺也 天不可誣也" 484면.

작해야 젊은 시절에 부린 호기라는 점이다. 즉 그는 전란의 와중에 보인 자신의 행적을 '악보(惡報)'의 원인으로 받아들이지 않고 있다. 이와 같은 그의 태도는 죽을 때까지 자신의 잘못을 깨닫거나 뉘우치지 않은 모습으로 이해될 수도 있다. 그러나 그렇게 보기에는 소씨녀와의 사이에서 일어난 애절한 사연이 지나치게 길고 필요 이상으로 곡진하게 그려져 있다는 점을 감안해야 한다.

결국 「강로전」의 결말부는 전기소설의 필체를 활용하여 자신들의 의지와는 무관하게 운명의 소용돌이에 휘말려 비극으로 끝나는 두 사람의 사랑을 형상화하고 있다. 이렇게 되면, 강홍립과 소씨녀는 어찌할 수 없는 운명 앞에 굴복한 인물로 그려지게 된다. 그런 점에서 소씨녀와의 결연과 이별은 전란이라는 개인으로서 어찌할 수 없는 거대한 운명의 비극성을 상징하는 사건이 된다. 전기소설이 '운명의 횡포 앞에 놓여진 인간'을 형상화한다고 할 때, 왜 오랑캐에 굴복한 악인을 다룬 「강로전」에 전기소설의 설정이 포함될 수 있었는가도 여기서 이해될 수 있다.

그런데 이와 같은 '운명의 횡포 앞에 놓인 인간' 속에는 작자인 권칙 자신도 포함된다. 권칙은 고작 이문학관으로 심하전투에 참전했던 인물이다. 그는 전쟁의 승패를 책임질 수 있는 위치와는 거리가 멀었고, 엄청난 고생을 하고서야 조선으로 돌아올 수 있었다. 그러나 그는 강홍립의 휘하였다는 이유 하나만으로 「강로전」을 창작한 1630년 '현재'까지 지속적인 비난의 대상이 되었다. 그는 자신의 과거가 결백했음을 입증하기 위해 이 작품을 서술한다. 그 과정에서 자연스럽게 심하전투가 과연 자신에게 어떤 의미를 갖는가, 자신은 무엇 때문에 이러한 처지에 놓여야만 하는가를 질문했고, 찾아낸 답이 바로 '운명의 횡포'였던 것이다.

「강로전」의 서술 속에서 감지되는 미묘한 연민은 운명의 횡포에 노출된 작자 자신에 대한 연민이었다. 그러나 문제는 그가 자신에 대해 '운명의 횡포'를 이야기하는 일은 강홍립 역시 그 희생자였다는 깨달음과 연민을 통해서 가능했다는 점이다. 강홍립은 동아시아를 뒤흔든 전란에 대해 그가 감당할 수 있는 범위를 넘어선 책임과 비난을 받았던 인물이었다. 작자 자신과 마찬가지로 '돌아온 자'인 강홍립의 서사를 통해서 가혹한 운명과 그에 희생된 인물들에 대한 연민을 담아내는 과정에서, 강홍립은 증오의 대상이자 동시에 자신과 비슷한 상황에 처한 연민의 대상이 되었던 것이다.

그러나 이러한 연민은 허용되어서도 드러나서도 안 되는 것이었다. 「강로전」의 끝부분에서 노승의 갑작스러운 등장은 이와 같은 미묘한 연민의 시선을 서사적으로 처리하기 위한 설정이라고 할 수 있다. 노승은 「강로전」에서 강홍립과 관련된 사실들을 전해주는 '전달자'로서의 역할을 맡고 있다. 그러나 권칙은 강홍립과 함께 참전했던 사람이기에 작자 자신이 다른 누구보다 더 확실한 '증인'이다. 또 이 작품은 강홍립이 온갖 비난 속에 죽은 지 고작 3년 밖에 지나지 않은 시점에 창작되었다. 따라서 권칙이 「강로전」에서 굳이 '전달자'를 설정하여 자신을 드러내지 못할 이유가 없었다. 「강로전」의 모든 내용이 노승이 상술한 내용에 대한 기록에 불과하다는[45] 언급은 이러한 설정이 필요했던 이유를 드러낸다.

「강로전」에서 노승은 강홍립의 서기로 심하전투에 참전한 인물로

---

45 "仍自逑戊午迄丁卯 逐一條列 詳其始終如右" 485면.

설정되어 있다. 만약 그가 실존인물이라면 함께 참전한 권칙이 그를 전혀 몰랐던 것처럼 서술된 점은 부자연스럽다. 여기서 노승이 강홍립을 비판하면서도, 그에게 인간적 연민을 느끼는 존재로 그려지고 있다는 점에 주목할 필요가 있다. '돌아온 자'인 권칙은 일종의 '전향자'라고 할 수 있다. 그렇기에 전향자인 자신이 같은 고난을 겪은 강홍립에게 조금이라도 연민의 시선을 드러낸다면, 곧바로 전향 자체의 신뢰성을 의심받는 상황으로 이어질 수 있다. 그리고 이는 과장된 부정적 형상화를 통해 애써 그를 항복의 최대 책임자로, 그리고 자신을 포함한 나머지 인물들을 피해자로 만들었던 과정을 쓸모없게 만들어 버린다. 따라서 '전달자'의 설정은 운명의 횡포에 노출된 희생자에 대한 '연민'을 노승에게 전가하고, 작자 자신은 안전하게 강홍립에 대한 비판자로서 남아 있을 수 있는 최선의 선택이었다.

5. 전쟁의 기억과 서사 만들기

　본고에서는 작자 권칙이 자신을 실절했다고 비난하는 시선에 대해 정당성을 입증하고자 「강로전」을 서술했다고 보는 관점에서 출발했다. 그에 따라 「강로전」이 어떤 시기와 상황 속에서 창작되었는가, 강홍립의 부정적 형상화를 통해 권칙은 무엇을 의도했는가, 소씨녀와의 애절한 사연이 포함될 수 있었던 이유는 무엇인가를 차례로 살폈다. 논의한 내용을 간략하게 정리하고, 이러한 논의가 17세기 소설사를 이해하는 과정에서 어떤 의의가 있는가를 정리해 보고자 한다.

「강로전」은 전쟁이라는 거대한 충격을 겪은 개인이 왜 그리고 어떻게 이를 기억하여 서사로 만드는가를 잘 보여주는 작품이다. 권칙은 강홍립의 휘하로 참전했다가 포로가 되었지만, 천신만고 끝에 조선으로 돌아온 사람이다. 그러나 그는 실절했다는 의심과 비난에 직면했다. 권칙은 '이인거의 난' 이후 공신으로 녹훈되고 벼슬길에 오르면서 자신의 재능을 떨칠 기회를 잡지만, 곧 파직된다. 「강로전」은 그가 자신을 비난하는 시선에 대해 자신의 결백을 주장하기 위해 서술한 문학적 대응이었다.

「강로전」의 전반부는 강홍립을 일관되게 부정적 형상으로 만들면서 작자를 포함한 나머지 장졸들을 '피해자'로 그려낸다. 이 과정에서 '밀지'는 권칙을 포함한 나머지 장졸들이 자신들의 능력이나 의지와는 무관하게 항복의 오명을 뒤집어썼음을 보여주는 서사적 장치로 활용되었다. 또 강홍립이 역심을 가지고 조선으로 돌아왔다는 설정은 같은 '돌아온 자'의 처지였던 권칙이 그와 자신은 다르다는 사실을 보여주기 위한 것이었다. 그러나 강홍립이 소씨녀를 만나고, 조선으로 돌아오는 과정에 대한 서술에서 강홍립은 운명의 횡포 앞에 무력했던 개인으로 형상화된다.

이와 같은 증오와 연민이 공존하는 서술은 '돌아온 자'로서 권칙이 강홍립에게 가졌던 양가적 시선을 보여준다. 권칙은 강홍립을 통해 자신의 결백을 주장하면서도, 자신과 마찬가지로 '돌아온 자'로서 겪었던 그의 처지에 연민을 느꼈던 것이다. '전달자'로서의 노승은 권칙이 자신이 느꼈던 연민을 감추기 위해 만들어낼 수밖에 없었던 설정이었다. 결국 권칙은 과거를 기억하며 강홍립의 일생을 서사로 만들었지만, 그와 동시에 자신의 과거와 현재를 정당화하는 서사도 만들어 냈던 것이다.

그런 점에서 「강로전」은 전쟁이라는 거대한 사건을 겪는 주체가 이를 왜 그리고 어떻게 기억하는가를 잘 보여주는 작품이다. 그런데 어떤 사건을 기억하고 기록하는 행위 속에는 그것을 행하는 주체의 '욕망'이 개입되기 마련이다. 그렇기에 기억은 '누가 왜 그것을 기억하는가?'의 관점에서 접근할 필요가 있다. 이 글에서 다룬 「강로전」은 권칙이 전쟁을 기억하고 서술하는 일을 통해 자신을 정당화하고자 했던 '욕망'을 잘 보여주는 작품이다. 「강로전」은 과거를 투명하게 기록한 결과물이 아니라, 훼절했다는 의심에 대한 대응으로 자신의 정당성을 입증하기 위해 쓴 기록이기 때문이다.

자신의 과거를 기억하는 일은 현재의 자아가 과거의 자아를 불러내는 일이다. 이때 과거와 현재의 자아는 언제나 서로 다를 수밖에 없다. 이에 따라 현재의 자아가 자신의 기억이 진실하다고 굳게 믿는다 해도, 두 자아가 만나는 과정에는 고의적이지 않은 '변형'이 생겨난다. 이와 같은 변형은 결국 과거에 대한 기억이 현재의 자아를 위해 소환되기 때문에 생겨난다. 즉 과거 자체를 알기 위해 기억하고 기록하는 것이 아니라, 현재의 자아를 이해하고 정체성을 확보하기 위해 과거를 소환한다.[46]

「강로전」에서는 이와 같은 '변형'의 문제가 잘 드러나 있다. 권칙은 과거를 '있는 그대로' 기록하지 않는다. 권칙은 때로는 자신을 피해자로 그려내기 위해, 때로는 '돌아온 자'로서의 강홍립과 자신을 동일시하면서 기억을 서술한다. 「강로전」에 담긴 전쟁의 기억은 이러한 과정

---

46   윤진, 「진실의 허구, 허구의 진실 : 자서전 글쓰기의 문제들」, 『프랑스어문교육』 7집, 한국
      프랑스어문교육학회, 1999, 269~275면 참조.

을 통해 허구적 서사로 전환되었다. 즉 「강로전」은 역사적 사실과의 차이 때문이 아니라, 기억을 자신의 정당성 확보라는 욕망을 위해 변형시키는 과정에서 허구적 서사로 만들어졌던 것이다.[47]

그런데 정체성이나 정당성 확보의 문제는 '돌아온 자'만의 문제는 아니라는 점을 기억할 필요가 있다. 17세기를 뒤흔든 전쟁은 조선에 '남아 있던 자'에게도 전쟁이 자신에게 무엇이었나를 해명하도록 요구했을 것이기 때문이다. 그렇다면 '남아 있던 자'에게도 이 문제는 전란이 준 상처를 극복하기 위한 중요한 현안이었을 가능성이 높다. 본고에서 살핀 '돌아온 자'가 겪었던 의심과 비난은 역으로 '남아 있던 자'가 자신을 정당화하고 정체성을 확보하기 위한 몸부림으로도 이해할 수 있다.[48] 소설사적으로 본다면, 이러한 외부적 충격을 극복하기 위한 '서사 만들기'가 있었을 가능성이 높다. 이러한 지점이 본고에서 살핀 '돌아온 자'의 문제와 함께 종합적으로 검토된다면, 전쟁과 그에 대한 기억이 이후 소설사에 어떤 영향을 주었는지 파악될 수 있으리라 기대된다.

_『민족문학사연구』 46, 민족문학사학회, 2011

---

[47] 임진왜란 당시 피로인들이 남긴 글, 가령 강항의 「간양록」, 정희득의 「월봉해상록」, 정호인의 「정유피란기」 등을 이러한 관점으로 함께 다루는 연구가 필요하다. 이들 역시 조선으로 귀환한 이후 실절했다는 비난을 받아야만 했다. 「간양록」의 발문에서 윤순거가 강항에 대한 세상의 시선을 비판하는 부분은 이에 대한 좋은 사례이다. 따라서 이러한 글 역시 자기 정당성 확보의 차원에서 서술된 지점을 찾아내고, 이러한 지점을 기억과 욕망의 관계를 통해 연구하는 작업이 필요하다고 판단된다.

[48] 가령, 한국전쟁 초기 정부의 공언을 믿고 서울에 남아 있었던 '잔류파'와 강을 건너 피난을 갔던 '도강파'의 대립과 갈등을 참고할 수 있겠다. 도강파는 서울 수복 후 잔류파에 대해 '감염'되었다는 의심과 비난을 퍼부었고, 이는 부역자에 대한 잔인한 보복과 피살로 이어졌다. 이와 같은 '감염'의 의심과 비난은 '도강파'가 자신의 정당성을 확보하기 위해 만들어 낸 '서사'였다.

「김영철전」의 서사적 특징과 서술 시각

엄태식

1. 「김영철전」 연구의 시각

　「김영철전(金英哲傳)」은 17세기에 벌어진 동아시아의 전란을 김영철(金英哲)이라는 인물이 겪은 고난으로써 형상화한 작품이다. 「김영철전」은 박희병에 의해 본격적으로 다루어진 후 관련 논의가 이어졌는데,[1] 「김영철전」 연구의 전환점이 된 계기는 홍세태본의 원작이 된 「김영철유사(金英哲遺事)」와 동일한 원본 계열 이본인 박재연본 「김영철전」의 발굴이다.[2] 이에 박재연본을 대상으로 한 작품론들이 「김영철

1　박희병, 「17세기 동아시아의 전란과 민중의 삶 : 김영철전의 분석」, 『한국근대문학사의 쟁점』, 창작과비평사, 1990; 정출헌, 「고전소설에서의 현실주의 논의 검토 : 15세기 금오신화에서 18세기 초 김영철전까지」, 『민족문학사연구』 2, 민족문학사연구소, 1992; 권혁래, 「나손본 김철전의 사실성과 여성적 시각의 면모」, 『고전문학연구』 15, 한국고전문학회, 1999; 김진규, 「김영철전의 포로소설적 성격」, 『새얼어문논집』 13, 새얼어문학회, 2000; 권혁래, 『조선 후기 역사소설의 성격』, 박이정, 2000.

전」의 이해를 심화시켰던바, 작품에 형상화된 가족의 문제, 당대 현실에 대한 비판 의식, 홍세태본과의 대비, 동아시아 전란 속에서의 조망 등이 논의의 주된 내용이었다.[3]

이와 같은 논의들을 통해 「김영철전」의 실상에 보다 근접하게 된 것은 사실이지만, 「김영철전」을 보다 꼼꼼히 읽어볼 필요는 여전히 남아 있다. 박재연본의 발굴로 인해 「김영철전」의 소설적 면모가 보다 선명하게 드러난 것은 사실이지만, 「김영철전」을 '전(傳)' 혹은 '전계소설(傳系小說)'로 읽는 관점이 여전히 존재하고 있어, 작품의 '소설적 형상화' 양상에 대한 논의는 상대적으로 소홀한 감이 있기 때문이다. 이에 본고에서는 박재연본의 소설적 형상화 양상과 서사적 특징을 살펴보고, 작품에 형상화된 건주·등주·평안도의 모습과 작가 의식, 그리고 박재연본·홍세태본·안석경본의 서술 시각을 검토하고자 한다. 이를 통해 선행연구에서 미처 지적하지 못했던 부분들을 보충하고, 작품의 이해에 도움이 될 수 있기를 기대한다.[4]

---

2   양승민·박재연, 「원작 계열 김영철전의 발견과 그 자료적 가치」, 『고소설연구』 18, 한국고소설학회, 2004.

3   양승민, 「김영철전의 형상화 방식과 그 작가의식」(『국어국문학』 138, 국어국문학회, 2004); 권혁래, 「김영철전의 작가와 작가의식」(『고소설연구』 22, 한국고소설학회, 2006); 권혁래, 「17세기 동아시아 전란의 소설적 수용양상 : 김영철전에 그려진 부부애의 성격을 중심으로」(『고소설연구』 26, 한국고소설학회, 2008); 정환국, 「전근대 동아시아와 전란, 그리고 변경인」(『민족문학사연구』 44, 민족문학사학회, 2010). 한편 박재연본 발굴 이후에도 홍세태본을 대본으로 한 논의가 이어졌는데, 이승수, 「김영철전의 갈래와 독법 : 홍세태의 작품을 중심으로」(『정신문화연구』 30(2), 한국중앙연구원, 2007); 이민희, 「전쟁 소재 역사소설에서의 만남과 이산의 주체와 타자」(『국문학연구』 17, 국문학회, 2008); 최원오, 「17세기 서사문학에 나타난 월경의 양상과 초국적 공간의 출현」(『고전문학연구』 36, 한국고전문학회, 2009) 등이 그것이다. 그 밖에 서인석, 「국문본 김영면의 이본적 위상과 특징」(『국어국문학』 157, 국어국문학회, 2011)에서는 신자료를 소개하고 그 의의를 밝혔다.

4   본고에서 홍세태본 「김영철전」은 박희병 표점·교석, 『한국한문소설 교합구해』(소명출판, 2005)에 수록된 교합본을, 안석경본 「김영철전」은 『霅橋集』 上(아세아문화사, 1986) 수록본을 대본으로 한다. 원문 인용 시에는 이본의 명칭과 책의 쪽수만 표시하며, 원문의

2. 박재연본 「김영철전」의 양식적 특징

　박재연본은 홍세태본의 저본이 된 「김영철유사」와 동일한, 원작 계열의 이본이다. 그런데 박재연본 역시 「김영철전」 원작은 아니며, 원작 한문본의 국역본을 재한역(再漢譯)한 이본임이 밝혀졌다.[5] 문제는 박재연본이 '한문본→국역본→재한역본'의 유통과정을 거치면서 어떤 변개가 일어났을지 알 수 없다는 점이다. 특히 한문에서 국문으로, 또 국문에서 한문으로 번역되면서 표기문자가 거듭 바뀌었다는 점이 가장 큰 문제인데, 단정할 수는 없으나 박재연본은 그래도 원작 「김영철전」의 면모를 충실하게 보존하고 있지 않은가 한다. 예컨대 박재연본에는 서인석본에서처럼 국문소설의 서사문법에 의거하여 부연했다고 볼 만한 대목이 거의 없는바,[6] 그 이유는 박재연본의 저본이 되었을 국문본에 그런 대목이 없었기 때문이 아닌가 한다. 또 박재연본은 구어체의 문장을 구사하고 있는데,[7] 이는 박재연본의 번역자가[8] 국문본을 충실히 번역했기 때문으로 볼 수 있을 것이다. 박재연본의 저본이 되었을 국문본은 원작 「김영철전」을 축자직역(逐字直譯)한 부분이 많았을 것으로 짐작된다.

　이처럼 박재연본은 현재 남아 있는 이본 가운데 가장 선본(善本)이기는 하지만 오류가 없는 이본은 아니다. 박재연본은 '釜蓋浦'를 '富家浦'로, '蘇湖里'를 '疎草里'로, '河瑞國'을 '河瑞圖'로, '李晦'[9]를 '李繪'로 표기하는

　오자는 해당 글자 뒤에 '[오자 → 정재'의 형식으로 표시한다.
5　서인석, 앞의 글, 117~125면.
6　위의 글, 125~136면.
7　양승민·박재연, 앞의 글, 104~106면.
8　여기서의 번역자는 박재연본의 필사자를 가리키는 게 아니라, 박재연본의 모본인, 최초 재한역본의 번역자를 가리키는 말이다.

등, 인명과 지명에서 오류를 보이고 있으니,[10] 이는 박재연본이 영유(永柔) 지역에서 번역·유통되지 않았을 가능성이 높음을 시사한다.[11]

「김영철전」은 그간 대개 '전' 혹은 '전계소설'로 읽혀 왔고, 이에 따라 「김영철전」이 허구적 성격 역시 전이나 전계소설의 형상화 방식과 관련하여 논의되었다. 이승수는 서사가 실제 역사에 종속되어 전개되고 있다는 점, 「김영철전」의 내용이 당대와 후대에 사실로 인정되었다는 점, 「김영철전」이 정통 전으로서의 완결된 형식을 갖추었다는 점 등을 근거로 김영철 이야기가 실전(實傳)에서 출발하여 소설로 변모하였을 가능성을 제기하기도 했다.[12]

원작 「김영철전」이 소설로서 창작되었으리라는 견해는 양승민·박재연에 의해 이미 제기된 바 있으며,[13] 필자 역시 이에 동의한다. 한편 양승민은 박재연본이 종종 현실과의 치열한 대결을 그리는 데 관심이 높았던 전대 전기소설의 전통을 비교적 충실히 계승하고 있다고 했는데,[14] 그 밖에도 박재연본에는 애정전기소설의 영향을 살펴볼 수 있는 부분들이 있다.

박재연본의 서두는[15] 일반적인 전의 그것과 동일한 '인정기술'로 시

---

9   『승정원일기』에 따르면, 李晦는 1635년에 永柔縣令이 되었다.
10   이러한 오류들은 모두 국문본을 再漢譯하는 과정에서 발생한 것이다.
11   박재연본의 모본이 되었을 최초의 재한역본까지 포함해서 그렇다는 뜻이다. 필자는 박재연본의 필사 연대를 19세기 이전으로 보기는 어렵다고 생각한다. 하지만 박재연본 역시 선행 한문본을 전사한 것이므로, 박재연본의 모본이 되었을 재한역본의 산출 시기를 단정할 수는 없다. 박재연본에는 한문필사본의 전승과정에서 발생하는 오기가 여러 곳 보인다. 예컨대 박재연본에는 '田檀(56면)'이라는 인물이 나오는데, 홍세태본에는 보이지 않는다. 박재연본의 '田檀'은, 『승정원일기』에는 '申檀'으로 되어 있는바, 박재연본이 전사본임을 알려주는 한 예이다. 신단은 1639년에 영유현령이 된 인물이다.
12   이승수, 앞의 글, 295~299면.
13   양승민·박재연, 앞의 글, 99면.
14   양승민, 앞의 글, 299면.

작된다. 하지만 주인공 대에 이르러 몰락했다든지, 나이 스무 살에 이르도록 집이 가난하여 장가들지 못했다든지 하는 내용 등은 대개 한미한 집안 출신 선비가 주인공인 전기소설의 서두와 상통한다. 홍세태본에는 이 부분이 단지 "김영철은 평안도 영유현 중종리 사람이다. 집안 대대로 무과를 하였는데, 영철은 어렸을 때부터 말타기를 좋아하고 활을 잘 쏘아 본현의 무학이 되었다"[16]라고 되어 있어 애정전기소설적 요소를 찾아볼 수 없다.

애정전기소설의 남주인공들은 혼전에 여주인공과 성관계를 갖지만, 그들이 추구하는 바는 결국 여주인공과의 혼인이며, 혼인을 통해서만 남주인공의 결핍은 완전히 해소된다.[17] 이는 「김영철전」에서도 어느 정도 찾아볼 수 있으니, 김영철이 건주와 등주, 그리고 조선에서 그토록 혼인에 대한 열망을 보이고 있는 것도 이 같은 애정전기소설의 서사 문법과 일정한 관련이 있다고 할 수 있다.

박재연본에는 김영철이 등주에 왔을 때 전유년의 작은 누이동생을 엿보고 내심 기뻐하는 장면이 있다.[18] 애정전기소설에서 남녀 주인공은 문벌이나 빈부의 격차, 혹은 신분의 차이로 인해 정상적인 방법으로는 혼인하기가 불가능한 경우가 대부분이고, 사회의 규범은 그들의 직접적인 만남을 근원적으로 차단한다. 때문에 애정전기소설에서는 남

---

15 "皇明萬曆末 朝鮮永柔縣 有英哲者 凡民之大族也 其曾祖裕漢 登武科 早死未及筮仕 祖永愷亦以武成功 俄有毒疾 無仕宦意 終老於畎畝間 有一子曰汝寬 汝寬卽英哲之父也 英哲自童卯 已有昂霄之氣 學輪斡齡齡 → 鈞翼弧矢 馳馬鳴劍 頗有聲於州里間 年至二十 家貧未娶" 박재연본, 1면.

16 "金英哲 平安道永柔縣中宗里人也 其家世武科 英哲自幼好馳馬善射 爲本縣武學" 홍세태본, 540면.

17 엄태식, 「애정전기소설의 창작 배경과 양식적 특징」, 경원대 박사논문, 2010, 176~185면.

18 "英哲見有年之兩妹 其長已適人 其季未及筓矣 英哲心自慰喜 密伺其擧止容顔 而其妻妻 → 處子及父母 莫知之也" 박재연본, 22면.

주인공이나 여주인공이 상대방을 '엿보는' 장면이 설정되는데, 박재연본에서 김영철이 전유년의 누이동생을 엿보는 장면도 결국 애정전기소설의 영향을 받은 것이라고 할 수 있다.

애정전기소설에서 '전란'은 남주인공과 여주인공의 이별의 '계기'라는 기능적 요소로 작용한다. 「김영철전」에 형상화된 전란은 마치 17세기에 벌어진 동아시아의 전란을 사실적으로 반영하고 있는 듯하지만, 실은 애정전기소설의 그것과 동일한 기능을 하고 있다. 김영철은 1618년에 종군하여 심하전투에 출전하는데, 이는 종조부 김영화의 죽음 및 건주 여인과의 만남의 계기가 된다. 1625년에 여진은 영원위(寧遠衛)를 침공할 계획을 세운다. 이에 아라나는 김영철에게 전유년 등과 함께 강변에 가서 말을 기르도록 하는바, 이는 김영철이 건주를 떠나 등주에 이르러 전유년의 여동생과의 인연을 맺는 계기가 된다. 심양이 함락된 이후 조선의 사신은 해로(海路)를 통해 등주에 들렀다가 황성으로 가게 되는데, 이 역시 결국 김영철이 등주를 통해 조선으로 돌아가 결국 이군수의 딸과 혼인하는 계기로써 작용한다. 그 밖에도 1637년의 가도(椵島) 정벌은 김영철과 아라나의 조카가 만나는 계기가 되며, 1636년 병자호란과 1637년 조선의 패배는 이연생이 김영철의 소식을 등주의 전씨에게 전하는 계기가 된다. 김영철은 1640년 청나라가 개주(蓋州)를 공격할 때 다시 출전한다. 이때 김영철은 이수남과 함께 통사가 되어 임경업의 밀서를 명나라 장수에게 전하는데, 그는 답서(答書)를 받아가지고 나오다가 전유년을 만난다. 이 이야기는 홍양호의 『해동명장전(海東名將傳)』에도 실려 있어 주목된 바 있지만,[19] 김영철이 실제로 임경업의 막하에서 통역의 일을 맡았다고 보기는 어려우며 원작 계열

「김영철전」의 내용이 『해동명장전』에 수용되었다고 보는 게 타당할 것이다.[20] 김영철은 1641년 청(淸)이 금주(錦州)를 정벌할 때도 출전하며, 이 역시 아라나 및 득북(得北)과의 상봉 계기가 된다.

이처럼 「김영철전」에 수용된 전란은 철저하게 '만남'과 '이별'의 '계기'로써 기능한다. 「김영철전」의 서사는 17세기 당대의 역사적 사실과 거의 어긋남이 없이 진행되고 있어[21] 마치 실전(實傳)처럼 읽힐 수 있는 여지를 마련하고 있지만 기실 '완전한 허구'이며, 주인공 김영철조차도 작품에 나오는 바와 같은 일을 겪은 실존인물일 가능성은 별로 없다. 그럼에도 불구하고 조선시대 사대부들은 김영철의 이야기를 실전으로 수용했던바, 그 이유는 원작 「김영철전」의 주도면밀한 구성 및 홍세태본의 영향 때문이라고 할 수 있다.

「김영철전」이 전의 형식을 취하여 실사처럼 읽힌 것은 17세기 중편 한문소설의 지향과도 일정한 관계가 있다. 17세기에 창작된 한문소설들은 견문(見聞)의 형식을 취한 경우가 많은데, 허균의 전을 비롯하여 「주생전」·「운영전」·「최척전」·「강로전」·「안상서전」 등이 이에 해당한다. 「김영철전」 역시 이 같은 17세기 소설사의 흐름과 무관하지 않다. 박재연본에서는 영유사인(永柔士人) 김응원(金應元)이 자모산성(慈母山城)을 지나다가 김영철을 만나서 그로부터 지난날의 이야기를 들은 것으로 되어 있으니, 「김영철전」 역시 견문의 기록이라는 형식을 취하고 있는 것이다.

---

19 박희병, 앞의 글, 24~25면.
20 홍세태본에는 '李秀南'이라는 사람이 나오지 않는바, 홍양호의 『해동명장전』에 수록된 내용은 원작 계열 「김영철전」을 수용한 것으로 보아야 할 것이다. 한편 박재연본에는 '李秀男'으로 표기되어 있어, 『해동명장전』의 표기와 다르다.
21 이승수, 앞의 글; 권혁래, 「김영철전과 해로사행의 수용양상」, 『우리어문연구』 31, 우리어문학회, 2008.

17세기 초중반의 한문소설이 이와 같은 형식으로 마무리되고 있는 이유 가운데 하나는 이 작품들이 얼마 지나지 않은 과거의 역사적 사실을 작품에 끌어들이고 있는 데 기인한다. 즉 이 시기 한문소설들의 작자들은 작품 속에서 벌어진 일들을 마치 실제 있었던 일처럼 서술하였던 것인데, 「김영철전」의 작자 역시 기본적으로는 이 같은 소설사의 흐름을 따랐던 것이다.

이상으로 박재연본의 양식적 특징을 간략히 살펴보았다. 박재연본은 기본적으로는 전의 형식을 취하고 있지만 이는 작품의 외피에 불과하며, 실상은 완전한 소설인 것이다. 따라서 박재연본의 독해에서 중요한 것은 17세기 당대의 역사적 사실과의 관련 양상이라기보다는 작품의 소설적 형상화 방식이라고 할 수 있다.[22]

3. 「김영철전」의 서사적 특징과 소설적 형상화의 양상

「김영철전」의 공간적 배경은 조선의 평안도, 후금(後金)의 건주(建州), 명(明)의 등주(登州)이다. 김영철은 이 세 곳에서 모두 혼인을 하여 가정

---

[22] 「김영철전」은 17세기 동아시아의 전란을 배경으로 하고 있기에 그간 역사소설 혹은 사실계 소설로 인식되어 왔다. 본고에서 「김영철전」을 전기소설의 전통에서 살펴본 이유는 이 소설을 전기소설로 보았기 때문이 아니라, 그간 「김영철전」의 내용을 實事로 이해했던 경향에 대해 재고할 필요가 있었기 때문이다. 다시 말해 「김영철전」의 허구적 성격을 드러내기 위해, 작품이 창작된 당대까지 존재했던 소설 양식과의 관련성을 짚어 볼 필요가 있었던바, 이를 위해 전기소설의 전통에서 「김영철전」을 살펴보았을 뿐이다. 필자는 김영철이 실존인물일 가능성까지 배제하지는 않지만, 김영철이 작품에 나오는 바와 같은 그런 일을 실제로 겪었던 인물이라고 생각하지는 않는다. 「김영철전」에 형상화된 17세기 동아시아 전란은, 전란 체험의 핍진한 반영으로 보기 어려우며, 「김영철전」의 작자조차도 당대 전란의 '현장'을 직접 체험한 인물은 아니었을 가능성이 높다고 본다.

을 이루고 자식을 낳는바, 이 지역들에서의 김영철의 행적과 그 형상화 양상을 살펴보는 일은 「김영철전」 이해의 긴요한 과제라 할 수 있다.

김영철은 심하전투에서 포로가 되어 죽을 위기에 처했으나, 그 모습이 전사한 아라나의 아우와 유사하다는 이유 때문에 전유년 등 한인(漢人) 포로들과 함께 건주로 끌려가 아라나의 가정(家丁)이 된다. 김영철은 한인 포로들보다 후한 대접을 받았지만, 부모를 생각하는 마음을 이길 수 없어 1619년과 1620년에 탈출을 시도하나, 결국 붙잡혀 두 차례 월형(刖刑)을 당한다. 아라나는 김영철에게 한인 포로보다 후하게 대접하였음에도 불구하고 도망친 까닭에 대해 묻는데, 이 대목은 다음과 같다.

그해 8월에 영철은 밤을 틈타 달아나 몰래 산골짜기 사이로 숨어들어 창성 지경으로 향하였으나, 호인에게 붙잡혀 왼쪽 발꿈치를 베였다. 이듬해 4월에 또 도망쳤는데, 호병이 쫓아와 붙잡는 바람에 오른쪽 발꿈치를 베였다. 아라나가 영철을 꾸짖어 말했다. "지난해 너는 죽어 마땅했으나, 네 모습이 죽은 아우와 같음을 애석히 여겼기에 주장(主將)께 청하여 너의 죽을죄를 용서토록 한 것이다. 게다가 후히 길러주고 정성껏 대접한 일이 만자(蠻子)와 다름이 있거늘, 네가 이제 다시 도망친 까닭은 무엇이냐? 만약 개전(改悛)의 정(情)을 보이지 않는다면 법에 따라 죽게 되어도 내 감히 구해줄 수 없다." 영철이 사례하여 말했다. "고향을 생각하고 부모를 그리워함은 인지상정입니다. 하물며 저는 동국에 있을 때 장가도 들지 못해 부모를 봉양할 사람도 없는데, 타국을 떠돌아다니며 이 한 몸 기댈 곳조차 없습니다. 비록 요행히 목숨은 온전하나, 무슨 즐거움이 있겠습니까? 삶과 죽음은 사람으로서 면할 수 없는 것입니다. 그래서 만 번 죽어 마땅할 죄를 범하고 다시 살려주신 은혜를 잊어버려, 주인을 배신하고 도망친 것이 벌써 두 번째에 이르렀습니다. 그 사정을 돌아보건대 어찌 가련하지 않을 수 있겠습니까?" 아라나가 이 말을 듣고 그 뜻에 가슴이 아파서 아내에게 말했다. "남자가 여색을 좋아하는 것이야 천하에 공통된 일이므로, 이 사람이 두 번이나 도망친 것이 사실 나의 은혜를 저버린 것은 아니오. 나이가 스물이 넘도록 아직 처자의 즐거움이 없으니, 그 심사가 어찌 그러하지 않겠소?" 이어 죽은 아우의 아내를 가리켜 말했다. "저 과부가 된 제수(弟嫂)를 이 사람에게 시집보낸다면 내가 전장에 가 있다 하더라도 이 사람으로 가사를 주간(主幹)하게 할 수 있으니 좋을 것이오. 또 이 사람은 궁마지재(弓馬之才)가 있어 내가 혹시 병이라도 들면 이 사람을 대신 보낼 수 있으리니, 이 역시 한 방법이오. 당신 생각은 어떠하오?" 그의 아내가 천천히 대답하였다. "그 말씀이 제 뜻과도 꼭 맞습니다. 제가 이 사람을 보건대 대체로 죽은 시숙(媤叔)과 방불하여 저도 이런 뜻을 가진 지 오래되었으나, 아직 말을 꺼내지 못하고 있었습니다." 그 죽은 아우의 아내는 곧 그 아내의 동생이었는데 자매의 자색(姿色)이 모두 대단히 아름다웠다.[23]

김영철은 고향과 부모를 그리워하는 것이 인지상정이라고 말한 뒤 자신이 조선에서 장가를 들지 못해 부모를 모실 사람도 없고 타국에서 몸을 기댈 곳조차 없다고 이야기한다. 그런데 이 말을 자세히 살펴보면, 탈출의 이유가 단지 부모에 대한 그리움에만 있는 게 아니었음을

---

[23] "其年八月 英哲乘夜逃遁 潛入山谷間 向昌城地界 爲胡人所捉 斬其左趾 明年四月又亡走 胡兵追捕 斬其右趾 阿羅那叱英哲曰 去年汝當死也 我愛汝貌猶亡弟 請於主將 貸你之死 仍厚養款待 與蠻子有異 汝今再亡 何也 若不悛 則於法當死 吾不敢更救矣 英哲謝曰 思鄕貫慕父母 乃人之常情也 況我在東國 未及娶妻 無可奉養父母者 流落他國 一身無依 雖幸生全 何樂之有 有生有死 人所不免 是以犯萬死之罪 忘再生之恩 背主人而亡者 已至再矣 顧其情事 豈不可憐乎 阿羅那叱聞之 悲傷其意 謂其妻曰 男子好色 天下所同 此人之再亡者 實非背我之恩也 年過二十 尙無妻子之樂 其心事 豈不然乎 因指其亡弟之妻 而言曰 以彼寡嫂 妻于此人 則我雖往戰場 使此人主幹家事 則好矣 且此人有弓馬之才 我或有病 則使此人代行 亦一道也 未知何如 其妻徐對曰 其言正合吾意 吾觀此人 大與亡叔彷彿 吾有此意久矣 未及發言 蓋其亡弟之妻 卽其妻之弟 而兄弟姿色 皆絶美矣" 박재연본, 9~10면.

알 수 있다. 혼인하여 안정된 생활을 누리지 못하는 현실 또한 그로 하여금 탈출을 감행케 한 중요한 원인이었던 것이다. 이는 김영철이 그 아내와 나눈 대화에서도 확인할 수 있다. 김영철은 자기를 버릴 마음이 있는 게 아니냐는 아내의 물음에 대해, 전일에 두 번 도망쳤던 것이 부모님을 그리워하는 마음에서 비롯된 일이었음은 사실이나 빨리 장가들고 싶어서 그랬던 것이기도 했다고 대답한다.[24] 김영철의 말을 단순히 아내의 의심을 무마하기 위한 핑계로 보기만은 어렵다. 그에게 있어서 혼인과 안정된 삶은 부모에 대한 효 못지않게 중요했던 것이다. 대부분의 연구자들은, 김영철이 비록 부부애와 효행 사이에서 갈등하기는 했지만 고국으로 돌아올 의지가 확고했다는 데 대해서는 기본적으로 동의하고 있다. 하지만 김영철의 '회토지심(懷土之心)'이 정말로 그렇게 절실했는지는 의심스럽다. 다음은 김영철이 전유년 등과 탈출을 모의하는 장면이다.

영철이 말하였다. "당신들 여덟 명은 하늘 신령의 보살핌을 받아 고향으로 돌아간즉 부모님을 뵙고 처자식과 만날 수 있지만, 저는 천만다행으로 등주에 도달한다 해도 멀리 고국을 바라보매 아득히 바닷물만 출렁거리리니, 무엇 때문에 해 지는 동네에 몸을 부치겠습니까? 차라리 여기 머물러 처자식을 보살피며 살다가 늙는 게 낫습니다." 유년이 말하였다. "그대 말이 맞네. 하지만 내 반드시 그대를 위해

24 "是年 英哲生子 名曰得北 癸亥又生子 名曰得建 其妻謂英哲曰 君卽朝鮮之人 妾是女眞之人 初以異國之男女 幸爲同室之夫婦 生此二子 慶溢一家 若非天緣 焉能至斯 然聞君之父母 在於東國云 得非有棄我歸國之心乎 英哲曰 前日之再度亡歸 雖出於戀父母 而亦欲及時娶妻之計也 今蒙主人之厚恩 不惟免死 且以汝妻我 會合未久 連生兩子 此亦天也 吾豈敢達天而負恩哉 其妻曰 我國之人 以高麗之人爲拙狡 君言何可信也 或呵之 或戱之 英哲亦笑而不答" 박재연본, 10~11면.

계책을 세워 작은 정성을 표하겠네. 그대가 만약 우리들과 함께 중토(中土)로 돌아가 등주에 도착한즉, 내게 두 누이동생이 있으니 큰 누이동생은 나이가 벌써 열여덟이고 작은 누이동생은 이제 열여섯인데 모두 자색이 있고 바느질도 잘 한다네. 이제 그대와 함께 우리 집으로 돌아갔을 때 큰 누이동생이 아직 남을 따르지 않았다면 큰 누이동생으로 그대를 섬기도록 할 것이요, 만약 이미 비녀를 꽂았다면 둘째 누이동생을 그대에게 시집보낼 것이야. 만약 두 누이동생 모두 이미 다른 사람에게 시집갔다면, 그대는 잠시 우리 집에 머무르며 조선의 왕래하는 배를 기다렸다가 곧바로 긴 돛을 달고 조선으로 잘 돌아간즉 부모님도 뵐 수 있고 성명도 온전할 것이니, 이를 오랑캐에게 포로가 되어 초목과 함께 썩어가는 것과 비교한다면 영욕과 고락이 과연 어떠하겠는가? 이 두 가지 계책 가운데 하나를 쓸 수 있으니, 그대의 뜻은 어떠한가? 그대가 만일 믿지 못하겠다면, 저 밝은 달이 하늘에 있네." 여러 사람들이 모두 말하였다. "전백총께서 이런 마음을 갖고 계시다면, 두 분이 달을 향하여 술잔을 나누며 맹세의 말씀을 하셔야 합니다." 영철이 문득 아내가 이별할 때 했던 말을 생각하니, 실로 마음에 차마 할 수 없는 바가 있었으나, 다시 묵묵히 생각해 보았다. '내가 만약 유년의 말을 따르지 않는다면 저 여덟 사람은 반드시 나를 죽여 입을 막을 것이니, 개죽음 당해 봐야 좋을 게 없다.' 마침내 뜻을 결정하고 응낙하니 유년이 크게 기뻐하였다. 그리하여 손가락을 깨물어 피를 내어 술에 섞어 같이 마시며 함께 달을 향하여 맹세하였다. "이제 함께 약속한 뒤로 만약 식언을 한다면 하늘이 반드시 미워할 것이며 신령이 반드시 죽일 것이다."[25]

<hr>

[25] "英哲曰 君輩八人 若賴天之靈 得歸故國 則父母可見 妻子可逢 我則雖得萬一之幸 達于登州 一望故國 滄波萬里 何能致身於桑楡之鄕乎 反不如淹留於此 守妻子而終老矣 有年曰 君言 是矣 然吾當爲君畫策 以表一寸之誠矣 君若與吾輩 同歸中土 得到登州 則吾有兩妹 長妹年已十八 季妹年今十六 俱有姿色 且工針線 今與君同歸吾家 長妹若未及從人 使長妹事君 若已上笄 當使次妹歸於君 若兩妹俱已適人 君姑留於吾家 待得朝鮮往來之船 直掛長帆 好歸朝鮮 則父母可見 性命可全 與其作俘於夷虜 同腐草木 榮辱苦樂 果何如哉 此兩策中 可保其一者 君意何如 君如不信 明月在天 諸人皆曰 田

김영철은 목숨을 걸고 등주로 가 보았자 고국에 돌아갈 길은 막막하다며 차라리 이곳에서 사는 것이 낫다고 대답한다. 이에 전유년은 김영철의 마음이 변할까 두려워 누이동생을 아내로 삼도록 하겠으며 만약 그럴 수 없다면 등주에 오는 조선의 배를 타고 조선으로 돌아갈 수도 있으니 함께 가자고 말한다. 그런데 이 같은 전유년의 두 가지 제안은 양립할 수 없는 것이다. 김영철이 전유년의 누이와 혼인한다면 조선으로 돌아가는 것을 포기한다는 말이 되고, 조선으로 돌아가고자 한다면 전유년의 누이와 혼인하면 안 되기 때문이다. 이에 앞서 전유년은 김영철에게 "아! 심양이 함락된 후로 육로가 막혔으므로 동국의 조공은 필시 바닷길을 거쳐 등주에 정박했다가 황성에 도달할 것일세. 그대가 만약 우리의 계획을 따라 함께 도망쳐 등주에 다다른다면, 산천으로 가는 길은 비록 막혀 있을지라도 뱃길로는 통할 수 있으니, 돌아가 부모님을 뵙는 일은 손바닥 뒤집듯 쉬울 것일세"[26]라고 말했는데, 이때 김영철은 "선생의 계책은 잘못되었습니다. 우리들에게는 날개가 없은즉 심양조차 날아 넘어갈 수 없는데, 등주에는 어떻게 도착할 수 있겠습니까?"[27]라고 말하며 같이 가기를 꺼려했다. 그러던 그가 위의 인용문에 보이는 바와 같이 마음을 돌린 이유는 무엇인가? 다름이 아니라 누이동생을 아내로 삼게 하겠다는 전유년의 약속 때문이었던 것이다. 이 점에서 "내가 만약 유년의 말을 따르지 않는다면 저 여덟 사람은 반드시 나를

百揆苟有此心 兩人酌酒對月 以成矢言可也 英哲忽思其妻臨別之語 實有所不忍於心 而又默念曰 我若不從有年之言 則彼八人者 必殺我而滅口 徒死無益也 遂決意而諾之 遂決意而諾之 有年大喜 齧指出血 和酒同飮 相與對月而盟曰 今與成誓後 若食言 則天必厭之 神必殛之矣" 박재연본, 15~16면.

26 "嗟乎 自瀋陽陷沒之後 陸路阻絶 東國朝貢 必由海道 泊于登州 達于皇城 君若從吾計 與之偕亡 至于登州 則山川雖隔 舟楫可通 歸見父母 易如反掌矣" 박재연본, 14면.

27 "君之計 過矣 吾輩旣無羽翼 則瀋陽不可飛越 登州何可到也" 박재연본, 14면.

죽여 입을 막을 것이니, 개죽음 당해 봐야 좋을 게 없다"라는 김영철의 말은 참으로 의미심장하다. 그것은 그의 현실 인식인 동시에, 탈출을 감행하게 된 실질적인 이유에 대한 자기기만이자 합리화였던 것이다.

김영철은 죽을 고비를 여러 차례 넘긴 후 마침내 탈출에 성공한다. 영원위에서 1625년 겨울을 보낸 김영철과 전유년 등은 주장에게 고향으로 돌아가기를 청했고, 이에 그들은 경사로 호송된다. 명나라 조정에서는 김영철이 조선인인 데다가 부모도 없으므로 가고자 하는 곳을 묻는다. 박재연본에서 이 부분은 다음과 같이 서술된다.

주장이 불쌍히 여기어 이 뜻을 조정에 아뢰었다. 조정에서는 주장으로 하여금 여섯 사람을 경사로 압송(押送)케 하여, 적중(賊中)의 동정을 다 물어보고 부모의 성명을 물어보았다. 그리고 그들의 고향으로 돌아가게 하면서 그들이 들르는 고을에 명을 내려 각기 양식을 제공토록 하였으며, 또 본읍에 공문을 보내 그들의 호역(戶役)을 면제하고 그들의 신역(身役)을 견제(蠲除)하였다. 그런데 오직 영철만은 조선 사람으로서 이미 부모가 없고 고향도 없으므로 조정에서는 그가 가고자 하는 곳을 물었다. 영철이 아뢰었다. "소인은 다섯 사람들과 생사를 함께 하기로 약속하여 정이 골육과 같습니다. 그중에서도 전유년은 일찍이 건주에 있을 때부터 한 집에서 같이 살며 결의하여 형제가 되었으니, 유년과 함께 돌아가기를 원합니다." 묘당(廟堂)의 여러 장관들이 이 말을 듣자 낯빛이 변하여 말했다. "이 사람은 참으로 의사(義士)로다! 이 사람은 동국이 아닌데도 처자를 버리고 다섯 사람들과 함께 몸을 빼내 도망쳐 올 수 있었으니, 웅장(熊掌)과 어육(魚肉)을 취사(取捨)함이 이와 같을 수 있을까? 책을 읽어보면, 임금에게 녹을 받아먹고 사는 사람으로서 임금을 잊어버리고 오랑캐에게 항복하는 자들이 예로부터 줄기차게 이어

져 왔는데, 그들이 이 사람을 본다면 어찌 부끄럽지 않겠는가?' 그리하여 영철로
하여금 유년을 따라 가도록 했다.[28]

김영철은 생사를 같이한 전유년을 따라가겠다고 말한다. 이에 조정
의 장관들은 『맹자(孟子)』「고자(告子)」상(上)에 나오는 물고기와 곰발
바닥 이야기를[29] 하며 김영철의 사생취의(捨生取義)를 칭찬한다. 여기
서 우리는 김영철이 조선으로 가겠다고 말하지 못할 이유가 아무것도
없었다는 점을 명심해야 한다. 명나라 조정에서 김영철에게 가고자 하
는 곳을 물었다는 것은 곧 그에게 고국으로 가겠느냐고 물었다는 뜻이
다. 그런데 김영철은 조선으로 돌아가지 않겠다고 대답했다.

김영철은 등주로 가서 전유년과 함께 살게 되는데, 그는 조선 사신의
배가 왕래하는 곳에 살면서도 고향에 돌아갈 생각은 하지 않는다. 김영
철은 전유년의 누이동생을 엿본 후 전유년에게 다음과 같이 이야기한다.

당신들은 다 고향으로 돌아와 위로는 부모님의 기뻐하시는 마음을 받들고 아래
로는 처자식의 즐거움이 있는데, 나만 홀로 이국을 떠돌고 있습니다. 고향 산천은
까마득하여 소식은 기댈 데 없고 큰 바다는 아득하여 배는 통하기 어려우니, 죽고

---

28 "主將憐之 以此意奏聞于朝 朝廷使主將押送六人於京師 備問賊中動靜 且詢其父母姓名 使歸
其鄉里 而令所經邑 各給其粮饌 且行會於本邑 復其戶蠲其役 而獨英哲朝鮮之人 旣無父母 又
無鄉里 朝廷問其欲往之處 英哲告日 小的與五人等 約同死生 情同骨肉 而其中田有年 曾在建
州時 同居一室 結爲兄弟 願與有年同歸 廟堂諸宰爲之動色日 此眞義士也 此非東國而能棄妻
子 與五人等 抽身亡歸 非知熊魚之取舍者 能若是乎 讀書 食君之人 忘君降虜者 從古滔滔 其
觀此人 寧不愧乎 使從有年而去" 박재연본, 20면.

29 "孟子日 魚我所欲也 熊掌亦我所欲也 二者不可得兼 舍魚而取熊掌者也 生亦我所欲也 義亦我
所欲也 二者不可得兼 舍生而取義者也"『經書 : 大學·論語·孟子·中庸』, 성균관대 대동문
화연구원, 1965, 677면.

살며 슬프고 즐거울 때 서로 물어볼 친척도 끊어지고, 굶주리고 추위에 떨며 병이 위중할 때 서로 의지할 처자도 없습니다. 아, 전형! 나는 어찌해야 됩니까?[30]

고향에 돌아가 부모님을 만나지 못하는 슬픔보다는 처자를 두지 못하는 현실에 대한 불안감만이 묻어나는 말이다. 김영철은 전유년에게 고향 산천은 까마득하여 소식은 기댈 데 없고 큰 바다는 아득하여 배는 통하기 어렵다고 말한다. 그러나 건주에서 탈출하기 전, 전유년은 김영철에게 분명히 '등주는 조선 사신의 배가 왕래하는 곳'이라고 말했으므로, 김영철의 저 말은 사실이 아니다. 김영철은 고국으로 돌아가기 가장 쉬운 곳에 있으면서도, 조선을 돌아갈 수 없는 곳으로 단정하고 있다.

우여곡절 끝에 김영철은 전유년의 누이 전씨와 혼인한다. 전씨는 시부모를 뵙지 못한 것을 한스럽게 여겨 화공(畵工)을 청해 김영철 부모의 초상을 그려서 벽에 걸어 놓게 한다. 그 장면은 다음과 같다.

(혼인한) 다음 날 아침, 전씨는 부모님을 뵙는 자리에서 문득 수심에 잠겨 눈물을 머금고 금방이라도 흘릴 듯 눈물이 그렁그렁하여 말했다. "여자가 다른 사람을 따르매 시부모를 뵙는 일은 인륜의 대사입니다. 이 예(禮)는 사람이 똑같이 행하는 것이건만, 소녀는 유독 이를 행할 수 없으니 어찌 슬픈 마음이 없을 수 있겠습니까?" 부모 또한 길게 탄식하며 말했다. "이 또한 네 운명이니, 부질없이 슬퍼할 것은 없느니라." 전씨가 말하였다. "우리 고을에 한 화사(畵師)가 있는데 그림을 잘 그려 이름을 드날리매 사람의 형상을 묘사함에 있어서 조금도 틀림이 없다는 말을 들은 적

---

30 "君輩皆歸故土 上而承父母之歡 下而有妻子之樂 而我獨流落於異國 家山杳杳 消息莫凭 大海茫茫 舟楫難通 死生哀樂 旣絕親戚之相問 飢寒疾病 又無妻孥之相依 嗟哉 田兄 我何爲哉" 박재연본, 22면.

이 있습니다. 이제 이 사람을 불러와 시부모님의 형안(形顏)을 그리게 하여 매일 단청(丹靑)을 우러러 절을 한다면, 저의 애모하는 정을 조금이나마 풀 수 있을지도 모르겠습니다." 부모가 불쌍히 여겨 허락하였다. 이에 유년으로 하여금 화공을 청하여 당 위로 맞아들이게 하였다. 영철이 빈주(賓主)의 예를 행하고 예폐(禮幣)를 후히 주어 사귄 뒤 그 부모님의 연세와 생김새 및 동방 남녀들의 의복 제도를 화사에게 모두 말하였다. 화사가 여러 달을 머무르며 정성을 모으고 생각을 깊이 하여 몇번이나 종이를 바꾼 뒤에야 그림이 완성되었으니, 완연히 무오년 이별할 때와 서로 비슷하였으나 조금은 노쇠한 기색이 있었다. 이에 영철과 신부는 구매한 집의 동쪽 벽에 영철의 부모님 화상을 걸어 놓았다. 부부가 목욕을 하고 향을 피운 뒤 예를 갖추어 공경히 절하니, 이 모습을 보고 이 소문을 듣는 사람마다 경탄하며 그 어짊에 감복(感服)하고 그 효를 칭찬하지 않음이 없었다. 영철은 그의 아내와 함께 아침저녁으로 반드시 예를 갖추어 절하고 출입할 때마다 반드시 공경히 아뢰었는데, 슬픔이 상례(常禮)보다 지나쳤으며 오래도록 깊고 절실하였다. 영철의 아내가 영철에게 말하였다. "비록 부모님을 받들어 모실 수는 없으나 부모님의 모습이 완연히 당상(堂上)에 있으니, 당신은 다시는 지나치게 슬퍼하지 마시고 귀한 몸을 잘 보전하십시오." 영철이 말하였다. "응당 그대 말대로 하리다."[31]

---

31 "明朝 田氏謁於父母 忽愀然含涕 泫然凝涕曰 女子從人 謁於舅姑 卽人倫之大節 此禮 人所同行 而小女獨不得之 烏得無感愴之心乎 父母亦長歎曰 是亦汝命也 不必爲無益之悲也 田氏曰 曾聞此州有一畫師 能繪素擅名 描寫人形 毫末不差云 今若邀致此人 俾畫舅姑形顔 每日瞻拜於丹靑 則或可以少展孩兒愛慕之情矣 父母憐而許之 使有年請畫工來 邀之上堂 英哲施賓主之禮 以厚幣交之 以其父母年歲形貌及東方男女衣服制度 備言於畫師 畫師留數月 聚精繹思 再三易紙而後 畫乃成 宛然如戊午年離別時相似 而少有衰老之色矣 於是英哲與新婦 於所買家 以其父母畫象 掛於東壁上 夫婦沐浴焚香 具禮祇拜 瞻聆所及 無不聳歎服其賢稱其孝矣 英哲與其婦 晨昏必禮拜 出入必祗告 悲哀過常 久而采切 其妻謂英哲曰 雖未得奉侍父母 而父母儀形 宛在堂上 君不復過哀 善保貴體 英哲曰 當如君言矣" 박재연본, 29~30면.

서사문학의 시대와 그 여정

이 대목은 전씨가 김영철의 마음을 붙잡아두기 위해 벌인 일을 서술하고 있는 것 같지만,[32] 그보다 더 주목해야 할 점은 그림 속 김영철 부모의 모습이 "완연히 무오년 이별할 때와 서로 비슷하였으나 조금은 노쇠한 기색이 있었다"라는 서술이다. 이제 김영철은 굳이 고향에 돌아가지 않아도 '살아계신 부모님'을 곁에서 모실 수 있게 된 것이다. 필자는 결코 김영철의 효심을 부정하지 않으며, 김영철이 처자와 부모 사이에서 갈등했다는 점을 인정한다. 중요한 것은 김영철에게서 왜 이런 면모가 발견되는가 하는 점이다.

김영철은 1627년에 아들 득달(得達)을 낳고 1630년에 아들 득길(得吉)을 낳는다. 그런데 김영철이 득길을 낳은 그해에 조선의 진하사(進賀使)가 등주에 도착하였고, 이때 김영철은 영유현에 사는 이연생을 만나 집안 소식을 묻는다. 이연생은 김영철에게 다음과 같이 말한다.

아, 어찌 차마 말하랴! 정묘년의 난에 자네의 아버님께서는 안주에서 돌아가셨네. 적들이 돌아가자 집안사람들이 시신을 찾았으나 발견하지 못하여 자네 조부께서 애통해 마지않으시면서 "영철이가 돌아오지 않았는데 여관이마저 죽었으니 늙어 병든 이 한 몸이 죽지 않고 무엇을 하랴?"라고 말씀하셨지. 그리고 전답을 모두 팔아 신령님께 제사하고 부처님께 공양하며 밤낮으로 기도하시기를 "영철이가 만약 죽지 않았다면 바라옵건대 가호를 내리시어 고향에 돌아오도록 하소서. 황천과 후토께서 앎이 있으시다면 저를 딱하고 가엾게 여기소서"라고 하셨네. 얼마 후 가산을 탕진하여 생활을 꾸려 나갈 길이 없게 되자 조카 이룡의 집으로 가서 의

32 권혁래, 「17세기 동아시아 전란의 소설적 수용양상 : 김영철전에 그려진 부부애의 성격을 중심으로」, 『고소설연구』 26, 한국고소설학회, 2008, 73면.

지하셨지. 자네의 모친께서도 소초리(踈草里; '蘇湖里'의 잘못) 본가로 돌아가시어 형제들에게 몸을 의탁해 계시네. 자네 집안의 일을 어찌 차마 말하랴![33]

이 말을 들은 김영철은 고국으로 떠날 결심을 굳히고, 이듬해인 1631년 봄에 조선 사신이 황도에서 돌아왔을 때 탈출을 감행하여 마침내 조선 평안도로 돌아온다. 김영철은 부친상을 마친 후, 이연생의 주선에 힘입어 임신년(壬申年, 1632년)에 이군수(李君秀)의 딸과 혼인한다. 김영철의 장인 이군수는 집안이 넉넉했기에, 김영철은 처가의 도움을 받아 조부와 모친을 봉양할 수 있게 된다.

이상 김영철이 건주에서 등주로 갔다가 평안도로 돌아오기까지의 과정을 살펴보았다. 고국에 돌아온 김영철은 모친에게 "불효막심하고 못난 제가 구차한 목숨을 지금껏 보전하고 만 번 죽을 고비를 넘기고 돌아온 것은 부모님의 인자한 모습을 뵙고 절하려 하였던 것입니다"[34] 라고 말했다. 하지만 앞서 살펴본 바와 같이 건주와 등주에서 보인 김영철의 행동은 분명 고향에 돌아가고 싶지 않은 이의 그것이었다. 이를 어떻게 이해해야 할까?

김영철은 건주에서 아라나의 가정으로 있을 때 등주 사람 전유년을 만나는데, 이것이 김영철을 결국 조선으로 귀환케 하기 위한 작자의 의도적인 설정임은 명백하다. 다시 말해 작자는 조선을 떠난 김영철을 어

---

33 "嗟乎 尙忍言哉 丁卯之亂 君之父親 死於安州 及賊還 家人求其屍而不得 君之祖父 傷痛不已 曰 英哲不還 汝寬又歿 老病一身 不死何爲 盡賣田土 享神供佛 日夜祈祝曰 英哲若不死 願降 冥佑 俾還故土 皇天后土 若有所知 倘或哀我而問我矣 未幾 家業盡蕩 無路資活 往依於侄子二 龍之家 君之母親 亦還歸于踈草里本家 托身於兄弟 君之家事 尙忍言哉" 박재연본, 33~34면.

34 "不孝無狀 尙保頑喘 萬死歸來 幸拜慈顔" 박재연본, 43면.

떻게 해서든지 다시 고국으로 돌아오게 만들었던 것이다. 이에 대해 선행연구에서는 대개 김영철의 귀국 의지가 매우 확고했다고 보았으며, 이런 시각은 「김영철전」을 읽는 전통적인 독법과도 기본적으로 궤를 같이한다.

그러나 김영철에게 있어서 조선의 평안도는 '반드시 돌아가야 하는 곳'이 아니라, '반드시 돌아가지는 않아도 되는 곳' 혹은 '돌아가고 싶지 않은 곳'이었다. 다시 말해 부모가 거기에 있지 않았다면 평안도는 결코 돌아갈 필요가 없는 곳이었으며, 조선의 평안도에 부모가 있다는 사실은 그가 애써 떠올리고 싶지 않은 생각이었다. 하지만 조선의 진하사를 따라 온 이연생이 김영철에게 전한 저 말은 김영철로 하여금 더 이상 그 생각을 억누르지 못하게 만들었고, 이에 김영철은 건주에서와 똑같이 생이별을 감수하며 고향으로 돌아올 수밖에 없었다. 요컨대 김영철의 귀국은 그의 절실한 '회토지심(懷土之心)'에서 비롯된 것이 아니며, 이국에서 편히 살고 싶은 바람을 그냥 내버려두지 않은 '운명'이 그를 고향으로 이끌었던 것이다. 여기서 우리는 김영철이 건주·등주·평안도를 어떻게 기억하고 있는지 살펴볼 필요가 있다.

영철이 전후로 종군하니 남에게 진 빚이 매우 많아, 좌우로 침해하고 독촉하므로 버티어 보존할 방법이 없었다. 그 나머지를 모두 팔아 빚을 다 갚으니 집안 살림을 탕진하여 죽으로 끼니를 이을 수조차 없게 되었다. 영철은 처자를 대할 때마다 이렇게 말했다. "옛날에 등주에 있을 때에는 생계가 매우 풍족하여, 취하도록 술을 마시고 배불리 음식을 먹으며 날을 보내, 인간 세상에 기한이 있는 줄을 알지 못했다. 지난날 건주에 있을 적에는 살 집도 있고 논밭도 있어, 오직 말을 달리고 칼을 울리는 것을 일삼아도 술과 고기를 내 마음대로 먹을 수 있었다. 이제 노경에 접어들어 재산을 잃고 집안을 결딴내 입에 풀칠하기조차 매우 어려우니, 어찌 운명이 아니랴? 내 하늘을 원망하랴, 내 남을 탓하랴? 내가 고향을 그리워하는 마음[懷土之心]이 없었다면, 어찌 이 지경에 이르렀겠는가?" 이씨는 연이어 세 아들을 낳았으니, 득상·득발·기발이다. 기해년, 조정에서는 자모산성이 서로의 요새라 여겼으나, 그 땅이 척박하여 거주하는 백성이 적었으므로 백성 가운데 그곳에 거주하기를 원하는 자들을 모집하여 그들의 신역을 면제하였다. 영철은 젊었을 때부터 종군의 고통을 익히 겪었기 때문에 그 세 아들의 역을 덜기 위해 마침내 집안 사람들을 데리고 가 자모산성에서 살다가 그곳에서 삶을 마쳤다.[35]

김영철은 건주와 등주를 삶의 기본 조건인 의식(衣食) 걱정을 할 필요가 없는 곳으로 기억하고 있다. 이에 반해 그가 현재 살고 있는 평안도는 끼니조차 잇지 못하게 만든 곳이다. 의식 걱정을 할 필요가 없는 풍요의 땅인 건주와 등주를 떨쳐 버리고 돌아온 김영철이 갈 수 있는 곳은 척박하여 사람이 살 수 없는 '자모산성'뿐이었다. 이처럼 「김영철전」에 형상화된 평안도는 결국 자모산성으로 상징되는 바 '사람이 살 수 없는 곳'이었던 것이다.

앞서 살펴보았듯이 「김영철전」은 17세기 중편 한문소설들과 마찬가지로 '견문의 기록'이라는 형식을 취하고 있는데, 작자가 작품의 말미에

35 　"英哲前後從軍 負債甚多 左侵右督 無計支保 盡賣所餘 □民而畢償之 家契蕩盡 饘粥不繼 每對妻子而言曰 昔在登州 生理甚足 醉飽度日 不知人間有飢寒 往在建州 有家有室 且有田土 惟以馳馬鳴劍爲事 而酒肉惟意所欲矣 到今老境 破産亡家 糊口甚艱 豈非命乎 我其怨天乎 我其尤人乎 我無懷土之心 則豈至此境乎 李氏連生三子 及及 一日得祥得發祺發 己亥年 朝廷以慈母山城 爲西路關防之地 而以其土瘠 民居甚少 募民願居者 蠲其身役 英哲自少時 飽經從軍之苦 爲其三子減役 遂挈家人 居慈母城中 以終焉" 박재연본, 67~68면.

서 김영철과 김응원을 만나게 한 이유는 김영철의 효를 부각시키기 위해서이다.[36] 김응원은 김영철의 이야기를 듣고 다음과 같이 말한다.

노인장께서는 참으로 효자이십니다. 세 나라의 아들이 모두 일곱 명이므로, 훗날 번연(蕃衍)한 경사가 더할 것이니 하늘이 보답하여 베푼 은혜가 이에 해당할 것입니다. 노경의 빈곤함은 개의할 필요가 없습니다.[37]

인정상 누군들 아름다운 아내와 사랑스런 자식에 얽매이지 않을 수 있겠습니까마는, 선생께서는 처자를 버리기를 눈엣가시를 쾌히 없애듯 하셨습니다. 끝내 부모님을 사랑하는 마음을 놓지 않아 건주를 저버리고 등주를 버리매 일축(一蹴)하여 집으로 돌아와 부친상(父親喪)을 추복(追服)하고 조부와 편모(偏母)를 봉양하며, 생전에 봉양하고 사후에 장사지낼 때 효성을 다할 수 있었으니, 천하의 달효(達孝)가 아니라면 이와 같을 수 있겠습니까?[38]

김응원은 영유 지방에서 효행으로 이름난 사람이었다.[39] 그리고 인

---

36 권혁래, 「김영철전의 작가와 작가의식」, 『고소설연구』 22, 한국고소설학회, 2006, 96~108면에서는 "英哲未死之前 其由呈文於巡營 乞上其事蹟於朝廷 以爲轉達於天聽之地 則巡使稱以事在久遠 不可煩於上聞 却之 饋酒一盃 給米一斗 而送之(박재연본, 70면)"라는 대목에서 순영에 글을 바친 사람을 김응원으로 보고, 이를 근거로 「김영철전」의 작자를 김응원으로 추정하였다.

37 "老人誠孝子也 三國子幷七人矣 日後蕃衍之慶 其有況乎 天之報施 當於此乎 老境貧妻 不須介懷耳" 박재연본, 70면.

38 "人情 孰不眷係於美妻愛子 而君能棄之 如快去眼中之物 終不弛愛父母之心 背建棄登 一蹴歸家 追服父喪 以盡其哀 奉其祖父及偏母 克盡誠孝於養生送死之際 非天下之達孝 能若是乎" 박재연본, 70면.

39 『승정원일기』 1698년 9월 24일 기사에 나오는, 영유현령 吳命俊의 疏에는 "신이 도임한 후에 선행이 있는 선비들을 찾은즉 현인 정계충과 김응원 두 사람이 어버이를 섬김에 효를 다하여 향당에서 한가지로 칭찬하고 있습니다. 손가락에서 피를 내서 약에 타 먹여 어머니의 병을 낫게 하기도 하고 장례와 제사 때 감응이 나타나기도 하였던바, 기타 다른 이보다 뛰어난 행실과 신령을 감동케 하는 정성을 감히 다 진술할 수 없을 정도입니다[臣於到]

용문에 나오는 것처럼 김영철은 당대의 효자인 김응원조차도 행하기 어려운 효를 실천한 인물로 평가되고 있다. 하지만 이를 문면 그대로 이해하고 말 수는 없다. 차마 못할 짓을 하며 고향으로 돌아온 김영철에게 남은 것은 아무것도 없었다. 평안도는 건주나 등주 같은 의식의 풍요함은 생각할 수조차 없는 곳이었고, 건주·등주에서와 같은 화목한 가정생활은커녕 가족의 존재 기반마저 흔드는 곳이었다. 풍요와 가족애의 땅인 건주와 등주를 저버리고 어쩔 수 없이 죽음의 땅인 평안도로 돌아온 김영철로 하여금 힘든 삶을 견딜 수 있게 만든 것은, 자신의 행동이 '효(孝)'와 '회토지심(懷土之心)'에서 비롯되었다는 자위가 아니었을까? 김응원이 김영철에게 한 저 말들은, 다름이 아니라 김영철 스스로의 자기합리화이자 그가 받을 수 있었던, 껍데기뿐인 최대한의 '보상'인 셈이다.

사실 김영철이 건주와 등주에서 겪었던 일들은 심하전투 포로들이 실제로 겪었을 일들과는 다르다고 보아야 할 것이다. 물론 증명할 방법은 없지만, 이역에서의 김영철의 삶은 17세기 전란의 소용돌이에 휩쓸렸던 당대 민중의 그것과는 정반대의 것이라고 보아도 큰 무리는 없다고 생각한다. 여기서 주목할 점은 「김영철전」의 서사, 곧 김영철이 김응원에게 들려준 과거의 일들이 그의 기억 속에서 '재구성'된 것이라는 사실이다.[40] 즉 김영철은 자신이 겪었던 모든 일을 이야기하고 있는 것

任之後 求訪善士 則縣人鄭繼忠金應元二人 事親盡孝 鄕黨共稱 或指血和藥 母病獲瘥 或送終追遠 冥應寔著 其他出類之行 感神之誠 不敢盡陳"라는 내용이 있다.

40 "永柔士人金應元 與英哲自少時同鄕里 偶過慈母山城 爲訪英哲 英哲殺鷄賖酒 以待應元 出其三子而拜之 應元問其平生所經憂樂 英哲嚬蹙曰 欲說往事 徒增怨懷 而長者有問 敢不悉陳 仍說其終始甚悉而曰 年老神耗 多有遺失矣" 박재연본, 68~69면.

이 아니라, 자신에게 '의미'가 있는 부분만을 '선택'한 것이며, 그의 술회는 자신이 처해 있는 '현재의 상황'을 기반으로 재구성된 기억에서 나온 것이다. 의식의 문제조차 해결할 수 없고 종군의 고통으로 인해 가족을 파탄의 지경에 이르게 만든 현재 평안도의 상황이, 김영철로 하여금 건주와 등주를 '풍요'와 '행복(가족애)'의 땅으로 회상케 했다고 할 수 있다.

「김영철전」의 공간적 배경은 건주·등주·평안도인데, 이 가운데 서술의 비중이 가장 적은 지역은 김영철이 태어나고 죽은 평안도이다. 김영철은 이 세 지역에서 모두 여인을 만나 혼인을 하고 아들을 낳는다. 하지만 「김영철전」에서, 평안도에서의 김영철의 삶은 다른 두 곳에서의 그것에 비해 매우 간략하게 서술될 뿐이며, 그는 항상 건주와 등주의 처자를 생각하면서 눈물을 흘리는 것으로 그려지고 있다. 또한 작품 후반부의 서사는 김영철이 건주·등주의 가족들과 만나거나 소식을 전하는 데 중심이 놓여 있다. 이렇게 본다면 「김영철전」은 평안도가 아닌 건주·등주가 중심인 작품으로 이해할 수도 있지만, 작자가 '저곳(건주·등주)'의 이야기를 통해 보여주고자 했던 것은 결국 '이곳(평안도)'의 실상이었던 것이다.

4. 이본의 서술 시각과 주제 의식

앞서 박재연본을 중심으로 「김영철전」의 서사적 특징을 살펴보았다. 그 결과 박재연본은 홍세태본과는 무척 다른 주제 의식을 구현한 작품임을 알 수 있었다. 앞서 예로 든 인용문에서 보았듯이 박재연본

에서의 김영철은 평안도로 돌아가고 싶지 않은 이의 모습으로 형상화
되고 있는데, 이 대목들이 홍세태본에서는 어떻게 바뀌었는지 보자.

(영철은) 반년을 있다가 밤에 도망하였으나 붙들려 왼쪽 발꿈치를 베였다. 후에
또 도망했다가 오른쪽 발꿈치를 베였다. 오랑캐 법에는 항복했다가 도망친 자가
세 번 월형(刖刑)을 당하면 죽이게 되어 있었다. 아라나는 영철이 끝내 도망치리
라 생각하여 그 아우의 아내를 영철에게 시집보냈다.[41]

유년은 영철이 처자를 잊지 못할까 걱정돼 영철에게 이렇게 말했다. "내게는 두
누이 미귀와 일장이 있는데, 가서 반드시 작은애를 자네에게 시집보내겠네." 이에
유년과 영철은 손가락을 깨물어 피를 내어 술에 섞어 함께 마시고는 달에 절하여
맹세했다.[42]

(김영철과 전유년 등이 건주에서 탈출하여 영원위로 왔다는) 사실이 알려지자,
(명나라 황제는) 조서를 내려 영철에게 의식과 많은 돈을 하사하여 집을 사고 아내
를 얻게 했다. 영철은 유년과 함께 등주로 갔다.[43]

전씨가 영철에게 말했다. "남들은 다 시부모님을 뵙는데, 저만 홀로 그럴 수 없
군요." 이에 화공을 청해 그 모습을 그려 절을 했다.[44]

---

41 "居半年 夜亡走 得 刖左跟 後又亡 刖右跟 虜法 降逃者 刖三而戮之 阿羅那意英哲竟亡 以其弟
    妻妻之" 홍세태본, 542면.
42 "有年恐英哲有顧戀意 謂英哲曰 吾有二妹美歸曰長者 行則必以小室汝 於是有年與英哲嚙指
    出血 和酒共飮 拜月爲誓" 홍세태본, 543면.
43 "事聞 詔賜英哲衣食及百金 令買宅娶妻 英哲與有年歸登州" 홍세태본, 544면.
44 "女謂英哲曰 人皆謁舅姑 我獨未 乃請畫工 畫其像而拜之" 홍세태본, 544면.

이 같은 축약이 어떠한 의미 변화를 초래했는지는 굳이 설명할 필요가 없으리라고 본다. 한편 홍세태본에는 박재연본에 없는 '논찬(論贊)'이 있는데, 이 부분 또한 박재연본과의 대비 속에서 새롭게 읽을 필요가 있다.

외사씨는 말한다. "영철은 종군하여 오랑캐 진영에 빠져 있다가 도망쳐 중국으로 들어가 처자를 두었으나, 다 팽개쳐버리고 돌아보지 않아 마침내 고국으로 돌아올 수 있었으니, 얼마나 그 뜻이 장렬한가! 그 일 또한 기이하다고 할 것이다. 가도(椵島)의 전역(戰役)에서는 사지(死地)를 드나들어 노고가 매우 심했던바, 그 공이 기록할 만한 것이었으나 일찍이 조그만 상도 없었다. 현령은 말 값을 요구하고 호조는 또 남초 값으로 은을 독촉하여 그로 하여금 늙도록 성을 지키는 군졸이 되어 곤궁함과 억울함 속에서 죽게 만들었다. 이 어찌 천하의 충성스런 뜻을 가진 선비들을 권면하는 일이겠는가? 나는 그 사적이 인멸(湮滅)되어 세상에 드러나지 않음을 가슴 아파하였다. 그래서 이 전을 지어 후세 사람에게 보여 동국에 김영철이 있었음을 알리고자 한다."[45]

이 부분에 담겨 있는 홍세태의 서술 시각은 이승수의 논의에서 이미 충분히 설명되었다고 본다.[46] 요컨대 홍세태는 김영철의 기구한 삶을 자신의 불행한 삶과 동일시한 것이다. 홍세태는 현재 찾아 볼 수 없는

---

[45] "外史氏曰 英哲從征陷虜 逃入中國 有妻子 皆棄去不顧 卒能返故國 何其志之烈也 其事亦可謂奇矣 及椵島之役 出入死地 勤勞至甚 其功可紀 曾無尺寸之賞 而縣令索馬價 戶曹又督南草銀 使之老爲守城卒 困窮抑鬱而死 此何以勸天下忠志之士也 余悲其事迹湮沒 不顯於世 故爲此傳 以示後人 使知東國有金英哲云" 홍세태본, 549면.
[46] 이승수, 앞의 글, 310~313면.

원작 계열 「김영철전」, 곧 「김영철유사」를 읽고 완전한 전의 형식으로 「김영철전」을 개작했는데, 그의 입전(立傳) 목적 가운데 하나는 박재연 본에 보이는 것과 같은 '불온성'의 소거였다고 할 수 있다.

홍세태본의 논찬은 개작자 홍세태의 서술 시각을 단적으로 드러내 는데, 여기에는 작품의 내용과 양립하기 어려운 모순이 이미 내재해 있 다. 홍세태는 당시 벌어졌던 여러 전투에 참가한 김영철의 군공(軍 功)을 높이 평가하면서 이 같은 훌륭한 인물에 대한 포상이 제대로 이 루어지지 않은 현실에 대해 개탄하였다. 하지만 앞서 살펴보았듯이 「김영철전」에서의 전란은 철저하게 만남과 이별의 계기일 뿐이며, 작 품에서 김영철의 군공은 아예 서술의 대상에서 배제되었다고 보아도 과언이 아니다. 이 점은 박재연본뿐만 아니라 원작 계열 「김영철전」을 축약한 홍세태본에서도 마찬가지다. 홍세태는 원작 「김영철전」의 불 온성을 소거하고 김영철의 불우를 자신의 그것과 동일시하면서 전 후(戰後)의 '포상' 문제를 부각시키려 하였으나, 원작의 내용과 주제의 자장에서 완전히 벗어나기란 애초부터 불가능했던 것이다.

안석경(安錫儆)도 이 같은 모순을 이미 인식하고 있었다. 그는 홍세태 본에 대해 불만을 품고 「김영철전」을 다시 썼는데,[47] 안석경본의 서두 와 말미에는 다음과 같은 말들이 있다.

나는 홍세태가 지은 「김영철전」을 읽을 때마다 슬퍼서 길게 한숨을 쉰 지가 오 래되었다. 아! 대명(大明)이 사해(四海)를 하늘처럼 덮어 조선이 대명을 부모의 나

---

47 안석경의 「김영철전」에 대한 논의는 윤지훈, 「삽교 안석경의 기록정신과 김영철전」, 『동 방한문학』 30, 동방한문학회, 2009 참조.

라로 섬길 때, 어찌 한 명의 백성이라도 제자리를 얻지 못한 적이 있었겠는가? 비록 바람이 부는 바다에 표류하여 먼 나라에 던져진 자라도 가깝게는 한 해를 지나지 않고 멀어도 삼 년을 넘지 않아 자급(資給)이 있고 호장(護將)이 있어 부모와 처자의 땅으로 돌아올 수 있었다. 아! 천하가 한 임금을 섬겨 사해가 서로 통함이 어찌 생민(生民)의 지극한 즐거움이 아니랴? 영철은 조선의 편맹(編氓)으로 마침 천조(天朝)의 변란이 일어난 때를 당하여 전쟁터 가운데를 드나들었다. 하지만 그가 죽지 않은 것만도 요행이니, 그 절역에서 나그네 생활을 한 근심과 그보다 넓기 어려운 한이야 어찌 말할 가치나 있겠는가? 홍씨가 지은 전은 유감스럽게도 너무 번다하므로, 내 이 때문에 삭제하여 그 대략만 옮긴다.[48]

안아무개는 말한다. "인륜이 다스려지면 치세라 하고 인륜이 어지러워지면 난세라 한다. 아! 김영철은 사람이 미천하고 사적도 보잘것없지만, 나라가 군신의 의를 잃었기에 그 자신도 부자와 부부의 관계를 지키지 못했던 것이다. 아! 난세의 일이 슬프지 않은가? 하지만 만약 영철이 정말 고국을 한결같이 마음에 두고 반드시 돌아가겠다는 온갖 계책을 세웠다면, 그가 갔던 두 나라에서 장가들어 자식을 낳지는 않았을 것이니, 그랬다면 아마도 인륜을 상하는 한은 없었으리라."[49]

안석경은 김영철의 행적을 명나라가 변을 당해 기강이 무너진 데서

---

[48] "余讀洪世泰所撰金英哲傳 每慘然長太息者久之 嗚呼 方大明之天覆四海而朝鮮之父事大明也 何嘗有一民不得所哉 雖風海之漂而絶國之投者 近不過朞歲 遠不出三季 有資給有護將 得返乎父母妻子之地 嗚呼 天下一君而四海相通者 豈非生民之至樂乎 英哲以朝鮮之編氓 適値天朝喪亂之際 而出入於兵戈中 抑其不死幸也 其羈絶之憂 難闊之恨 何足道哉 洪氏之爲之傳也 恨太繁 余爲之芟除而移其略" 안석경본, 230면.

[49] "安〇〇曰 人倫治曰治世 人倫亂曰亂世 嗚呼 金英哲者 人微事小 然國失君臣之義 而其身父子夫婦不相保 嗚呼 亂世之事 可不哀耶 然使英哲 誠一心舊邦 百計必還 則所之兩邦 不取妻生子 庶幾無傷倫之恨矣" 안석경본, 237면.

비롯된 일로 보고, 홍세태와는 달리 김영철을 보잘것없는 인물로 폄하하면서 그의 인물됨에 대해 의심의 눈초리를 보내고 있다.[50] 요컨대 이역에서 처자를 두었다는 것 자체가 애초부터 고향에 돌아올 생각이 없었다는 뜻이 아니냐는 말이다. 안석경은 원작 계열 「김영철전」은 보지 못했지만, 홍세태본만 읽고도 김영철의 이야기가 결국 무엇을 말하고자 했던 것인지 정확히 꿰뚫고 있었던 것이다. 이는 본문의 개작 양상에서도 어느 정도 드러난다. 예컨대 홍세태본에서는 전유년이 김영철이 처자를 잊지 못할까 걱정되어 누이를 시집보내겠다고 말한 것으로 서술되어 있는 데 반해, 안석경본에서는 전유년과 김영철이 도주를 모의하는 대목에 전유년의 누이에 대한 언급이 전혀 없다. 그리고 김영철이 전유년과 등주에 도착한 이후의 서술로써 "애초에 유년은 영철과 도주를 모의할 때 누이를 그에게 시집보내기로 약속하였는데, 이에 이르러 과연 영철에게 시집보냈다"[51]라고 기술된다. 안석경은 홍세태본의 짤막한 서술 속에서도 김영철이 도주를 결심한 결정적 이유가 누이와 혼인케 하겠다는 전유년의 말 때문일 수 있다는 가능성을 보았기에, 등주에 도착한 이후의 일을 기록한 뒤 '전에 이런 일이 있었더라'는 식으로 슬쩍 넘겨버린 것이라 할 수 있다. 이처럼 안석경은 김영철의 행적에 대해 의심을 품고 홍세태본의 불온성을 소거하는 방향으로 작품을 개작하였으나, 그 역시 홍세태본의 자장에서 완전히 벗어날 수는 없었기에, 홍세태와 마찬가지로 마지막에 논찬을 붙여 자신의 견해를 밝혔던 것이다.

이상으로 박재연본·홍세태본·안석경본의 서술 시각을 살펴보았다.

---

50 윤지훈, 앞의 글, 181면에서 이 점이 지적되었다.
51 "初有年與英哲謀走 約以妹妻之 及是果以妻英哲" 안석경본, 233면.

세 이본의 작자는 모두 김영철이 인정상 차마 할 수 없는 일을 저지를 수밖에 없었던 비극의 주인공이라는 점에 대해서는 동의하고 있다. 하지만 박재연본의 작자는 죽음의 땅인 평안도로 돌아가고 싶지 않았던 김영철의 심리를 탁월한 서사 기법으로 형상화하였고, 홍세태는 김영철의 회토지심(懷土之心)과 군공(軍功)을 강조하였으며, 안석경은 홍세태본에 불만을 표하면서 김영철을 향한 의심의 눈길을 거두지 않았다. 이처럼 김영철의 사적을 이해하는 시각은 다양했지만, 그 기저에는 김영철 이야기의 핵심이 되는, 이국에서 처자를 두었다는 사실 그 자체가 가지고 있을 수밖에 없는 '불온성'에 대한 인식이 공통적으로 자리 잡고 있었던 것이다.

5. 「김영철전」 연구의 과제와 전망

그간의 「김영철전」 연구에서 명확히 밝혀지지 않았던 문제 가운데 하나는, 왜 김영철이 그토록 고향으로 돌아가고 싶어 하면서도 이국에서 굳이 처자를 두었는가 하는 것이었는데, 본고를 통해 이와 같은 의문에 대한 어느 정도의 해답은 마련되었다고 생각한다. 여기서는 「김영철전」 연구의 과제를 이본과 작자 문제를 중심으로 언급하고자 한다.

「김영철전」의 이본으로는, 본고에서 다룬 박재연본·홍세태본·안석경본 외에도 국문본인 서인석본과 나손본이 있으며, 성해응(成海應)의 『연경재전집(研經齋全集)』에도 요약본이 있다. 또 최근에는 원작 계열 「김영철전」을 산삭(刪削)한 조원경본이 발굴되기도 했다.[52] 「김영철전」의 이본 존재 양상은 여타 고전소설의 경우와는 매우 다른 면모를 보이는데, 대부분 개작본이라는 점, 원작이 발견되지 않았다는 점, 동일한 이본이 없다는 점이 그것이다. 17세기까지 창작된 한문소설 가운데는 이런 예가 없는데, 필자는 바로 이 사실 자체가 「김영철전」 연구에서 중요하게 고려할 사항이라고 생각한다. 즉 「김영철전」의 이본들은 대개 개작자의 개작 의도가 반영된 것들일 수 있기에 이본 간의 서술 시각과 의미 지향을 섬세하게 분석한 뒤 이를 종합적으로 정리할 필요가 있다는 것이다.

이와 같은 「김영철전」 이본의 존재 양상을 통해 우리는 원작 「김영철전」이 얼마나 문제적인 작품이었는지를 짐작할 수 있는바, 결국 「김영철전」 연구의 가장 근본적인 문제는 원작 「김영철전」이 아직까지 발견되지 않았다는 사실이라고 할 수 있다. 본고에서는 박재연본을 원작 계열 이본으로 상정하고 논의를 진행했는데, 이는 박재연본이 재한역(再漢譯)의 과정을 거친 이본이기는 하지만 원작의 '내용'만큼은 그대로 보존하고 있다는 전제하에 이루어진 것이었다. 이와 관련하여 주목할 것이 북한에서 발행한 『고전소설해제』 부록의 '고전소설목록'인데, 여기에 '김영철전 필사본'이라고 적혀 있다.[53] 다른 작품의 경우에는 표기문자가 국문인지 한문인지도 밝혔지만 「김영철전」은 그저 '필사본'이라고만 써 놓았기에 이것이 어떤 작품인지는 짐작조차 할 수 없다. 또 목록의 '일러두기'에서는 "이 책의 뒤에 첨부한 고전소설목록에는

52 송하준, 「새로 발견된 한문필사본 김영철전의 자료적 가치」, 한국고소설학회 제97차 정기 학술대회 발표문, 2012.
53 조선문학창작사 고전문학실, 『고전소설해제』 3, 문예출판사, 1992, 301면.

우리나라에 있는 고전소설뿐 아니라 세계 각지에 널려 있는 작품들도 포함시켰다"[54]라고 하였으므로, 그 존재 여부도 불투명하다. 그렇지만 「김영철전」 원작이 평안도 지역에서 창작되었을 가능성이 높다는 점에서 볼 때, '고전소설목록'의 「김영철전」은 원작에 가장 근접한 이본일 수 있다.

박재연본과 조원경본의 발굴로 인해 김응원이 「김영철전」의 원작자라는 설이 유력해진 듯하다. 하지만 아직까지 원작 「김영철전」이 발견되지 않았으므로 확신할 수 있는 단계는 아니라 하겠는데, 「김영철전」의 작자 문제와 관련해서는 몇 가지 고려해야 할 사항이 있다.

첫째, 김응원이 만약 「김영철전」의 작자라면, 그가 왜 「김영철전」을 지었는지를 해명해야 한다는 점이다. 김응원이 어떤 인물이었는지를 알 수 있는 자료는 별로 없지만, 그가 효행으로 이름난 사람이었고 그의 부친 김우석(金禹錫)이 척화시(斥和詩)를 써서 자모산성에 걸었다는 점을 통해 본다면, 김응원과 김우석은 모두 반청적(反淸的) 성향을 가진 인물이라고 해야 할 것이다.[55] 하지만 앞서 살펴보았듯이 박재연본은 조선을 부정하고 오히려 청을 긍정한다고 해도 무방할 정도의 작품이고, 이런 성향은 조원경본의 경우에도 크게 다르지 않을 것이다. 더욱이 「김영철전」에서 김영철은 건주와 등주에 있을 때 고국으로 돌아갈 생각은 하지 않았고, 이국에서 처자를 두어 그곳에 눌러앉으려고 했다. 효행으로 유명했던 실존인물 김응원이 이런 짓을 한 김영철을 과연 효자라고 생각했을까? 물론 김응원의 원작 「김영철전」을 바탕으로 하여

---

54   위의 책, 298면.
55   권혁래, 앞의 글, 102면.

누군가가 소설 「김영철전」을 지었다고 볼 수도 있지만,[56] 그래도 작품의 주제 의식과 김응원의 성향 사이의 간극을 메우기는 어려워 보인다.

둘째, 김영철이 작품에 나오는 바와 같은 일을 실제로 겪었을 인물일 가능성이 매우 낮다는 점이다. 김응원을 「김영철전」의 작자로 보는 주장 속에는 김영철이 실존인물이라는 점과 김영철의 사적이 실사라는 전제가 깔려 있다.[57] 하지만 「김영철전」에 보이는 바 김영철의 이야기는 '기이'와 '우연'의 연속이며, 이는 소설 속에서나 나올 법한 일이다. 선행연구에서는 「최척전」의 경우를 예로 들어 김응원이 김영철로부터 인생사를 듣고 기록하였다고 보기도 했으나,[58] 최근 필자에 의해 「최척전」의 서사조차도 허구라는 점이 밝혀졌다.[59] 「최척전」에는 실존인물인 최척이 등장하지만 작품의 내용은 실사가 아니다. 마찬가지로 「김영철전」에 등장하는 김영철이 설사 실존인물이라고 하여도 작품의 내용까지 실제 있었던 일이라는 보장은 없는 것이다.

셋째, 「김영철전」의 작가 의식을 보다 정밀하게 구명해야 한다는 점이다. 한국 고전소설사에서 본격적인 통속소설은 17세기 후반에 이르러 등장하는데, 그 이전까지 창작된 한문소설의 작자는 대개 현실에서

---

56 위의 글, 108면.
57 물론 작품 속 모든 사건들이 완벽한 실사라는 것은 아니며, 어느 정도의 허구가 가미되었다는 점을 인정하고 있다.
58 권혁래, 앞의 글, 100면에서 "어릴 적부터 알고 지냈던 동향의 무인 김영철이 나라에 큰 공을 세우고도 노년에 산성에서 힘겹게 살고 있는 모습을 보고 응원은 어떤 생각을 하였을까? 그는 효를 실천한 영철을 격려하였고, 조정에 상을 구하여 그의 이름을 세상에 널리 알리고 가난한 영철의 형편에도 도움을 주고자 하였을 것이다. 그것이 '가난한 것은 너무 개의치 말라'는 말의 의미일 것이다. 그리하여 영철로부터 인생사를 듣고 이에 바탕하여 사적을 간략하게 기록하였을 것이다. 결미의 이러한 내용은 「최척전」에서 최척이 찾아와 자기 이야기를 하자, 조위한이 이를 바탕으로 소설화하였다는 결미의 서술과 유사하다"라고 하였다.
59 엄태식, 「최척전의 창작 배경과 열녀 담론」, 『한국고전여성문학연구』 24, 한국고전여성문학회, 2012.

소외된 사대부들이었다. 「김영철전」의 작자 역시 낙척불우한 문인이었을 가능성이 높지만, 「김영철전」의 작가 의식은 평안도 지역의 특수성과 관련하여 논의될 필요가 있지 않나 생각한다. 관서·관북 지역의 문인들은 지역 혹은 신분의 문제로 차별을 받은 것으로 알려져 있다. 또 심하전투·정묘호란·병자호란 등을 겪으면서 가장 큰 피해를 입었던 지역이 평안도였다. 이와 관련하여 주목할 것은 「김영철전」이 상층 신분이 아닌 인물을 주인공으로 삼아 당대 민중의 삶을 본격적으로 다루고 있다는 점인데, 이는 한국 고전소설사에서 최초로 나타난 현상이다.[60] 이 또한 17세기 평안도 출신 문인들의 현실적 처지와 관련지어 살펴보아야 할 문제가 아닌가 한다.

_『한국고전연구』 24, 한국고전연구학회, 2011

---

[60] 선행연구 가운데는 「최척전」이 민중의 삶을 사실적으로 그려낸 작품으로 이해한 경우도 있었지만, 그렇다고 보기 어렵다. 이에 대해서는 위의 글 참조.

17세기 중국인 피난민 강세작(康世爵)에 대한 문학적 형상화와 인식태도

박세당과 남구만의 「강세작전」을 중심으로

윤세순

1. 17세기 동아시아 전란과 조선, 그리고 요동 난민

17세기 초반 압록강을 건너 조선 영내로 들어온 중국인 피난민 강세작에 대해 보다 정확히 이해하기 위해서는 먼저 당시 동아시아의 요동 지역에서 어떤 일이 벌어지고 있었는지 그 대략이나마 살펴볼 필요성이 있다.

주지하다시피 당시 요동지역은 명·청 교체의 소용돌이 속에서 명나라와 후금이 대치하여 치열한 전투를 벌였던 곳이다. 요동은 조선의 국경과 인접해 있었던 곳이었으므로 지정학적으로 조선은 양국의 전투에 부득이하게 영향을 받을 수밖에 없었다.

1618년 후금이 무순(撫順)을 공격하여 점령하였는데, 이는 명나라에 대한 선전포고나 다름없는 일이었다. 명 황제는 조선에 국서를 보내

'재조지은(再造之恩)'의 명분으로 지원병을 요청하였다. 당시 조선은 광해군의 기미책(羈縻策)으로 후금과 평화를 유지하고 있었다. 한창 성장 일로에 있었던 후금 세력을 완전히 무시하고 적극적으로 명나라를 지원하고 나설 수 있는 상황이 아니었기 때문에 광해군은 출병을 거부하려고 애썼다. 하지만 비변사 신료들은 재조지은에 대한 보답과 춘추대의(春秋大義)를 들어 원병을 보내야 한다고 강력히 주장하고 나섰다.

이에 광해군은 마지못해 1619년 2월 강홍립을 도원수로 삼아 원정군을 심하전투에 투입시켰다. 그런데 광해군은 강홍립에게 양국의 전세(戰勢)를 관망하면서 신중하게 처신하라는 명을 내렸다. 당시 두송 휘하의 명군이 살리호에서 전멸 당하였고, 유정이 이끌던 명군이 기습을 당해 전세가 조명연합군에게 불리하게 돌아가고 있었다. 이를 감지한 강홍립은 후금군에게 항복하였다.

아직 임진왜란의 후유증이 가시지 않은 조선에게 요동 출병은 막대한 물질적 정신적 피해를 초래하였다. 그런데 조선의 피해는 이것만이 아니었다. 진강에서 후금군에게 쫓겨 조선 땅으로 도망해 와서 가도에 주둔하고 있던 모문룡과 후금군의 점령지역을 떠나 피난길에 오른 요동난민은 조선 조정의 골칫거리였다. 1621년 요동 지역 전체가 후금에게 점령당하자 명나라 장수 모문룡은 후금의 배후를 견제하여 요동을 수복하겠다는 명분을 앞세워 철산 앞바다의 가도(椵島)에 머물렀다. 그는 조선 조정에 막대한 규모의 군량과 군수물자의 지원을 요청하여 조선에 엄청난 피해를 입혔다. 모문룡의 가도 주둔은 심하전투 이후 어렵게 유지해 가고 있던 대명·대후금 관계를 어렵게 만들었으므로 광해군은 모문룡의 존재를 달갑게 여기지 않았다.

한편 1618년 무순 지역이 누루하치에게 점령되고부터 명이 요동에서 후금에게 연패당해 요동지역 거의 전부가 후금의 손아귀에 떨어지자 이 지역에 머물러 있던 명군과 주민들은 대대적으로 피난길을 떠났다. 요동 난민들은 금주와 해주를 거쳐 산해관을 넘어 화북 지역으로 들어가거나 관전·진강·애양 등 압록강 근처 도시로 몰려들었다. 특히 진강 등지로 피난했던 요동 난민들 가운데 많은 수가 조선으로 넘어왔다. 그래서 요동 난민들이 밀집해 있던 청천강 이북의 평안도 지역은(철산, 용천, 의주 등지) 요동 난민들의 약탈과 폭력에 시달렸다. 더구나 모문룡이 가도에 주둔하여 요동수복이라는 미명하에 휘하의 장졸들을 모집하고 있었기 때문에 더욱 많은 요동 난민들이 밀물처럼 조선으로 쇄도해 왔다. 요동 난민들이 조선 영내로 들어와 엄청나게 소란을 피워 통제 불능의 상태에 이르자 광해군은 이들을 받아들이지 말라고 평안도 수령들에게 명하였고, 또한 이미 영내로 들어온 요동 난민들을 산동의 등주나 내주로 송환할 것을 지시하기도 했다. 광해군의 이러한 조치는 요동 주민들의 지역 이탈을 심히 우려하고 있었던 후금의 심기를 건드리려 하지 않았던 광해군 나름의 전략이기도 하였다.

하지만 인조반정으로 광해군 정권이 무너지자 상황은 달라졌다. 모문룡이, 인조가 명나라 조정으로부터 승인받는 데 힘을 썼던 관계로 인조정권은 모문룡을 후대하였고 그 휘하의 병력과 요민들에 대한 태도 또한 광해군 때와는 달라졌다. 광해군은 요동 난민을 국가의 재앙으로 인식하여 그들의 조선 영내 상륙을 어떻게 해서든지 저지해보려고 했지만, 인조정권은 그들의 유입을 제지하지 않고 방임했다. 이 때문에 10여만 명 이상의 요동 난민들이 청천강 이북 지역에 넘쳐났다. 이를

계기로 요동난민 문제는 조선과 명나라 사이의 외교적 쟁점으로 떠오르기까지 하였다.[1]

이처럼 17세기 초기 요동의 거의 전 지역이 후금의 점령지가 되어 요동의 명나라 장졸들과 주민들이 피난길에 올랐던 시기에 중국인 병사 강세작도 1625년(인조 3) 조국 땅을 뒤로 한 채 타국인 조선 땅을 밟았다.

2. 강세작에 대한 다양한 문학적 접근

강세작은 20대 중반이었던 1625년 압록강을 건너 조선 영내로 들어온 이후 관서지방을 떠돌다가 함경도로 들어가 정착하여 1680년대 중반까지 살았던 인물이다. 그는 보통의 중국 피난민들과 달리 심하전투에 참전했던 이력이 있었고 또 좋은 성품과 남다른 식견을 소유한 인물이었다. 이 때문에 그가 오랫동안 살았던 함경도 지역에서 명성이 자자했다. 이에 조선 사대부들이 그를 입전(立傳)하거나 그를 위해 묘지명을 지어 주었으며, 그를 소재로 시를 짓기도 하였다. 또한 연행길에 올랐던 사대부들은 강세작이 조선 영내로 들어오기 직전에 숨어 있었던 산을 지날 때면 강세작을 떠올리기도 했다.

강세작을 입전한 작품으로는 박세당, 남구만, 김몽화가 지은 「강세작전(康世爵傳)」이 있다. 박세당은 38세였던 1666년(현종 7)에 함경북도

---

1   위의 내용은 다음의 책과 글들을 참고하여 요약 정리한 것이다. 한명기, 『임진왜란과 한중관계』, 역사비평사, 1999; 한명기, 『광해군』, 역사비평사, 2000; 이식, 「請刷還遼民奏文」, 『澤堂先生別集』 권1.

병마평사(兵馬評事)가 되어 10월에 종성에 부임했다. 당시 박세당은 예순 남짓이었던 강세작을 우연히 만나 담소를 나눌 기회가 있었는데, 그 인물됨이 범상치 않았으므로 입전하였다.

남구만은 43세였던 1671년(현종 12)에 함경도 관찰사로 부임하여 4년 동안 치적(治績)을 쌓아 이임(離任) 후에 주민이 생사당(生祠堂)을 세워 주었던 인물이다. 관찰사 시절 순행(巡行) 차 회령에 들렸을 적에 강세작이 남구만을 찾아왔으므로 담소를 나누었다. 하지만 이 시기에 「강세작전」을 지은 것은 아니다. 입전 시기는 작품 안에 "나이 80세가 넘어 천수를 누리고 일생을 마쳤다(年八十餘 以壽終)"라는 구절이 있는 것으로 미루어 보아 그가 죽은 시점인 1680년대 중반 이후 어느 시점이다. 그런데 1688년(숙종 14)에 남구만은 장귀인(張貴人)에 대해 간언한 박세채(朴世采)를 변호하고, 동평군(東平君) 이항(李杭), 전평군(全坪君) 이곽(李漷)에 대해 간언하다가 함경북도 경흥(慶興)에 잠시 위리안치되었다가 방환(放還)된 적이 있었다. 「강세작전」은 바로 이 시기에 지어진 것이다. 남구만의 문집인 『약천집(藥泉集)』에도 창작연도가 무진년(戊辰年)으로 되어 있는데, 바로 1688년이다. 당시 함경도에 유배 갔을 적에 강세작이 이미 세상을 떠난 사실을 알고 그를 만났던 지난날을 회상하며 「강세작전」을 지었던 것이다.

남구만은 박세당과 동년배일 뿐 아니라 처남-매부지간이다. 즉 남구만은 박세당의 매부이다. 이 두 사람은 정치적으로 소론계에 속했고 많은 서신을 교류했을 정도로 친분이 두터웠다. 이런 사실은 남구만이 함경도 관찰사로 부임하기 전에 이미 박세당으로부터 강세작이란 인물에 대해 정보를 입수하고 있었음을 확신할 수 있게 해준다.

김몽화(金夢華, 1723~1792)는 영·정조 때 문신으로 순천부사와 양양부사, 한성부좌윤을 지낸 인물이다. 그가 어떤 계기로 어느 시기에 「강세작전」을 지었는지 현재로선 정확히 파악할 수 없다. 분명한 것은 강세작 사후 30년이 지난 뒤의 인물이므로 강세작을 직접 만나보지도 못했고, 강세작에 대해 생생하게 기억하는 사람을 만나 강세작에 대한 정보를 얻기도 쉽지 않았을 것이라는 점이다.

최창대는 강세작을 위해 「강군세작묘지명(康君世爵墓誌銘)」을 지어주었다. 최창대의 문집인 『곤륜집(昆侖集)』에 의하면, 이 작품은 경진년 즉 1700년(숙종 26) 그의 나이 32세 때 지어졌다. 최창대는 이해에 북평사(北評事)가 되어 평안도 지역으로 나갔고 육진(六鎭)을 다녀왔다. 1700년은 강세작이 죽은 지 4, 5년이 지난 시점이다. 아마도 최창대가 함경도에 갔을 적에 강세작 자손의 부탁을 받아 지은 듯하다. 최창대 역시 남구만과 마찬가지로 강세작의 묘지명을 짓기 이전부터 강세작에 대해 알고 있었을 것이다. 왜냐하면 최창대 역시 소론계 인물로서 그의 부친인 최석정이 남구만의 제자였고, 그 역시 박세당과 남구만을 스승으로 삼았다. 최창대는 박세당이나 남구만,[2] 또는 그의 부친에게서, 아니면 이들과 친분이 있던 소론계 인물에게서 강세작에 대한 이야기를 들었을 것이다.[3] 「강군세작묘지명(康君世爵墓誌銘)」을 살펴보면, 최창대가 박세당과 남구만의 전을 많이 참조하여 묘지명을 지은 사실을 알 수 있다. 또한 흥미로운 점은 최창대가 「김영철전」의 작가 홍세태와 신분

---

2 최창대가 강세작의 묘지명을 지을 당시 박세당과 남구만은 72세로 생존해 있었다.
3 조선 후기의 문인들은 血脈·黨脈·學脈의 학풍과 이념과 情義에 영향을 받는 경우가 많았으므로 이러한 추측이 가능하다.

과 나이를 초월하여 시우(詩友)관계로 친분이 두터웠다는 사실이다.[4]
잘 알다시피「김영철전」의 김영철은 강세작과 마찬가지고 심하전투에
서 천우신조(天佑神助)로 살아나 탈출에 성공한 인물이다. 조선 사람 김
영철은 심하전투에서 조명연합군이 패배한 후에 후금의 포로가 되어
건주에서 살다가 중국의 등주로 탈출하였고, 몇 년 동안 이곳에서 살다
가 다시 조선 사행의 배편으로 귀환한다. 반면 명나라 사람 강세작은
심하전투 패배 이후 후금군을 피해 요양과 심양과 봉황성을 거쳐 조선
으로 탈출했지만 후금의 세상이 되어버린 고향으로 끝내 돌아가지 않
고 타국에서 생을 마쳤다. 전쟁 때문에 타국에서 떠돌던 두 사람의 인
생역정이 참으로 흡사하다. 두 사람의 국적은 비록 다르지만 이들이 겪
은 비슷한 인생역정을 화제 삼아 최창대와 홍세태가 서로 담소를 나누
는 모습은 충분히 상상해 볼 수 있다.[5]

　강세작을 소재로 한 시 작품도 있는데, 박세당의『북정록(北征錄)』에
는[6] 5수가 실려 있다.「증강생세작(贈康生世爵)」3수와「증강생용전운(贈
康生用前韻)」1수는 칠언 절구이고,「재증강생(再贈康生)」1수는 오언율
시이다. 이들 시는 대체로 중국 강남 출신으로서 만 리 타향에서 고향

4　홍세태는 중인출신으로 최창대보다 17년 연상이었지만, 최창대와는 詩友로서 허물없이
　지냈다. 최창대의 문집인『곤륜집』을 살펴보면, 홍세태와 관련된 시가 무려 23편이나 실
　려 있다. 최창대는 홍세태의 문학적 재능을 높이 평가하여 그의 문장을 전형으로까지 삼
　았고, 그를 후원하기도 하였다. 한편 홍세태의『유하집』에는 재능과 학식을 미처 다 펼치
　지 못하고 지병으로 50대에 죽은 최창대를 애도하는 시가 있다.

5　홍세태(1653~1725)의 몰년이 1725년이고, 작품에는 김영철이 죽은 해가 1683년으로 되어
　있다. 이 점으로 미루어 보건대 홍세태가「김영철전」을 지은 시기는 17세기 말이거나 18
　세기 초엽이 분명하다. 최창대가「강군세작묘지명」을 지은 시기는 1700년이다. 두 작품
　이 지어진 시기가 엇비슷할 것인데, 이 시기(17세기 말~18세기 초)는 최창대와 홍세태의
　친분이 두터웠던 때이다.

6　『北征錄』: 박세당이 1666년 겨울부터 1667년 봄까지 북도병마평사로 부임했을 당시 지은
　시를 모아놓은 시집이다.

을 그리워하는 강세작의 심정과 나그네로 살아가는 노년의 쓸쓸함을 읊조리고 있다. 최창대는 칠언율시인 「서강소훈축, 도강세작(書康紹勳軸, 悼康世爵)」를 지었는데, 제목에서도 알 수 있듯이 강세작의 사후에 강소훈이라는 그의 자손이 부탁하여 지은 것이 아닌가 한다. 이 시에서는 중원 땅을 이미 오랑캐가 차지하고 있어 조국으로 돌아가지 못하고 이국에서 죽음을 맞이할 수밖에 없었던 강세작을 애도하고 있다.

한편 연행록에도 강세작 이야기가 등장한다. 연암 박지원은『열하일기』의 「도강록(渡江錄)」 속에서 강세작 이야기를 소개하고 있다. 사행이 압록강을 건너고 구련성을 거쳐 30리쯤 가다가 금석산(金石山)을 지날 무렵에 마두(馬頭) 득룡과 쇄마(刷馬) 구종들이 강세작의 사연을 들려주었다. 금석산은 강세작이 압록강을 건너 조선 땅으로 넘어오기 직전에 숨어 있었던 곳이고, 마두 득룡은[7] 그의 조부가 강세작과 인연이 있었다. 이 때문에 연암은 금석산을 지날 때 득룡 등이 들려준 강세작의 사연을 흥미롭게 듣고 기록했던 것이다. 연암이 기록해 놓은 강세작 이야기는 전형적인 한문단편이라 할 수 있다. 또한 김경선의『연원직지』의 「출강록」 속에 들어있는 「금석산기(金石山記)」에도 강세작 이야기가 보이는데, 이는『열하일기』의 강세작 이야기를 거의 그대로 옮겨 놓은 것이다.

이상에서 살펴보았듯이 소론계 인물로 함경도에 부임한 적이 있던 인물들과 연행했던 인물들이 주로 강세작에 대해 관심이 있었음을 알 수 있다.[8] 소론계 인사들은 주로 그의 행적과 됨됨이에 관심이 있었고,

---

7   연암의 기록에 의하면, 강세작이 처음 조선 영내로 들어왔을 적에 득룡의 집에 묵으면서 득룡의 조부와 친하게 지내어 서로 중국말과 조선말을 가르쳐 주었다. 득룡이 중국어를 유창하게 구사하는 것도 이런 집안 내력 때문이라고 하였다.

8   최창대의 「康君世爵墓誌銘」은 이긍익(1736~1806)이 편찬한『燃藜室記述』의 「邊圉典故」 西邊

연행한 인사들은 연행하고 있는 현재의 시점에서 강세작과 관련이 있는 지역과 인물을 통해서 강세작 이야기를 떠올려 기록으로 남겼다.

3. 인물행적의 구성과 형상화 양상

「강세작전」과 「강군세작묘지명」은 아직 본격적으로 학계에 소개된 적이 없으므로[9] 먼저 강세작의 삶에 대해 알아볼 것이다.

- 1617년(萬曆 丁巳)에 중국 강남 사람 강세작은 16세(17 또는 18세) 때 사건에 연루되어 요양에 유배 온 부친 강국태를 따라왔다.
- 이듬해에 후금이 무순과 청하를 연이어 점령하자 1619년 요동경략 楊鎬는 황제의 명을 받아 요양에서 네 갈래로 나누어 출정하기로 한다. 국태는 우모령에서 출발한 유정의 군대에 소속되어 있었고, 강세작은 그의 부친을 따라갔다. 전투에서 명의 군사는 크게 패하고 국태는 戰死한다.
- 이에 세작은 부친의 시신을 찾아 대강 묻어놓고 조선군의 진영으로 흘러들어 간다. 조선군사 역시 후금군에게 크게 패배하자 투항하고 만다. 淸兵이 조선 병사들 속에 섞여 있던 명나라 병사를 골라내어 모조리 베어 버린다. 세작도 죽음을 면할 수 없는 상황이었는데, 청병이 그를 죽이는 것을 잊어버리고 떠나간다. 이 기회를 틈타 세작은 죽은 조선 병사의 옷을 벗겨 입고 조선 병사들 속에 들어가 겨우 목

부분(별집 권18)에 요약된 형태로 실려 있는데, 이긍익 또한 소론계 인물인 점이 흥미롭다.

9   정일남의 「『熱河日記・渡江錄』의 康世爵 삽화와 『藥泉集』의 「康世爵傳」의 비교」(『한문학보』 12집, 우리한문학회, 2005) 논문이 있을 뿐이다.

숨을 건진다.

- 이후 세작은 심양으로 갔지만 심양성이 함락되자 탈출하여 요양으로 간다. 요양성이 또다시 함락되자 산으로 도망쳐 낮에는 숨고 밤에는 걸어서 봉황성에 이른다.

- 이곳에서 세작은 광녕 사람 유광한과 함께 요양의 패잔병을 모아 성을 지켰으나 얼마 안 되어 유광한이 전사하고 세작도 중상을 입는다.

- 세작은 요양이 淸兵에게 막혀 고향으로 돌아갈 수 없게 되자, 조선으로 가면 오랑캐의 복식을 하지 않아도 될 것이라 생각하고 드디어 1625년 8월에 압록강을 건너온다.

- 關西의 여러 고을을 떠돌다가 함경도 회령 부근에 정착하여 조선 驛婢에게 장가들어 아들 둘을 낳고 84세를 살다가 세상을 떠난다.

이상은 3편의 「강세작전」과 「강군세작묘지명」에 근거하여 살펴본 강세작 삶의 대략이다. 4편 모두 강세작의 삶을 보여주고 있지만, 작가마다 차이점을 보이고 있다. 즉 강세작의 행적을 구성하는 방식과 그의 모습을 형상화 한 양상이 비슷하면서도 각기 다르다. 뿐만 아니라 강세작을 바라보는 시선이 다르고 청나라에 대한 인식에서 미묘한 차이를 드러낸 작품도 있다.

그런데 본 절에서는 박세당과 남구만이 지은 「강세작전」을 중심으로 강세작의 모습을 파악해 보려 한다. 박세당과 남구만은 강세작을 직접 만나 본 적이 있기 때문에 강세작을 보다 생동감 있게 입전하였을 것이다. 한편 박세당과 남구만의 「강세작전」을 통해서 명나라 유민과 동아시아 전란에 대한 17세기 사대부 지식인의 생각을 엿볼 수 있을 것이다.

1) 박세당의 「강세작전」

박세당의 「강세작전」은 크게 4개의 단락으로 나눌 수 있다. 첫째 단락에서는 강세작의 출신성분과 그가 요동지역에서 겪었던 일과 조선으로 망명한 일을 대강 스케치하듯 아주 간략하게 서술하였다. 이 부분은 전체 작품 분량의 1/4도 안 되고, 남구만의 「강세작전」과 비교해 보아도 그 분량이 현격히 적다.[10] 남구만과 달리 박세당은 강세작이 요동지역에서 어떤 우여곡절을 겪다가 조선 땅으로 건너오게 되었는지 그 구구절절한 사연에는 크게 관심을 보이지 않았다.

둘째 단락은 강세작의 인물됨에 대해 서술하고 있다. 세작은 악착스럽지 않았지만 범상치 않은 인물이었다. 고국을 떠나 이역만리 타국에서 삶을 영위해야 하는 사람들은 아무런 연고가 없는 낯선 곳에서 긴장하지 않을 수 없고, 자신의 생계를 스스로 책임져야 하기 때문에 본래의 성품이 유순했던 사람이라도 악착스럽게 변화는 것이 어쩌면 당연할 것이다. 하지만 세작은 그렇지 않았다. 오랫동안 함경도의 이곳저곳을 옮겨 다니며 살았으므로 그곳의 토착민들과 아주 친숙하게 지냈고, 성품이 술을 좋아하여 종종 친분이 있는 사람의 집을 방문하면 술을 달라 하여 흠뻑 취한 뒤에야 떠나갔다. 이런 그의 행동에서 어떤 의심의 눈초리도 경계 태세도 전혀 찾아볼 수가 없다. 오히려 호탕한 그의 모습을 엿볼 수 있다. 박세당은 세작의 악착스럽지 않은 면모를 술

---

10 이 부분의 작품 분량이 박세당의 「강세작전」은 147자에 불과 한데 비해, 남구만의 「강세작전」은 1,048자이다. 두 작품의 전체분량을 참고로 말해보건대, 박세당의 「강세작전」은 671자, 남구만의 「강세작전」은 1,655자이다.

을 좋아하는 성품을 통해 보여주고 있다. 그런데 세작이 술을 좋아하는 이유는 술이 근심을 잊게 해주기 때문이라고 직접화법을 사용하여 서술하고 있다.[11] 겉으로는 지역민들과 스스럼없이 잘 지내는 성격 좋은 명나라 유민이었지만, 그의 마음속은 형언할 수 없이 복잡다단한 심정으로 꽉차있었을 것이다. 운명의 굴레에서 벗어날 수 없었던 자신의 기막힌 현실을 순간이나마 잊어버리기 위해 그는 취하도록 술을 마셨던 것이다. 박세당은 술을 좋아하는 그의 성품을 지적하여 강세작의 호인적 면모뿐 아니라 그의 내면 깊숙이 감추어져 있는 복잡한 심경을 간파해 내기도 했다.

한편 당당한 모습과 지인지감(知人之鑑)을 통해 강세작이 범상치 않은 인물임을 보여주었다. 고을의 수령 중에 세작이 타국을 떠돌며 돌아가지 못하는 것을 안타깝게 여겨 그를 불러 후하게 대우해 주는 이들이 많았는데, 세작은 이들과 어울리면서 즐거운 모습을 보였고 곤궁하게 애걸하는 모습을 보이지 않았다. 또한 사람들의 재부(才否)와 장단점을 잘 알아맞혔다.

셋째 단락에서는 두 가지 예화(例話)를 통해 좀 더 구체적으로 강세작의 모습을 보여주었다. 그 하나는, 군(郡)에서 요구하는 이리 꼬리 세금에 관한 이야기이다. 세작이 밭을 일구며 살 때 군(郡)에서 이리 꼬리를 세금으로 거두자, 세작은 밭으로 나가 망루를 만들어 그 안에서 오랫동안 머물면서 이리가 나타나기만을 기다렸지만 끝내 이리가 나타나지 않았다. 이에 직접 군에 찾아가서 군세(郡稅)는 밭의 소출을 헤아려 납

---

11 "술만큼은 근심을 잊게 해 주기에 내가 늘 찾곤 하니 나는 유독 술에 대해서만큼은 사양하지 않는대然惟酒能忘憂, 吾每從而覓之, 吾獨於酒, 不辭而已]."

부하는 것인데 지금 우리 밭에는 이리가 없으니 어떻게 이리 꼬리를 구해 세금을 납부해야 되느냐고 당당하게 말한다. 그러자 군에서도 끝내 그를 책망하지 못했다고 한다.

또 다른 이야기에서는 천렵꾼들을 골탕 먹인 세작의 짓궂은 모습을 볼 수 있다. 천렵꾼들이 하류에 그물을 쳐 놓아 물고기들이 위로 올라오지 못해 세작이 상류에 쳐 놓은 그물에 물고기가 한 마리도 걸리지 않았다. 이에 세작은 나뭇잎을 많이 모아다가 몰래 물에 던져서 나뭇잎이 하류로 떠내려가 천렵꾼들이 쳐놓은 그물을 막아버리게 하였다. 그러자 물살이 빨라지고 천렵꾼들의 그물이 망가져 물고기들이 상류로 올라오게 되자 세작은 많은 물고기를 잡을 수 있었다. 박세당은 첫 번째 이야기를 통해서는 누구에게도 구차스럽지 않고 당당했던 세작의 모습을, 두 번째 이야기에서는 세속을 희롱하고 얽매이지 않았던 그의 면모를 보여주려고 했다.

넷째 단락은 논찬이라는 언급은 없지만, "내가 막부(幕府)를 따라 북쪽에 머무를 때"라고 하여 박세당 자신이 서술의 전면에 등장하기 때문에 논찬 부분에 해당될 수 있을 것이다. 여기서는 생생한 세작의 목소리를 통해 세작 자신의 졸박한 모습과 명나라의 쇠망에 대한 그 나름의 진단과 예지력, 그리고 불충불효를 자책하는 그의 탄식을 들을 수 있다. 박세당이 함경도에 있을 때 세작을 직접 만나보고 그에게서 들은 이야기를 직접화법으로 서술하고 있어 한층 생동감이 있다.

박세당이 세작과 함께 얘기를 나눌 적에 세작이 사투리를 심하게 써서 박세당이 알아들을 수가 없자, 세작이 웃으면서 말했다.

내가 젊은 시절에 중국을 떠나 지금 40년이 되었습니다. 이미 중국의 말도 잊어 버렸고, 동국의 말도 제대로 익히지 못하였으니, 나야말로 이른바 '邯鄲學步'라 할 것입니다.[12]

이러한 강세작의 말 속에서 꾸밈없고 천진난만한 그의 모습과 소탈한 그의 성격을 짐작할 수 있다.

한편 명나라의 흥망성쇠에 대해서 아주 예리한 지적을 하고 있다.

나는 명나라가 망하고 朱氏가 부흥하지 못하리라는 것을 압니다. 한나라는 400년 만에 망하였는데, 비록 昭烈帝 같은 어진 군주도 부흥시키지 못하였으며, 唐나라와 宋나라는 모두 300년 만에 망하였습니다. 명나라는 洪武로부터 崇禎까지가 역시 300년이니, 하늘의 大運을 뉘라서 어길 수 있겠습니까? 오랑캐가 끝내 천하를 차지할 것입니다. 오랑캐는 바야흐로 강성하고 중국 사람들은 극도로 곤궁하고 피폐하여 부자 형제가 목숨을 부지하기에 급급한 실정이니, 영웅호걸이 있다손 하더라도 오랑캐를 막지 못할 것입니다. 그러나 50, 70년 정도나 100년 정도 기다리면 오랑캐의 세력이 조금 쇠퇴하고 중국 사람들도 다소 안정을 찾을 것입니다. 그렇게 되면 오래도록 수치를 겪은 나머지 분발하여 일어나 오랑캐를 몰아내기를 元나라가 망할 때처럼 할 것입니다. 이것은 과거에 이미 나타난 사실이니, 묻지 않아도 알 수 있는 것입니다.[13]

---

12 吾少去中國, 今四十年, 旣忘中國語, 又習東語不成, 吾眞所謂學步邯鄲者也.

13 吾知明之, 朱氏不能復興也, 漢四百年而亡, 雖以昭烈之賢, 不能復, 唐與宋, 皆三百年而亡. 明自洪武至崇禎, 亦三百年, 天之大數, 誰能違之? 虜其終有天下乎! 夫虜方强, 而中國之人, 困敝已極, 父子兄弟, 救死不給, 雖有英雄豪傑, 莫能抗也. 竢五七十年或百年, 虜勢少衰, 中國之人, 且得休逸, 奮於積恥之餘, 起而逐之, 如元氏之亡. 此其已然之跡, 可知也.

위의 말 속에서 강세작이 젊은 시절 제대로 학문을 익히지 못했지만 일정한 학식과 사고력을 갖춘 지식인적 면모가 있음을 발견할 수 있다. 그가 비록 10대 중·후반에[14] 고향인 강남을 떠나 요양으로 왔지만 강남에 있던 어린 시절 『통감절요』 정도의 역사서를 독서한 경험이 있었을 것이다. 그렇지 않다면 위에서처럼 국가의 흥망성쇠에 대한 자신의 생각을 피력하지 못했을 것이다. 계속 글공부를 하지 않아 글(한자)은 대강 아는 정도였지만, 지적능력은 일정 수준 이상이었으므로 조선 사대부 지식인들과 만나 위와 같은 이야기를 나눌 수 있었던 것이다.

강세작은 또 불충불효를 탄식하고 있다.

> 나는 열서너 살 때부터 집안에서는 효도하고 나라에서는 충성하리라 뜻을 세워 수립한 바가 있는 듯하였으나, 지금 나는 나라에서는 충성을 이루지 못하고 집안에서는 효도를 이루지 못하여 불효하고 불충한 사람이 되고 말았습니다.[15]

이는 강세작의 뼈에 사무친 말이다. 한 평생 타국에서 나그네로 살면서 명나라 백성으로서 또 무인 가문의 자식으로서 아무것도 할 수 없었던 자신의 처지를 심히 괴로워했던 것이다. 가슴속 응어리로 남은 불충불효를 잠시 떨쳐버리려고 종종 흠뻑 취할 정도로 술을 마신 것이 아니었겠는가.

박세당은 원거리에 서있는 강세작의 모습을 차츰 근거리로 끌어당겨 마지막에는 그의 모습과 정신세계를 직접 그의 목소리로 들려주는 구성

---

14 강세작이 요양에 왔을 때의 나이에 대해 박세당과 김몽화는 18세, 남구만은 16세, 최창대는 17세라고 하였다.

15 自吾年十三四時, 已有志在家爲孝, 在國而忠, 如有所樹立, 今吾忠不成於國, 孝不成於家, 爲不孝不忠之人.

방식을 채택하고 있다. 즉 점층적인 구성으로 세작을 점점 깊이 있게 탐색하여 독자들이 세작에 대해 점입가경의 흥미를 느낄 수 있게 하였다. 또한 박세당은 자신이 직접 보고 느낀 세작의 있는 그대로의 모습을 담아내려고 했던 듯하다. 하지만 세작이 우리나라 여인[東婦]을 아내로 맞아 두 아들을 낳았으며, 손자도 있다는 문장으로 작품을 마무리하여 세작이 치부(恥部)로 여기는 것을 굳이 드러내지는 않았다. 남구만의 「강세작전」에는 세작이 역비(驛婢)를 아내로 삼았는데, 이를 수치스럽게 여겼다고 했다. 또한 『숙종실록』에는 강세작이 경원부(慶源府)의 기생과 통정(通情)하여 많은 자녀를 낳았다고 했다.[16] 즉 박세당은 세작이 폄하될 수 있는 사실을 꼭 집어내어 밝히지는 않았다. 하지만 강세작에게 이데올로기의 덧칠을 가하지도 않았다. 일반적인 전(傳) 양식에 보이는 전형적인 논찬(論贊) 형식을 따르지 않은 것도 있는 그대로의 강세작을 보여주기 위한 박세당의 의도일 것이다. 논찬에서는 의론(議論)의 형태로 입전인물에 대한 평가를 해야 하기 때문에 마음에도 없는 빈말들을 늘어놓아야 하는 경우가 있을 수도 있다.

2) 남구만의 「강세작전」

남구만의 「강세작전」은 작품 분량이 박세당의 것보다 두 배가 넘는 만큼 강세작에 대해 보다 많은 정보를 알려주고 있다. 작품은 역시 크게 네 단락으로 나눌 수 있다.

---

16 『숙종실록』 무진년(숙종 14, 1688) 3월 8일 조목에 보인다.

첫째 단락은, 박세당의 작품과 마찬가지로 강세작의 출신성분과 그가 요동지역에서 겪었던 일을 아주 상세하게 서술하고 있다. 이 부분은 전체 작품의 거의 2/3정도를 차지하고 있고, 박세당 작품의 첫째 단락보다는 무려 7배 정도나 분량이 더 많다. 남구만은 강세작의 출신성분과 요동지역에서 그가 어떠한 일을 겪었는지 관심이 아주 많았던 것이다.

강세작이 중국 형주부 사람이라는 말로 이야기를 시작하면서 그의 증조부와 조부, 그리고 부친에 대해 자세히 언급하고 있다. 강세작의 가계에 대해서 박세당은 부친 국태에 대해서만 언급하였고, 최창대 역시 대대로 무장(武將)집안이라고만 하였을 뿐 증조부와 조부에 대해서는 언급하지 않았다.[17] 남구만은, 강세작이 비록 조선 땅에서 천예(賤隸)나 다름없이 살았지만 그 출신이 본래 조국을 위해 충성을 다한 명나라의 무장 집안 출신이라는 것을 드러내고 싶었던 것이다. 그리고 조부가 임진왜란 때 명군으로 참전하여 평산에서 전사했다는 언급을 통해 강세작이 조선과 결코 무관한 인물이 아님을 알려주고 있다.

남구만이 강세작의 출신성분을 이렇게 자세히 언급한 것은 조선의 변방에서 미천하게 살아야 했던 세작의 처지를 안타깝게 여겼기 때문이다. 명나라가 멸망하지 않았더라면 세작이 타국에서 천예(賤隸)의 나락으로 이렇게까지 심하게 곤두박질치지는 않았을 것이다. 세작이 비록 타국에서 천예로 살고 있지만 대국의 사대부 신분에 걸맞게 그 인물됨이 범상치 않으므로 그를 입전하여 일으켜 세워주고 싶었던 것이

---

17 박세당의 「강세작전」에는 "康世爵者, 自言淮南人, 父爲靑州虞候, 坐事謫戍遼陽, 世爵年十八, 隨父至遼陽"이라 되어있고, 최창대의 「강군세작묘지명」에는 "君, 楚人, 世爲武將, 三代死於兵. (…중략…) 君之父國泰, 先坐事謫遼, 以武勇起徒爲神將, 屬劉綎"이라 되어있다.

다. 실제로도 남구만은 함경도 관찰사였을 적에, 강세작이 상국(上國) 사대부의 후예로서 천인의 호적에 떨어지는 것이 가엾다고 하여 조정에 보고하여 그를 속량시켜 주었다.[18]

강세작의 가계에 이어서 우모령 전투에서 패배한 명군의 모습을 서술하였다. 청병(清兵)에게 포위되어 명군이 무너지는 장면을 조망하듯이 그리다가 그 속에 있던 강국태와 강세작에게 초점을 맞춘다.[19] 박세당이 우모령의 패전(敗戰)에서 부친이 전사했다고만 서술한 것에 비하면 아주 상세하다. 최창대의 「강군세작묘지명」에서도 이 부분은 남구만의 「강세작전」과 거의 비슷하게 서술되어 있다.

우모령 전투에서 명군이 패하자 강세작은 조선군대로 들어갔는데, 조선군대가 항복하여 청군이 조선군대를 몇 겹으로 포위하여 조선군 속에 섞여 있던 명군을 색출해 목을 베게 하였다. 강세작도 포박되어 죽음을 면할 수 없었는데, 청군이 실수로 큰 돌 아래 포박되어 앉아있던 강세작을 잊어버리고 그냥 지나쳐버려 겨우 목숨을 건져 요양으로 도망쳤다. 강세작은 부친의 시신을 수습하지 못하여 고향으로 돌아가지 못하고 있었는데, 요동경략 웅경필이 그를 불러다 내 휘하에 소속되어 있으면서 아비의 원수를 갚으라고 명하였으므로 종군한다.

---

18 남구만의 「강세작전」에 "道臣以上國衣冠之裔, 淪賤籍爲可傷, 上聞朝廷, 許贖從良"라는 언급이 있다. 또 함경도 관찰사 남구만이 강세작의 자녀를 贖身해 줄 것을 청한 狀啓가 받아들여져 속신을 허여한다는 기록이 『숙종실록』에 무진년(숙종 14, 1688) 3월 8일 조목에 보인다.
19 군대가 우모령을 지날 때에 적군이 산골짝 가운데에서 갑자기 튀어나와 화살이 비 오듯 쏟아지니, 대군이 앞뒤에서 서로 구원하지 못해 크게 패하였다. 도독 유정은 스스로 불에 타 죽었으며 국태도 화살을 맞고 죽었다. 강세작은 시내 골짝에 몸을 숨겼다가 해가 저문 뒤에 아버지의 시신을 거두어 묻고 돌로 그곳을 표시해 두었다[軍過牛毛嶺, 敵兵從陜中突出, 矢如雨下, 大軍前後不相救, 敗績, 都督自燒死, 國泰亦中箭死, 世爵潛身澗谷, 日曛後收父屍, 以石記處].

그런데 1619년 청군이 개원과 철령을 함락하고, 1621년 심양을 포위하였다. 청군이 성문을 밀고 들어와 성안의 남녀노소가 모두 성 위에서 투신하여 성 아래 시체가 그득히 쌓였었는데 당시 심양성 안에 있던 세작이 시체 더미를 헤치고 나와 요양으로 도망쳐 온다. 요양성도 첩자와 불량한 자의 음모로 함락되자 세작은 가까스로 빠져나와 간난신고 끝에 봉황성에 이른다. 박세당은 이 부분을 우모령의 패전에서 아버지가 죽자 세작은 군중에서 탈출하여 요양으로 갔다가 요양이 함락되자 탈출했다고 간략하게 서술하였다. 최창대는 박세당보다 좀 더 자세하게 서술했지만, 남구만의 「강세작전」에 비하면 그 분량이 1/3 정도 밖에 안 된다. 남구만은 심양성과 요양성이 함락된 정황과 강세작이 이곳을 탈출해 나오는 과정을 아주 구체적으로 서술하고 있다.

봉황성에 이르러서는 어떤 집에 의탁하였는데 그 집 주인이 강세작을 마음에 들어 하여 사위로 삼으려 했지만, 세작은 부친이 돌아가셨고 아직 장례도 치르지 못했으므로 혼인할 수 없다고 거절하였다. 그리고 광녕 사람 유광한과 함께 요양의 흩어져 있던 병졸 300여 명을 수습하여 봉황성을 지켰다. 그런데 얼마 안 되어 유광한이 전사하고 강세작도 중상을 입고 사로잡혔으나 도주하였다. 이때 세작은 "남쪽으로 돌아갈 길이 이미 끊겼으니, 동쪽 나라 조선으로 돌아가는 것만 못하다. 조선으로 가면 그래도 변발하고 오랑캐 옷을 입는 것은 면할 수 있다"라고 생각하고선 사람이 살지 않는 외진 곳으로 달아났는데, 먹을 것이 없어서 입고 있던 양가죽 옷을 칼로 베어 물에 삶아 삼켰고, 13일 동안이나 사람을 피해 숨듯이 달아나서 압록강을 건너 만포진에 이르렀다. 이때가 바로 1625년(인조 3, 을축) 8월이었다. 봉황성에서 탈출하여 압록강을 건너기까지 세작이 인적을 피해 숨어 있던 곳 중의 하나가 바로 금석산임을 『열하일기』의 「도강록」에서 확인할 수 있었는데, 남구만도 최창대도 금석산에 대해서는 전혀 언급하지 않고 있다. 여정(旅程)을 기록한 글에서는 어떤 지역을 지나가면서 그 지역과 관련된 이야기가 촉발되게 마련이지만, 인물의 일대기를 서술하는 비지전장류(碑誌傳狀類)의 글쓰기 방식은 이와는 다르기 때문에 굳이 금석산을 언급하지 않았다. 금석산이라는 지명보다는 그곳에서 세작이 겪은 온갖 고생에 서술의 초점을 맞추고 있다.

둘째 단락에서는 역비(驛婢)를 아내로 삼아 두 아들을 낳은 사실과 관찰사가 속량(贖良)시켜준 사실, 그리고 강세작의 인물됨에 대해 서술하고 있다. 남구만은 강세작에 대해 다음과 같이 서술하였다.

> 강세작은 북쪽 지방에 거의 50년을 살았는데, 그 곳 사람들 대부분이 그를 칭찬하였다. 그는 점술과 관상으로 운명을 예측하는 방법을 대략 알고 있었지만 한 번도 그 방법을 팔아먹은 적이 없었으며, 주먹과 용맹이 뛰어났으나 한 번도 남과 싸우고 다툰 적이 없었으며, 농사에 힘써 가축을 기르고 곡식을 생산하여 남는 것을 가지고 가난한 자들을 구원하고 굶주린 자들을 구제하여 일찍이 인색한 적이 없었다.[20]

위의 문장에서는 박세당이 언급했던 것처럼 악착스럽지 않았지만 범상치 않았던 강세작의 모습을 보여주고 있다. 아무런 연고도 기반도 없는 타국에서 살아가려면 자신이 가지고 있는 조그만 재능이라도 팔

---

[20] 世爵居北土幾五十年, 人多稱之. 蓋略解占相推命, 而未嘗鬻技, 拳勇絶人, 未嘗鬪競, 能力農畜穀, 以其餘周貧濟飢.

아서 악착스럽게 재물을 모아야 하는 것이 보통 사람들의 일반적인 생각일 것이다. 하지만 세작은 그렇게 하지 않았다. 또한 무인 집안의 후예답게 용맹스러웠지만 평생 의롭지 않은 일은 하지 않겠다는 그의 생활신조 때문에 타인과도 다투지 않았다. 대개의 요동 난민들은 조선 영내로 들어와 약탈과 행패를 부리며 물의를 일으켜 평안도와 함경도 주민들과 마찰을 빚었는데, 강세작은 난민의 신세였지만 전혀 지역민들에게 피해를 입히지 않았다. 심지어 그는 농사를 잘 지어 잉여 생산물로써 불쌍한 지역민들을 도와주기까지 하였다.

셋째 단락에서는 다섯 가지 예화(例話)를 들어 좀 더 구체적으로 강세작의 모습을 보여주었다.

①세작이 살고 있던 곳은 淸人의 開市 지역이었으므로 청나라의 물건들이 민간에 널리 퍼져 있었지만 강세작은 청나라와 같은 하늘아래 있는 것을 통탄스럽게 여겨 이것들을 거들떠도 보지 않았다.

②지붕을 이을 때 풀 대신 짚을 사용하여 淸人에게 자신이 명나라 遺民임을 들키지 않으려 하였다.

③세작의 명성을 듣고 함경도에 부임해온 관리들이 그를 많이 초대했지만, 그는 관리의 賢否와 인품의 高下를 따져 마음에 내키지 않으면 초대에 응하지 않았다.

④조선에서는 법을 어긴 관리들에 대한 처벌이 소홀함을 한탄하자, 사람들이 그를 존경하고 두려워했다.

⑤마마에 걸린 아들을 살리려고 그의 아내가 무당을 불러 神牀을 차려 놓고 신에게 기도하자 형체도 소리도 없는 신은 존재하는 않는다고 하면서 신상을 철거하고 신위를 불태워버렸다.

①에서는 강세작이 타국에 살고 있었지만 명나라 유민이라는 의식을 뚜렷이 지니고 있었음을 알 수 있다. ②에서는 피난자의 두려움을 ③에서는 그의 지인지감과 구차스럽지 않음을, ④에서는 그의 엄정함을, ⑤에서는 그의 합리적인 사고를 보여주고 있다. 박세당이 보여준 두 개의 예화와는 전혀 달라 강세작의 또 다른 모습을 알 수 있었다.

넷째 단락은 강세작이 자손들에게 한 유언 부분이다. 그는 죽을 무렵에 그 선조의 계통, 종족, 난리를 만나 유리(遊離)하게 된 전말을 자세히 기술하여 아들에게 물려주고, 평생 동안 한스럽게 여겼던 것을 말하였다.

나는 아버지가 돌아가셨는데도 유골을 제대로 수습하지 못하였고, 나라가 멸망하였는데도 원수를 갚지 못하였다. 실낱같은 목숨을 스스로 아껴서 잠시 동안 구차히 연명하여 딴 나라에 몸을 의탁하고 천한 자를 배우자로 삼았다. 그리하여 살아서는 치욕스러운 사람이 되고 죽어서는 부끄러운 귀신이 될 것이니, 너희들은 나를 폄하하여 薄葬해서 군주와 부모에 대한 애통함을 표시하고 평생의 죄를 속죄하게 하라. 이것이 너희들이 효도하는 길이다.[21]

강세작이 자신의 불충불효에 대해 자책하고 있다. 박세당의 「강세작전」에 보이는 세작의 불충불효에 대한 발언이 상투적이라면 위의 발언은 좀 더 구체적이어서 더욱 실감이 난다. 여기서 '천한 자를 배우자로 삼았다. 그리하여 살아서는 치욕스러운 사람이 되고 죽어서는 부끄러운 귀신이 될 것이니'라는 구절에 주목해보자. 거지나 다름없는 난민의

---

21 吾父死而未收其骨, 國滅而未復其讎, 自惜縷命, 苟延晷刻, 託身他邦, 耦於隷徒, 生爲辱人, 死爲羞鬼, 汝曹貶我以薄葬, 俾得表君父之痛, 贖平生之罪, 是汝曹之孝也.

처지였던 강세작은 역비(驛婢)를 아내로 맞을 수밖에 없었을 것인데, 이를 한평생 부끄럽게 여기고 있었던 것이다. 그가 무인 가문출신의 사대부로서 자신의 정체성을 가지고 있었음을 알 수 있다. 이런 의식은 타국에서의 삶이 그를 밑바닥으로 내동댕이쳤을지라도 구차스럽지 않고 당당하게 살아갈 수 있도록 해주었던 원동력이었을 것이다. 또한 아들들에게 재산을 나누지 말고 분가하지 말라고 유언했는데, 아들들이 그 가르침을 따라 함께 살았다고 한다.

다섯째 단락은 논찬 부분이다. 남구만은 1671년(신해)에 관찰사로서 함경도에 갔을 때 강세작을 만나보았다고 하면서, 그가 직접 들려준 요동 장수들의 장단점에 대해 서술하고 있다.

楊鎬는 마음이 너그럽고 후덕하여 군사들의 마음을 얻었으나 적을 헤아릴 줄 몰라서 청나라 사람을 상대하기 쉽다고 여기다가 패하였으며, 劉綎과 杜松은 용맹하기만 하고 지모가 없어서 험한 곳에 깊이 들어가면서 척후병을 두지 않았다가 갑자기 적을 만나 전몰하였다. 熊廷弼은 청백하고 국법을 잘 지켜서 위엄과 명망이 있었으나 사람 죽이기를 좋아하고 그만두지 않아서 병졸들이 원망하는 자가 많았으니, 또한 이 때문에 공을 이루지 못하였다. 그러나 승리하고 패하는 것은 天運이니, 어찌 오로지 사람에게만 달려 있겠는가.[22]

강세작의 지인지감을 여실히 보여주는 부분이다. 인물을 평가할 때 그

---

22 楊鎬寬厚得士心而昧於料敵, 以淸人爲易與而敗; 劉綎杜松勇而無謀, 深入險地, 不設斥候, 猝遇敵而沒; 熊廷弼淸白守法, 有威望而喜殺不已, 士卒多怨, 亦以此不能成功. 雖然勝敗天也, 豈專在人乎?

사람의 장점만을 혹은 단점만을 보지 않고 장단점을 동시에 살펴 균형감각을 갖고 객관적으로 평가하는 태도가 돋보인다. 강세작의 처치가 미천했지만 범상치 않은 인물이었음을 다시 한 번 확인할 수 있다. 또한 명군이 요동에서 청군(淸軍)에게 대패한 요인으로 네 장수의 실책도 있었는데, 이들을 추호도 원망하지 않고 승패는 천운에 달려 있기도 하다면서 은연중에 이들을 감싼다. 그의 지인지감은 냉철하면서도 온기가 느껴진다.

논찬 부분의 끝에서 남구만은 강세작에 대해 평가하고 있다.

> 내가 우리나라에 온 중국 사람들을 보면 대부분 헛되이 과장하며 이익을 좋아하여 사람들에게 구걸하는 것을 꺼리지 않았다. 그러나 강세작만은 헛되이 과장하지 않고 함부로 취하지 않았으며, 말을 바꾸지 않고 의심스러운 행동을 하지 아니하여 향리에서 신임을 받았고 여러 아들이 그 가르침을 행하였으니, 이는 모두 기록할 만한 것이다.[23]

이처럼 남구만은 강세작을 입전한 이유를 명확하게 언급하였다. 남구만은 소문으로 들어서, 또한 직접 강세작과 이야기를 나누어 본 결과, 강세작이 조선에 온 여타의 중국 사람들과 전혀 다른 면모를 지니고 있음을 간파했다. 그래서 그를 인정해 주었고, 그에게 배울 점이 많았으므로 안타까운 심정으로 「강세작전」을 지은 것이다. 또한 그를 속량시켜 준 것도 요동에서 활약한 실상이나 조선 땅에서 보여준 그의 행동과 식견 등이 충분히 가치 있다고 판단했기 때문이다. 남구만은 박세

---

23 余見中國人來東者, 類多浮誕好利, 求丐人不厭. 世爵獨能不虛詫不妄取, 無二言無疑行, 信孚於鄕里, 教行於諸子, 此皆可書者也.

당과는 달리 작품의 끝에서 정식으로 강세작을 평가하였다. 그런데 그를 애써 미화하거나 추켜세우려는 의도도 강박증도 보이지 않았다. 그저 자신이 느낀 그대로 솔직 담백하게 진술하고 있다. 최창대나 김몽화처럼 세작을 높이 추앙하려는 거창한 의도를 찾아볼 수 없다.

4. 강세작에 대한 17세기 사대부 지식인의 인식태도

17세기 전반 조선에 유입된 명나라 유민들은 약탈을 하거나 난동을 부리는 등 조선사회를 어수선하게 하였고, 청나라와의 외교문제도 어렵게 만들었다. 이처럼 골칫거리를 야기한 명나라 유민을 당시 사대부들이 호의적인 시선으로 바라볼 리 없었다. 17세기 전반기에 태어난 박세당과 남구만 역시 젊은 시절 명나라 유민에 대해 주로 부정적인 이야기를 들었을 것이다. 그런데 강세작은 일반적인 명나라 유민들과는 다른 점이 있었기 때문에 입전할 가치가 있다고 판단했다.[24] 게다가 강세작은 일반 백성이 아니라 무관 집안 출신의 사대부였고, 그의 조부가 임진왜란 때 참전하여 평산에서 전사한 사실은[25] 입전할 충분한 이유가 되었을 것이다. 즉 박세당과 남구만이 강세작을 입전한 데에는 강세작의 인물됨과 사대부 신분이었던 강세작에 대한 동류의식과 측은지

---

[24] 남구만은 「강세작전」의 논찬 부분에서 다음과 같이 말하고 있다. "余見中國人來東者, 類多浮誕好利, 求丐人不厭, 世爵獨能不虛誇不妄取, 無二言無疑行, 信孚於鄕里, 敎行於諸子. 此皆可書者也"

[25] 남구만의 「강세작전」에 "祖霖從楊鎬東征死平山"이라 되어 있다. 김몽화의 「강세작전」에도 "霖骨相類乃父, 守天水郡, 萬曆壬辰佐楊經略鎬幕東征倭, 與戰于海西之平山, 又死不還. 是世爵之曾祖若祖父"라는 구절이 있다.

심, 그리고 재조지은(再造之恩)에[26] 대한 보답이 맞물려 있다. 여기서 동류의식과 측은지심과 재조지은에 대한 보답은 강세작이 명나라 사람이었기 때문에 가질 수 있었던 생각이다. 강세작이 제아무리 출중한 인물이었더라도 청나라 사람이었다면 중화주의(中華主義)가 팽배하던 17세기 후반 사대부 사회의 분위기속에서 결코 입전할 수 없었을 것이다.

조선사회에는 전통적으로 중화(中華)에 대한 사대주의 경향이 있었고, 특히 임·병 양란을 겪은 이후인 17세기 당시에는 명나라에 대한 재조지은과 오랑캐인 청나라에 대한 반감이 권력의 핵심에 있었던 서인-노론 계열을 중심으로 팽배해져 숭명배청(崇明排淸)에 근거한 대명의리와 북벌론이 한 시대를 풍미하였다. 하지만 모든 사대부들이 이러한 명분론적 시대정신에 적극적으로 호응하지는 않았다. 소론계열의 서인들은 대명의리와 북벌론에 회의적인 반응을 보이기도 하였다.[27] 소론계 인물들의 이런 생각들은 명나라의 회생 불가능함과 청나라가 점점 강성해지는 현실을 직시한 결과이다. 따라서 소론계 인물인 박세당과 남구만이 반드시 숭명배청의 차원에서 「강세작전」을 지었다고 볼 수는 없다. 남구만은 우모령 전투에서 패배한 명군의 모습을 서술하면서

---

26 再造之恩은 일반적으로 명나라 군대가 임진왜란에 참전하여 조선을 도와준 것을 가리키므로 강세작의 조부가 임진왜란에 참전한 것 역시 재조지은이다.

27 1644년(인조 22)에 명나라가 망하고 1649년 효종이 즉위한 후 김상헌과 송시열의 학통을 이은 학자를 중심으로 존명배청사상이 고조되어 갔는데, 이들은 청나라 연호를 사용하지 않고 명나라의 숭정연호를 그대로 사용하였고 명나라의 '陪臣'이라 칭하는 것을 주저하지 않았다고 한다. 하지만 이즈음에 명나라 연호 사용에 대해 박세당은 전혀 의미가 없다고 했고, 그의 아들 박태보도 명나라가 망한 지 이미 오래되었는데 그 연호를 사용하는 것은 망령된 짓이라고 했다고 한다(권오영, 「南漢山城과 조선 후기의 大明義理論」, 『한국실학연구』 18, 한국실학학회, 2004, 226면 참조). 한편 소론계 인물이었던 趙龜命(1693~1737) 또한 명나라가 망한 이후 오랜 시간이 지난 당시까지도 대명의리를 내세워 청에 대한 복수론을 고수하는 것에 회의를 품었다고 한다(유봉학, 「18·9세기 大明義理論과 對淸意識의 推移」, 『한신대논문집』 5, 1988, 254면 참조).

심하전투에 참전했던 조선군대의 상황을 보여주고 있다.

이때 우리나라 군대가 뒤에 있어 都元帥와 副元帥는 산 위에 진을 치고 좌우의 營將은 산 아래에 진을 치고 있었는데, 강세작이 원수의 진영으로 들어왔다. 다음 날 아침에 보니 청나라 사람들이 먼저 左營을 공격하였는데, 거센 바람에 떨어지는 낙엽과 같아서 눈 깜짝할 사이에 한 명도 살아남은 자가 없었다. 다시 右營을 공격하였는데 우영이 패하여 산 위의 군대로 들어가니, 산 위의 군대가 이 광경을 바라보고는 모두 두려워 사색이 되어서 핏기가 없었다. 두 원수가 한동안 서로 힐책하는데, 마치 한 사람은 싸우자고 하고 한 사람은 항복하자고 하는 듯하였다. 얼마 후 한 사신을 적진에 보냈는데, 잠시 후 돌아와 보고하자 즉시 諸軍에게 모두 병기를 버리고 산을 내려와 항복하라고 했다.[28]

강세작이 서술의 초점이기 때문에 강세작이 조선군대의 진영으로 들어갔는데, 상황이 불리해지자 도원수 강홍립이 항복했다는 정도로만 서술해도 되는데, 서술의 초점을 흩트리면서까지 이 부분을 장황하게 서술한 것은 심하전투에 대한 남구만 자신의 평소 생각을 드러내 보이고 싶었기 때문이다. 또한 도원수 강홍립이 항복하였다고 직접적으로 서술하지도 않고 있다. 강홍립이 항복한 것은 엄연한 역사적 사실이지만, 남구만은 이것이 강홍립의 고의가 아니라 전투 상황이 불리하였기 때문에 어쩔 수 없었던 것이라 서술하고 있다.

---

28   時東兵在後, 都副二元帥陳山上, 左右營將陳山下, 世爵投入元帥陳. 翌朝見, 淸人先擊左營, 如烈風振落, 一瞥之頃, 無孑遺者, 移擊右營, 敗入於山上軍, 山上軍望之, 皆戰慄無人色. 二元帥相詰良久, 有若一欲戰一欲降者, 俄送一使於敵陳, 須臾還報, 卽令諸軍盡棄兵器下山降.

이 작품이 지어진 1688년은 대명의리와 북벌론을 주장한 노론이 아직 득세하였던 시기였으므로 감히 드러내놓고 강홍립을 두둔하고 나설 수는 없었다. 하지만 남구만은 강세작 이야기에서라도 은근슬쩍 조선군과 청군(淸軍)의 전투 상황을 끼워 넣어 강홍립을 변호해 주고 싶었던 것이다.

박세당은 요동지역에서 겪은 강세작의 전쟁 체험보다는 명나라 유민으로서 세작의 인물됨에 서술의 초점을 맞추고 있었기 때문에 비록 강세작이 심하전투에 참여했었지만 전투 상황을 상세히 서술할 필요성을 느끼지 못했을 것이다. 하지만 강홍립을 강로(姜虜)라고 노골적으로 비난할 수 있었던 17세기 중·후반 사회 분위기 속에서 자신의 입장을 드러내고 싶지 않아서 요동에서 강세작이 겪은 일들에 대해서 의도적으로 생략했을 수도 있다. 박세당 역시 소론계 인물로 남구만과는 정신적 동지였기 때문에 이런 추측이 가능하다.

또한 남구만은 청군(淸軍)을 시종일관 청인(淸人)이라는 표현을 사용하여 청나라에 적대감을 드러내지 않았는데,[29] 청군을 오랑캐라고 하지 않은 점은 그가 강홍립의 항복을 부정 일변도로만 보지 않았다는 단서가 될 수도 있다. 이처럼 강홍립과 청나라에 대해 부정적인 시각을 견지하지 않았던 것으로 미루어 보건대, 소론계 인물이었던 남구만은 당시 공공연했던 대명의리와 북벌론에 휩쓸리지 않았던 것이다. 소론계 인물들이 대명의리와 북벌론에 회의적이었지만 아직 청나라를 조선이 배워야하는 문명국으로 인식하지는 않았다. 비록 한족이 세운 명

---

29 반면 박세당은 淸軍에게 '虜(오랑캐)'라는 표현을, 최창대는 '滿洲虜(만주오랑캐)'나 '虜' 또는 '賊'이라는 표현을, 김몽화는 '狄人'이나 '賊'이라는 표현을 사용하여 적대감을 드러내었다.

나라는 멸망했지만, 한족의 문화는 여전히 조선이 숭배하고 배워야하는 그 무엇이었다. 이 때문에 명나라 유민으로서 남다른 면모를 지닌 강세작이 이들의 시야에 들어온 것이다.

비록 명나라는 멸망했지만 중화문명에 대한 절대 긍정의 시각이 「강세작전」의 창작을 가능하게 하였던 것이다.

끝으로 박세당과 남구만이 알면서도 모르는 척 묵묵히 덮어 버렸던 강세작의 일면에 대해 논해 보려한다. 두 사람 모두, 강세작이 관서지방의 여러 고을을 떠돌면서 겨우 입에 풀칠을 하여 연명하였는데, 관서지방은 청나라 사람들의 왕래가 빈번한 곳이므로 오래 머물 수 없다 여겨 다시 함경도 지방으로 거처를 옮겼다고 서술하고 있다. 그런데 강세작이 압록강을 넘어오기 전인 1625년 6월에는 가도(椵島)에 주둔하고 있던 요동도사(遼東都司) 모문룡이 300명을 파병하여 밤에 요주성 남쪽의 관둔채로 들어갔다가 후금의 총병 양고리에게 발각되어 격파된 일이 있었고, 같은 해 8월에는 모문룡 휘하의 병사가 밤에 해주 장둔채를 기습하였다가 패하였다. 명나라 군사가 이런 위기상황에 처해 있었는데, 무인 집안 출신으로 날렵하고 용맹했던 강세작이 모문룡을 외면하고 함경도로 들어간 사실에 의문이 생길 수밖에 없다.

강세작이 진정 명나라 유민으로서 조국에 충성을 다하려는 각오가 있었다면 모문룡의 인간됨됨이와 그 작태가 어떠했든지 간에 모문룡의 휘하로 들어가 목숨을 걸고 청나라에 대항했어야 했다. 하지만 그는 그렇게 하지 않았다. 나라가 망했는 데도 원수 갚을 생각을 하지 않고 실낱같은 목숨을 아껴 잠시 동안 구차히 연명하여 타국에 몸을 의탁하였으니, 살아서는 치욕스러운 사람이 되고 죽어서는 부끄러운 귀신이 될 것이라는 강세작 자신의 말은 승패를 따지지 않고 몸을 던져 싸우지 않은 자신을 자책하며 회한을 토로한 말이다. 강세작은 명나라가 망하고 朱氏가 부흥하지 못할 것이라는 사실을 알고 있다고 했는데, 이미 압록강을 건너올 때에 이런 판단을 하고 있었기 때문에 승산이 없다고 여겨지는 전투에 의도적으로 참여하지 않은 것일 수 있다.

주지하다시피 당시 명나라 조정은 환관들이 부정부패를 일삼으며 날뛰고 있었고, 요동지역은 후금이 거의 점령하다시피 했다. 게다가 후금의 배후를 공격하여 요동을 수복한답시고 가도에 주둔하고 있던 모문룡은 전투보다는 자신의 사리사욕을 채우기에만 바빴다. 이런 당시의 명나라 상황을 어느 정도 알고 있던 사람이라면 후금과의 전투가 무모한 일임을 깨달았을 것이다. 강세작은 승산 없는 전투에 불나방처럼 뛰어드는 길을 택하지 않고 구차스럽지만 살 길을 모색했던 것이다. 더구나 봉황성 전투에서 중상을 입었고, 13일 동안 숨어 다니면서 압록강을 건너오느라 이미 지칠 대로 지친 그는 더 이상 전투에 참여하고 싶지 않았을 것이다. 이것으로 미루어 보건대, 강세작이 자신의 입으로 직접 말했듯이 그는 조국에 불충한 인물이었다. 당시 요동지역의 상황과 강세작의 처신에 대해 알고 있었기 때문에 박세당과 남구만은 최창대나 김몽화처럼 차마 그를 열사(烈士)나 의연지사(義烈之士)로까지 추켜세울 수 없었던 것이라 여겨진다.[30]

_『고소설연구』 30, 한국고소설학회, 2010

---

[30] 반면 최창대와 김몽화 역시 이런 사실을 충분히 인지하고 있었을 터인데 강세작의 실제 모습과는 다소 거리감이 있어 보이는 이미지를 덧칠하여 미화시켜 숭앙의 대상으로 만들어 놓았다. 이는 최창대와 김몽화가 어떤 목적성을 띠고 강세작에 대한 글을 지은 결과일 것이다.

3
부

여성, 그리고 애정

'행복한 결말'의 출현과
17세기 소설사 전환의 일 양상

이종필

1. '행복한 결말'의 출현과 확산의 지점

'행복한 결말'은 고소설의 전형적 주제 혹은 서사 구조를 지칭하는 일종의 관용구이다. 이 용어가 여전히 적지 않은 영향력을 지닌 채 사용되고 있는 것을 보면, 고소설과 '행복'의 문제는 이미 그리고 항상 매우 밀접한 관련을 맺고 있는 것처럼 보인다. 하지만 정작 고소설 연구의 흐름을 돌이켜 본다면 '행복한 결말'의 문제를 정면에서 다루고 있는 논의는 의외로 그리 많지 않음을 알 수 있다. 원인은 여러 가지가 있겠지만, '행복한 결말'이 주로 서사구조의 천편일률성이나 혹은 작가의 안일한 문제의식의 산물 등과 같은 고소설의 부정적 측면을 대변하는 용어로 사용되어 왔던 탓에, 이를 둘러싼 문제가 연구자들의 관심 영역 밖으로 밀려나 있었던 것이 아닌가 한다. 물론 이러한 상황 속에서 고소설의 '행복한 결말'에 대한 새로운 견해들이 간헐적으로 제출된 바 있으며,[1] 나아가 그와 같은 결말 처리 방식이 당대 민중들의 세계관을 일정 부분 반영한 것이라는 해석이 제기되면서 '행복한 결말'에 대한 보다 적극적인 평가의 토대가 마련되기도 하였다.[2]

이러한 정황 속에서 본고는 '행복한 결말'의 출현과 그 확산의 기점에 주목해 다시금 논의를 진행해 보고자 한다. '행복한 결말'은 전기(傳奇) 위주의 초기 소설사가 지니고 있는 특유의 고답성과 폐쇄성과는 질적으로 다른 층위에서, 소설을 보다 소설'답게' 만들어 준 소인(素因)이기 때문이다. 고소설사의 흐름을 '작가의' 소설에서 '독자의' 소설로의 이행과정이라고 거칠게 파악할 때, '행복한 결말'은 그와 같은 흐름을 이끈 주된 동력이었던 것이다. 부연하자면 '행복한 결말'의 출현과 그 비약적 확산은 단순히 서사구조의 변개만을 의미하는 것이 아니라 소설 자체에 대한 당대의 인식 변화를 드러내는 표지이면서, 서사 기법 상에 있어서도 주목할 만한 변화를 수반하게 만든 근본적 원인이라는 점에서 보다 구체적인 고찰을 요하는 지점인 것이다.

그런데 하나 더 짚고 넘어가야 할 것은 그와 같은 '행복한 결말'의 확산이 특히 가족(家)과 여성의 문제와 맞물려 있다는 점이다. 뒤에서 살

---

[1] 고소설의 '행복한 결말'에 대한 부정적 평가에 대해 일찍부터 새로운 시각의 반론들이 제기되어 왔다. 특히 서인석은 고소설의 '행복한 결말'에 대한 부정적 평가들을 극복하고자 한 기존의 논의들을 수렴하면서, '행복한 결말'의 문제를 서사 구조와 소설 담당층의 세계 관 문제로까지 확대시켜 깊이 있게 다룬 바 있다. 서인석, 「고전소설의 결말구조와 그 세계관 : 홍길동전·구운몽·군담소설을 중심으로」, 서울대 석사논문, 1984.

[2] 박일용, 「장르론적 관점에서 본 「최척전」의 사회적 성격」, 『조선시대의 애정소설』, 집문당, 2000; 정출헌, 「「최고운전」을 통해 읽는 초기 고전소설사의 한 국면 : 작품의 형성과정과 표기문자의 전환을 중심으로」, 『고소설연구』 14집, 한국고소설학회, 2002.

펴보겠지만, 전기(傳奇)의 장르적 일탈이나 장편소설의 출현과 같은 심중한 소설사적 지형 변화의 근저에는 바로 가족(門)·여성·행복한 결말 등의 문제가 복잡하게 얽혀있었던 것이다.

이와 같은 문제의식하에서 본고는 먼저 16세기 소설사를 통해 '행복한 결말'의 출현을 위한 기반이 조성되고 있었음을 밝힌 후, 17세기 소설사가 어떤 방식으로 '행복'의 문제를 다루는지에 대해 살펴보도록 하겠다. 다만 17세기로 접어들면서 소설사의 양상이 꽤나 복잡하게 전개되고 있던 탓에 '행복한 결말'에 대한 전체적인 국면을 다루기는 어렵다. 때문에 본고에서는 특히 가족(門)과 여성의 문제를 다루고 있는 「최척전」과 「사씨남정기」에 한정해서 논의를 진행하고자 한다. 이와 같은 논의 전개는 고소설이 왜 '행복'의 문제에 관심을 갖게 되었는가를 묻는 일임과 동시에 행복한 '결말'에 이르기 위한 변모의 층위를 아울러 살펴봄으로써, 결국 17세기 소설들이 그려내고 있는 '행복'의 의미를 되묻는 작업이 될 것이다.

2. 16세기 소설사의 지형 변화

1) 소설, 불온한 장르에서 위정자(爲政者)들의 도구로

15세기 『금오신화』의 창작을 기점으로 본격적인 변화가 촉발된 서사문학사는 16세기를 거치면서 이른바 '본격적인 소설시대'를 위한 기반을 조선의 안팎을 통해 형성하고 있었다.[3]

특히 이때의 '본격적'이라는 용어가 가능하기 위해서는 보다 많은 독자 대중이 전제되어야 한다는 점이 보다 강조될 필요가 있을 텐데, 그 이유는 우리의 초기 소설사를 이끌어 온 전기(傳奇) 장르가 그 특유의 고답성과 폐쇄성으로 인해 상대적으로 제한된 독자층에서만 향유될 수 있었던 접근의 제한성이 강했기 때문이다. 다시 말해 우리 고소설사의 초기 지형이 중국의 그것과는 근본적으로 달랐다고 한다면 그것은 창작 주체의 독자에 대한 고려에서부터 찾아질 수 있을 텐데, 핵심은 소설 창작 행위가 애초에 텍스트에 접속할 수 있는 역량을 지닌 소수의 독자만을 염두에 두고 있었다는 점이다. 『금오신화』로 대변되는 초기 소설에 대해 "추상적·내면적 자아의 추구, 즉 우언적 立言이 중핵을 차지한다는 점에서 개인주의 소설이자 심리소설로 평가"[4]한 견해 역시 본고의 입장과 맥을 같이 하고 있다고 하겠다. 한편으로는 이러한 초기 소설사의 정황이 조선적 문언소설(文言小說)의 전통을 이룬다는 점이 지적되기도 했는데, "명대 중국의 문인창작은 대중적 문예의 성황을 배경으로 성립한 때문에 통속적인 권선징악을 강하게 의식했던 데 반해서 조선의 문인창작은 작가의 정신적 지향이 순수하게 표현"[5]되었다는 것이다. 이러한 견해 역시 통속성과는 별도의 차원에서 형성됐던 우리

---

3   국문학 연구사에 있어 꽤 오랜 기간 16세기 소설사에 대한 인식은 그리 적극적이지 못했던 것이 사실이다. 이는 15세기 『金鰲新話』가 이룩한 문학적 성취와 17세기 소설의 비약적인 양적·질적 성장의 깊은 골로서 16세기 소설사를 인식했던 결과였다. 하지만 최근에는 여러 연구자들에 의해 16세기 소설사에 대한 "다시 보기" 작업이 활발히 진행 중이다. 대표적인 결과물로는 『묻혀진 문학사의 복원 : 16세기 소설사』(민족문학사연구소 고전소설연구반, 소명출판, 2007)를 꼽을 수 있다.

4   양승민, 「17세기 전기소설의 통속화 경향과 그 소설사적 의미」, 고려대 박사논문, 2003, 184면.

5   임형택, 「『화영집』을 통해 본 16·17세기 한중소설사 : '권선징악'의 서사구조」, 『한국고전문학회 제227차 정례학술발표회 논문집』, 2003.8, 58면.

초기 소설사의 특징적 지형을 간명하게 지적한 것이라 하겠다.

빼어난 문예미와 도저한 주제의식을 겸하고 있는『금오신화』가 분명 우리 고소설사의 백미임에는 이견이 있을 수 없겠지만, 그 특유의 고답성과 폐쇄성은『금오신화』를 '본격적'인 소설로서 정의하는 일을 주저하게 만드는 요인이기도 한 것이다. 작가는 자신의 소회를 우의(寓意)하기 위한 '불온한 장르'로써 소설을 활용하고 있었던 셈인데, 그러나 이와 같은 초기의 소설관은 16세기로 접어들면서 점차 변모하기 시작한다. 그렇다면 변모의 구체적 양상과 그 원인은 어떻게 설명될 수 있을까.

우리는 먼저 「하생기우전(何生奇遇傳)」을 떠올려 봄으로써 변모 양상의 일단을 어렵지 않게 확인할 수 있다. 기존의 애정전기와 「하생기우전」의 가장 큰 차이는 바로 '행복한 결말'이라고 할 수 있는데, 이러한 변화의 원인은 무엇보다 작가의 독자에 대한 고려에서 찾을 수 있을 것이다. "독자는 자신의 예상이 실현되었을 때, 작품의 결말 부분에서 더 이상 갈등을 일으키는 요소가 남아있지 않고 앞으로도 없을 것이라고 확신할 때 심리적 안정을 느끼"[6]게 되며 이것이 곧 '행복한 결말'을 원하는 독자들의 심리라고 할 때 「하생기우전」은 애정전기에 대한 일종의 통속화를 일찌감치 보여준 텍스트인 것이다.[7] 중요한 것은 16세기에 들어 전기(傳奇)가 보다 넓은 독자를 향해 열리게 되었음을 「하생기우전」의 '행복한 결말'을 통해 확인할 수 있다는 사실이다.

더욱이 「천군전(天君傳)」이나『오륜전전(五倫全傳)』등을 통해 보듯이, 이 시기에 들어서면 소설을 통한 흥미 추구 외에도 성리학적 이념의 전

---

[6] 엄기영, 『16세기 한문소설 연구』, 월인, 2009, 178면.
[7] 「하생기우전」의 소설적 의의를 상술한 맥락에서 평가한 견해는 위의 책, 166~179면 참조.

수나 대중 교화에 이르기까지 실로 다양한 방면에 걸쳐 소설이 활용되고 있었다고 하겠는데, 흥미로운 것은 세 작품 모두 '행복한 결말'의 구조를 일정 부분 차용하고 있다는 점이다. 이는 결국 16세기로 접어들면서 '행복한 결말'의 구조가 적극적으로 활용되기 시작했고 그 결과 초기 소설사의 지형이 서서히 변화하고 있었음을 보여주는 것이다. 특히 이와 같은 변화가 가능했던 배경에 소설이 지닌 파급력에 주목하고 나아가 그 파급력을 활용하고자 했던 당대 위정자들의 소설에 대한 일종의 '타협'이 자리하고 있다는 점은 주목을 요한다. 다시 말해 16세기 소설사의 지형 변화는 일차적으로 위정자들의 소설에 대한 인식 변화를 통해 가능해진 현상이며, 그 기저에는 독자층을 염두에 두면서 소설을 자신들의 다양한 목적 달성을 위한 도구로써 활용하겠다는 새로운 소설관의 형성이 자리하고 있었다는 것이다.

이러한 변환의 지점들 중에 본고에서 보다 주목하고자 하는 텍스트는 바로 독자 교화의 도구로써 소설을 활용하고자 했던 『오륜전전』이다. 이는 소설의 창작 주체와 수용 주체가 상호 길항하면서 이루어낸 소설사의 산물이라는 점에서 그리고 향후 지속되었던 소설을 통한 교화 노력의 남상(濫觴)이라는 점에서 반드시 짚고 넘어가야할 대상이기 때문이다.

2) '행복한 결말'을 통한 교화 : 『오륜전전』

독자층의 확대와 '행복한 결말'의 출현은 매우 밀접한 관련을 맺고 있는 현상인데, 다수의 소설 향유자들이 하나의 서사물에 대한 독서(혹은 청취)를 통해 얻고자 한 것은 전대(前代) 애정전기(愛情傳奇)의 비극적 문예미라기보다는 허구적 갈등이 빚어낸 긴장감과 그것의 해소를 경험하면서 얻게 되는 흥미와 심리적 안정이라고 할 수 있기 때문이다. 그리고 이와 같은 독자층의 수요 확산이 상업성의 논리와 맞물리게 되면 곧바로 대량의 통속소설들이 쏟아져 나오게 될 것임은 자명하다. 하지만 조선의 초기 소설사의 경우는 사정이 다르다. 표기 문자 전환에 힘입은 소설 독자층의 저변 확대가 곧바로 상업성의 논리와 연결된 것은 아니며, 오히려 소설을 통한 계몽과 교화라는 조선의 독특한 문화적 현상을 야기하게 된 것이다.

이런 관점에서 다시금 살펴보아야 할 것이 바로 『오륜전전』이다. 『오륜전전』은 교화와 흥미가 어떻게 접점을 이루어 가는가를 보여주는 초기 텍스트라는 점에서 그 의의는 매우 크다고 하겠으며, 『오륜전전』의 번안과 보급은[8] 당대 위정자들의 소설을 대하는 태도에 근본적인 변화가 시작되었음을 알리는 또 하나의 중요한 사건으로 판단되기 때문이다. 우선 널리 알려져 있는 자료이기는 하지만 논의의 흐름을 위해 낙서거사(洛西居士) 이항(李沆, 1474~1533)의 서문 일부를 통해 『오륜전전』이 탄생하게 된 배경을 다시 한 번 확인해 보자.

그러나 그 받은 성품이야 고금의 차이가 없으니 만약 그 밝은 곳을 인하여 개도하고 그 좋아하는 바를 취하여 권유한다면 오상의 가르침이 세상에서 다시 밝아지지 않겠는가? 내가 보건대 여항의 무식한 사람들이 諺字를 배워 노인들이 해주

---

8   『오륜전전』의 원문 및 종합적 고찰은 윤주필, 『윤리의 서사화』, 국학자료원, 2004 참조.

는 이야기를 베껴 밤낮으로 이야기를 하는데 이석단과 취취의 이야기 같은 것들
은 淫褻妄誕하여 실로 취하여 보기에 부족하다. 오로지 오륜전 형제의 이야기만이
아들이 되어 능히 효를 행하고 신하가 되어 능히 충을 행하며 부부 사이에는 예가
있고 형제 사이에는 깊이 따르며 또한 붕우와 더불어 믿음이 있으니 은혜로움이
있게 된다. 그것을 읽으면 사람으로 하여금 凜然惻怛케 하니 어찌 본연의 성품에
느끼는 바가 있어서가 아니겠는가.[9]

우리가 이 서문을 통해 표기문자의 전환과 그로 인한 소설의 저변 확
대를[10] 확인할 수 있는 것은 물론이려니와, 더 근원적인 차원에서 문제
삼아야 할 것은 바로 소설을 대하는 위정자들의 태도에 근본적인 변화
가 시작됐다는 점과 그 지향이 바로 소설을 통한 교화와 감계 즉 일종
의 계몽에 있었다는 점이다. 「설공찬전」 파동이 극단적으로 보여준 위
정자들의 소설 배격 태도는[11] 이제 원칙적인 차원에서는 받아들여질
수 있을지언정 현실적인 차원에서는 일정한 타협이 없을 수 없게 된 것
이다. 여기서 타협의 내용이란 교화의 도구로서 소설을 '활용'한다는
것일 텐데, 그런 지적보다는 그와 같은 '활용'을 보다 원활하게 만든 서

---

9   然, 其所受之性, 則固未嘗有古今之異, 若因其所明而開導之, 就其所好而勸誘之, 則五常之教,
     豈不復明於世乎? 余觀閭巷無識之人, 習傳諺字, 謄書古老相傳之語, 日夜談論. 如李石端翠翠
     之說, 淫褻妄誕, 固不足取觀 獨五倫全兄弟事, 爲子而克孝, 爲臣而克忠, 夫與婦有禮, 兄與弟
     甚順, 又能與朋友信而有恩. 讀之令人凜然惻怛, 豈非本然之性, 有所感歟! 윤주필, 앞의 책,
     196~197면.
10 표기문자의 전환과 그에 따른 소설 향유 양상 변화와 그 의미에 대해서는 다음 논문을 참
     고할 것. 정출헌, 「17세기 국문소설과 한문소설의 대비적 위상」, 『고전소설사의 구도와 시
     각』, 소명출판, 1999; 정출헌, 「표기문자 전환에 따른 16~17세기 소설 미학의 변이 양상」,
     민족문학사연구소 고전소설사연구반 저, 앞의 책, 163~198면.
11 「설공찬전」을 둘러싼 파동의 의미가 단순한 소설 배격이 아님은 물론이다. 하지만 그와
     같은 극단적 배격이 가능했던 데에는 소설에 대한 공격이 당연시되는 사회적 분위기가 작
     동하고 있었음도 간과할 수 없는 사실이다.

사 내적 요인들에 눈을 돌려 볼 필요가 있을 것 같다. 즉, 『오륜전전』은 과잉된 혹은 지나치게 직설적인 주제 전달로 인해 독자의 '읽는 맛'을 상당 부분 훼손시키고 있으면서도, 보다 구체적인 갈등 상황의 조성과 그것의 해결을 통해 독자에게 한발 더 다가서려는 노력을 게을리 하지 않고 있다는 점이 보다 강조될 필요가 있다는 것이다.

『오륜전전』의 서사를 따라가 보면 거기에는 무고(誣告)로 인한 위기 상황의 조성, 직언(直言)으로 인한 좌천, 적괴(賊魁)들의 겁탈 위협과 여인의 자결, 전쟁과 피로(被虜) 후의 정황, 천녀(天女)의 현몽(現夢), 최종적으로 보이는 관작의 수여 등과 같이 이후 소설에서 자주 볼 수 있는 장면들이 구비되어 있음은 물론 신이한 약을 통한 개안(開眼)이나 선거(仙去) 모티프들도 함께 살펴볼 수 있다는 점에서 기존의 소설과는 질적으로 대별되는 서사 구조를 보여주고 있다. 적대자의 형상화, 악인(惡人)들의 등장 및 그를 통한 구체적 갈등의 묘사와 그 해결을 통해 '행복한 결말'에 이르는 최초의 번안소설이 바로 『오륜전전』이 지니고 있는 또 다른 의의인 것이다. 매우 고리타분한 이야기로 받아들여지기 쉬운 '오륜전·오륜비 형제의 이야기'가 사람들의 관심을 꽤나 받을 수 있었던 원인에는 바로 상술한 바와 같은 서사 내적 정황들이 한몫을 담당하고 있었을 것이다.

그런데 『오륜전전』의 '행복한 결말' 역시 여전히 '반쪽'짜리라는 한계가 없지 않다. 말하자면 '권선(勸善)'은 있으나 '징악(懲惡)'은 없는 형국이다. 작품 속에서 실제로 거의 모든 갈등은 인물이 충효(忠孝) 등에 바탕한 곡진한 진정(眞情)을 표시하면 갈등의 주체가 그와 같은 정황에 감복해 갈등이 종결되는 것으로 그려진다. 악인형(惡人型) 인물까지도 등장인물의 선한 마음에 감복해 자신의 본연지성을 회복하는 형상이다. 흥미로운 것은 『오륜전전』에 드러난 교화의 방식 즉, 인간의 선한 본성에 호소하고 감화를 촉발시켜 사회 질서를 바로잡는 방편으로 삼고자 했던 시도가 당대 성리학의 대민 교화 정책의 색채와 매우 흡사하다는 점이다. 그들은 여항인들을 법률로 다스리기 이전에, 그들의 본연지성이 소설을 통해 발아해 궁극적으로는 오륜이 하나의 생활윤리로서 자리 잡기를 희구했던 것으로 보인다. 이와 관련해 「오륜가」의 작가이기도 한 주세붕이 풍기군수로 부임했을 때 피치자에 대한 교화 정책을 어떤 방식으로 실천했는지를 알려주는 사료를 살펴보는 것도 도움이 될 것이다.

전에 형으로서 아우를 송사하여 그 재물을 빼앗으려는 백성이 있었는데, 주세붕이 그 백성을 시켜 제 아우를 업고 종일 뜰을 돌게 하되, 게을러지면 독촉하고 앉으면 꾸짖었다. 몹시 지치게 되었을 때에 그 백성을 불러 묻기를 '너는 이 아우가 어려서 업어 기를 때에도 다투어 빼앗을 생각을 가졌었느냐?' 하니, 그 백성이 크게 깨달아 부끄럽게 여기고 물러갔다. 또 생원(生員) 이극온(李克溫)이 제 아우를 송사하여 다툰 일이 있었는데, 주세붕이 흰 종이 한 폭에 왼면에는 이(理)자를 쓰고 오른면에는 욕(欲)자를 써서 이극온에게 주고 찬찬히 타이르기를 '네가 곧거든 이 자 아래에 이름을 적고 너에게 욕심이 있었거든 욕 자 아래에 적으라' 하니, 이극온이 붓을 잡고 낯을 붉히며 머뭇거리고 결단하지 못하였다. 그러자 주세붕이 소리를 돋우어 '너는 생원인데 어찌 이와 욕을 분별할 줄 모르겠느냐, 빨리 적으라' 하니, 이극온이 곧 욕 자 아래에 적고서 간다는 말도 없이 달아났다. 주세붕이 5년 동안 벼슬을 살았는데, 정사를 행하는 것이 이와 같았다. 처음에는 사람들이 다 힐

뜯고 비웃었으나, 성신(誠信)이 점점 젖어 들어서 오래되자 교화되니, 전일 헐뜯고 비웃던 자들이 다 감복하였다.[12]

형제간의 송사에 대한 주세붕의 처결은 해당 사건에 대한 객관적인 법 적용이 아니라 법 이전의 형제애를 강조하는 방향으로 진행되고 있다. 이러한 위정자의 모습은 『오륜전전』에서도 그대로 등장하는데, 이는 『오륜전전』의 서발(序跋)에서 누차 강조하고 있는 풍속의 교화가 결국 주세붕이 구현하고자 그것과 동질적인 것임을 드러내고 있는 것이다. 나아가 『오륜전전』을 통해 확인되는바 예치시스템 확립을 위해 본격적인 윤리보급운동의 일환으로 행해졌던 소설의 활용은, 전란 이후 가문질서의 재정비를 위해 다시 한 번 소용되게 된다. 본연지성의 회복이 '행복한 결말'을 가져올 수 있다고 설파했던 『오륜전전』은 향후 보다 세련된 방식으로 또 다른 층위의 '행복'을 이야기하는 소설들을 낳게 된 것이다.

3. 17세기 소설의 가족(門) 지향성과 '행복한 결말'

『오륜전전』을 통해 그 구체적 틀을 드러내기 시작한 고소설의 '행복한 결말'은 17세기로 접어들면서 여러 정황들과 맞물려 다변화 된다.[13]

---

12   『중종실록』, 1541년 5월 22일.
13   중국 소설의 번안·개작물인 「왕시봉기우기」와 「왕경룡전」이 전기집(傳奇集)의 형태로 향유되는가 하면, 「상사동기」는 종래 애정전기의 비극적 현실인식에서 탈피하고 있으며, 「동선기」는 17세기 소설 전변의 면모로서 주목되기도 한다. 이들은 모두 '행복한 결말을

17세기 소설사의 '행복한 결말'은 당대의 현실문제와는 일정한 거리를 지닌 채 존재했던 통속물을 통해서도 구현되는가 하면, 당대 전란의 체험과 그 여파로 인한 소설 창작의 과정에서 수용되기도 했는데, 본고에서는 특히 후자의 경우에 주목해 보고자 한다.

전란의 체험은 소설이 당대에 부상된 새로운 문제에 관심을 쏟게 했던바, 그것은 다름 아닌 전란 이후 '가족(문)'의 재건과 관련된 문제였다. 흥미로운 것은 이 시기 소설이 '가족(문)'이라는 새로운 주체를 흡수하기 시작하면서 '행복한 결말'의 또 다른 한 축을 공고히 했다는 점이다. "가족(문) 지향성과 그로 인한 '행복한 결말'의 출현"이라는 현상은 17세기 소설사의 전환 양상을 드러내는 하나의 표지임과 동시에 18세기 이후의 소설사 변환을 예비하고 있는 맹아(萌芽)로서 그 의미에 대한 천착이 요구된다고 하겠다.

그런데 주목할 것은 소설이 가족(문)의 '행복'을 문제 삼으면서 여성의 형상화에 변모를 가하기 시작한다는 점인데, 이러한 현상을 잘 드러내고 있는 텍스트가 「최척전」과 「사씨남정기」라고 할 수 있다. 이하에서는 두 텍스트의 서사 전개를 따라가면서 여성 형상의 변모와 그로

보여주고 있는데, 이 중 「상사동기」를 제외한 나머지 작품들의 눈에 띄는 공통점은 그와 같은 결말이 바로 '적대자'의 출현으로 인한 갈등 양상의 구체화를 통해 이루어지고 있다는 점이다. 『오륜전전』이 갈등 구도를 통해 보다 원활하게 '교화'의 목적을 달성하고자 했던 전대의 정황에 비춰본다면, 독자들의 욕구는 위정자들의 소설 활용 목적과는 동떨어진 방향으로 미끄러져 가고 있었음을 알 수 있다. 이와 같은 서사 구조가 17세기 중·후반 이후에 본격적으로 출현하고 있다는 사실은 파한지자(破閑之資) 혹은 각병지자(却病之資)로서의 소설이라는 관념이 빠르게 확산되고 있는 단적인 증거가 될 것이지만, 본고에서 이야기하는 '행복한 결말'과는 층위가 매우 다르기도 하고 또한 구체적 고찰은 지면을 달리 해야 할 정도로 적지 않은 거리를 지닌 문제이기에 본고에서는 일단 논의의 범위를 한정하기로 한다. 더불어 상술한바, 애정전기를 중심으로 한 초기 소설사의 지형에 관한 종합적 고찰은 정환국, 『초기 소설사의 형성과 그 저변』, 소명출판, 2005 참조.

인해 획득된 '행복한 결말'의 의미를 함께 고찰해 보고자 한다.

1) 옥영의 눈을 통해 본 「최척전」의 '행복한 결말'

「최척전」을 둘러싼 장르 논쟁에서도[14] 알 수 있듯이, 「최척전」은 기본적으로 애정전기(愛情傳奇)의 서사 문법을 차용하고 있으면서도, 주제적 지향에 있어서는 판이한 방향으로 서사가 진행되고 있다. 독자의 입장에서 보자면 결말은 가장 늦게 접하게 되는 서사 국면일 테지만, 작가의 입장에서 즉 모든 서사를 조망하고 관장하는 입장에서 보자면 결말은 창작의 바탕이 된다고도 할 수 있다. 문제는 '행복한 결말'을 지향하기 위해서 필연적으로 애정전기의 문법에 변용이 가해질 수밖에 없고, 나아가 전체적인 서사 구조의 변개를 동반해야만 한다는 사실이다. 그리고 그와 같은 변용을 위해서는 무엇보다 여성 형상화의 변개가 우선적으로 요청될 수밖에 없다. 전대(前代)의 애정전기와 같이 주인공을 죽음으로 몰아넣은 후, '행복한 결말'에 이르기는 매우 어려운 일이기 때문이다. 그렇다면 「최척전」의 여성 형상은 전대의 그것과 어떤 차이를 보이고 있는가.

「최척전」의 서두에서 옥영은 전형적인 애정전기의 여주인공으로 형상화 되고 있다. 남성에 대한 적극적인 애정 표현 그리고 이후 결코 변

---

14   '현실성의 강화와 서사적 편폭의 확대'라는 17세기 전기소설의 특성을 어떻게 바라보느냐에 따라 즉, 장르적 가능성의 구현으로 볼 것인가 장르적 파탄으로 볼 것인가에 따라 의견이 분분하였다. 박희병과 임형택의 다음 논의가 대표적이다. 박희병, 「한국 고전소설의 발생 및 발전단계를 둘러싼 몇몇 문제에 대하여」, 『한국전기소설의 미학』, 돌베개, 1997; 임형택, 「전기소설의 연애주제와 위경천전」, 『동양학』 22, 단국대 동양학연구소, 1992.

하지 않는 사랑은 '傳奇的 人間'들의 특징이며[15] 그녀 역시 마찬가지였던 것이다. 옥영은 서울에 살다가 임진란을 피해 강화에서 배를 타고 나주 회진을 거쳐 남원의 친척집에 머무르게 된다. 아버지가 없던 그녀는 자신의 친척집에 글을 배우러 다니던 최척을 보고 자신과 가족을 의탁할 만한 인물로 여겨 편지를 통해 자신의 마음을 전하게 된다. 더욱이 혼사를 마땅치 않게 여겨 반대하는 자신의 어머니에게 자신의 의사를 정확하게 표현하기도 하며, 보다 구체적인 혼사장애가 빚어지자 자살 시도도 마다하지 않는 여인으로 묘사된다.

이렇듯 남녀 간의 애정에 대해 매우 적극적인 태도를 보이는 여성상은 전대의 전기 장르에서 흔히 만나볼 수 있는 인물형이다. 주목할 것은 이와 같은 적극적인 여성상이 전기의 공간에서 빠져나와 험준한 현실과 마주쳤을 때 어떤 인물형으로 변모하는가 하는 점이다. 최척과 혼인한 옥영은 정유재란 때 왜노(倭奴)인 돈우(頓于)에게 남장(男裝)을 한 채로 붙잡혀 일본 나고야[狼姑射]로[16] 가게 된다. 문제는 이후 옥영의 행보를 통해 전란과 여성의 관계에 대해 절사(節死) 혹은 종사(從死)라는 '모범답안'을 즐겨 사용했던 애정전기의 문법에[17] 심각한 균열이 일어나고 있음을 발견하게 된다는 점이다.

---

15   박희병, 「전기적 인간의 미적 특질」, 앞의 책, 33~55면.
16   나고야라는 지명은 일본에 두 곳 ― 아이치[愛知]현의 나고야[名古屋]와 큐슈지방의 나고
      야[名護屋] ― 이 있다. 작품의 맥락으로 볼 때, 狼姑射는 임진왜란 때 조선침략을 위한 사
      령부가 있던 곳이며 더불어 조선 및 중국과의 교통이 편리했던 가라쓰[唐津] 소재 名護屋城
      으로 보아야 할 것 같다.
17   「만복사저포기」의 경우에도 전란으로 희생된 여인이 등장하며 이 여인 역시 자신이 정절을
      지키기 위해 죽은 것으로 설정되어 있다. 이를 통해 볼 때, 「위경천전」에서 從軍한 남편의 부
      음을 듣고 곧바로 從死하는 소숙방의 형상은 前代 애정전기의 여성 형상과 맞닿아 있는 면이
      있다고 할 수 있다.

이때 옥영은 왜병인 돈우(頓于)에게 붙들렸는데, 돈우는 인자한 사람으로 살생을 좋아하지 않았다. (…중략…) 돈우는 옥영의 영특한 면모를 사랑하였다. 옥영이 붙들린 채 두려움에 떠는 것을 보고 좋은 옷을 입히고 맛있는 음식을 먹이면서 옥영의 마음을 달래었다. 그러나 옥영이 여자인 줄은 끝내 몰랐다. 옥영은 물에 빠져 죽으려고 두세 번 바다에 뛰어들었으나, 사람들이 번번이 구출해서 결국 죽지 못하고 말았다. 어느 날 저녁이었다. 옥영의 꿈에 장육금불이 나타나 분명하게 말했다. "삼가 죽지 않도록 해라. 후에 반드시 기쁜 일이 있을 것이다." 옥영은 깨어나 그 꿈을 기억해 내고는 전혀 희망이 없는 것은 아니라고 생각했다. 그래서 마침내 억지로라도 밥을 먹으며 죽지 않고 살아남았다.[18]

전란의 소용돌이 속에서 가족이 뿔뿔이 흩어지는 이산을 경험하지만, 「최척전」의 옥영은 죽지 않았다. 남장(男裝)을 한 채로 포로가 되었던 덕에 정절의 훼손도 막을 수 있었다. 작가는 기존의 애정전기가 보여 왔던 관습에서 일탈해 전란의 소용돌이 속에서 여주인공을 정절의 위협과 죽음의 문제에서 모두 구출해 냈다. 더욱이 이후 펼쳐지는 그녀의 광활한 행보 — 동아시아 삼국을 넘나드는 편력과 그 속에서 펼쳐지는 남편과의 상봉과 재이별 — 는 기존의 애정전기로서는 엄두도 내지 못할 시공간적 배경의 확대를 초래했음은 물론이다.

옥영은 이후 계속해서 남자 행세를 하며 돈우를 따라 복건성과 절강성 일대를 오가며 장사를 한다. 그러던 중 안남으로 장사를 하러 갔다가 그곳에서 최척과 극적으로 재회한다. 하지만 이들 부부는 항주(杭

---

18 이상구 역주, 『17세기 애정전기소설』, 월인, 2003, 216~217면.

州)에서 정착생활을 하던 중 '심하전투'와 최척의 종군으로 인해 다시금 이산(離散)의 상태로 접어들게 된다. 항주에서 최척을 기다리던 옥영은 출정한 명나라 군사가 전멸했다는 소식을 듣고 죽음을 결심하지만 꿈에 나타난 장륙불의 예언 — 죽어서는 안 되며, 장차 기쁜 일이 있을 것이라는 — 을 통해 깨달은 바가 있어 고국으로 돌아가기로 마음먹고 다음과 같은 구체적 행동을 실행한다.

옥영은 즉시 조선과 일본 두 나라의 옷을 짓고, 매일 아들과 며느리에게 두 나라 말을 가르쳐 익히게 했다. 그리고 날마다 행사와 관련하여 몽선에게 주의를 주며 말했다.

"항해가 잘되고 잘못되고는 오로지 돛대와 노에 달려 있으니, 돛대는 촘촘히 기워야 하고 노는 견고해야 한다. 또 없어서는 안 될 것이 지남석이다. 항해할 날짜는 내가 정할 것이니 나의 뜻을 어기지 않도록 해라."[19]

기존의 소설에서는 찾아 볼 수 없었던, 거대한 공간지평과 가족과의 재회에 대한 순연한 욕망이 이처럼 새로운 인물형을 창조할 수 있는 기반이 되었다고 본다. 더욱이 이러한 인물형은 후대의 소설에서도 찾아보기 어렵다는 점에서 임란의 현실이 빚어낸 독특한 문학적 산물이라고 하겠다.

그렇다면 이와 같은 장르적 일탈의 지향은 무엇이었는가. 이 질문은 다음과 같이 바꿀 수도 있을 것 같다. 작가는 왜 전란의 위협 속에서도

---

19 이상구, 앞의 책, 223면.

그녀를 살아내게 했던가. 이를 살펴보기 위해 잠시 작자 조위한의 삶 중 특히 전란과 관련된 이력들을 되짚어 볼 필요가 있다.

1592년 26세의 나이로 임진란을 당한 조위한은 어머니를 모시고 連川, 兎山 등지로 피란했다가 겨울에 남원으로 오는데 이때 첫 딸이 피난지에서 죽는다. 1594년에는 어머니 韓씨가 그 후 1597년에는 부인 洪씨가 사망한다. 정유재란 시 弟嫂인 高興 柳씨의 절사 소식을 듣는다. 1600년 鎭川 宋씨와 재혼해 딸을 낳지만 1601년 딸이 곧 夭死한다.[20]

조위한은 전란의 와중에서 그의 어머니와 부인은 물론 딸까지 잃는 고통을 겪는다. 하지만 조위한과 그의 가족이 겪었던 참화(慘禍)가 당대에 있어 결코 그들만의 경험이 아니었다는 사실이 더욱 중요하다. 다음의 기록을 보자.

先王朝의 癸巳·甲午년 사이에, 새로 倭寇의 침략을 겪은 다음이어서, 무명 한 필 값이 쌀 두 되었으며, 말 한 필 값이 쌀 서너 말에 지나지 않았다. 굶주린 백성들은 白晝에 사람을 무찔러 죽이고, 父子·夫婦가 서로 잡아먹는 지경에 이르렀다. 그 위에 전염병이 겹쳐서 길에는 죽은 사람이 서로 베개를 하였었으며, 수구문 밖에는 시체가 산더미처럼 쌓여 성보도 두어 길이나 더 높았으므로 僧徒를 불러다가 매장하는데 乙未年에 가서 겨우 마치었다.[21]

---

20   민영대, 『조위한의 삶과 문학』, 국학자료원, 2000, 103~104면 참조.
21   이수광 저, 남만성 역, 『지봉유설』상, 을유문화사, 1994, 44~45면.

이는 당시의 전란(戰亂)에 대한 짧지만 강렬한 보고서로서, 현전하는 자료 중 이러한 기록들은 찾는 것은 결코 어려운 일이 아니다. 즉 조위한과 그의 가족이 겪은 고통은 특수성보다는 보편성이 더욱 강했던 것이라 할 수 있다. 이 지점에서 우리는 「최척전」의 창작 동인과 그 지향의 일단을 간취할 수 있게 된다. 작자는 당대의 보편적 고난 — 전란으로 인한 가족의 이산 — 을 소재로 취하되 현실에서는 성취되기 어려웠던 가족 간의 완벽한 재회(再會)를 그려냄으로써 전란에 대한 나름의 문학적 대응을 시도했던 것이다.

그러면 이제 옥영의 간난(艱難)했던 행보의 끝은 어떻게 마무리가 되고 있는가를 살펴보자.

옥영 일행이 곧 일어나 그 집 문 앞으로 나아가 보니, 최척과 그의 아버지가 수양버들 아래 앉아 있었다. 시아버지와 며느리, 남편과 아내, 아버지와 아들, 형제가 놀라서 서로 부둥켜안고 통곡을 하였다. 진위경도 와서 자기 딸과 상봉을 하였으며, 심씨는 허둥지둥 달려 나와 딸 옥영을 끌어안고 통곡하다가 기절하고 말았다. 모두들 꿈이요, 세상에 진짜로 벌어진 일이 아닌 듯이 슬픔과 기쁨을 억누르지 못하였다. (…중략…) 남원부윤이 이 이야기를 상소로 올리자, 조정에서는 최척에게 특별히 정헌대부를 가자하고, 그의 아내 옥영을 정렬부인에 봉하였다. 2년 후인 신유년에 몽석과 몽선 두 형제가 모두 무과에 급제하였다. 후에 몽석은 관직이 호남병마절도사에 이르렀으며, 몽선은 해남현감이 되었다. 이때까지 최척 부부는 모두 살아서 아들들의 영광스러운 봉양을 많이 받았으니, 참으로 희한한 일이로다![22]

---

22 이상구, 앞의 책, 238~239면.

최척 부부는 기존의 고통스런 기억들을 상쇄할 만큼의 '보상'을 받는다. 무엇보다 가장 큰 보상은 가족의 재회라고 할 수 있는데, 이에 더해 두 아들의 급제와 관직 진출을 후일담 형식으로 기록하면서 후대 소설의 '행복한 결말'을 고스란히 구비해 놓고 있다. 결국 옥영이 보여준 행보는 전란으로 인한 가족의 해체 위기를 새로운 여성 형상을 통해 극복해 내고자 했던 작가의 지향을 드러내고 있는 것이다.

그런데 이와 같은 「최척전」의 '행복한 결말'은 기존 애정전기(愛情傳奇)의 문법에 비추어 볼 때 그 자체로 매우 문제적일 수밖에 없었고, 이에 관련 논의들이 적지 않게 산출되기도 하였는데, 특히 결말구조가 지니는 의미에 대한 논의를 대략적으로 살펴보면 다음과 같다.

먼저 소설사적 맥락에서 "초기소설이 후대의 통속적인 일대기 소설로 이행하는 모습을 가장 잘 보여 주는 형식을 취하고 있"[23]다고 하면서 「최척전」의 '행복한 결말'을 후대 영웅소설의 통속적 결말의 단초로서 해석하는 시각이 있었다. 또한 "「최척전」에 공존하던 두 가지 지향 중 초현실적 요소는 영웅소설 등의 국문 장편소설에 계승되었고, 사실주의적 서술 태도는 야담계 한문단편이나 전계(傳系) 한문단편에 발전적으로 계승되었다"[24]는 시각도 존재했다. 두 견해에서 일정한 차이가 감지되기도 하지만, 공통적으로 애정전기의 장르적 변환 양상 즉 '행복한 결말'을 소설사적으로 어떻게 해석할 것인가의 문제의식이 내포되어 있다.

---

23 박일용, 「조선 후기 애정소설의 서술시각과 서사세계」, 서울대 박사논문, 1989, 24면.
24 박희병, 「최척전 : 16,7세기 동아시아의 전란과 가족이산」, 『한국 고전소설 작품론』, 집문당, 1990, 103~104면.

다음으로 주제 해석의 맥락이다. 이 역시 작품의 대단원에 비중을 둔 해석들이 많으며, 특히 전란으로 인한 가족의 이산과 재회라는 구성에 초점을 맞추어 '고난과 구원'[25] 혹은 '가족애(家族愛)'[26]의 차원에서 적지 않은 논의들이 있어 왔다. 나아가 "인간애를 바탕으로 한 동아시아인의 연대"[27]까지 논의가 확장되고 있다. 이렇듯 「최척전」은 장르적 파격과 전란의 상흔에 대한 문학적 위안 혹은 대응이라는 차원에서 그 위상이 더욱더 공고해져 가고 있는 듯하다.

이와 같은 평가에 대해서 필자 역시 상당 부분 공감하고 있지만, 「최척전」이 드러내고 있는 무의식적 징후들 역시 반드시 함께 고려해야 한다고 생각한다. 이때의 무의식적 징후란 다름 아닌 당대 가부장제의 확립에 관한 것인데, 이는 「최척전」에서 구현하고 있는 '행복'의 양상과 그를 위한 장르 변모를 통해 어느 정도 확인해 볼 수 있다.

주지하듯이 17세기는 종법적 가부장제 질서가 자리를 잡아가기 시작했던 시기이며, 장편소설의 출현 역시 이와 같은 시대적 정황을 잘 반영하고 있는 문학적 현상 중 하나이다. 그런데 우리는 애정전기의 변형태인 「최척전」을 통해서도 당대의 변화해 가던 가족제도의 편린들을 일정 부분 읽어낼 수 있다. 최척과 옥영의 결연과정에서 드러난 반친영례(半親迎禮)의 모습과 자식들의 이름에 사용한 항렬자(行列字)[28] 등

25 강진옥, 「최척전에 나타난 고난과 구원의 문제」, 『이화어문논집』 8, 이화여대한국어문학연구소, 1986.

26 박희병, 앞의 글; 김문희, 「최척전의 가족 지향성 연구」, 『한국고전연구』 6집, 한국고전연구학회, 2000.

27 김현양, 「최척전, '희망'과 '연대'의 서사」, 『한국 고전소설사의 거점』, 보고사, 2007, 104~105면.

28 "부계혈연집단 형성의 또 하나의 중요한 지표는 가족보다 넓은 범위에 적용되는 行列字 사용의 제도화를 들 수 있다. 이의 사용 자체가 부계친의 집단 내지 조직화를 의미하기 때문이다." 최재석, 『한국 초기사회학과 가족의 연구』, 일지사, 2002, 223면. 「김영철전」에서

이 그것인데, 이는 당대 가족제도의 변화상이 작품의 문면을 통해 드러난 단적인 예라고 판단된다. 다시 말해 「최척전」은 '가족애'라는 항구적 가치를 드러내는 것뿐만 아니라 부지불식간에 확장된 가족인 가문에 대한 열망이 그 이면에 함께 잠재해 있다는 것이다. 이 점에서 「최척전」은 애정전기의 변모와 장편가문소설의 출현이라는 이질적인 현상의 공통분모를 지니고 있는 작품이라고 할 수 있다.[29]

그렇다면 이와 같은 관점에서 우리는 「최척전」의 '행복한 결말'을 옥영의 눈을 통해 다시 한 번 음미해 보면서 다음과 같은 질문들을 던져 볼 수 있다고 생각한다.

옥영이 보여준 비범한 적극성과 생에 대한 의지가 자칫 전란 이후의 새로운 종법질서 정착을 위해 여성들에게 부과된 또 다른 질곡의 암시가 될 수 있는 것은 아닐까. 혹은 애정전기의 열녀(烈女)들은 이제 개인이 아닌 '가족(門)'의 일원으로서 죽음마저도 유예해야 했던 것은 아닐까. 옥영은 어쩌면 '가족(門)'의 일원으로서만 그 정체성을 보장받게 되었던 시대상의 변화 속에서, 지난한 역경의 삶을 강요받았던 것은 아닐까.

물론 이것은 지나친 비약이겠지만 적어도 「최척전」을 통해 구현되고 있는 '행복한 결말'에서 '행복'의 주체가 과연 누구인가라는 질문은 던져 볼 수 있을 것 같다. 정렬부인(貞烈夫人) 이옥영(李玉英), 그녀는 과

도 자식들의 이름에 항렬자를 사용하고 있음을 볼 수 있는데, 이는 「하생기우전」에서 두 아들의 이름을 적선과 여경으로 칭하고 있는 것과 좋은 대조를 이룬다.

29 강상순은 가부장적 가문 이데올로기의 전사회적 파급이 전기소설의 토양이 되어 주었던 (체제 비판적인) 이데올로기적 맥락을 변모시키고, 새로운 서사양식, 즉 가부장적 윤리도덕의 승리를 구현하거나 자아의 남성적 가능성의 상상적 극대화를 추구하는 장편소설 양식의 부상을 가져오게 만들었다고 언급하면서 「최척전」이 그와 같은 상황을 증후적으로 보여주는 작품이라고 평가한 바 있다. 강상순, 「전기소설의 해체와 17세기 소설사적 전환의 성격」, 『어문논집』 36, 민족어문학회, 1997 참조.

연 행복했을까? 물론 그녀는 행복했을 것이다. 전란의 와중에 무사히 모든 가족이 재회하게 되었으며, 정렬부인이라는 명예와 자식들의 봉양을 받으며 수를 누리게 되었으니, 그녀의 행복은 그 이상이 없을 정도일지도 모를 일이다. 하지만, 결코 간과해서는 안 되는 것은 우리가 「최척전」의 옥영을 통해 여성이라는 개인 주체가 '가족(門)'이라는 집단 주체 속으로 포섭되는 광경을 목도하게 된다는 점이다. 이렇게 본다면 옥영을 죽음의 위기에서 수차례 구해주었던 장륙불의 음성 그 뒤편에는 여성들을 향한 남성들의 또 다른 훈육이 도사리고 있었을지도 모를 일이다. 정렬부인이 「박씨전」이나 「춘향전」 등에서 '통속적 보상'의 아이콘으로 자리 잡고 있는 현상도 이와 관련해 눈여겨 볼 일이다.

「최척전」을 통해 알 수 있듯이, 임란의 경험은 애정전기의 이상적인 여성 형상에 근본적인 변화를 촉발했고, 그로 인해 전에 없었던 문학적 성취를 이룩했지만, 그 궁극적 지향이 결국 '가족(門)'이었다는 점에서 새로운 문제의 불씨를 내재하고 있었다고 생각한다. 그때의 가문이 정착시키려 했던 질서란 전례를 찾아볼 수 없었던 남성 / 장자 중심의 질서였기 때문이다. 「최척전」의 서사전개와 '행복한 결말'은, 옥영의 입장에서 보자면, 강요된 고난에 대한 가문 / 남성 차원의 관념적 보상일지도 모를 일이다.

이렇듯 애정전기의 여성 형상은 직접 체험한 전란과 더불어 변화하는 가족제도의 시대상과 맞물리면서 크게 변모를 겪게 된 것이다. 나아가 「최척전」을 통해 암시되었던 새로운 여성상은 「사씨남정기」로 대변되는 국문 장편소설을 시작으로 점차 그 구체적인 형상을 드러내게 된다.

2) '행복한 결말'을 통한 통속적(通俗的) 세교(世教)의 완성 : 「사씨남정기」

「사씨남정기」(이하 「남정기」)는 권선징악(勸善懲惡)을 통해 '행복한 결말'에 이르는 정형을 구비해 놓은 작품이다. 좀 더 정확히 말한다면 '징악(懲惡)'의 서사 과정을 거쳐 '행복한 결말'에 이르는 것을 보여준 후, 그 여운을 통해 텍스트 밖의 독자들을 '권선(勸善)'하는 순서를 밟아간다. 이때의 '선(善)'이란 사씨가 그렇게도 철저하게 고수하고 있는 '이념'이며, '악(惡)'은 교씨를 통해 발현되고 있는 인간의 갖가지 '욕망(慾望)'들이라고 할 수 있다. 『오륜전전』에서 순진할 정도로 직설적인 표현을 통해 구현된 선과 악의 형상이 「남정기」에 오면 첨예하고 지속적인 갈등과정 속에서 '흥미진진'하게 묘사되고 있는 것이다. 통속(通俗)과 교화라는 동전의 양면이 「남정기」에 와서 그 형태를 제대로 갖추게 된 셈인데, 이러한 완성이 가능했던 데에는 무엇보다 악인의 형상화에 성공했기 때문으로 볼 수 있다.[30]

교씨는 끝을 알 수 없는 절대악의 이미지로 묘사되고 있으며, 더욱이 그와 같은 '악'이 서사 전개의 마지막까지 '선'으로 표상된 사씨와 갈등을 지속하면서 서사적 긴장을 유지하고 있다. 그렇다면 「남정기」가 구현하고 있는 권선징악의 구체적 양상은 어떠한가. 이하에서는 주로 사씨와 교씨의 형상화와 그 갈등 관계를 중심으로 논의를 진행해 보고자 한다.

「남정기」는 처첩갈등을 주축으로 서사가 진행된다. 물론 '황제-유연

---

30 이와 같은 변모는 「최척전」이 가족 주체와 여성 주체 사이의 미묘한 길항을 암시의 형태로 미묘하게 드러냈던 것에 반해, 「남정기」에 와서는 善 · 惡型 인물들의 갈등과정과 권선징악을 통해 여성이 가족(문)을 위해 견지해야 하는 자세가 무엇인지를 구체적으로 적시하기 시작한 것으로 파악할 수 있다.

수-엄숭' 혹은 '유연수-사씨-교씨' 등 중첩된 삼각관계의 역학을 어렵지 않게 간파할 수 있을지라도, 그와 같은 삼각관계가 작품의 서사를 이끌어 나가는 근본적은 동력은 아니다. 「남정기」를 이른바 "쟁총형 가정소설(爭寵型 家庭小說)"로 분류하는 시각은[31] 작품의 핵심적 갈등을 처첩 간의 갈등에서 파악하고자 하는 단적인 예이다.

하지만 정작 사씨와 교씨 사이의 실질적인 대립 양상을 살펴보면 문제는 좀 달라진다. 요컨대 그녀들은 동일한 대상 ─ 쟁총형 소설이라면 가부장인 유연수의 관심과 애정이 그 대상이 될 것이다 ─ 을 놓고 대결하지 않는다. 사씨의 남정(南征)은 교씨의 '일방적인' 모해(謀害) 속에서 고난의 형태로 구체화되지만, 그러한 와중에서 사씨는 결코 교씨에 대한 구체적인 원한의 감정을 드러내지 않는다. 오히려 그녀는 유가적 전통 속에서 성녀(聖女) 혹은 절사(節士)로 추앙받는 이들과 자신을 동일시함으로써 자신에게 주어진 고통을 감내하고자 한다. 이러한 정황은 회사정(懷沙亭) 대목에서 여실히 드러난다.

이 땅은 바로 옛날 충신이 참소를 받고 물로 뛰어들어 스스로 목숨을 끊었던 곳이라네. 舅姑님 신령께서는 내가 옛사람처럼 죄가 없다는 것을 잘 알고 계시지. 그 때문에 나로 하여금 이곳에서 스스로 물에 빠져 죽게 하려는 것이었어. 나의 정절을 온전하게 하여 옛사람과 더불어 이름을 나란하게 하려는 것이었지. 이 어찌 우연이라 할 수 있겠는가? 맑은 강물이 천척은 족히 되겠군. 가히 내 뼈를 묻을 만하겠구려! …… 비간은 심장을 쪼갰고 자서는 눈알을 뽑았어. 굴원은 상강에 빠졌고

31   우쾌제, 『한국 가정소설 연구』, 고대 민족문화연구소, 1988, 235면.

가의는 복조부를 읊었지. 예로부터 본디 그와 같았다네. 나 또한 그렇지 않을 리가 있겠는가?**32**

　　교씨의 모해로 유가(劉家)에서 방축된 사씨는 자신의 친정이 아니라 유씨의 선영(先塋) 근처에서 기거한다. 얼마 후 사씨는 다시금 냉진의 겁박 위협을 피해 두부인(杜夫人)을 찾아 장사(長沙)로 가지만, 결국 그녀를 만날 수 없게 되자, 회사정(懷沙亭)에 올라 위와 같은 말을 한 것이다. 사씨는 자신의 이름을 "고인(古人)"들과 나란히 하고자 하며, 비간·자서·굴원 등과 자신을 동일시하고 있다. 또한 자살을 결심하고 실행에 옮기려 하는 그 순간에도 그녀가 원망한 대상은 "하늘"일지언정 자신을 핍박한 교씨는 아니었다.

　　푸른 하늘이여! 어찌하여 나로 하여금 이렇게 혹독한 지경에 이르게 하시는가? 옛 사람이 이른바 복선화음이라는 말도 부질없는 소리가 아닌가?**33**

　　이렇듯 그녀는 복선화음(福善禍淫)으로 표상되는 천도(天道)의 바른 운행에 대해 회의할 뿐, 교씨와의 대결의식은 찾아보기 어렵다. 사씨의 이러한 이념 지향적 태도는 기실 자신이 곤궁한 처지에 놓여 있을 때만 드러났던 것은 아니다. 교씨와의 최초 마찰이 그려지고 있는 〈예상우의곡(霓裳羽衣曲)〉 연주 대목을 살펴보자.

32　이래종 역, 『사씨남정기』, 태학사, 1999, 96~97면. 이하 번역문의 인용은 이 책을 따르고 면수만 표기함.
33　위의 책, 97면.

'행복한 결말'의 출현과 17세기 소설사 전환의 일 양상 ｜

낭자가 타신 것은 당나라 때의 예상우의곡이지요. (⋯중략⋯) 그러한 망국의 노래는 본디 취할 만한 것이 아니랍니다. 도한 낭자는 손놀림이 빠르고 가벼워 그 소리가 지나치게 슬프고 원망하는 듯하오. (⋯중략⋯) 또한 낭자가 노래한 시를 살펴보건대, 앵앵은 실절한 여인이었고 설도는 창녀의 몸이었소. 그 시가 비록 공교롭다고는 하나 그 행실은 매우 비천하였던 것이지요. (⋯중략⋯) 당나라 때의 시 가운데에도 또한 노래할 만한 것이 많이 있다오. 그런데 낭자는 어찌하여 그러한 곡조를 택한 것이었소?[34]

사씨는 당대의 유가적 이데올로기를 체현(體現)하고 있는 인물이다. 당대의 윤리와 이념의 관점에서, 그녀는 교과서적인 인물이지 결코 나약한 인물이 아니다.[35] 나아가 교씨와의 갈등에 대해 정면으로 대항하지 않고, 유가의 이상적(理想的) 인물에 자신을 가탁하며, 인간이 아닌 천도(天道)에 대해 회의를 품는 그녀의 태도는 교씨와의 갈등 상황을 탈현실화 시키는 동시에 교씨의 악행(惡行)을 더욱 부각시키는 역할을 수행한다. 사씨가 고결해질수록 교씨의 타락은 강조되며, 그 역도 또한 성립된다. 사씨는 자신이 겪고 있는 구체적 갈등 상황에 대해서 이념의 고수라는 관념적 대안으로 대처하고 있는 것이다.

이념지향적인 사씨에 반해 교씨는 철저히 자신의 욕망(慾望)에 따라 행동하는 인물로 그려진다. 그리고 그녀의 욕망이 성취되는 것과 반비례해서 유가(劉家)는 점차 파탄에 이르게 된다. 더욱이 교씨의 욕망은

---

34 위의 책, 38~39면.
35 사씨에 대해 "적극적인 현실론자"라는 새로운 시각으로 분석한 논의는 지연숙, 「「사씨남정기」의 이념과 현실」, 『민족문학사연구』 17호, 민족문학사학회, 2000 참조.

가문의 안주인이 되는 것에서 멈추지 않는다. 작품의 서사과정 속에서 그녀는 물욕(物慾)과 성욕(性慾)의 화신(化身)으로 변모한다. 만일 교씨가 단순히 한 가문의 내적 질서를 혼란하게 만드는 존재로 설정되었다면, 처첩갈등의 양상과 작품의 결말은 달라지지 않을 수 없었을 것이다. 하지만 그녀는 가문의 질서를 위협하는 수준의 인물이 결코 아니다. 오히려 그녀는 가문질서의 교란과 전복 이후 가문윤리와는 무관한 인간적 타락의 극단을 보여주는 인물로 묘사되고 있다는 점에 집중할 필요가 있다고 본다.

그녀는 표면적으로 그리고 부분적으로 사씨와 갈등하는 인물이지만, 적처(嫡妻)가 된 이후 그녀는 자신의 욕망에 따라 움직이는 인물일 따름이다. 유연수와의 관계 속에서 동청과 사통(私通)하고 다시 동청과의 관계 속에서 냉진과 사통하는 것으로 그려지는 그녀는 결국 창기(娼妓)로 전락하였던바, 그녀의 삶을 이끌었던 것은 다름 아닌 물욕(物慾)과 성욕(性慾)이었다. 따라서 사씨와 교씨 사이의 처첩갈등은 쟁총(爭寵)이라고 하기 어렵다. 왜냐하면 우선 예상우의곡 대목에서 확인했던 바와 같이, 사씨가 교씨를 대하는 태도는 상호 간에 갈등을 일으킬 수 있는 대등한 관계가 아님을 암시한다. 그것은 일종의 권력과 비권력의 마주침일 뿐이다. 더욱이 교씨의 모해(謀害)는 사씨와의 현실적 갈등을 불러왔다기보다는 오히려 사씨의 이념지향을 확인해주는 계기로 작용하고 있다는 점에서 더욱 그렇다. 결국 교씨에게 있어 갈등의 주원인은 사씨가 아니라 자신의 주체할 수 없는 욕망 그 자체이며, 이를 통해 작자는 철저한 악녀(惡女)의 이미지를 구축하는 데 성공한 것이다.

즉 「남정기」의 갈등구조는 처첩 간의 갈등으로 형상화되어 있지만,

그 이면에는 이념과 욕망이라는 서로 다른 층위의 지향들이 엇갈려 있는 것으로 파악할 수 있다. 특히 한 가문 내에서 처첩의 관계를 맺게 된 인물들이 보여주는 이념과 욕망의 행보가 각각 선악(善惡)의 표상과 함수관계를 맺게 된다는 점에 주목해야 한다. 즉 축첩의 동기가 현실성을 갖기 어려운 것이라는 지적을[36] 감안한다면, 두 인물 사이의 갈등 상황을 통해 작가가 구현하고자 한 것은 무엇인가라는 의문이 제기될 수밖에 없기 때문이다.

이에 답하기 위해 먼저 사씨와 교씨의 갈등이 가부장적 가문 윤리의 첨예한 모순지점에서 발생하고 있다는 점을 상기할 필요가 있다. 본래 교씨는 사족(士族)으로서 재색을 겸비했으며, 여공(女工)에도 능할 뿐 아니라, 책을 읽어 고인의 행실을 본받았던 인물이었으며, 더불어 가정 안에서도 자신의 역할을 충실히 수행해 나갔던 인물이다.[37]

교씨는 총명하고 변첩(辯捷)한 여자였다. 한림의 뜻을 능히 받들었으며 더욱이 사부인(謝夫人)을 잘 섬겼다. 그러므로 집안사람들은 그녀를 칭찬하지 않는 이가 없었다.[38]

---

36 "이 시기에는 서얼 차대가 심하여서 첩의 자식에게 재산권과 봉사권을 상속한다는 것은 가문의 쇠락을 뜻하는 것이었다. 그렇기 때문에 이 시기에 後嗣를 잇는 방법을 널리 채택된 것은 繼後를 받아들이는 것이었다. 이러한 당대의 현실 상황으로 볼 때, '후사를 잇기 위해 교씨를 맞아들였다'는 축첩의 동기는 현실성을 갖는 것이라 하기 힘든 것이다." 박일용, 「「사씨남정기」의 이념과 미학」, 『고소설연구』 6, 한국고소설학회, 1998, 222면.

37 주목할 것은 작가가 "與其爲寒士妻, 無寧作宰相妾"이라는 교씨의 언급을 통해 이후 교씨의 성격 변화를 암시하고 있다는 점이다. 빈한한 가세에서 누구나 가져볼 수 있는 저와 같은 욕망이 이후 작가가 설정해 놓은 구도를 따라 극단적인 패악으로 확대 · 강화되고 있다는 사실은 이 작품의 지향성에 대한 하나의 징후이기도 하다.

38 이래종, 앞의 책, 35면.

문제의 발단은 교씨가 아이를 갖게 되면서부터 시작된다. 회임(懷妊) 후 교씨는 "남아(男兒)를 생산하지 못할까 두려"워 하기 시작한다. 한미하고 빈한하기는 하지만 원래 사족 출신이었던 그녀가 유씨 가문의 첩으로 들어오게 된 이상, 그녀가 자신의 정체성을 공고히 하기 위한 유일한 방법은 아들을 낳는 것 외엔 다른 길이 없었던 것이다. "한림이 이 몸을 들인 까닭은 단지 후사를 위한 것이었지. 지금 만약 여아를 낳는다면 도리어 낳지 않는 것만도 못할 것이야"라는 교씨의 언급은 교씨가 처해 있는 현실적 정황을 여실히 드러내준다.

이후 교씨는 이십낭(李十娘)이 만들어준 부적과 기괴한 물건을 자신의 거처에 숨겨놓음으로써, 아들 출산을 위한 나름의 정성을 쏟아 붓는다. 그리고는 결국 아들 장주(掌珠)를 얻는다.

아버지 유희(劉熙)의 죽음 이후, 가장의 지위에 오르게 된 유연수에게 있어 가장 중요한 과제 중 하나였던 후사(後嗣) 문제가 해결됨으로써, 유씨(劉氏) 가문은 안정을 회복하게 된다. 하지만 그 아들이 첩의 소생이었다는 점에서 그 안정은 기실 '불안한 안정'이었을 뿐이라는 사실이 중요하다. 작가가 작품을 통해 의도했던 바는 바로 이 '불안한 안정'을 진원지로 해서 차츰차츰 구체화된다. 교씨가 2부인 혹은 3부인이 아니라 첩의 신분으로 설정된 것도 향후 그녀의 지속적 악행을 가능케 하기 위한 발판으로 기능한다.

내가 저 사람과 비교할 때 용모의 아름다움은 전혀 나은 것이 없지. 그러나 嫡妾의 分義에는 현격한 차이가 있어. 단지 나는 아들을 낳고 저 사람에게는 아들이 없었어. 그 때문에 내가 장부의 후대를 받을 수 있었던 것이야. 그런데 이제 저 사람

이 아들을 낳았어. 저 아이가 장차 이 집의 주인이 될 것이야. 내 아이는 아무 쓸데

가 없게 될 것이 아닌가? 저 사람이 겉으로는 어진 체하고 있지. 하지만 화원에서

나를 책망한 말은 분명히 시기를 부린 것이었어. 하루아침에 나를 한림에게 참소

한다면, 한림이 평소 저를 믿고 있으니 내 신세를 염려하지 않을 수 있겠는가?[39]

사씨의 회임(懷妊)과 득남(得男)은 그녀가 행하게 되는 일련의 악행에

대한 도화선으로 작용한다. 사씨의 득남으로 인해 교씨는 한 가문에서

자신의 모든 정체성을 한 순간에 상실할 위기에 처하게 되었으며, 이에

대한 반작용으로 비정상적인 일련의 행위들을 저지르게 되는 것이다.

기득권 없는 존재로서의 교씨는 이후 악녀(惡女)로 급변하게 되는바, 그

녀의 악행(惡行) 그 기저에는 두 여인 사이의 현격한 계급 차이가 원인

으로 작동하고 있는 것이다. 그렇다면 구체적으로 교씨가 저지를 악행

은 무엇이었나. 작품의 결말부분을 살펴보자.

"너에게는 열두 가지 큰 죄가 있느니라. 처음 부인께서 너에게 경계하여 '음란한

노래를 부르지 말라'고 하셨다. 그것은 호의로 한 말씀이었다. 그런데 너는 인

체(人彘)의 이야기를 만들어 나에게 참소하였다. 그것이 첫 번째 죄이니라. 너는

이십낭과 함께 요망한 짓을 하여 장부를 고혹하게 하였다. 그것이 두 번째 죄이니

라. 음란한 종년을 사주하여 동청과 사통하게 하고 그들과 결탁하여 한패를 이루

었다. 그것이 세 번째 죄이니라. 스스로 저주를 저질러 놓고 그 화를 부인에게 전

가하였다. 그것이 네 번째 죄이니라. 스스로 동청과 사통하여 문호에 욕을 끼쳤다.

---

39   위의 책, 45면.

그것이 다섯 번째 죄이니라. 옥환을 몰래 훔쳐 간인(奸人)에게 주고 '부인이 음행을 저질렀다'고 모함하게 하였다. 그것이 여섯 번째 죄이니라. 스스로 아들을 죽여놓고 부인을 대악(大惡)에 빠지게 하였다. 그것이 일곱 번째 죄이니라. 도적을 보내 부인을 해치려 하였다. 그것이 여덟 번째 죄이니라. 간부(奸夫)와 공모하여 나를 엄승상에게 참소하였다. 그것이 아홉 번째 죄이니라. 유씨 집안의 재물을 모두 탈취한 후 간부를 따라갔다. 그것이 열 번째 죄이니라. 인아를 물속에 던지게 하였다. 그것이 열한 번째 죄이니라. 장사 노상에게 도적을 보내 나를 해치려 하였다. 그것이 열두 번째 죄이니라."[40]

교씨의 죄를 일목요연하게 언급하고 있는 유연수의 언급이다. 교씨는 칠거지악(七去之惡) — 불순구고(不順舅姑), 무자(無子), 음(淫), 투(妒), 유악질(有惡疾), 구다언(口多言), 절도(竊盜) — 으로 대변되는 대표적 악행들을 거의 빠짐없이 실행에 옮겼으며, 이에 교씨의 죄악을 열거하는 것은 곧 「남정기」의 줄거리를 요약하는 것과 동일한 작업이 된다. 이와 같은 결말을 통해 가부장적 질서가 만들어낸 모순 — 범속(凡俗)했던 한 여성이 철저한 악녀로 변모되는 바로 그 지점 — 은 은폐되고, 그 자리를 악녀에 대한 도덕적 징치라는 기치가 덧씌워지게 된다.

하지만 교씨가 밟아나가는 악행의 순서가 작가에 의해 구축된 서사 질서의 한 축임을 염두에 둔다면, 악녀란 원래부터 존재했던 인간 유형이 아니라 누군가에 의해서 탄생하는 존재임을 간취할 수 있게 된다. 나아가 작자는 교씨의 구체적 악행을 사씨의 이념적 행위와 병렬적으

---

40   위의 책, 170면.

로 서술하면서 자연스럽게 사씨의 행위를 선(善)으로 인식하게 만들고 있다. 그를 통해 얻어지는 효용이 중세 가부장적 질서의 확장·강화임은 의심할 여지가 없다.

이렇듯 「남정기」가 중세 가부장적 질서의 옹호를 위해 저술된 작품이라는 견해를 피력하기 위해서는, 그와 같은 이념이 어떤 방식을 통해 구체화되고 있는지에 대한 고찰이 필수적으로 뒤따라야 할 것이다. 우선 작품 속에서 당대의 이데올로기를 유지·강화하고 있는 인물은 당연히 사씨이지만,[41] 중요한 것은 그녀가 당대 이데올로기를 내면화하고 있는 인물로 묘사되고 있다는 점이다. 여기서 권력은 주체를 억압하지 않고 주체를 생산한다는 푸코의 언급을 떠올릴 필요가 있다. 이때 권력이 주체를 생산한다는 말은 바로 여러 가지 기제를 통해 개인의 내면에 권력을 항시적으로 상주시킨다는 의미일 것이다. 이러한 의미에서 사씨는 이미 당대의 이데올로기를 철저하게 내면화하고 있는 인물로 묘사되고 있다는 점에 주목해야 한다. 나아가 내면화된 권력은 선(善) 혹은 정의의 개념과 쉽사리 엇섞이며, 당대 질서의 준수가 곧 선(善)이자 정의로 인식된다는 점도 염두에 두어야 한다.

더욱이 이러한 사씨가 악녀의 모함에 빠져 고난과 시련을 겪을 때, "유

---

41 강상순은 「사씨남정기」의 독자층과 수용 형태에 대해서도 논의를 진행한바 있다. 논자는 이 작품의 예상독자였으며 또한 실제에 있어서도 주 독자층이었을 규방의 여성은 물론 하층의 여성 독자들까지도 한결같이 사씨와의 동일시를 통해 독서의 쾌감을 느꼈을 것으로 추측하고 있다. 이와 유사한 맥락에서, 한 가지 더 짚고 넘어가고자 하는 것은 바로 작품의 이념 지향이 여성인물을 통해 구체화되고 있다는 사실이다. 가부장적 이데올로기의 훈육이라는 목적 하에 주로 여성독자를 겨냥하고 창작된 소설에서 이념의 담지자를 남성이 아닌 여성으로 설정한 작가의 전략은 매우 효과적이었을 것으로 판단된다. 나아가 「사씨남정기」를 둘러싼 당대의 긍정적 비평들은 소설장르의 옹호를 위한 궁색한 변명이 아니라, 효과적이고 실질적인 사회훈육의 관점에서 실질적으로 긍정된 것으로 보아야 한다고 생각한다. 강상순, 「「사씨남정기」의 적대와 희생의 논리」, 『고소설연구』12, 한국고소설학회, 2001, 참조.

가적 이념을 몸소 실천한" 사씨는 곧바로 선인(善人)이자 성녀(聖女)가 된다. 여기에 더해 이 같은 사씨와 대립·갈등하는 교씨의 욕망은 곧바로 악으로 치환된다. 이에 독자는 자연스럽게 사씨와 자신을 동일시하면서 서사 구조 속으로 침잠하게 되며, 한편으로 교씨의 악행에 대해서는 강한 반발 심리를 경험할 수밖에 없게 된다.

4. '행복한 결말'과 여성 주체의 문제

본고는 우리 고소설사에서 '행복한 결말'이 출현하는 지점에 주목하고 그 의미를 고찰해 보고자 기술되었으며, 특히 '행복한 결말'을 통한 교화·감계의 맥락을 살펴보고자 하였다. 본고에서는 『오륜전전』을 통해 우리 고소설사의 특성 중 하나로서, '행복한 결말'이 독자에 대한 교화를 위해 출현하기 시작했다는 점을 지적하였다. 다양한 함의를 지닐 수밖에 없는 '행복'이 소설의 영역 속으로 포섭되면서 권징(勸懲)하는 주체들에 의해 일정한 형태로 정형화되기 시작했는데 이러한 현상을 『오륜전전』을 통해 확인한 것이다.

17세기로 접어들면서 소설사의 지형은 꽤나 복잡해지며 그에 따라 '행복한 결말'의 층위도 다변화되지만, 『오륜전전』에서 기획했던 바 소설을 통한 교화의 움직임은 지속된다는 전제하에 특히 당대 가족(門)과 여성의 문제를 '행복한 결말'을 통해 접근하고자 했던 「최척전」과 「남정기」에 주목해 보았다. 물론 「최척전」의 '행복한 결말'은 독자에 대한 교화와 감계와는 거리가 매우 멀다고 할 수 있지만, 후대 국문 장편소설의 화두인 '가족(門)' 문제를 다루고 있다는 점과 그러한 와중에서 여성 주체의 변모를 읽어볼 수 있다는 점에서 함께 거론해 보았다. 「최척전」의 주인공 옥영은 가족의 재회라는 '행복한 결말'에 다다르기 위해 열정적 주체로서 활약하지만, 그와 같은 열정의 지향이 결국은 가족이라는 집단 주체로 수렴되면서, 더욱이 그때의 가족이 가부장적 질서로 재편되고 있던 가족이라는 점에서 일정 부분 애정전기의 주인공들이 지니고 있던 주체적인 면모에서 일탈할 수밖에 없었음을 지적해 보았다. 결국 「최척전」은 '가족'이라는 새로운 주체를 애정전기의 문법으로 흡수하는 과정에서 여성 주체의 소외를 동반할 수밖에 없었던 것으로 보인다.

이러한 정황, 즉 '전란 이후 가족의 재건을 위한 여성의 소외'라는 현상은 가문소설을 통해 확장·강화된 형태로 구현된다고 할 수 있는데, 본고에서는 「남정기」를 통해 그러한 정황을 파악해 보았다. 물론 17세기 이후 소설들이 보여주고 있는 '행복한 결말'의 층위는 매우 다양하다. 그럼에도 불구하고 소설을 통한 독자 교화의 측면에서 「남정기」에 주목한 이유는 「남정기」를 통해 완성된 '통속적 세교(通俗的 世敎)'의 면모가 향후 지속적으로 이어지면서 조선 소설의 특수한 정체성을 형성하게 되었다는 판단 때문이었다. 소설·가족(門)·교화라는 키워드는 17세기 이후 지속적으로 상호 길항·교섭하면서 일련의 조선적 소설들을 형성해 나갔던 것이다.

_『고전과해석』 10, 고전문학한문학연구학회, 2011

「최척전」의 창작 배경과 열녀 담론

엄태식

1. 「최척전」 연구의 쟁점

그간 「최척전(崔陟傳)」은 조위한(趙緯韓)이 1621년에 창작한 소설로 알려져 왔다. 작품 말미에 "天啓元年辛酉閏二月日素翁題"라는 말이 있기에 작자와 창작 연대가 확실하다고 인식되었을 뿐 아니라, 작자의 생애를 살펴볼 수 있는 기록도 많이 남아 있어, 「최척전」은 동시대의 다른 작품들에 비해 연구에 유리한 조건이 마련되었다고 할 수 있다. 이에 작가론적 고찰, 동아시아 전란의 문학적 형상화, 실기(實記)와의 관련 양상, 이본의 존재 양상, 『어우야담(於于野談)』 소재 「홍도(紅桃)」와의 선후 문제 및 장르적 특징, 후지(後識)의 가탁 여부, 소설사적 조망, 동시대 작품과의 비교 연구, 작품의 주제, 서사 기법 등등, 「최척전」은 실로 다양한 관점에서의 논의가 이어져 왔으며 연구사도 거듭 정리되었다.[1] 이처럼 「최척전」은 그 연구 성과가 많아 보이지만, 여전히 해결되지 않은 근본적인 문제가 하나 있으니, 바로 「최척전」과 「홍도」의 관련 양상이다. 이 문제는 단지 둘 사이의 선후 관계를 따지는 게 필요하기 때문에 중요한 것이 아니라, 궁극적으로는 작품 해석의 근거가 되는 사안이기에 중요하다고 할 수 있다. 「홍도」와 「최척전」의 선후 관계에 대해서는 선학들에 의해 여러 차례 주목된 바 있는데, 이는 다음과 같이 정리할 수 있다.[2]

　　① 「홍도」 선행설[3]

　　② 「홍도」와 「최척전」 무관설[4]

　　③ 「최척전」 선행설[5]

1　「최척전」 연구사는 정명기, 「최척전」(『고전소설연구』, 일지사, 1993); 민영대, 「최척전 연구사」(『고소설연구』, 월인, 2002)를 참조할 수 있으므로, 본고에서 연구사 정리는 별도로 하지 않고 이 논문들로 미룬다.

2　본고에서는 이 세 가지 설을 ①, ②, ③으로 약칭하겠다.

3　김기동, 「불교소설 최척전 소고」, 『불교학보』 11, 동국대 불교문화연구원, 1974; 소재영, 「기우록과 피로문학」, 『임병양란과 문학의식』, 한국연구원, 1980; 박일용, 「장르론적 관점에서 본 최척전의 사회적 성격」, 『조선시대의 애정소설』, 집문당, 1993.

4　김기동, 『한국 고전소설 연구』(교학연구사, 1983), 258면 및 김재수, 「최척전의 소설화과정」(『논문집』 26, 광주교육대학, 1985), 129면. 한편 박희병, 「최척전」(『한국 고전소설 작품론』, 집문당, 1990), 97~100면에서는 두 작품의 창작 시기를 근거로 「홍도」가 「최척전」보다 먼저 성립되었다고 볼 근거는 없으며 오히려 「최척전」이 선행할 수도 있다고 하였다. 또한 유몽인과 조위한의 처지 및 「홍도」와 「최척전」에 보이는 인명의 변이를 고려할 때 두 작품이 아무 영향 관계를 가지고 있는 게 분명하다고 하면서, 「홍도」는 최척 이야기가 유포되는 과정에서 기록된 것이고, 「최척전」은 최척에게서 직접 들은 이야기를 소설화한 것이라고 하여, 선행연구들보다 좀 더 구체적인 견해를 보였다. 이를 지지하는 논의들은 다음과 같다. 민영대, 『조위한과 최척전』, 아세아문화사, 1993; 박태상, 「최척전에 나타난 애정담과 전쟁담 연구」, 『조선조 애정소설 연구』, 태학사, 1996; 이상구 역주, 『17세기 애정전기소설』, 월인, 1999; 정환국, 「17세기 애정류 한문소설 연구」, 성균관대 박사논문, 2000.

5　장효현, 「형성기 고전소설의 현실성과 낭만성 문제」, 『민족문학사연구』 10, 민족문학사연구소, 1997; 양승민, 「최척전의 창작동인과 소통과정」, 『고소설연구』 9, 한국고소설학회, 2000. 이 설은 장효현이 먼저 제기했지만, 다양한 근거를 제시하며 구체적인 논의를 펼친

연구사적으로 볼 때 논의는 대체적으로 '①→②→③'의 순으로 진행되어 왔는데, 근래에는 ②를 지지하는 경향이 지배적인 것 같다. 그런데 이 세 관점은 모두 문제가 있다. 먼저 ①은 설화에서 소설로의 이행이라는 도식 이외의 뚜렷한 근거를 제시하지 못하고 있다. 다음으로 ②는 두 작품의 창작 시기가 거의 같다는 점 및 두 작품의 차이점에 주목한 것인데, 상식적으로 보면 가장 타당한 주장이라고 할 수 있다. 하지만 그 차이점 못지않게 둘 사이의 유사점도 무시할 수 없는바, 이에 대한 해명이 이루어지지 않았다. 마지막으로 ③은 최척의 이야기, 곧 「최척전」의 내용이 구전되어 「홍도」를 파생했다고 보는 입장인데, 이 관점은 실존인물 최척(崔陟) 관련 자료를 근거로 삼으면서 「최척전」과 「홍도」의 유사점까지 설명할 수 있는 논리를 마련한 것처럼 보이지만, 재론의 여지가 있다.

이처럼 「최척전」과 「홍도」의 관련 양상은 여전히 해명되지 않았으니, 이 같은 논란의 가장 큰 원인은 두 작품의 창작 시기가 거의 비슷하다는 데 있다.[6] 이와 더불어 「최척전」이 허구의 서사라는 점, 후지(後識)가 가탁성이 짙다는 점 등이 창작 시기 문제와 맞물리면서 논의를 더욱 복잡하게 만들고 있는 실정이다. 그런데 선행연구에서는 정작 「홍도」와 「최척전」의 문면을 정밀하게 대비하거나 관련 자료들을 검

논자는 양승민이다.

6   「최척전」後識에는 조위한이 '1621년 윤2월'에 최척으로부터 들은 이야기를 기록했다는 말이 있고, 「홍도」는 1621년 가을까지 창작된 『어우야담』에 포함되었을 가능성이 높다. 따라서 1621년 윤2월과 1621년 가을은 각각 「최척전」과 「홍도」 창작 시기의 하한선이다. 한편 「최척전」과 「홍도」에서 작품 속 서사가 종결되는 시기는 대략 1620년 4~5월경이므로, 「최척전」과 「홍도」 창작 시기의 상한선은 이때라 할 수 있다. 『어우야담』의 창작 시기에 대해서는 이경우, 「초기야담의 문학성에 관한 연구」, 서울대 박사논문, 1991, 7~9면 참조.

토하면서 둘 사이의 선후 관계를 따져보려는 노력은 별로 하지 않은 것 같다. 이에 본고에서는 먼저 「최척전」과 「홍도」의 텍스트 분석을 통해 둘 사이의 선후 관계에 관한 작품 내적 근거를 마련한 뒤 여타 자료들을 검토함으로써, 이 문제에 대한 새로운 가설을 제시하고자 한다.

한편 「최척전」은 그간 애정전기소설의 흐름 속에서 논의되기도 했다. 「최척전」의 전반부가 「이생규장전」을 수용했다는 점은 선행연구에서 이미 언급되었지만,[7] 연구자들의 관심은 대개 최척과 옥영의 결연 대목보다는 전란 이후의 가족 서사에 집중되었다. 때문에 「최척전」의 애정전기소설적 특징은 잘 드러나지 않았고, 작품의 전반부와 후반부를 유기적으로 이해하기 어려웠다. 이에 본고에서는 선행연구에서 상대적으로 소홀히 다루었던 「최척전」의 전반부에도 관심을 기울임으로써 작품을 해석하는 새로운 시각을 마련하고자 한다.[8]

---

[7] 박일용, 앞의 글; 장경남, 「임진왜란 실기의 소설적 수용 양상 연구」(『국어국문학』 131, 국어국문학회, 2002) 등의 논의 참조.

[8] 본고에서 「崔陟傳」·「雲英傳」·「李生窺墻傳」은 박희병 표점·교석, 『한국한문소설 교합구해』(소명출판, 2005)를, 柳夢寅의 『於于集』과 『於于野談』은 『於于集 附於于野談』(경문사, 1979)을, 趙緯韓의 『玄谷集』과 梁慶遇의 『霽湖集』은 『영인표점 한국문집총간』 73(민족문화추진회, 1991)을, 李民宬의 『敬亭集』은 『영인표점 한국문집총간』 76(민족문화추진회, 1991)을, 趙續韓의 『玄洲集』은 『영인표점 한국문집총간』 79(민족문화추진회, 1991)를, 李民宬의 『紫巖集』은 『영인표점 한국문집총간』 82(민족문화추진회, 1992)를, 鄭泰齊의 『菊堂排語』는 국립중앙도서관 소장본을 대본으로 한다. 이하 자료의 인용 시에는 작품명 혹은 書名 뒤에 인용 서적의 쪽수만 표시하기로 한다. 아울러 문집 자료의 1차 검색은 한국고전종합DB(http://db.itkc.or.kr/)를 활용했음을 밝혀둔다.

2. 「최척전」과 「홍도」의 관련 양상

　「최척전」과 「홍도」의 선후 관계에 대한 기존의 논의 가운데 두 작품의 관계를 가장 논리적으로 설명하고 있는 듯한 관점은 ③이다. 양승민은 변사정(邊士貞)의 『도탄집(桃灘集)』과 정태제(鄭泰齊)의 『국당배어(菊堂排語)』에 나오는 실존인물 최척(崔陟) 관련 기록을 분석한 뒤, 이를 근거로 「최척전」과 「홍도」의 선후 관계에 대해 "「최척전」이 먼저 성립된 것임은 의심의 여지가 없다"[9]라고 하였다. 필자는 『도탄집』에 나오는 최척이 「최척전」의 최척과 동일 인물임은 의심의 여지가 없다고 생각한다.[10] 다만 『국당배어』의 기록은 다시 한 번 살펴볼 필요가 있다고 본다.

　충주에서는 예로부터 문사가 많이 배출되었으니, 최진방과 최척은 모두 본주 사람이다. 최진방의 시 중에는 "세상만사에 머리털은 세는데, 삼추에 나그네는 누각에 기댔네. 외딴 객점에는 흰 연기 피어오르고, 작은 다리 가에는 단풍잎 떨어졌네"라는 작품이 있고, 최척의 「낙엽회서」에서는 "가인이 유련사를 부르매, 오늘 오늘 또 오늘. 취객이 은근한 뜻으로 이으매, 한잔 한잔 또 한잔"이라고 했으니, 다 인구에 회자되었다. 정문원 어르신께서는 이런 말씀을 하신 적이 있다. "소싯적 남원에 우거할 때, 호남 방백이 순제로 「개형운부」를 냈지. 이때 제호 양경우가 집에 있었으므로, 여러 유생들이 각자 지은 것을 써 와서 먼저 양경우에게 상고를 청했어. 마침 최척이 지은 「개형운부」가 있기에 또한 아무개 이름으로 써 보내어 양경우의 안목을 시험해 보았는데, 다른 작품들은 다 등제로 보냈으면서도 최척의

9　　양승민, 앞의 글, 101면.
10　　『桃灘集』의 기록은 위의 글, 70~73면 참조.

부에 대해서는 '감히 상고할 수 없다'라고 말했지. 이튿날 내가 가서 뵙고 '이 작품은 새롭거나 기이하지 않은 것 같은데, 어찌 이처럼 지나치게 허여하십니까?'라고 물었더니, 양경우는 또 한 번 읽어 내려 보고는 '이러이러하므로 문장가의 솜씨가 아니면 불가능하니, 결코 부 유생의 작이 아닐세. 늙은이를 속일 수는 없는 법이지'라고 말하더군. 그제야 제호가 안목을 갖춘 사람임을 알았지."[11]

양승민은 『국당배어』의 기록을 근거로 최척을 관향이 충주인 남원의 재지사족으로 보았고, 조위한이 남원에 우거할 적에 양경우를 통해 최척과 만났을 것이라고 하였던바,[12] 이에 따라 위의 내용은 「최척전」 말미의 기록, 곧 조위한이 남원에 있을 때 최척을 만나 그로부터 이야기를 들었다는 내용에 대한 방증이 되었던 것이다. 그는 정문원이 한 말 가운데 나오는 최척의 「개형운부」 관련 대목을 "마침 최척이 지은 「開衡雲賦」가 있었는데, 역시 아무개라는 이름으로 적어 보내어 양경우의 안목을 시험하자, 다른 작품들은 모두 登第시켜 보냈으나 崔陟의 賦만큼은 '감히 검토할 수 없다'고 했네"라고 번역하면서 최척이 양경우에게 「개형운부」를 보낸 것으로 이해하였는데,[13] 그렇지 않다. 양경우에게 「개형운부」를 보낸 사람은 최척이 아니라 정문원이며, 정문원은 마침 충주 사람 최척의 작품을 가지고 있었기에 그것을 양경우에게

---

11 "忠州自古文士多出 崔鎭邦崔陟皆本州人 崔鎭邦有詩 萬事霜侵鬢 三秋客依樓 白烟孤店外 紅葉小橋頭 崔陟落葉會序 佳人唱流連之詞 今日今日又今日 醉客續慇懃之意 一盃一盃又一盃 皆膾炙人口 鄭聞遠丈嘗言 少時寓居南原 湖南方伯出句題開衡雲賦 時霽胡梁慶遇在家 諸生各書所製 爲先請考於梁 適有崔陟所作開衡雲賦 亦以某名書送 以試梁眼 它作皆登第以送 而崔賦則曰 不敢考 翌日 余往見 問之曰 此作似不新奇 而何過許至此耶 梁又讀下一遍曰 如此如此 非文章手 不能也 決非府儒生之作 老夫不可瞞云 始知霽胡爲具眼也" 『국당배어』, 42~43면.
12 양승민, 앞의 글, 69~77면.
13 위의 글, 74면.

보내 그의 안목을 시험했던 것이다.[14]

「개형운부(開衡雲賦)」는 양경우의 『제호집(霽湖集)』에도 실려 있는데, 제목의 주(註)에서 "방백이 출제하여 도내의 과거 응시자를 시험했는데, 나를 종유하는 이들이 내가 지은 것을 보고서 그 양식을 본뜨고자 하였으므로, 이 부를 지어 보여주었다"[15]라고 했으므로, 당시의 사정을 잘 알 수 있다. 『국당배어』와 『제호집』의 기록만으로는 물론 확신할 수 없지만, 당시 50세 정도였던 양경우에게 찾아와 상고를 요청했던 이들은 대개 남원부의 젊은 유생들이 아니었을까 짐작되는데, 만약 『도탄집』에 나오는 최척이 이때까지 남원에 있었다면 적어도 40세는 되었을 것이다. 양승민은 "인용문에서 읽히는 최척은 향촌사족끼리의 詩酒會에 참석하고 鄕校儒生의 신분으로 旬題에 응시하는 따위의 모습이다. 여기서 최척은 관향이 忠州로서 남원의 재지사족이고 幼學의 신분이었으며 文才가 걸출했다는 사실이 거듭 확인된다"[16]라고 하고, 또 "최척이 양경우에게 「개형운부」를 보내 검토를 요청했다고 했는데, 이 역시 1620년 무렵의 일이었을 것이다"[17]라고도 하여, 최척이 '남원부'의 '유생'이라고 했다. 하지만 양경우는 "決非府儒生之作"이라고 말함으로써, 「개형운부」의 작자가 '남원부' 사람도 아니고 '유생'도 아니라는 점을 '결코(決)'라는 말까지 쓰면서 분명히 했다.

『도탄집』과 『국당배어』의 최척을 동명이인으로 단정 짓기에 석연치

---

14 만약 최척이 「개형운부」를 보냈다면, 최척이 정문원에게 이 사실을 미리 알려주지 않은 다음에야, 이튿날 양경우를 찾아간 사람은 정문원이 아니라 최척이었어야 마땅하다.

15 "方伯出題 試道內擧子 從余遊者 願見余所製而依樣之 故賦此示之"『제호집』, 513면.

16 양승민, 앞의 글, 74면.

17 위의 글, 75~76면.

않은 점이 있는 것은 사실이다. 정문원이 충주 사람 최척의 부를 어떻게 가지고 있게 되었는지, 혹 충주 사람 최척이 남원으로 이사를 온 것은 아닌지 등에 대한 의문을 가질 수 있지만, 현재로서는 충주 사람 최척의 「개형운부」가 호남 방백의 순제와는 무관하게 창작된 것이며, 우리가 알 수 없는 어떤 계기로 인해 정문원의 손에 들어갔다고 보는 수밖에 없다. 『국당배어』에 의하면, 양경우가 「개형운부」를 상고했을 당시, 정문원이 보낸 「개형운부」의 작자 최척은 분명 남원 사람이 아니었다. 양경우와 조위한은 1618년부터 1623년까지 함께 남원에 있으면서 교유했는데,[18] 양경우가 「개형운부」를 지은 시기는 지금까지 알려진 바 「최척전」의 창작 시기와 거의 같다.[19]

②, ③의 주된 근거는 「최척전」 말미의 "天啓元年辛酉閏二月日素翁題"[20]라는 기록이다. 그런데 『어우야담』의 '구서(舊序:跋文)'에 "時天啓元年鶴泉成汝學識"[21]라고 하였으니, 두 작품은 거의 동일한 시기에 창작된 것으로 받아들여질 수밖에 없었던 것이다. 하지만 창작 연대만을 놓고 ②, ③을 주장하기에는 석연치 않은 점들이 있다.

---

18 위의 글, 75~76면.

19 『국당배어』에서는 "忠州自古文士多出 崔鎭邦崔陟皆本州人"이라 했고, 「최척전」의 서두에서는 "崔陟 字伯升 南原人也"(「최척전」, 421면)라고 했다. 한쪽에서는 '忠州人'이라 했고 다른 한쪽에서는 '南原人'이라고 했으니, 모두 본관 혹은 출생지를 말한 것이다. 「최척전」 서두에서 언급한 최척의 자와 본관은 『도탄집』에 나오는 실존인물 최척의 그것이었을 가능성이 있다. 한편 『국당배어』의 崔鎭邦은 '明宗 15년(1560) 庚申 別試 丙科 3위'의 崔鎭邦이 아닌가 한다. 그는 본관이 忠州이고 자는 '之屛'이다. 具鳳齡의 『栢潭集』에 「次謝崔之屛韻」과 「次崔之屛韻」이 있으며, 『輿地圖書』 忠淸道 「忠原」에도 그의 이름이 보인다. 崔鎭邦의 생몰년은 알 수 없으나, 그의 동생인 崔鎭國이 1542년생이므로, 최진방이 1542년 이전에 태어난 사람임을 알 수 있다. 『여지도서』에서는 '崔鎭邦'에 대하여 "以邑吏登弟官至郡守"라고 하였다. 『국당배어』의 기록이, 최진방과 최척이 충주의 詩會에서 함께 어울렸던 것을 이야기한 것인지는 분명하지 않다.

20 「최척전」, 450면.

21 『어우야담』, 2면.

첫째, 「최척전」은 실제 있었던 일을 그대로 기록한 전(傳)이 아니라 허구의 소설이기에, 주인공 최척을 작품에 나온 바와 같은 일을 실제로 겪은 사람으로 볼 수 없다는 점이다.[22] 필자는 현대의 연구자들이 이 점을 인정하고 있는 것과 마찬가지로 당대인들 역시 「최척전」을 실사(實事)로 받아들였을 가능성은 별로 없다고 생각한다. 이는 이민성(李民宬)의 「제최척전(題崔陟傳)」을 통해서도 분명히 드러난다. 그럼에도 불구하고 ③은, 「최척전」의 허구성을 인정하면서도 후지(後識)에서 최척으로부터 이야기를 들었다는 내용 및 "天啓元年辛酉閏二月日素翁題"라는 기록을 근거로 하여 「최척전」의 창작 시기는 1621년으로 그대로 받아들이고 「최척전」이 민간설화로 유통되어 불과 몇 달 만에 「홍도」를 낳았다고 보고 있는데,[23] 재고의 여지가 충분하다. 만약 조위한이 남원에 있었던 1621년경에 최척도 남원에 같이 있었다면, 아무리 소설이라지만 조위한이 최척을 주인공으로 삼아 그러한 '거짓말'을 꾸며낼 수 있었을까? 더군다나 「최척전」에는 당시 민감한 문제였던 심하전투 관련 대목에서 이민환이 교일기를 죽음으로 몰아넣었다고 서술되

---

22 이 점은 선행연구에서 여러 차례 지적되었는데, 권혁래, 「최척전의 문학지리학적 해석과 소설교육」(『새국어교육』 81, 한국국어교육학회, 2009)에서 「최척전」의 공간을 실제 지리와 비교함으로써 「최척전」의 허구성을 더욱 분명하게 밝혔다.

23 양승민, 앞의 글에서 "필자는 이 작품의 '줄거리'조차 최척 일가의 경험담을 토대로 한 것이 아님을 명백히 하고자 한다. 작자 스스로 '최척에게 들은 이야기를 서술한다'고 밝혔지만, 완벽에 가까운 소설적 구성, 작자와 작품과의 긴밀한 상관성 등은 이 진술을 믿을 수 없게 만든다"(88면)라고 하였고, 또 "이렇듯 「최척전」은 그 이본의 파생과 함께 가장 먼저 「홍도」를 낳음으로써, 최척의 소설담이 오히려 민간설화로 확산되었던 당시의 사회적 정황을 짐작케 한다. 「최척전」이 이처럼 삽시간에 설화로 번졌던 이유는 겨우 20여 년 전 막을 내린 임진왜란의 상흔이 그와 같은 내용에 공감했기 때문이다. 소설의 많은 독자가 확보돼 여러 필사본 이본이 양산된 것이 아니라, 원작과는 무관하게 하나의 설화가 민간을 유전한 것이라 할 수 있다. 그리고 그 과정에서 이 이야기는 하나의 實事로 인식되었을 것이 뻔하다. 더욱이 최척이 실존인물이었기 때문에 「최척전」이든 「홍도」이든 독자 및 청자들은 이를 참 사실로 믿었을 것이다"(105면)라고 하였다.

어 있는데, 후지에 의하면 이는 최척이 한 말을 조위한이 그대로 옮긴 게 된다. 조위한이 같은 동네에 살며 절친한 관계를 유지했던 최척[24]을 난처하게 만들 이유가 있는가?

둘째, 「최척전」의 서사가 완전한 허구라면 작품 말미의 기록도 허구일 가능성이 충분하다는 점이다. 다시 말해 조위한이 최척으로부터 이야기를 들었다는 내용은 물론, '천계원년(天啓元年)'이라는 창작 연대도 사실로 받아들일 수 있는지 의심해 보아야 한다는 것이다. 이 점은 17세기에 창작된 중편 한문소설과의 관련 속에서 살펴볼 필요가 있다. 「주생전(周生傳)」의 말미에는 "癸巳仲夏無言子傳"[25]이라는 기록이 있다. 『화몽집(花夢集)』에는 이 부분이 "癸巳仲夏無言子權汝章記"[26]로 되어 있어 그간 권필(權韠)이 주생(周生)으로부터 들은 일을 적은 것으로 인식되어 왔지만, 『화몽집』의 기록을 그대로 믿을 수 없으며 「주생전」의 작자는 미상(未詳)으로 보아야 한다는 견해가 제출되었으므로[27] 「주생전」이 1593년에 창작되었다고 볼 근거도 별로 없지 않은가 한다. 「주생전」의 말미에 하필 '계사(癸巳)'라는 말이 나오는 이유는, 작자가 주생이 종군한 지 얼마 되지 않았을 때(1593)를 상정하였던 데서 기인했을 가능성이 큰 것이다. 「운영전」에서도 유영이 수성궁을 찾아간 때를 "萬曆辛丑春三月旣望"[28]으로 기록하고 있으나, 이것이 반드시 「운영전」의 창작 시기를 뜻한다고 볼 수는 없다. 1601년은 전란이 끝난 지 얼마 되지 않았

---

24 실제로 그랬으리라는 게 아니라, ③의 논리에 따르면 이렇다는 말이다.
25 장효현·윤재민·최용철·심재숙·지연숙, 『교감본 한국한문소설 전기소설』, 고려대 민족문화연구원, 2007, 266면 註922 참조.
26 최웅권·마금과·손덕표 교주, 『17세기 한문소설집 화몽집 교주』, 소명출판, 2009, 영인 26면.
27 엄태식, 「애정전기소설의 창작 배경과 양식적 특징」, 경원대 박사논문, 2010, 84~89면.
28 「운영전」, 334면.

을 때를[29] 상정한 것일 뿐이다. 이런 관점에서 「최척전」 말미의 '1621년
윤2월'도 최척의 일가가 다시 단원(團圓)한 후 얼마 되지 않았을 때를 나
타내기 위한 설정일 가능성이 있다. 17세기 애정전기소설은 이전 시기
의 작품과는 달리 말미에 견문(見聞)의 기록이라는 형식을 취한 경우가
많은데, 이는 당대의 역사적 사실과 관련된 내용을 작품 속에 끌어들였
기 때문에 나타난 현상으로 이해할 수 있으며, 작품 내의 연도 기록이
반드시 창작 연대를 뜻한다고 보기는 어렵다.

셋째, 「홍도」와 「최척전」 사이에는 구전에 의한 영향 관계가 아닌, 문
헌 전승에 의한 영향 관계가 있을 가능성이 높다는 점이다. 이는 「홍
도」와 「최척전」의 동이(同異)를 비교해 보면 알 수 있는데, 이에 대해서
는 선행연구에서 누차 다루었으므로, 여기서는 등장인물들의 이름만
을 '「홍도」 : 「최척전」'의 형식으로 비교해 보기로 한다.

(1) 남주인공─鄭生 : 崔陟. (2) 여주인공─紅桃 : 李玉英. (3) 남녀주인공의 아들─
夢錫 · 夢賢(夢眞) : 夢釋 · 夢仙. (4) 남녀주인공의 며느리─無名氏 : 紅桃. (5) 남녀주
인공의 바깥사돈─無名氏 : 陳偉慶. (6) 남녀주인공의 바깥사돈이 임진왜란에 출전
할 때 소속되었던 군대의 장수─無名氏 : 劉摠兵. (7) 남주인공이 심하전투에 출전
할 때 소속되었던 군대의 장수─劉綎 : 喬一琦 · 吳世英. (8) 정유재란 때 남원에 있
었던 明將─總兵 楊元 : 吳摠兵. (9) 남주인공이 중국으로 갈 때 따라갔던 사람─天
兵(無名氏) : 余有文. (10) 여주인공이 일본으로 갔을 때 함께 지냈던 사람─無名氏 :
頓于. (11) 남주인공이 여주인공과 상봉하기 전에 함께 있었던 사람─天官道主 : 宋

---

29   生憫而無聊 乃入後園 登高四望 則新經兵燹之餘 長安宮闕 滿城華屋 蕩然無有 壞垣破瓦 廢井
     頹砌 草樹茂密 唯東廊數間 巋然獨存. 「운영전」, 334면.

佑(朱佑). ⑿ 남주인공과 여주인공이 상봉하기 전에 옆에 있었던 사람—無名氏 : 杜洪. ⒀ 남주인공의 스승-없음 : 鄭上舍.

이처럼 두 작품에서 등장인물들의 이름은 단 하나도 일치하지 않는다. 다만 (2), (4)의 '紅桃'는 일치하고, (3)은 발음이 같거나 유사하며, (7), (6)의 '劉綎 : 劉摠兵', (1), (13)의 '鄭生 : 鄭上舍'는 성(姓)이 같다는 유사점이 있는데, 선행연구에서는 이를 구전(口傳)에 의한 변이의 증거로 설명하기도 했다.30 하지만 아무리 구전에 의해 변이가 생겼다 해도, 불과 몇 개월의 시차를 두고 창작되었다고 볼 수밖에 없는 두 작품에서 남녀주인공을 비롯한 모든 등장인물들의 이름이 이처럼 발음상의 유사성조차 전혀 없는 것들로 모조리 다 달라질 수 있는지 의문이다. (3)을 두고 혹 '구전'에 의한 변이로 생각할 수 있을지도 모르겠다. 하지만 「최척전」의 '夢釋'은 부처를 꿈꾸었다는 의미인바, '錫'과 '釋'은 두 작품 간의 '불교적 요소'의 유무에 의한 의도적 변개의 결과로 보는 게 타당하며, '몽석'이라는 동일한 발음이 구전의 증거가 될 수는 없다. (7), (6)과 (1), (13)에서 성(姓)이 같다는 점 역시 구전에 의한 결과이기는 어려우며, 오히려 의도적인 변개의 과정에서 나타나게 된 유사성으로 설명하는 게 더 합리적이다.

「최척전」의 전반부는 최척과 옥영의 결연담으로 「이생규장전」과

---

30 예컨대 양승민, 앞의 글, 103면에서는 "분명 「최척전」이 설화로 구전되는 과정에서 부분적 변모를 일으킨 것이다. 대상인물의 이름이 바뀌고 부분적 변개 및 생략이 가해진 것은 가장 단적인 예가 될 터인데, 특히 「홍도이야기」의 남주인공 이름이 하필 '鄭生'인 것은 최척 부친의 벗이자 옥영이 피란해 살던 집주인 '鄭上舍'의 姓에서 와전된 것으로 보인다"라고 하였다.

「만복사저포기」를 적절히 활용하여 재구성한 것인데, 이 부분은 작품 전체 분량의 1/4 이상을 차지한다. 이에 반해 「홍도」에서 정생과 홍도의 결연담은 작품 전체 분량의 10%를 조금 넘을 뿐이며 서술도 매우 간략하여, 이후에 전개될 가족 이산 서사의 도입부일 따름이다. 「최척전」 전반부의 결연 서사는 적지 않은 분량에다 흥미롭기도 하고 작품 내적으로도 매우 중요한 기능을 맡고 있는데, 구전의 과정에서 이 부분이 현전하는 「홍도」처럼 완전히 축약될 수 있을까? 그 밖에 「최척전」 서사 전개의 핵심이 되는 '장륙불' 및 '불교적 요소'가 「홍도」에서 완전히 사라졌다는 점 등도 두 작품의 차이를 구전에 의한 결과로만 설명하기 어려운 근거가 될 수 있다.

　필자는 ①이 옳다고 생각하며, 조위한이 「홍도」를 의도적으로 변개하여 「최척전」을 창작했을 가능성이 높다고 본다. 이와 같은 개작의 양상은 작품 내에서도 어느 정도 확인할 수 있다.

　「홍도」에서는 홍도의 부친이 정생이 배움이 없다 하여 혼사를 거절하는 것으로 되어 있다.[31] 이에 반해 「최척전」에서는 과부인 심씨(沈氏)가 옥영을 부잣집에 시집보내려 한 것이 혼사의 장애 요소로 설정되고 있다.[32] 「최척전」의 서두는 다음과 같다.

　　최척의 자는 백승으로, 남원 사람이다. 일찍이 어머니를 여의고 외롭게 부친 최

31　"南原鄭生者 失其名 少時 善吹洞簫善歌詞 義氣豪宕不羈 懶於學問 求婚於同邑良家 良家有女名紅桃 兩家議結 吉日已迫 紅桃父 以鄭生不學辭之 紅桃聞而言於父母曰 婚者天定也 業已許定 當行於初定之人 中背之可乎 其父感其言 遂與鄭結婚 第二年 生子名夢錫"「홍도」, 7면.

32　"上舍入言于沈氏 沈氏亦難之曰 我以盡室流離 孤危無托 只有一女 欲嫁富人 貧家者 雖賢不願也"「최척전」, 425면.

숙과 함께 남원부 서문 밖 만복사의 동쪽에서 살았다. 최척은 어려서부터 뜻이 크고 기개가 있어, 교유하기를 좋아하고 약속을 중히 여겼으며, 자잘한 예절에 얽매이지 않았다. 그의 부친이 일찍이 그를 경계하여 이렇게 말했다. "네가 공부는 않고 무뢰한 짓을 하니, 필경 어떤 사람이 되겠느냐? 하물며 지금은 국가에 전쟁이 나서 주현에서 무사를 징병하고 있으니, 너는 활쏘기와 사냥을 일삼아 늙은 아비에게 근심을 끼치지는 말거라. 머리를 숙이고 글을 배워 과거 준비하는 사람의 일에 종사한다면 비록 과거에 급제하지는 못한다 할지라도 화살을 짊어지고 종군하는 일은 면할 수 있을 것이다. 성 남쪽의 정상사는 내 어렸을 적 친구로, 학문에 힘써 글에 능하니, 초학자들을 깨우쳐 이끌 수 있을 것이다. 너는 가서 그 분을 스승으로 모셔라."[33]

실존인물 최척이 정상사에게 수학했는지는 알 수 없지만, 『도탄집』에서는 최척이 문필이 뛰어나다고 했으니, 「최척전」에서 최척이 학업에 힘써 몇 달 만에 학업을 이루었다는 서술은[34] 실존인물 최척의 면모와 어느 정도 부합하는 것이라 할 수 있다. 「최척전」에서 최척이 옥영과 만난 것은 1593년의 일이고 최척이 종군한 것은 최척이 옥영과 만난 이후의 일로 되어 있다. 이에 반해 실존인물 최척은 1592년에 변사정의 막하로 들어가 서기(書記) 노릇을 했을 가능성이 높으므로, 「최척전」의 전반부는 허구이다.

---

33 "崔陟 字伯昇 南原人也 早喪母 獨與其父淑 居于府西門外萬福寺之東 自少倜儻 喜交遊 重然諾 不拘齪齪小節 其父嘗戒之曰 汝不學無賴 畢竟做何等人乎 況今國家興戎 州縣方徵武士 汝無以射獵爲事 以貽老父憂 屈首受書 從事於擧子業 雖未得策名登第 亦可免負羽從軍 城南有鄭上舍者 余少時友也 力學能文 可以開導初學 汝往師之"「최척전」, 421~422면.

34 "陟卽日挾冊及門 請業不暇 便數月 詞藻日富 沛然如決江河 鄕人感服其聰敏"「최척전」, 422면.

여기서 주목할 것은 최척이 원래 학문에 힘쓰지 않은 인물로 서술되고 있다는 점인데, 이는 바로 「홍도」에서 정생이 배움이 없었다는 점과 일치한다. 「최척전」에서 최척은 부친 최숙의 말을 듣고 정상사에게 글을 배우다가 옥영을 만나게 되는데, 작품 서두에 나오는 최숙의 말은 최척과 옥영의 결연 계기가 된다. 이렇게 본다면 실존인물 최척과 달리 작품 속 최척이 원래 학문에 힘쓰지 않은 것으로 그려지고 있는 이유는, 작자가 최척과 옥영의 결연계기를 마련하고자 했기 때문으로 이해할 수 있으며, 그것은 「홍도」에 나오는바 정생이 배움이 없었다는 내용을 변용한 결과로 보는 게 타당할 것이다.

「최척전」을 자세히 읽어보면, 작자가 「홍도」를 무리하게 변개한 흔적이 역력하다. 최숙은 글을 배우면 종군을 면할 수 있으리라는 점을 들어 최척에게 학업에 힘쓰도록 권하고 있는데, 작품에서 최척은 최숙의 말이 무색하게 '문재(文才)' 때문이 아니라 '궁마지재(弓馬之才)' 때문에 변사정의 막하로 끌려가지 않았던가?[35] 학업에는 힘쓰지 않고 무뢰한 짓을 일삼던 최척이 불과 몇 달 만에 여타 애정전기소설의 남주인공처럼 학문에 능통하게 되었다는 것도 역시 억지다. ③에 따르면, 조위한이 작품의 서두에서 쓸데없이 무리를 범했다고 보아야 하는 동시에, 「최척전」이 구전되면서 남녀주인공의 이름이 바뀌고 정생이 원래 배움이 없었던 인물로 '논리적' 변개가 이루어졌다고 이해해야 할 텐데, 이런 가능성이 얼마나 될지 의문이다. 조위한이 전기소설인 「이생규장전」과 야담인 「홍도」를 창작의 연원으로 삼아 「최척전」을 지었다고 한

---

35   "居無何 府人前僉奉邊士貞 起義兵赴嶺南 以陟有弓馬才 邃與同行"「최척전」, 427면.

다면, 이와 같은 모순은 결국 두 작품의 결합과정에서 부득이하게 발생한 것으로 설명된다. 그간의 「최척전」 연구에서는 남녀주인공인 최척과 옥영의 신분이 양반임에도 불구하고 작품 속에 나타난 그들의 모습에는 기층민의 형상이 투영되었다고 보기도 했지만, 이 역시 당대 몰락 양반층의 현실을 직접적으로 반영한 것이라기보다는 이질적인 두 양식의 결합에서 비롯된 결과로 보는 게 타당할 것이다.

「홍도」에서는 몽현(夢賢)의[36] 장인이 임진왜란 때 조선으로 갔다고 되어 있는데 그가 따라갔던 장수의 이름은 나오지 않고, 정생은 1618년에 유정(劉綎)을 따라가 심하전투에 참전한 것으로 되어 있다. 이에 반해 「최척전」에서는 몽선(夢仙)의 장인이자 홍도(紅桃)의 부친인 진위경(陳偉慶)이 임진왜란 때 유총병(劉摠兵)을 따라 조선으로 갔고, 최척은 유격(遊擊) 교일기(喬一琦)의 천총(千摠)인 오세영(吳世英)을 따라 출전한 것으로 되어 있다. 「최척전」에서 이민환(李民寏)은 교일기를 죽음으로 몰아넣은 부정적 인물로 형상화되고 있는데, 이 때문에 이민성은 「제최척전」을 지어 이민환을 변호하기도 했다. 그런데 여기서 생각해 보아야 할 것은 두 작품에 등장하는 명나라 장수의 이름이 다르다는 사실이다. 「홍도」에서 몽현의 장인이 임진왜란 때 누구를 따라갔는지 서술되지 않은 점과 정생이 유정을 따라 출전했다는 점은 아무런 무리가 없고 매우 자연스럽다. 이에 반해 「최척전」에서 진위경이 유총병을 따라갔다는 것은 역시 이상할 게 없지만, 최척이 교일기의 휘하에 있었다는 점은 '의도적인 변개'의 혐의가 짙다. 유정과 교일기는 모두 1619년에 후금(後金)과

---

36 이본에 따라 '夢眞'으로 되어 있기도 하다.

의 전투에서 전사했는데, 당시 여러 가지 설이 있었던 것 같다.[37] 이민환은 「책중일록(柵中日錄)」에서 교일기가 절벽에서 투신자살하였다고 기록했다.[38] 그런데 이에 대한 논란이 있었던 모양인지, 그는 「월강후추록(越江後追錄)」에서 교일기가 참나무에 목을 매어 죽었다는 설이 억측에서 나온 것이라고 굳이 다시 변명하고 있는 것이다.[39] 요컨대 이민환은 조명(朝明) 연합군의 심하전투 패배 및 교일기의 죽음에 대한 논란의 중심에 있었던 셈인데, 「최척전」에 서술된 교일기의 죽음 대목은 당시에 떠돌았던 여러 가지 말들 가운데 이민환에게 가장 불리한 설을 끌어들인 것으로 보아야 할 것이다. 조위한이 왜 그토록 이민환에게 불리한 내용을 썼는지는 알 수 없지만, 그가 이민환을 안 좋게 보았다는 것만은 분명하다. 그렇다면 「최척전」에서 최척이 하필 교일기의 진중에 있었다는 것은 다분히 의도적인 설정으로 볼 수 있으며, 이는 「홍도」의 내용을 변개한 결과로 이해하는 것이 타당할 것이다. ②, ③은 남주인공이 심하전투에 참전했을 때 따라간 장수가 '유정'과 '교일기'로 각각 다르게 나타나는 이유를 오직 구전에 의한 변이로 설명할 수밖에 없다.[40]

이상 살펴본 바에 따르면, 「최척전」이 「홍도」보다 선행할 가능성은 별로 없으며, 오히려 조위한이 「홍도」를 변용하여 「최척전」을 창작했을 가능성이 높다. 하지만 이는 여전히 '가능성'일 뿐 근거가 되기에는

---

37 예컨대 宋英耇는 〈金將軍應河輓〉에서 "提督自焚遊擊縊 元帥兩將坐而視"라고 하였다. 임형택 편역, 『이조시대 서사시』 하, 창작과비평사, 1992, 45~51면 참조.
38 "喬遊擊謂軍官輩曰 貴軍爲賊所追如此 我雖同去 必不得免 附一書 使傳其子 卽墮崖死"『자암집』, 120면.
39 "一日喬將埋經於眞木下 喬之墮崖處 無尺株寸莖 則其蔑實構虛之語 皆出臆料"『자암집』, 138면.
40 이런 시각은 ②, ③뿐 아니라 ①에서도 마찬가지인바, 필자는 선행연구가 「홍도」와 「최척전」의 同異를 대개 '口傳'에 의한 변이의 결과로만 생각한다는 점이 큰 문제라 생각한다.

아직 부족하다. 무엇보다도 「최척전」 말미의 "天啓元年辛酉閏二月日素翁題"라는 기록이 ②, ③의 가장 중요한 근거라 할 수 있으므로, 이와 관련하여 다음 장에서는 「최척전」 창작의 단서를 짐작할 수 있는 여러 기록들을 살펴보기로 하겠다.

3. 「최척전」의 창작 시기 변증

　이민성의 『경정집(敬亭集)』에 수록된 「제최척전(題崔陟傳)」은[41] 이민환의 『자암집(紫巖集)』에는 「제최척전후(題崔陟傳後)」라는 제목으로 실려 있는데, 그 내용은 동일하다. 그런데 『경정집』에서는 제목에 "상산에 한 사인이 있어 스스로 말하기를 자신이 지은 것이라 했다[商山有一士人自言渠所作]"[42]라고 주를 달았고, 『자암집』에서는 제목에 "당시에 상산의 한 사인이 스스로 일컫기를 「최척전」을 지었다고 했는데, 공(이민환)을 무고하는 말을 삽입했으므로 경정공(이민성)이 이 시를 지어 변증하였다[時商山一士人 自稱作崔陟傳 挿入誣公之說 故敬亭公作此詩以辨之]"[43]라고 주를

41　"怪哉崔陟傳 不知誰所作 事之有與亡 文之工與拙 今姑不暇論 略破其心術 其曰崔陟者 本帶方士族 其妻名玉英 才慧爲偶匹 亂離俱被携 相失日本國 分離與偶合 怳惚莫可測 陟也抵江浙 遇知喬遊擊 隨陷東征時 走回乃得脫 英則泛使舶 前已歸故域 破鏡竟重圓 分鈿終復合 其中縛喬段 牽連因敍及 以陟之生還 立證爲駕說 前後走回者 越江卽時刻 鎭將取供申 監兵竝巡畫 押解平壤府 逐一嚴查覈 某年某月日 某地某甲乙 二千四百餘 一一注簿冊 然後馳啓聞 經拆下備局 備局引其人 鞫畢許遷籍 陟云喬標下 與他走回別 厥跡旣新異 宜播遠耳目 奚暇此傳出 始獲其顚末 況聞帶方郡 原無還人物 或云資話柄 未必憑事實 噫文非一端 或者游戲設 烏有與子虛 滑稽爭雄傑 廣紀逑異傳 不害於捃摭 故誕而可喜 或詭而不激 豈若騁險詖 乘時肆胸臆 莫耶斯爲下 筆端甚鋒鏑 譬如屠膾子 刀几忝憪斷 雖快手敏妙 死者痛楚極 觀其立傳意 乃在於佞佛 佛果如可信 應墮無間獄 周禮造言刑 嗚呼今不復"『경정집』, 252면.

42　『경정집』, 252면.

43　『자암집』, 141면.

붙였다. 상산(商山)은 곧 경상북도 상주(尙州)인데, 조위한이 상주에 있었다는 구체적인 기록은 없는 것 같으므로 그가 '상산(商山)의 사인(士人)'으로 불릴 이유도 없어 보인다.[44] 그런데 이민성은 「제최척전」의 서두에서 "怪哉崔陟傳 不知誰所作"이라고도 하였다. 정리하면 이민성은 결국 「최척전」의 작자에 대해 다음과 같이 이야기하고 있는 셈이다.

① 趙緯韓 : 余流寓南原之周浦 陟時來訪余 道其事如此 請記其顚末 無使湮沒 不獲已 略擧其槩 天啓元年辛酉閏二月日 素翁題(「崔陟傳」後識)

② 商山의 한 士人 : 商山有一士人 自言渠所作(「題崔陟傳」註); 時商山一士人 自稱作崔陟傳(「題崔陟傳後」註)

③ 未詳 : 怪哉崔陟傳 不知誰所作(「題崔陟傳」)

①에 대해서는 이민성이 읽은 「최척전」의 말미에 "天啓元年辛酉閏二月日素翁題"라는 작자 관련 기록이 없었으리라는 견해가 있지만,[45] 현전하는 이본은 대부분 ①과 같이 마무리되므로 그럴 가능성이 있다고 생각하기는 어렵다.[46] 그런데 ①은 ②, ③과 양립할 수 없는 것 같고, ②

---

44 조위한의 연보는 민영대, 앞의 책, 113~119면 참조.

45 민영대, 「최척전고」『고소설연구』 6, 한국고소설학회, 1998, 253~254면.

46 장효현·윤재민·최용철·심재숙·지연숙, 앞의 책, 217면 참조. 현전하는 대부분의 「최척전」과 달리 후일담이 부가된 천리대본의 말미는 후대인의 개작임이 분명하다. 이상구 역주, 앞의 책, 324면 참조. 한편 『先賢遺音』 소재 「최척전」의 말미는 "天啓元年閏二月日"로 끝나고 있어 여타 이본과 다르다. 하지만 이민성이 살았던 당대에 이런 이본이 유통되었을 가능성은 없다. 『선현유음』에 수록된 「周生傳」의 말미는 대개 "癸巳仲夏無言子傳" (장효현·윤재민·최용철·심재숙·지연숙, 앞의 책, 266면)으로 끝나는 대부분의 이본들과는 달리 "癸巳仲夏序"로 마무리되고 있는바, 이는 작자의 號를 삭제한 『선현유음』 필사자의 독특한 성향에서 비롯된 것이기 때문이다. 간호윤, 『선현유음』, 이회, 2003, 영인 15·102면 참조. 필자는 필사본 『剪燈新話句解』 말미의 여백에 「韋生傳」과 함께 필사된 「崔陟傳」을 소장하고 있는데, 이 역시 여타 이본들과 동일하게 마무리되고 있다.

와 ③의 관계도 마찬가지로 보인다. 하지만 ②와 ③이 반드시 모순 관계에 있는 것은 아니다. 오춘택은 「제최척전」의 서두를 "괴이하구나! 「최척전」이여. 누가 지었는지 모르겠구나"라고 번역한 뒤 이민성은 작자를 분명히 알고 있었으며 누가 지었는지 모르겠다는 문구는 관용적인 표현으로 보아야 한다고 하였다.[47] 필자도 이 견해에 동의하지만, '怪哉崔陟傳'과 '不知誰所作'이 대장(對仗)임을 고려한다면, "괴이하구나, 「최척전」이여! 알 수 없구나, 누가 지은 것이냐?"라고 번역하는 게 본래의 의미에 더 가까워 보인다. '怪哉崔陟傳'과 '不知誰所作'은 사실 같은 말이다. 즉 도대체 어떤 놈이 이런 식으로 「최척전」이라는 괴상한 소설을 지었는지 알다가도 모르겠다는 뜻일 뿐이며, 「최척전」의 작자가 누구인지 몰라 궁금하다고 이야기하는 문맥이 아니다. 따라서 「최척전」의 작자가 누구인지 모르겠다는 뜻은 애초부터 들어 있지도 않았던 것이다. 만일 이민성이 「최척전」의 작자를 몰랐다면 결코 ②처럼 말할 수는 없는바, 사실 ②에는 정말로 작자를 모르는 게 아니라는 뜻이 이미 담겨 있다. 그리고 시의 서두에서 ③처럼 쓴 이상, 주(註)에서는 당연히 작자의 이름을 정확히 밝힐 수 없는 노릇이고, 때문에 ②와 같이 에둘러 쓸 수밖에 없었다고 할 수 있다.

　「제최척전」은 「최척전」 관련 기록 중 가장 이른 시기의 것이기 때문에 「최척전」에 대한 가장 정확한 정보를 담고 있다고 보아야 한다. 더군다나 이민성은 「최척전」의 작자 조위한과 동시대인이었기에, 「제최척전」은 「최척전」과 관련된 정확한 정보를 입수하기 어려운 처지에 있

47　오춘택, 「17세기의 소설비평」, 『어문논집』 35, 고려대 국문학연구회, 1996, 255면.

었을 후대인들의 언급과는 기본적으로 차원이 다른 소중한 기록이다. 그뿐이 아니다. 이민성은, 그저 소설 독자의 입장에서 「최척전」이 옳고 「홍도」가 그르다고 인상비평한 '이덕무'나 '이수봉본『어우야담』의 필 사자' 등과는 달리,[48] 「최척전」으로 인해 집안의 운명이 좌우될 수도 있 는 심각한 상황에 처해 있었다. 이런 처지에 놓여 있었던 이민성이 「최 척전」의 작자조차 몰랐을 것이라고 치부하면서 오히려 후대인들의 기 록을 신빙하는 논의에는 동의하기 어렵다.

이민성은 「제최척전」에서 "그 자취가 이미 새롭고 기이하니, 마땅히 먼 곳의 이목에 전파되었을 것이다. 어느 겨를에 이 전(「최척전」)이 나와, 그제야 비로소 그 전말을 얻었겠는가? 더구나 듣기로는 대방군(남원)에 는, 원래 돌아온 인물이 없었다는데. 어떤 이는 이르기를 이야깃거리나 만든 것이지, 반드시 사실에 근거한 것은 아니라 하네[厥跡旣新異 宜播遠耳 目 奚暇此傳出 始獲其顚末 況聞帶方郡 原無還人物 或云資話柄 未必憑事實]"라고 했다. 이 대목은 그간 무심코 지나쳐 왔던 몇 가지 문제들을 해결할 실 마리를 제공한다. 우선 대부분의 연구자들이 인정했듯이 「최척전」의 내용이 '허구'라는 사실이다. 그런데 「제최척전」에서 말하고 있는 '허 구'는 단지 최척이 겪은 일 그 자체에만 해당하는 것이 아니라, 주인공 최척의 실존인물 여부 및 후지(後識)의 내용까지를 포함한 것이다.[49] 다 음으로 「최척전」에 나오는 바 최척의 사적이 구전(口傳)되지 않았으며

48 　이경우, 앞의 글, 107~109면 참조.
49 　이민성은 「제최척전」에서 「최척전」의 작자를 비난하였는데, 이는 그가 「최척전」의 내용
　　뿐만 아니라 등장인물인 최척까지도 모두 허구의 산물로 보았다는 증거이다. 만약 이민성
　　이 최척을 실존인물로 판단했다면, 최척에게 들은 이야기를 옮겨 적었다고 말한 작자보다
　　최척을 더 강하게 비판했을 것이다.

구전될 수도 없다는 점이다. 「최척전」의 창작 시기로부터 거의 '4백 년'
이 지난 시점에서 ③은 「최척전」의 내용이 '허구'일 것이라 '추정'하고,[50]
이 '허구'가 다시 '실사(實事)'처럼 인식되었으리라는 '추정'에 근거하여
「최척전」의 내용이 불과 몇 달 만에 남원에서 서울까지 '구전'되어 「홍
도」를 파생했다고 말한다. 그조차도 대단히 복잡한 구비 전승의 과정
을 거쳤다고 상정하지 않으면 도저히 이루어지기 어려운 와전(訛傳)의
결과일 것 같은데, 「홍도」는 구전의 과정에서 주인공의 이름까지 바뀌
었다는 치명적인 오류를 가진 텍스트라고 말하기 놀라울 정도로 서사
진행에 있어서만큼은 논리적 모순을 조금도 드러내지 않고 있는 셈이
다.[51] 이에 반해 「최척전」의 작자와 '동시대'에 살았던 이민성은 최척의
일이 '허구'임을 '당대의 실상'을 근거로 들어 논리적으로 '증명'하고, 거
기에다가 '당대인들의 견해'까지 덧붙이면서 최척의 사적은 구전될 수
없다고 말하고 있다.

---

50   이 같은 추정의 중요한 근거로 인용되는 자료가 이민성의 「제최척전」이다.

51   민영대, 『조위한과 최척전』(아세아문화사, 1993), 237~238면에서는 「홍도」에서 정생이
      홍도와 만나는 대목에 대하여 "부부가 이국땅에서 만나는 묘사에서, 「紅桃傳」은 정생이
      절강에 이르러 달밤에 통소를 불자 이웃 배에 있던 홍도가 '전날 조선에서 듣던 소리'라 외
      쳐 정생이 이웃 배에 홍도가 있는 것을 알았고, 이어 이를 확인하기 위해 다시 정생은 전에
      아내와 화답하던 곡을 불고 아내와 해후하는 것으로 되어 있다. 작품의 시작에서 정생이
      소개될 때 통소를 잘 불고 노래를 잘 불렀다는 것은 기술되어 있지만 그러나 작품의 앞부
      분 어디에서도 일찍이 이들이 함께 통소로 화답했다는 묘사는 보이지 않는다. 그러니까
      홍도가 '전날 조선에서 듣던 소리'라 했던 것은 기술상 오류를 범하고 있는 것이다"라고 하
      였고, 장효현, 앞의 글, 128면에서도 정생과 홍도의 만남 대목에 대하여 "鄭生과 紅桃가 훗
      날 浙江의 배에서 서로 만날 때에, '乃復吟前日與妻相和之歌詞'라고 적고 있는데, 「홍도」
      작품의 앞부분에는 정생이 '소싯적부터 洞簫를 잘 불어 가사를 잘했다(善吹洞簫 善歌詞)'
      는 대목이 있으나, 부부가 함께 시를 唱和하는 대목은 들어 있지 않다. 곧 「최척전」의 내용
      을 옮기는 과정에서의 누락인 셈이다"라고 하였다. 하지만 「홍도」의 앞부분에서 정생이
      통소를 잘 불고 노래를 잘 했다고 한 것은, 다름이 아니라 정생과 홍도가 절강에서 만날 때
      를 염두에 둔 설정이며, 만남 장면과 똑같은 장면이 앞에 보이지 않음을 근거로 오류라고
      할 수는 없다. 「홍도」와 같이 짧은 이야기 속에 굳이 '통소로 화답하는 대목'이나 '시를 唱
      和하는 장면'을 넣는다면, 오히려 쓸데없는 서술의 중복을 불러올 뿐이다.

이제 ①과 ②, ③의 모순을 해결해 보자. '상산(商山)'은 조위한의 아우인 조찬한(趙纘韓)과 관련되어 나온 말일 가능성이 높다. 조찬한은 1621년에 상주목사(尙州牧使)로 부임했다. 『현주집(玄洲集)』에 수록되어 있는 「현주조공묘갈명(玄洲趙公墓碣銘)」은 박세채(朴世采)가 지은 것으로, 여기에는 조찬한이 상주목사로 부임하면서 지은 시가 기록되어 있다.[52] 이 시가 바로 『현주집』에 실려 있는 「검호취별(劍湖醉別)」인데,[53] 이 시 가운데 "큰 둑의 향기로운 풀에는 절로 봄바람이 이네[大堤芳草自春風]"라는 구절이 있으므로, 조찬한이 상주목사로 부임했던 때는 1621년 봄이었을 것이다. 한편 조찬한은 1622년에 맏형 조계한(趙繼韓)이 죽었다는 소식을 듣고 상경했다. 이때 조위한도 서울로 올라왔으니, 『현곡집(玄谷集)』에 실려 있는 "10월 6일에 맏형의 부음을 듣고 초순에 길을 떠나 서울에 들어가니, 선술(善述, 趙纘韓)도 상산에서 와서 만났다. 11월(至月) 16일에 선술과 함께 상산(商山)으로 같이 향했는데, 음죽(陰竹, 京畿道 利川)에 이르러 도중에 선술이 지은 시에 차운하니, 이날이 바로 동지였다"라는 제목의 「十月六日聞伯氏訃初旬發行入京善述亦自商山來會至月十六偕善述同向商山至陰竹途中次善述韻是日乃冬至也」를 통해 이를 확인할 수 있다. 시는 다음과 같다.

窮年悲慟已傷情　한평생 비통하여 이미 마음 상했는데,

稍慰天涯鴈序成　하늘 끝(타향)에서 기러기 행렬(형제) 이룸으로 조금 위안이 됐지.

52　"時光海政亂 奸凶得志 金墉之禍方生未艾 公不樂在朝 無何 復求出爲尙州牧使 途中有詩曰 聞來世故心如醉 看到時危鬢已蓬 安得滄波無限月 解官歸作釣魚翁"『현주집』, 436면.

53　"咸關商嶺路西東 一抹斜陽畫角終 極浦孤舟空別淚 大堤芳草自春風 聞來世故心如醉 看到時危鬢已蓬 安得滄波無限月 解官歸作釣魚翁"『현주집』, 281면.

忍見栢從秋後實　측백(側柏)나무가 가을이 지난 후에 열매 맺음을 어찌 차마 보랴?

寬心草入夢中生　풀이 꿈속에 들어와 돋아남으로써 마음을 달래노라.

四年遠別音書阻　사 년의 먼 이별에 소식은 막히고,

千里相逢鬢髮明　천 리를 와서 상봉하니 머리털이 세었구나.

聚散有期難久合　모임과 흩어짐에는 기약 있어 오래도록 함께하긴 어려우니,

悲懷慘慘不能平　슬픈 마음 참혹하여 진정할 수 없도다.[54]

마치 이별할 때 준 시처럼 보이기도 하고, 이에 따라 조위한이 조찬한과 상주로 향하다가 음죽(陰竹)에서 헤어지면서 준 것 같기도 하지만, 실은 그렇지 않다. 수련(首聯)은 타향에 떨어져서 슬프지만 그래도 형제가 있음으로 위안을 삼았다는 내용이다. 함련(頷聯)에서는 맏형 조계한의 죽음을 슬퍼했다. 측백나무가 가을에 열매를 맺었다는 내용은 『장자(莊子)』 잡편(雜篇)「열어구(列禦寇)」에서 정(鄭)나라 사람 완(緩)이 아우 때문에 자살한 뒤 그 아버지의 꿈에 나타나 "그대의 아들을 묵자로 만든 것은 나요. 그런데 내 무덤에는 이미 측백나무가 열매를 맺었는데도 어째서 찾아와 보지 않소?使而子爲墨子者子也 闔胡嘗視其良 旣爲秋柏之實矣」"[55]라고 말했다는 데서 나온 말로, 형의 죽음을 뜻한다. 꿈속에 풀이 났다는 말은 회남소산(淮南小山)의 「초은사(招隱士)」에 나오는 "왕손은 놀러나가 돌아오지 않건만, 봄풀은 돋아나서 무성하구나王孫遊兮不歸 春草生兮萋萋」"[56]라는 구절에서 나온 것으로, 먼 곳으로 떠난 이를 그리워함을 뜻한

54　『현곡집』, 239면.
55　안동림 역주, 『장자』(현암사, 1998), 761~763면 참조.
56　朱熹 撰, 『楚辭集注』, 上海古籍出版社·安徽教育出版社, 2001, 162면.

다. 경련(頸聯)은 조찬한과의 만남을 말하고 있는 듯하다. 하지만 이 역시 단순히 둘의 만남 그 자체만을 이야기한 게 아니며, 맏형 조계한의 죽음으로 인해 상봉하게 되었다는 비극적 정조가 더 큰 비중을 차지한다. 문제는 미련(尾聯)이다. "모임과 흩어짐에는 기약 있어 오래도록 함께하긴 어렵다[聚散有期難久合]"라는 말이 아우 조찬한과의 헤어짐을 말하는 것처럼 보이지만, 여기서의 '취산(聚散)'은 『장자』 잡편 「즉양(則陽)」의 "취산이 이루어진다[聚散以成]"라는 구절에서 나온 말로, 곧 '생사(生死)'라는 뜻이다.[57] 따라서 미련 또한 조계한의 죽음을 슬퍼한 것일 뿐, 조찬한과의 헤어짐을 안타까워하는 내용이 아니다. 만약 조위한이 조계한의 상을 치르고 조찬한과 함께 서울을 떠나 남원으로 돌아가다가 이 시를 지었다면, 다시 말해 그가 조찬한과 함께 상주로 가지 않았다면, 굳이 제목에 "선술과 함께 상산으로 같이 향했다[偕善述同向商山]"라는 말이나 "길을 가는 중에[途中]"라는 말을 쓰지는 않았을 것이므로, 이때 조위한은 조찬한과 함께 상주(상산)로 갔을 가능성이 높다.[58]

이민성은 「제최척전」에서 당시 상산의 한 '사인(士人)'이 「최척전」을 지었다고 했다. 물론 이 주(註)는 이민성의 시문을 정리하는 과정에서 붙었을 수 있지만, 당연히 이민성이 「제최척전」을 창작했을 당시 언급한 내용을 근거로 한 말일 것이다. 그런데 '사인'은 보통 '벼슬을 하지 않은 선비'를 가리키는 말이므로, 이민성이 상주목사인 조찬한을 가리

57　안동림 역주, 앞의 책, 646~647면 참조. 王先謙, 『莊子集解』, 『莊子集解 · 莊子集解內篇補正』, 中華書局, 1987, 234면에서 "聚散謂生死"라고 하였다.

58　陰竹은 지금의 경기도 이천시 장호원읍 부근으로, 충주와 가까운 곳이며, 조선시대에 서울에서 상주로 가는 길목이었다. 만약 조위한이 조찬한과 함께 길을 떠났다가 남원으로 되돌아갔다면, 경기도 龍仁 즈음에서 헤어져 平澤으로 가는 길을 잡았을 것이다.

켜 '사인'이라고 했을 가능성은 별로 없어 보인다. 그렇다면 「제최척 전」에서 말한 '상산의 사인'[59]은 다름이 아니라 '상주에 가 있었던 조위 한'을 가리킨 말일 가능성이 무척 높은 것이다.

이상 살펴본 바에 따르면, 이민성이 「최척전」을 읽은 시기는 1622년 이후, 다시 말해 조위한이 조찬한과 함께 상주에 간 이후였으리라고 추 측할 수 있다. 그런데 조위한은 1623년 인조반정 이후 서울로 돌아왔으 므로, 그가 '상산의 사인'으로 불릴 수 있는 시기는 1622년에서 1623년 사이의 불과 몇 달도 안 되는 매우 짧은 기간이다. 거듭 말하지만, 이민 성의 입장에서 볼 때 「최척전」에 실린 이민환 관련 대목은 매우 심각한 문제를 야기할 수 있는 것이기 때문에, 그가 작품과 관련된 잘못된 정 보, 그것도 버젓이 조위한이 지었다고 쓰여 있는 작품의 작자에 관한 잘못된 정보를 가지고 있었을 가능성은 전혀 없다고 보아도 무방하며, 당연히 작품의 창작과 관련된 사실들을 모두 알고 있었다고 보는 게 타 당하다. 그렇다면 「제최척전」의 주는, 다름이 아니라 조위한이 '상산의 사인'이었던 1622년에서 1623년 사이에 「최척전」을 창작했다는 의미 를 담고 있다고 볼 수 있는 것이다. 그리고 「제최척전」에 나오는 바 '상 산의 사인'이 "스스로 자기가 지은 것이라고 말했다自言渠所作"라는 말

---

59 보통 '商山士人'이라고 하면, '상산 출신의 선비' 혹은 '상산에 거주하고 있는 선비'를 일컫 는 말이라고 보아야 할 것이다. 하지만 「제최척전」에서는 "商山有一士人 自言渠所作" 혹은 "時商山一士人 自稱作崔陟傳"이라고 했던바, '有'·'一'·'時' 등은 '당시'에 상산에 '어떤' 사 람이 있었다는 뜻을 나타내므로, 士人의 貫籍이 商山이라는 의미로 볼 수 없다. 만일 일반 적인 의미의 '商山士人'을 의미한 것이라면 굳이 이와 같이 쓰지는 않았을 것이며, 예컨대 박재연본 「김영철전」의 말미에 나오는바 "영유사인 김응원은 영철과 젊었을 때부터 같은 마을에 살았는데, 우연히 자모산성을 지나가다 영철을 방문하였다永柔士人金應元 與英哲 自少時同鄕里 偶過慈母山城 爲訪英哲)"(68면)라는 대목에서 '永柔士人'이라고 했던 것처럼, 그냥 '商山士人'이라고 쓰지 않았을까 싶다. 본고에서 편의상 사용하는 '商山의 士人'이란 말은 일반적인 의미로 사용하는 것이 아님을 밝혀둔다.

은 조위한이 여기 저기 돌아다니며 자신이 「최척전」을 지었다고 떠벌렸다는 뜻이 아니라, 작품 말미의 "소옹이 지었다(素翁題)"라는 기록을 두고 한 이야기인 셈이다. 조위한은 「최척전」 후지(後識)에서 분명히 남원의 주포에 있을 때 최척으로부터 그간의 이야기를 들었다고 했으며, 이 내용은 당연히 이민성이 읽은 「최척전」에도 있었을 것이다. 그럼에도 불구하고 이민성이 「최척전」의 작자를 '한양사인(漢陽士人)' 혹은 '남원사인(南原士人)'이라고 하지 않고 '상산의 사인'이라고 했던 데에는 그만한 이유가 있었다고 보아야 한다. 이민성이 '조위한이 남원에 있을 때 최척으로부터 들은 일을 적었다'는 내용의 후지가 붙어 있는 「최척전」에 대하여 '상산의 사인이 지었다'는 모순된 말을 한 이유 중에는, 「최척전」의 실제 창작 시기와 장소를 밝힘으로써 「최척전」의 후지까지 모두 허구라는 점을 드러내기 위한 의도도 있었을 것이다.

그간 「제최척전」은 이민성이 아우 이민환을 변론하기 위해 쓴 것으로 이해되어 왔고, 「최척전」의 허구성 및 소설적 성격을 잘 드러내는 자료라는 점에서도 그 가치가 인정되어 왔다. 이민성은 심하전투 당시의 주회인(走回人)들이 어떤 과정을 거쳤는지를 상세히 서술한 다음, 대방군(帶方郡; 南原)에는 원래 돌아온 인물이 없다는 점까지 구체적으로 언급하며 「최척전」이 허구라는 사실을 변증하였다. 「제최척전」의 창작 목적은 「최척전」이 '허구'라는 점을 입증하는 데 있는데, 이민성이 '거짓말'을 부정하기 위해 또 '거짓말'을 썼을 리는 없는 것이다. 요컨대 이민성은 「최척전」과 관련된 모든 자료를 입수하여 「제최척전」을 썼다고 보는 게 타당하며, 그 가운데는 「최척전」의 실제 창작 시기와 관련된 정보도 당연히 들어 있었으리라고 보아야 할 것이다.

이상의 가설에 따르면, 조위한이 「홍도」를 직접 읽고서 「최척전」을 창작했을 가능성은 더욱 높아진다. 『어우야담』을 지은 유몽인(柳夢寅)은 1582년에 조계한과 함께 과거에 급제하였는데, 『어우집(於于集)』에 「봉증우봉조연형잉류조참(奉贈牛峯趙年兄仍留朝驂)」이라는[60] 시가 있는 것으로 보아 그가 조계한과 교분이 있었음이 확인된다. 한편 조위한은 남원에서 우거할 때 양경우와 교유가 있었다. 그런데 공교롭게도 양경우는 『어우야담』의 '구서(舊序, 跋文)'를 쓴 성여학(成汝學)과 교유했으니, 『제호집』에 수록된 「성별좌모부인만시(成別坐母夫人挽詩)」와[61] 「궁사성여학(窮士成汝學)」을[62] 통해 이를 확인할 수 있다. 조위한이 유몽인과 직접적인 교유가 있었는지는 알 수 없지만, 그 가능성은 충분하다.

이상 살펴본 바에 따르면, 「최척전」은 1622년에서 1623년 사이에 창작되었다고 볼 수 있다. 추측건대 조위한은 1622년 조계한의 죽음을 계기로 상경했을 때 「홍도」를 보았을 것이며, 조찬한과 함께 상주로 내려갔을 때 「최척전」을 창작했을 가능성이 높다. 그리고 「최척전」의 후지에 나오는 바 1621년 윤2월에 「최척전」을 지었다는 기록은 「홍도」의 창작 시기를 염두에 둔 결과가 아닐까 싶다.

60　"昔曾童丱逐詩流 長鬐于思記我侯 泮學追隨聯玉武 三飱莽蒼共瓊輈 窮途白首山中縣 旅泊青燈水上郵 傳語神駒休戀主 仲由車馬弊何尤"『어우집』, 170면.

61　"夫人之賢世所聞 孝子之孝人共言 此母由來有此兒 四壁雖空家道敦 兒無肉兮母難飽 兒無帛兮母難溫 旣無肉帛溫飽之 母心猶自常忻忻 母兮黃髮兒白髮 愛母不忍離母膝 兒戲於庭幾弄雛 兒來自外或懷橘 忽然一夕病在床 兒忘饑渴走遑遑 刀股承血點母口 繽息已冷回微陽 至誠有應終莫救 司幽冥冥理難詳 我時承訃忝諸客 耳聞孝子三日哭 先王制禮貴終孝 粥水漿存視息 玄棺在堂如事生 丹旐出門情豐極 一聲薤露天欲曉 孝子之腸應寸坼 嗚呼若母猶我母 不覺攀輀淚盈掬"『제호집』, 451면.

62　"成教官 金南窓之甥也 自幼少成癖於詩 着力旣久 往往有佳句 其草露蟲聲濕 林風鳥夢危 爲人所稱 如面唯其友識 食爲丈夫哀者 窮語也 余嘗往來其家 每見其破衣壞巾 滿鬢衰髮 獨依一間書齋 盡日授書童子 眞一世之窮士 詩能窮人者 殆爲成教授而發也"『제호집』, 502면.

4. 「최척전」의 열녀 담론과 유씨 이야기

조위한은 왜 「홍도」를 개작하여 실존인물 최척을 주인공으로 한 「최
척전」을 창작했으며, 왜 아우 조찬한을 따라 상산에 갔을 때 「최척
전」을 지었을까? 「최척전」의 창작에 결정적인 영향을 미친 계기는 무
엇이었고, 그와 관련된 실사(實事)는 과연 어떤 것이었을까? 여기서는
「최척전」의 열녀 담론에 대한 분석 및 「최척전」과 조찬한·유씨 부부
이야기의 관련성 검토를 통해, 이와 같은 의문에 대한 해답을 마련하고
자 한다.[63]

「최척전」의 전반부는 「이생규장전」의 영향을 받은 것이며, 최척과
옥영의 결연담은 그 자체로만 놓고 보아도 한 편의 완전한 애정전기소
설이라 이를 만하다. 그런데 최척과 옥영의 결연 대목과 여타 애정전기
소설에 나오는 남녀주인공의 결연 장면의 가장 큰 차이점은 옥영이 최
척과 혼인하기 전에 '동침'을 하지 않는다는 점이다. 대표적인 애정전
기소설인 「최치원」·「만복사저포기」·「이생규장전」·「하생기우전」·
「주생전」·「위생전」·「운영전」·「상사동기」에서 여주인공들은 모두
남주인공과 혼전에 동침한다. 물론 그 양상이나 의미까지 다 같지는 않
지만, 어쨌든 바로 이 때문에 애정전기소설에서의 '애정'은 '규범'의 문
제와 불가분의 관계에 놓이게 되는바, 이는 곧 애정전기소설의 '양식적
특징'이기도 하다.[64]

---

63 「최척전」의 창작 배경에 대해서는 장효현, 「최척전의 창작 기반」(『고전과 해석』 1, 고전
   문학한문학연구학회, 2006)에서 포괄적으로 논의되었다. 여기서는 선행연구에서 주목하
   지 않은 점들을 중심으로 고찰한다.
64 엄태식, 앞의 글, 176~185면.

「이생규장전」에서 최씨는 평소에 국학에 다니던 이생을 줄곧 엿보고 있다가 이생이 우연히 담 너머를 바라보았을 때 이생을 유혹하는 내용의 시를 읊는다. 이와 마찬가지로 「최척전」에서 옥영은 정상사의 집에서 글공부하는 최척을 엿보다가 그를 유혹하는 내용의 「표유매(摽有梅)」 시를 던지고 춘생을 통해 최척이 보낸 편지에 대한 답장을 보내기도 하지만, 「이생규장전」의 최씨처럼 부모 몰래 외간남자와 야합하는 '불륜'을 저지르지는 않는다. 이전까지의 애정전기소설에서 '애정'이란 '혼인 관계에 있지 않은 남녀'의 그것이었으며, 그들의 사랑은 곧바로 '육체적 관계'로 이어졌다. 이에 반해 최척과 옥영의 애정은 혼전의 성관계로 이어지지 않았으니, 바로 이 지점에서 「최척전」은 애정전기소설의 자장에서 벗어나고 있는 것이다. 한편 옥영은 최척에게 보낸 편지에서, 여자가 먼저 시를 적어 던지는 행위 그 자체가 이미 정절을 잃은 것이라고 말하기도 하고, 이후로는 반드시 매파를 통해 혼사를 의논하겠다고 말하기도 한다.[65] 요컨대 「최척전」의 옥영은 적어도 표면적으로는 여타 애정전기소설의 여주인공들보다 훨씬 강화된 정절 관념을 보여주고 있는 셈이다. 모친 심씨가 양생(梁生)과의 혼사를 약속하자 목을 매어 자결하려 했다는 대목 역시 옥영의 정절 관념이 얼마나 투철한지를 드러내는 삽화이다. 이 같은 우여곡절을 겪은 후 최척과 옥영은 마침내 혼인한다. 「최척전」에서 최척·옥영이 혼인하는 부분의 서술은 「이생규장전」에서 이생·최씨가 혼인하는 부분의 그것과 거의 유사하다.

---

65 "妾雖無狀 初非依市之徒 寧有鑽穴之道 必告父母 終成委禽之禮 則貞信自守 敢懈擧案之敬 投詩先瀆 已犯自媒之醜行 往復私書 尤失幽閑之貞操 今旣肝膽相照 不須書札浪傳 自此以後 必以媒妁相通 而毋令妾 重貽行露之譏 千萬幸甚" 「최척전」, 424~425면.

동뢰(同牢)한 뒤로부터 부부가 사랑하고 공경하며 서로 손님같이 대하여 양홍·맹광이나 포선·환소군이라도 그 절의를 말하기에 부족했다. 이생은 이듬해 고과(高科)에 급제하여 높은 벼슬에 올라 명성이 조정에 알려졌다.[66]

원근에서 이 소식(옥영이 婦德이 있다는 소식)을 듣고 모두 양홍의 아내나 포선의 부인이라도 아마 나을 수 없으리라고 여겼다. 최척은 아내를 얻은 이후로 하는 일마다 뜻대로 되었으며, 집안 살림도 점점 풍족해졌다.[67]

이듬해인 갑오년(1594)에 최척과 옥영은 만복사에서 불공을 드려 아들 몽석(夢釋)을 얻는다. 1597년에 정유재란이 일어나 최척 일가는 지리산 연곡(燕谷)으로 피신하는데, 작품에서는 이때 옥영이 남장을 하여 누구도 그녀가 여자인 줄을 알지 못했다고 했다. 한편 최척은 양식을 구하기 위해 남자 두어 명과 함께 산에서 나와 구례(求禮)에 이르러 적병을 만났지만, 몸을 숨겨 간신히 위기를 모면한다. 그러나 이때 왜적은 연곡에도 들어와 노략질하였던바, 이로써 최척과 옥영은 헤어지게 된다.

최척과 옥영이 정유재란 때 헤어지는 장면에 대하여 선행연구에서는 실기류와 같은 사실적 묘사라는 점을 주목하였는데,[68] 필자는 이와 더불어 「이생규장전」을 비롯한 열녀서사와의 관련 속에서 이해해야 할 필요도 있다고 생각한다. 「이생규장전」의 창작 연원이 된 「취취전(翠翠

---

[66] "自同牢之後 夫婦愛而敬之 相待如賓 雖鴻光鮑桓 不足言其節義也 生翌年 捷高科 登顯仕 聲價聞于朝著" 「이생규장전」, 126~127면.
[67] "遠近聞之 皆以爲梁鴻之妻 鮑宣之婦 殆不能過也 陟聚婦之後 所求如意 家業稍足" 「최척전」, 428면.
[68] 박일용, 앞의 글, 155~156면; 장경남, 앞의 글, 383~385면.

傳」이나 「애경전(愛卿傳)」 같은 소설, 그리고 이숭인(李崇仁)의 「배열부전(裵烈婦傳)」이나 정이오(鄭以吾)의 「열부최씨전(烈婦崔氏傳)」 같은 열녀전을 보면, 여성들이 적에게 죽임을 당할 때 남주인공들은 항상 부재중이었던 것으로 그려지고 있다. 이 같은 열녀서사는 표면적으로는 정절을 지키다 죽임을 당한 여인들의 절개를 포장(襃獎)하고 있지만, 이면적으로는 여성의 죽음에 대해 남성이 직접적으로 책임이 없다는 점 및 여성의 죽음은 불가피한 일이었다는 점을 암시하는 데 목적이 있는 것이다. 이에 반해 「이생규장전」은, 최씨가 죽임을 당할 것을 뻔히 알면서도 혼자 살기 위해 달아나는 이생의 모습을 '그대로' 보여주었다는 점에서 여타 열녀서사의 이념적 한계를 극복했다고 이를 만하다.[69] 그런데 「최척전」에서는 어떠한가? 「최척전」은 이전까지는 「이생규장전」과 거의 동일하게 서사를 진행시키다가, 이 지점에 이르러서는 여타 열녀서사의 서술구조로 회귀하고 있는 것이다.

하지만 「최척전」의 작자인 조위한은 여타 열녀서사의 여주인공들과는 달리 옥영을 '남장(男裝)'시켜 전란의 와중에서 '정절'을 잃지 않으면서도 '목숨'을 보존하게 했다.[70] 사실 여타 애정전기소설의 여주인공 못지않은 미모의 여인 옥영이 안남(安南)에서 최척과 재회할 때까지 여자라는 사실이 발각되지 않았다는 것은 현실성이 전혀 없으며, 이는 「홍도」에 나오는 정생의 아내 홍도의 경우보다도 심한 것이다. 왜냐하면

---

69 엄태식, 앞의 글, 167면.
70 「최척전」의 '男裝' 모티프는 「홍도」에서 가져온 것이긴 하지만, 「최척전」 이전의 한국 고전소설 가운데는 남장 모티프가 등장하는 작품이 없었다는 점을 주목할 필요가 있다. 「최척전」은 남장 모티프가 한국 고전소설에 왜 등장하게 되었는지를 설명해 준다는 점에서도 의의가 있다.

적어도 「홍도」에서는 홍도가 미모의 여인이라고 말하지는 않았기 때문이다. 현실의 논리에 따르면, 옥영은 연곡에서 죽임을 당했거나, 설사 죽지 않았더라도 왜적에게 붙잡혀가 절개를 잃었을 것이며, 이것이 전란 당시 여인들이 겪었을 일반적인 상황이었을 것이다. 하지만 「최척전」에서 옥영은 전란의 와중에서 죽임을 당하지 않았을 뿐만 아니라 절개도 잃지 않았고, 마침내 남편인 최척과 다시 만났다.[71]

필자는 「최척전」의 서사는 물론, 후지(後識)까지도 모두 허구일 가능성이 높다고 생각하지만, 「최척전」 창작의 동인이 되었을 어떤 '실사(實事)'가 존재했을 수는 있다고 본다. 그것은 아마도 '아내를 버리고 도망친 남편의 이야기' 혹은 '적에게 붙잡혔다가 절개를 잃고 살아 돌아온 여인의 이야기' 정도가 아니었을까? 이렇게 보면, 최척과 옥영의 결연담에서 옥영이 왜 그토록 강화된 정절 관념을 가진 여인으로 형상화되고 있는지를 짐작할 수 있다. 그것은 '전란'의 와중에서도 결코 '정절'을 잃을 수 없는 여인상을 그려내기 위한 하나의 준비과정이었던 것이다.

이처럼 「최척전」에서 옥영은 전형적인 열녀의 모습으로 형상화되고 있다. 하지만 옥영은 작품이 끝날 때까지 죽지 않고 살아남아야만 했다. 적의 수중에 떨어졌다가 살아 돌아온 열녀(烈女)! 이런 말은 있을 수 없다. 이에 작자는 옥영을 「이생규장전」의 최씨를 능가하는 '열녀'로 형상화하고, 「홍도」에서보다도 비현실적인 '남장' 모티프를 활용하는 것도 모자라, 마침내 「만복사저포기」에 등장했던 만복사 부처, 곧 '장

---

71 이종필, 「행복한 결말의 출현과 17세기 소설사 전환의 일 양상」, 『고전과 해석』 10, 고전문학한문학연구학회, 2011; 장경남, 「17세기 열녀 담론과 소설적 대응」, 『민족문학사연구』 47, 민족문학사학회, 2011에서 이 문제를 17세기 소설사의 전개와 관련하여 논의한 바 있다.

륙불'이라는 초월적 존재까지 작품 속으로 끌어들이고 말았다. 장륙불은 옥영이 몽석을 낳을 때, 옥영이 돈우에게 사로잡혔다가 자살을 결심할 때, 옥영이 몽선을 낳을 때, 옥영이 심하전투에 출전한 최척이 죽었다고 생각하여 단식할 때, 옥영이 무인도에 표류하여 절벽에서 투신자살하려다가 몽선·홍도가 붙잡는 바람에 어쩔 수 없이 죽지 못했을 때, 모두 다섯 번 그녀의 꿈속에 등장한다. 그간 장륙불의 작품 내적 기능에 대해서는 적지 않은 논의가 있었지만,[72] 기실 장륙불의 역할은 '열녀' 옥영이 열녀라면 마땅히 죽어야 할 대목에서 죽지 못하도록 만드는 것이다.[73] 열녀는 남편이 죽으면 당연히 따라 죽어야 하지만, 그렇게 하지 않고 '삶'을 유지할 수 있는 조건은 '아들'의 존재뿐이다. 「최척전」의 창작에 영향을 미친 「이생규장전」에서 최씨는 전란이 일어나기

---

[72] 강진옥, 「최척전에 나타난 고난과 구원의 문제」, 『이화어문논집』 8, 이화여대 한국어문학연구소, 1986, 239~252면; 박희병, 「최척전」, 『한국 고전소설 작품론』, 집문당, 1990, 95~97면; 박일용, 앞의 글, 159~164면; 김종철, 「전기소설의 전개 양상과 그 특성」, 『민족문화연구』 28, 고려대 민족문화연구소, 1995, 46면; 신해진, 「최척전에서의 장육불의 기능과 의미」, 『어문논집』 35, 고려대 국문학연구회, 1996, 362~369면; 김진규, 「임란 포로소설연구 : 최척전을 중심으로」, 『동악어문논집』 11, 동악어문학회, 1998, 352~357면; 권혁래, 『조선 후기 역사소설의 성격』, 박이정, 2000, 75~79면; 양승민, 앞의 글, 98~99면; 김문희, 「최척전의 가족 지향성 연구」, 『한국고전연구』 6, 한국고전연구학회, 2000, 178~183면; 정환국, 「17세기 실기류와 소설의 거리」, 『한문학보』 7, 우리한문학회, 2002, 111~114면; 이정원, 「전기소설에서 전기성의 변천과 의미」, 『한국고전여성문학연구』 6, 한국고전여성문학회, 2003, 382~388면; 한의숭, 「17세기 전기소설의 낭만성과 현실성, 통속성에 대한 논의와 작품의 실제」, 『인문연구』 51, 영남대 인문과학연구소, 2006, 161~162면; 김현양, 「최척전, 희망과 연대의 서사」, 『한국 고전소설사의 거점』, 보고사, 2007, 95~100면; 조현설, 「17세기 전기 · 몽유록에 나타난 타자 연대와 서로주체성의 의미」, 『국문학연구』 19, 국문학회, 2009, 18~19면; 최기숙, 「17세기 고소설에 나타난 여성 인물의 유랑과 축출, 그리고 귀환의 서사」, 『고전문학연구』 38, 한국고전문학회, 2010, 44~48면; 진재교, 「월경과 서사―동아시아의 서사 체험과 이웃의 기억 : 최척전 독법의 한 사례」, 『한국한문학연구』 46, 한국한문학회, 2010, 149~150면; 이종필, 위의 글, 98면. 장경남, 위의 글, 116~119면.

[73] 선행연구에서 여러 번 언급한 바와 같이 「최척전」에서 장륙불은 오직 옥영에게만 현몽한다. 「최척전」에 나타난 장륙불 혹은 불교적 요소를 '열녀 담론'과 관련하여 해석해야 하는 중요한 이유 중의 하나가 이것이다.

전에 자식을 낳지 못했다. 이에 반해 「최척전」에서 옥영은 정유재란이 일어나기 전에 이미 만복사 장륙불의 계시를 받고 아들 몽석을 낳아 버렸다.[74] 이제 열녀 옥영에게는, 설사 남편 최척이 죽었다고 여겨져도 쉽게 따라 죽을 수 없는 '명분'이 생긴 셈이다.[75]

이런 관점에서 보면, 그간 '가족적 인간애'를 보여준 '다정한 이웃'으로 인식되었던 돈우(頓于) 역시 새로운 시각에서 이해할 수 있다. 「최척전」에서 옥영은 왜노(倭奴) 돈우에게 붙잡혔지만, 불심(佛心)이 깊은 그의 배려로 인해 목숨을 부지한다. 대부분의 이본에서는 돈우가 옥영의 민첩함을 아끼고 혹 달아날까 싶어 좋은 의식(衣食)을 제공하고 옥영의 마음을 안심시킨 것으로 되어 있는데,[76] 천리대본에서는 문장이 약간 바뀌면서 '돈우가 옥영이 여자인 줄을 몰랐다'는 내용이 첨가되어 있다.[77] 안남에서 옥영과 최척이 만났을 때, 돈우는 송우(宋佑)[78]에게 다음과 같이 이야기한다.

내가 이 사람을 얻은 지 이제 4년이 되었는데, 그 단정하고 성실함을 아끼어 자식[己出]과 같이 대하며 잠을 자고 밥을 먹을 때 잠시도 떨어진 적이 없었건만, 끝내 이 사람이 부인인 줄을 몰랐습니다.[79]

---

74 「홍도」에서는 정생과 홍도가 임진왜란이 일어나기 전에 아들 '夢錫'을 낳은 것으로 되어 있다.
75 여기에 작동하고 있는 논리는 여성의 순절(殉節)이 '不孝不慈'라는 것이다. 이혜순, 「열녀전의 입전의식과 그 사상적 의의」(『조선시대의 열녀 담론』, 월인, 2002), 21~24면에서는 '不孝不慈'를 18세기 후반에 대두된 순절에 대한 비판적 담론들과 관련하여 다루었지만, 그 논리의 단초는 「최척전」에서도 찾아볼 수 있지 않을까 생각된다.
76 "頓于 愛玉英機警 惟恐見逋 給以善衣善食 慰安其心"「최척전」, 432~433면.
77 "頓于 愛玉英之穎悟 惟恐見逋 衣以華服 餉以美食 慰安其心 而不知其爲女子也" 이상구 역주, 앞의 책, 314면; 장효현·윤재민·최용철·심재숙·지연숙, 앞의 책, 180면.
78 이본에 따라 '朱佑'로 되어 있기도 하다.
79 "我得此人 四年于玆 愛其端慤 視同己出 寢食未嘗少離 而終不知其是婦人也"「최척전」, 436면.

4년 동안 함께 생활하면서 여자인 줄도 몰랐다는 이 말은, 결국 옥영이 정절을 잃지 않았음을 증명하기 위한 것이다. 중세 사회에서 여성은 가족 이외의 남성과는 함께 있을 수 없었다. 돈우가 옥영을 '기출(己出)'처럼 대했다는 말은 돈우가 외간 남자가 아니라 아버지였다는 뜻이다. 때문에 옥영은 남편이 아닌 남자와 4년 동안이나 함께 살았지만, 결국 가족(아버지)과 함께 있었던 것이기에 그녀의 행동은 문제될 것이 없다.[80] 돈우는 옥영과 침식(寢食)을 함께 하며 '잠시도' 떨어진 적이 없었다고 했는데, 이 말은 옥영이 아버지인 돈우 이외의 다른 남자를 접할 기회가 '전혀' 없었다는 의미이다. 돈우가 옥영이 부인인 줄을 '끝내' 몰랐다는 말은, 물론 설득력이 없긴 하지만, 역시 옥영의 정절 보전과 관계가 있는 말이다. 그런데 이와 같은 내용은 천리대본에도 동일하게 들어 있다.[81] 그렇다면 천리대본의 작자는 왜 같은 내용을 굳이 거듭 서술하고 있는 것일까? 다름이 아니라 옥영이 왜적에게 붙잡혀 있었던 동안에도 '정절'을 절대 잃을 수 없었다는 점을 강조하고 싶었던 것이다. 한편 돈우의 집에는 그의 아내와 어린 딸만 있었고, 돈우는 옥영을 자기 집에 살게 하면서 바깥출입도 못하게 한다.[82] 만약 돈우가 옥영이 남자인 줄로만 알았다면 바깥출입을 하지 못하게 할 이유가 별로 없지만,[83] 이 역시 작자가 옥영의 정절이 훼손될 수 있는 가능성을 봉쇄해

---

80 박희병·정길수 편역, 『전란의 소용돌이 속에서』(돌베개, 2007), 43면에서는 이 대목을 "내가 이 사람을 얻은 지 4년이 되었습니다. 그동안 이 사람의 단정한 모습과 성실한 성품을 좋아해 친형제 대하듯이 지냈지요. 함께 밥 먹고 함께 잠자며 떨어져 지낸 적이 없건만 이 사람이 여자인 줄은 꿈에도 몰랐습니다"라고 번역했는데, '視同己出'을 "친형제 대하듯이 지냈지요"라고 한 것은 옳지 않다.

81 "我得此人 四載于茲 而愛其端慤 視同至親 居處飮食 未嘗暫離 而終不知其爲婦人也" 이상구 역주, 앞의 책, 316면; 장효현·윤재민·최용철·심재숙·지연숙, 앞의 책, 188면.

82 "頓于家 在狼姑射 妻老女幼 無他男子 使玉英居家 不得出入" 「최척전」, 433면.

버린 것으로 이해해야 한다.[84] 옥영은 돈우에게 자신은 약골이라 바느질과 밥 짓는 일만 할 줄 안다고 말했고, 이에 돈우는 장사하러 다닐 때 옥영을 화장(火長)으로 삼아 배 안에 머무르게 하며 민(閩)·절(浙) 지방으로 돌아다닌다.[85] '화장'은 '배에서 밥 짓는 일을 맡은 사람'인데,[86] 옥영이 취사(炊事)를 맡았다는 것 또한 그녀가 돈우 이외의 남성과 접촉할 기회가 없었다는 점을 암시하기 위한 것이다. 게다가 옥영은, 깊은 불심을 지녀 이미 세속적 욕망(성욕)을 소거해 버린 돈우와 함께 있었기에, 적의 수중에 떨어져 있었던 동안에도 정절을 잃지 않았다는 완벽한 증거를 확보할 수 있게 된 것이다.

「최척전」의 남주인공인 최척의 형상에 조위한의 사상 및 체험 등이 반영되었다는 점은 선행연구에서 충분히 밝혀졌고, 그 타당성이 인정된다. 하지만 「최척전」의 또 다른 축인 여주인공 옥영의 입장에서 보

83 물론 옥영이 돈우가 사사로이 데려온 조선인 포로라는 점에서 본다면, 전혀 납득할 수 없는 일은 아니다.

84 박희병·정길수 편역, 앞의 책, 37면에서는 이 부분을 "돈우의 집은 나고야에 있었다. 늙은 아내와 어린 딸만 있을 뿐 집안에 달리 남자가 없어, 옥영을 집에 살게 하되 아내와 딸이 있는 內室에는 출입하지 못하게 했다"라고 번역했는데, "아내와 딸이 있는 內室에는"이라는 말은 원문에 없는 것이다. 혹 돈우가 옥영을 남자로 알았다는 점을 고려하여 이렇게 번역했는지 모르겠으나, 그래도 결국 문맥을 잘못 이해한 것이다. '不得出入'은 옥영이 여자들만 있었던 집 이외의 다른 곳, 다시 말해 남자들이 있는 곳에는 갈 수 없었다는 의미로 쓴 말이다.

85 "玉英謬曰 我本乃少男子 弱骨多病 在本國不能服役丁壯之事 只以裁縫炊飯爲業 餘事固不能也 頓于尤憐之 名之曰沙于 以火長置舟中 往來于閩浙之間" 「최척전」, 433면.

86 '火長'에 대하여 박희병 표점·교석, 앞의 책, 433면과 박희병·정길수 편역, 앞의 책, 38면에서는 '航海長'이라 하였고, 심경호, 『여행과 동아시아 고전문학』, 고려대 출판부, 2011, 101면에서도 "배의 항해를 지휘하는 인물. 일부 번역본에 부엌일의 책임을 맡겼다고 풀이한 것은 잘못임"이라고 하였는데, 그렇지 않다. 돈우가 옥영을 '火長'으로 배 안에 두었다는 서술은, 바로 앞에 나오는, 옥영이 바느질과 밥 짓기밖에 못한다고 말한 내용과 연결되는 것이다. '火長'을 '배에서 밥을 짓는 사람'이란 뜻으로 사용한 용례는 李德懋의 「耳目口心書」 三에 보인다. 관련 내용은 『靑莊館全書』, 『영인표점 한국문집총간』 258, 민족문화추진회, 2000, 402면 참조.

면, 「최척전」은 '전란의 와중에서 적에게 붙잡혔다가 살아 돌아온 열녀'의 이야기이다. 전란의 소용돌이에서 적에게 끌려갔던 한 부녀(婦女)가 구사일생으로 살아 돌아왔다. 그런데 그녀는 결코 정절을 잃어서는 안 되는 위치에 있는 여인이었으며, 반드시 열녀라는 점이 증명되어야 했다. 하지만 소설과 전을 막론하고 그때까지 존재했던 '열녀서사'의 자장 안에서는 '적의 수중에 떨어졌다가 살아 돌아온 열녀'를 형상화할 방법이 없었다. 필자는 이 같은 난관을 극복할 수 있게 만든 것이 바로 『어우야담』에 실린 「홍도」가 아니었나 생각한다.

이상으로 「최척전」의 열녀 담론을 살펴보았는데, 마지막으로 「최척전」과 '조찬한(趙纘韓)·유씨(柳氏) 부부 이야기'의 관련성을 언급하기로 한다. 『한양조씨현주공파세보(漢陽趙氏玄洲公派世譜)』의 기록[87] 및 『현주집』의 「제망실문(祭亡室文)」[88] 등에 따르면,[89] 조찬한은 정유재란 때 나주(羅州) 삼향(三鄕)에 피신해 있었다. 그러다가 9월 17일에 전란의 와중에서 순간적으로 유씨와 헤어졌고, 이튿날 어떤 사람을 만나 유씨의 소식을 들었다. 그는 유씨가 남편을 잃은 까닭으로 세 번이나 물에 빠져 죽으려 했으나 여종이 말리는 바람에 실행하지 못했다고 말했고, 조찬한은 그 사람이 일러준 곳으로 가서 부인과 상봉했다. 이때 숙모(叔母)가 없어져서 다시 함께 찾으려 했으나, 적들은 주위를 둘러싸고 있었고 유씨는 발이 부르터 걷기가 어려웠다. 조찬한·유씨 부부는 그날 밤

87　『漢陽趙氏玄洲公派世譜』에 수록된 유씨 이야기는 민영대, 『조위한의 삶과 문학』, 국학자료원, 2000, 157~160면에서 언급한 바 있다.

88　趙纘韓의 「祭亡室文」은 김경미, 「전기소설의 젠더화된 플롯과 닫힌 미학을 넘어서」, 『한국고전여성문학연구』 20, 한국고전여성문학회, 2010, 229~230면에서 다룬 바 있다.

89　趙纘韓·柳氏 부부의 이야기는 『현주집』에 수록되어 있는 「欲哭」 둘째 수에도 보이나, 그 내용은 「제망실문」에 비해 자세하지 않다.

을 넘기고 이튿날 정오(亭午)에 적의 핍박에서 벗어났지만 미시(未時)에 다시 적을 만났다. 유씨는 자기 때문에 앉아서 적이 오기를 기다릴 수는 없다고 말하며 조찬한에게 피신하기를 권했고, 이에 조찬한은 맨몸에 맨발로 종 한 명과 함께 탈출했다. 날이 저문 후 조찬한은 얼숙(孽叔)과 함께 유씨를 찾아왔으나, 유씨는 이미 죽어 그 흘린 피가 풀을 적셨으니, 그녀는 평소 조찬한이 차고 있던 칼로 자문(自刎)했던 것이다.

물론 이 이야기는 「최척전」의 내용과는 다르지만, 「최척전」 창작의 직접적 배경이 되었을 가능성이 매우 높다. 유씨가 남편 조찬한에게 피신하라고 권한 것은 아마 사실일 것이다. 이 점에서 조찬한의 기술은, 여성들이 적에게 죽임을 당할 때 남편들이 부재중인 것으로 설정한 여타 열녀서사의 그것보다 좀 더 솔직하긴 하지만, 그는 「제망실문」에서 "목에 있던 칼날은 내가 차던 칼로 당신이 그때 몸소 지니고 있었지만 나는 그 이유를 몰랐소(有刃在頸 吾所佩刀 君時自帶 我昧其由)"[90]라고 말함으로써 결국 유씨의 죽음에 대해 책임회피를 하고 있는 것이다.[91] 이와 더불어 '유씨 이야기'에서 주목할 점은 유씨가 남편 조찬한을 잃었다는 이유로 세 번이나 물에 뛰어들려다가 여종의 만류로 시행하지 못했다는 사실인데,[92] 이는 「최척전」에서 옥영이 남편 최척이 죽었으리라고 여겨 투신자살하려다 결국 시행하지 못하는 대목의 소재적 원천이 되었을 가능성이 있다.[93] 한

90 『현주집』, 385면.
91 필자는 「제망실문」 가운데 적어도 이 부분만은 거짓말이라고 생각한다. 전란의 와중에서 사대부가 부녀가 칼을 소지한다는 것이 어떤 의미인지를 조찬한이 몰랐을 리 없다. 더군다나 유씨는 조찬한과 헤어진 후 세 번이나 자살을 시도한 바 있었다.
92 "忽遇一人 問我何客 吾告姓名 他聞卽愕 云子內君 惟彼道側 失君之故 呼天乞死 三赴于水 三被婢止 節義則高 性命可憐 吾驚急往 他語果然"『현주집』, 385면.
93 민영대, 앞의 책, 159면에서 조찬한·유씨 이야기와 「최척전」의 최척·옥영 이야기의 유사점으로 남녀주인공의 고향이 서울(조찬한)·나주(유씨), 남원(최척)·서울(옥영)이라

편 「최척전」에서는 최척과 옥영이 1593년(癸巳年)에 혼인을 하는데, 「제
망실문」을 보면 "나와 혼사를 논하는데 큰처남이 실무를 맡아 계사년 봄
에 마침내 혼례를 치렀소[與我論婚 長娚實倚 祭巳之春 始執棗栗]"[94] 라는 말이
있어 조찬한과 유씨도 1593년에 혼인했음을 알 수 있다. 조찬한·유씨 부
부가 최척·옥영 부부의 모델이었다는 점은 거의 분명해 보인다.[95]

조위한은 맏형 조계한의 죽음을 계기로 아우 조찬한을 만나게 되었
는데, 이 일은 그들로 하여금 인생의 무상감을 느끼게 하는 동시에 지
난날을 회상케 하는 계기도 되었을 것이다. 유씨의 죽음은 25년 전의
일이지만, 조찬한은 맏형의 죽음을 계기로 아내의 일을 떠올리면서 더
욱 가슴 아파하였을 수 있다. 만약 이와 같은 사정이 「최척전」 창작의
동기가 되었다면, 조위한은 유씨에 대한 조찬한의 그리움과 미안함을
소설이라는 허구 속에서나마 해소·위로해 주었다고 볼 수 있는바, 그
기저에는 전란의 와중에서 남편과 헤어졌을 때 자의든 타의든 간에 죽

는 점, 모두 계사년에 혼인한다는 점, 유씨의 殉死가 옥영이 신의를 지킨 것과 비슷하다는
점을 들었다. 그 밖에도 「제망실문」의 서두에서는 "惟靈受氣爽淑 貞順天得 弱失怙恃"(『현
주집』, 385면)라고 하였으니, 유씨가 부失父母한 것 또한 옥영이 어려서 부친을 여의었다
는 점과 유사하다. 한편 김대현, 『조선시대 소설사 연구』(국학자료원, 1996), 72면에서는
"여주인공 玉英은 『三綱行實圖』에 나오는 열녀의 이름이다. 『三綱行實圖』의 烈女 玉英은
배를 타고 가다가 정절을 지키기 위하여 변복을 하고 투신자살한다. 배, 변복 등의 소재가
「崔陟傳」의 옥영과 연상되는 점이 많다'라고 하였다. 필자는 「최척전」 창작의 한 연원으
로 이 이야기를 주목할 필요가 있다고 본다. 다만 김대현이 말한 '변복'은 「최척전」의 옥영
이 한 男裝과는 달라, 오해의 여지가 있다. 符鳳의 妻 玉英의 이야기는 『新唐書』·『朝野僉
載』·『太平廣記』 등에 실려 있는데, 그 내용은 모두 같다. 『太平廣記』〈符鳳妻〉에는 "玉英
唐時符鳳妻也 尤姝美 鳳以罪徙儋州 至南海 爲獠賊所殺 脅玉英私之 對日 一婦人不足以事衆
男子 請推一長者 賊然之 乃請更衣 有頃 盛服立於舟中 罵日 受賊辱 不如死 遂自沈於海"(李昉
等 編, 『太平廣記』 6, 中華書局, 1961, 2120~2121면)라고 되어 있다.

94 『현주집』, 385면. 원문의 '祭'는 '癸'의 잘못이다.

95 조찬한·유씨 부부 이야기와 「최척전」의 관련 양상은 민영대, 앞의 책에서 이미 언급되
    던 것이다. 하지만 민영대는 「최척전」의 창작 시기를 1621년으로 보았기 때문에, 둘이 직
    접적인 관련이 있다는 사실을 간취하지 못하였다.

음을 택할 수밖에 없었던 여성들에 대한 연민의 감정이 깔려 있었다고 할 수 있다. 그러나 결국 조찬한과 조위한이 한 일은 남성들의 잘못으로 인해 초래된 전란과 그것의 최대 피해자인 여성들의 죽음에 대하여 책임회피하기 위해 '기만의 서사'를 만들어낸 것에 불과했고,[96] 그들은 전란이라는 특수하고 불가피한 상황 속에서도 한 명의 남성(자신)을 향한 여성의 성적 종속성은 죽음을 감수하고서라도 반드시 지켜져야 한다는 사고방식에서 벗어나지 못했다.[97]

앞서 필자는 「최척전」 창작의 동인이 되었을 이야기가 '아내를 버리고 도망친 남편의 이야기' 혹은 '적에게 붙잡혔다가 절개를 잃고 살아 돌아온 여인의 이야기'였을 가능성이 있다고 했는데, 조찬한·유씨의 이야기는 전자이고 정생·홍도의 이야기는 후자이다. 조위한이 「최척전」을 창작한 동기 가운데 하나가 조찬한·유씨 부부에 대한 연민이라면, 그가 「홍도」를 수용한 또 다른 이유를 여기서 찾아볼 수 있을 것이다.

5. 전란의 체험과 17세기 소설사

지금까지 「최척전」은 실로 다양한 방면에서 연구가 이루어졌지만, 문면의 정밀한 독해와 관련 기록의 면밀한 검토가 제대로 이루어지지

---

96 황윤실, 「17세기 애정전기소설에 나타난 여성주체의 욕망발현 양상」(한양대 박사논문, 2000), 89~112면에서는 「최척전」에 형상화된 전쟁이 '사실적'이며 전란을 헤쳐 나가는 여주인공 옥영이 주체적 면모를 보이고 있다고 하였다. 하지만 필자는 작품의 문면에 드러난 옥영이 주체적인 면모가 무엇을 위한 것이었는지, 또 정말로 사실적인지 따져볼 필요가 있다고 생각한다.
97 강명관, 『열녀의 탄생』(돌베개, 2009), 241~349면 참조.

않았고 자료의 오독도 상당 기간 수정되지 못했기에, 「최척전」의 실상은 제대로 드러나지 못했다. 본고는 이와 같은 문제의식에서 출발하여 「최척전」 관련 기록을 종합적으로 검토하고 작품의 의미를 다시 살펴본 것이지만, 역시 명확한 근거를 제시하지 못하고 추정에 머무른 부분이 있다. 관련 자료의 발굴과 후속 연구를 통해 그 한계가 극복되기를 기대하며, 여기서는 「최척전」의 소설사적 의미에 대해 언급하고자 한다.

조선 전기에 국가에서 『삼강행실도』 등을 편찬하여 여성들에게 열 이데올로기를 주입시키려 했다는 사실은 익히 알려져 있다.[98] 「최척전」의 창작에 영향을 미친 「만복사저포기」와 「이생규장전」 역시 이런 분위기와 완전히 무관하지는 않을 것이다. 이는 「이생규장전」이 전반부에서는 「취취전」을 수용했다가 후반부에서는 「취취전」이 아닌 「애경전」을 수용했다는 점에서도 어느 정도 짐작할 수 있는데, 「이생규장전」의 후반부가 「취취전」처럼 진행될 수 없었던 이유는 「취취전」의 후반부에서 여주인공 취취가 이장군의 포로가 되어 정절을 잃었기 때문이다. 기실 최씨의 절사는 사육신의 절의를 우의(寓意)한 것이기에, 「이생규장전」은 전란의 체험을 사실적으로 반영한 작품은 아니다.

1592년에 임진왜란이 발발하자 열녀서사에서 벌어졌던 일이 현실로 다가왔다. 전란의 와중에서 여성들은 목숨(삶)과 정절(죽음) 가운데 목숨을 택하는 경우가 많았으리라 짐작되는데,[99] 사대부 남성들은 실절한 여인들의 처지에 대해 동정하였겠지만, 기본적으로는 여성의 정절이 죽음을 감수하고서라도 보존되어야 한다는 입장에 있었다. 하지만 그

---

98   위의 책, 91~237면.
99   박미혜, 『유교 가부장제와 가족, 가산』, 아카넷, 2010, 113~114면.

것이 나의 가족에게 벌어진 일이었을 때 느꼈을 고통은 실로 감당하기 어려웠을 것이다. 「최척전」은 바로 이와 같은 시대적 상황이 배경이 된 소설이다.

「최척전」이 17세기 소설사에서 매우 중요하게 다루어져야 할 작품임은 분명하다. 이전 시기 소설들과 비교하여 17세기 소설은 '현실성의 강화', '서사적 편폭의 확대', '행복한 결말' 등의 측면에서 소설사적으로 의의를 가지는 것으로 인식되어 왔는데, 「최척전」에 이와 같은 소설사적 전환의 징후가 모두 드러나기 때문이다. 하지만 선행연구에서는 대개 이와 같은 현상을 지적하는 데서 머물렀을 뿐 어떻게 이와 같은 전환이 일어나게 되었는지에 대해서는 별 관심을 기울이지 않았다. 여기서는 본고의 논의를 통해 얻은 성과를 바탕으로 이 문제들을 살펴보도록 하겠다.

선행연구에서 「최척전」에서 현실성이 강화되었다고 본 이유는 이 작품이 현실 세계의 일을 다루고 있다는 데 있다. 그간 17세기 소설의 한 특징으로 지적된 '현실성의 강화'라는 말은 논자에 따라 다양한 의미로 사용되었지만, 그것은 대개 이 시기 소설에 이르러 이전 시기 소설에 보였던 초현실적 사건이나 환상적 모티프, 예컨대 귀신(鬼神)이나 이계(異界)가 나타나지 않는다는 점에 주목한 것이었다. 하지만 『금오신화』나 『기재기이』에 등장하는 초현실적 요소들은 이 작품들이 가지고 있는 우의적 성격에서 비롯된 일이라는 점을 고려할 필요가 있다.[100] 그보다 「최척전」의 '현실성' 논의에서 주목해야 할 것은 「최척전」이 과연

당대의 현실을 '사실적'으로 반영하고 있으며 소설적 '진실'을 드러내고 있는가 하는 점이다. 앞서 언급했듯이 「최척전」은 '적의 수중에 떨어졌다가 살아 돌아온 열녀'의 이야기이다. 전란의 와중에서 적에게 사로잡힌 여성들이 목숨과 정절 가운데 하나를 택할 수밖에 없었던 것이 당대의 실상이라면, 「최척전」이야말로 '우연'과 '기이'로 점철되어 있는 '비현실적 작품'으로 평가할 수밖에 없을 것이다.

「최척전」에는 다양한 인물들이 등장할 뿐만 아니라 동아시아를 무대로 서사가 전개되고 있다. 「최척전」은 이처럼 서사적 편폭이 확대됨에 따라 작품의 분량도 늘어나게 되었는데, 선행연구에서는 이런 중편화의 경향을 이 시기 소설의 '총체성 확보'나 '장편소설의 성립'과 연관시키기도 하였다.[101] 「최척전」이 전대 소설에 비해 서사적 편폭을 확장하고 분량을 늘릴 수 있었던 이유는 기본적으로 「최척전」이 「이생규장전」과 「홍도」를 활용하여 창작된 작품이라는 데 있다. 「이생규장전」은 '소설'이고 「홍도」는 '야담'이다. 이 둘을 활용하여 창작된 「최척전」은 '소설 + 야담'일 수는 없고 '야담'이거나 '소설'일 수밖에 없었을 것인데, 조위한은 '소설'을 선택하였다. 「홍도」에는 많은 인물들이 문면에 등장하고 있었고 작품의 무대는 동아시아로 확대되어 있었던바, 「최척전」후반부의 서사적 편폭 확대는 결국 스토리 중심의 야담을 소설로 재구성·확대한 데서 비롯된 결과였던 것이다. 그리고 「홍도」에서는 이름조차 없이 스쳐지나갔던 무명씨(無名氏)들이 「최척전」에 이르러 진위경·여유문·돈우·송우(주우) 같은 이름을 가지고 자신들의 목소리

---

101 박희병, 「한국한문소설사의 전개와 전기소설」, 『한국전기소설의 미학』, 돌베개, 1997, 94면.

를 내게 된 것은 너무도 자연스러운 일이었다. 조위한이 야담이 아닌 소설을 택한 이유는 여러 가지가 있겠지만, 본고의 논지와 관련하여 본다면, 야담은 '적의 수중에 떨어졌다가 살아 돌아온 열녀'를 형상화하기에는 적절하지 않았다고 할 수 있다. 다시 말해 기이한 사건을 '기술'하는 데 초점이 놓여 있는, 「홍도」 같은 야담의 형식으로는 옥영이 남편의 부재중에도 정절을 잃지 않았다는 점을 '설득력' 있게 형상화할 수 없었던 것이다.

「최척전」은 대개 비극적으로 끝났던 이전 시기 소설들과는 달리 행복한 결말로 마무리된다. 선행연구에서는 이와 같은 결말의 방식을 17세기 후반에 등장한 통속소설의 그것과 연관 지어 해석하였는데, 이 문제는 이전 시기 애정전기소설의 비극적 결말과 비교해 볼 필요가 있다. 지금까지 애정전기소설에 나타나는 전란 소재는 이야기의 전환을 위한 계기 혹은 인간의 힘으로는 어쩔 수 없는 불합리한 세계의 횡포로 인식되어 왔다. 그렇다면 애정전기소설의 '전란'은 결국 주인공을 비극으로 몰아가기 위한 '계기'에 불과하다고 할 수 있는데, 애정전기소설 가운데 전란이 비극적 결말을 이끄는 작품은 「이생규장전」·「주생전」·「위생전」이다. 「이생규장전」에서 최씨는 정절을 지키기 위해 죽음을 택하고, 「주생전」에서 선화는 임진왜란에 참전한 주생과 헤어지며, 「위생전」에서 소숙방은 전장에서 상사병에 걸려 죽은 위생 때문에 자결한다. 이에 반해 「최척전」에서 옥영은 전란의 와중에서도 목숨도 잃지 않고 정절도 보전하는바, 「최척전」은 비극적 애정전기소설과는 정반대로 마무리되고 있는 것이다. 앞서 언급한 바와 같이 애정전기소설에서 애정의 본질은 '남녀주인공의 혼전 성관계'인데, 「최척전」이 여타 애정전기소설과 가장 뚜렷하게 구분되는 점은 옥영이 혼전에 최척과 야합하지 않았다는 사실이며, 필자는 바로 이것이 「최척전」의 행복한 결말을 가능케 한 동인이었다고 생각한다. 여기서 우리는 애정전기소설 가운데 행복한 결말로 마무리되는 「하생기우전」에 주목할 필요가 있다. 「하생기우전」은 하생과 여인이 혼인에 성공하고 자식까지 낳는다는 점에서 「최척전」과 동일한 결말을 보인다. 그런데 「하생기우전」이 비극적 결말의 애정전기소설과 가장 뚜렷하게 구분되는 점은 남녀주인공의 혼전 성관계가 허탄한 꿈속의 일로 귀결되어 실제로 일어나지 않은 일로 처리된다는 사실이며,[102] 바로 이것이 「하생기우전」이 해피엔딩으로 마무리될 수 있었던 이유라고 할 수 있다. 이렇게 본다면, 한국 애정전기소설에서 상층 신분 여주인공들의 비극적 결말은 그녀들의 음분(淫奔)에 따른 필연적 결과라 할 수 있는바, 여기에는 혼전에 정절을 잃어 오염된 여인을 통해 후사(後嗣)를 이을 수는 없다는 논리가 작동하고 있는 셈이다. 그렇다면 「최척전」에서 옥영이 끝까지 살아남아 가족들과 단원(團圓)할 수 있었던, 다시 말해 「최척전」이 행복한 결말로 마무리될 수 있었던 이유는 죽음도 불사한 옥영의 '정절 의식' 때문이었다고 할 수 있다. 17세기에 중반 이후에 창작된 애정소설들(「숙향전」, 「구운몽」 등)은 대개 행복한 결말로 마무리되는데, 이 작품들에서는 '상층' 여주인공(妻)과 남주인공의 애정에서 혼전 성관계가 삭제되는 대신 '예교의 범위를 벗어나지 않는 만남' 및 '적강(謫降) 모티프[天定因緣]'가 그 자리를 메꾸었다.[103] 「최척전」은 이와 같은 소설사적 전

---

102 엄태식, 앞의 글, 76~80면.
103 위에 대해서는 엄태식, 「애정전기소설의 서사 문법과 결말 구조」, 『동양학』 53(단국대 동

환을 이끈 작품이라는 점에서 주목할 만하다.

　지금까지 「최척전」의 소설사적 의미에 대해 살펴보았다. 중세적 리얼리즘의 성취, 전란을 통한 동아시아인의 연대, 전쟁의 참상 고발과 강한 현실 비판 의식, 민중의 희망을 담은 서사. 그간 「최척전」에는 이와 같은 수식어들이 붙었지만, 필자는 「최척전」의 작품성이나 소설사적 의미가 그 실상보다 과대평가된 면이 없지 않다고 생각한다. 「최척전」은 이전 시기 전기소설의 이른바 '전기성(傳奇性)' 혹은 '환상성'을 극복하면서 작품의 무대를 현실 세계로 옮겼고, 다양한 인물들을 등장시키면서 서사적 편폭을 확대하여 17세기 소설의 중편화 경향에 동참하였다. 하지만 이런 사실들이 작품의 사실적 성취와 직결되지는 않으며, 민중의 희망이나 타자에 대한 배려가 이 소설의 행복한 결말을 이끌었다고 보기도 어렵다. 오히려 「최척전」은 당대의 문제를 사실적으로 반영하지 못하고 낭만적으로 해결하고 있는바, 17세기 후반 장편소설의 통속적 성향을 견인하고 있는 측면이 있다.

　그럼에도 불구하고 「최척전」은, 17세기 소설사적 전환을 이끌었다는 점에서 매우 주목해야 할 작품임이 분명하다. 그렇다면 그 전환의 동인은 무엇인가? 여러 가지가 있겠지만, 16~17세기에 일어난 동아시아의 '전란'이 중요한 계기였다는 점은 부정할 수 없을 것이다. 이 점에서 「최척전」은 전란의 체험이 어떻게 소설사의 변화를 이끌었는지를 보여주는 소중한 예라 하겠다.

　16~17세기 동아시아의 전란은, 중국에게는 왕조 교체의 계기가 되었고 일본에게는 정권 교체의 계기가 되었지만, 정작 전란의 최대 피해

─────────
양학연구원, 2013) 참조.

자였던 조선에서는 그런 일이 일어나지 않았다. 이런 사실이 17세기 소설사와 어떤 관련이 있을까? 17세기에는 임진왜란·심하전투·정묘호란·병자호란 등을 소재로 한 소설들이 산출되었다. 그 작품들이 과연 전란을 초래한 원인과 당대의 모순을 직시하면서 비판하고 있는지, 아니면 결국 중세 왕조의 재건과 지속에 봉사하고 있는지 꼼꼼히 따져볼 일이다.

_『한국고전여성문학연구』 24, 한국고전여성문학회, 2012

「운영전(雲英傳)」과 갈등 상황의 조정자로서의 자란(紫鸞)

엄기영

1. 자란에 대한 새로운 시각과 「운영전」

「운영전」은 우리 고전소설사에서 걸작으로 평가받아 그동안 연구자들의 지속적인 관심의 대상이 되어왔다. 창작시기, 구조, 인물, 주제의식, 서술 및 표현기법, 소설사적 의의 등 거의 모든 부문에서 많은 연구성과가 축적되었으며,[1] 그 결과 「운영전」을 이해함에 있어서 주요한 사

---

[1] 「운영전」 관련 논문은 매우 많아 이 자리에서 하나하나 언급하기 어려울 정도인데, 2000년 이후에는 양승민, 「운영전의 연구 성과와 그 전망」(우쾌제 외, 『고소설연구사』, 월인, 2002)에서 전체적인 연구사 검토가 이루어졌다. 양승민의 연구사 검토 이후 제출된 「운영전」 관련 논문은 다음과 같다. 김경미, 「운영전에 나타난 여성서술자의 의의」, 『한국고전여성문학연구』 4, 한국고전여성문학회, 2002; 정환국, 「16세기 후반 17세기 전반 사상사의 흐름 속에서 본 운영전」, 『초기 소설사의 형성과정과 그 저변』, 소명출판, 2005; 신재홍, 「운영전의 삼각 관계와 숨김의 미학」, 『고전문학과 교육』 8, 한국고전문학교육학회, 2004; 전성운, 「운영전의 인물성향과 비회의 정조」, 『어문논집』 56, 민족어문학회, 2007; 최재우,

항은 거의 해명된 것으로 보인다. 그리고 작품의 주지(主旨)에 대해서는, 몇몇 부분적인 이견이 존재하기는 하지만, 연구자들 사이에 어느 정도 합의에 이른 것으로 생각한다. 따라서 이제부터는 작품을 다양한 시각에서 보다 풍부하게, 그리고 정밀하게 읽어내는 작업이 필요할 것이다.

필자는 이러한 작업의 일환으로 운영과 김진사의 만남을 성사시키는 데에 절대적인 역할을 하는 자란에 대해 주목하고자 한다. 「운영전」을 읽어나가다 보면 우리는 한 가지 재미있는 점을 발견하게 된다. 그것은 주인공은 운영(또는 운영과 김진사)이지만 정작 사건을 주도적으로 이끌어 가는 것은 바로 자란이라는 사실이다. 처음으로 운영의 속마음을 눈치 챘던 것도, 운영과 김진사의 만남을 위해 남궁(南宮)의 궁녀들을 설득한 것도, 그리고 마침내 김진사를 궁으로까지 불러들여 운영과의 만남을 성사시킨 것도 자란이 한 일이고 보면, 이는 당연하게 보이기도 한다. 이뿐만이 아니다. 자란은 안평대군(安平大君)이 운영을 의심하자 만약 죄 없는 운영을 죽게 한다면 자신은 죽더라도 다시는 붓을 들지 않겠다는 협박 아닌 협박을 하며 안평대군에게 맞선다. 이런 까닭에 그간 자란이라는 인물은 안평대군에 의해 만들어진 수성궁의 억압적 질서에 저항하는 면모를 강조하는 시각에서 주로 설명되어 왔다.

자란에게서 이러한 측면이 있다는 것은 납득할 수 있는 설명이다. 하지만 이것만으로는 자란이라는 인물을 충분하게 설명하는 데에 한계가 있다. 자란이 궁녀와 외간 남자의 사랑이라는 위험천만한 일을 이처

「운영전 갈등구조의 양상과 그 소설사적 의미」, 『열상고전연구』 29, 열상고전연구회, 2009; 엄태식, 「운영전의 서술양상과 그 의미」, 『고소설연구』 제28집, 한국고소설학회, 2009; 정길수, 「운영전의 메시지」, 『고소설연구』 28집, 한국고소설학회, 2009.

럼 과감하게 주도하는 데에는 나름대로의 이유가 있었기 때문이다. 본고의 목적은 이 점을 해명함으로써 자란의 역할을 새롭게 해석하는 데 있다. 그리고 이를 바탕으로 운영의 사랑에 대한 자란의 생각, 끝내 궁녀들을 용서할 수밖에 안평대군의 입장, 노비 특(特)의 역할 등에 대한 새로운 시각을 제공하고자 한다. 이를 통해 「운영전」을 보다 섬세하게 읽어내는 데에 도움이 될 것으로 기대한다.

2. 자란의 능력과 위상

한 인물이 자신이 속한 집단에서 갈등 상황의 조정자 역할을 하기 위해서는 어떤 조건을 갖추고 있어야 할까? 그 사람은 무엇보다 그 집단에서 중요하게 생각하는 능력을 가지고 있어야 할 터인데, 「운영전」에서 그것은 시문(詩文)을 창작하고 평가할 수 있는 능력이라고 할 수 있다. 그리고 이런 점에서 볼 때, 자란이야말로 이런 조건에 부합하는 인물이다. 다음은 수성궁 궁녀들의 부연시(賦煙詩)를 읽은 후에 안평대군이 내린 평가로서, 자란의 문학적 능력이 단적으로 드러난 부분이다.

"만당(晩唐) 때의 시들과 비교하더라도 손색이 없을 정도이니 근보(謹甫) 이하로는 집편(執鞭)도 못하겠구나." 두세 번 읊조리셨지만 높고 낮음을 정하시지 못하시더니 한참 후에 이렇게 말씀하셨지요. "부용의 시에는 초(楚)나라 임금을 그리는 마음이 있으니 내가 이를 매우 가상하게 생각한다. 비취의 시는 『이소(離騷)』나 『시경(詩經)』의 「대아(大雅)」·「소아(小雅)」 같은 풍격이 있고, 옥녀의 시는 의사(意思)가 표일(飄逸)하여 마지막 구에 은은한 여운이 있으니 이 두 편을 제일로 해야겠다." 그러더니 또 이렇게 말씀하셨습니다. "내가 처음 읽었을 때 우열을 제대로 가리지 못했구나. 다시 음미해 보니 자란의 시야말로 의사가 심원(深遠)하여 읽는 이로 하여금 자신도 모르게 감탄하면서 춤을 추게 할 정도로다.[2]

안평대군은 처음에는 비취와 옥녀의 시가 가장 뛰어나다고 평가한다. 그런데 그는 곧 자신의 평을 번복한다. 처음에는 우열을 가리지 못했는데, 다시 읽어 보니 자란의 시야말로 의사가 심원하여 자신도 모르게 감탄하면서 발을 구르고 춤을 추게 한다는 것이다. 여기에서 "不覺嗟嘆而蹈舞"라는 표현은『논어집주(論語集註)』「서설(序說)」의 "直有不知手之舞之足之蹈之者"를 차용한 것으로 보이는데, 이는 정자(程子)가 논어를 읽은 사람들의 반응을 세 가지로 나누면서 그중 최고의 경지로 꼽은 것이다.[3] 안평대군은 자란의 시를 읽었을 때의 감흥을『논어』를 읽었을 때의 그것에 비유하여 최고의 평가를 내리고 있는 것이다.

안평대군의 이러한 평가가 과장된 것이 아니었음은 성삼문에 의해서도 재차 확인된다. 성삼문은 안평대군이 내어놓은 궁녀들의 부연시를 읽은 후 몇몇 작품에 대해 구체적인 평을 내리고 있는데, 특히 자란의 작품에 대해 천상의 신선이 아니고서는 이러한 작품을 지을 수가 없

---

2 大君看罷, 大驚曰: "雖比於晚唐之詩, 亦可伯仲, 而謹甫以下, 不可執鞭也" 再三吟咏, 莫知其高下, 良久曰: "芙蓉詩, 思戀楚君, 余甚嘉之, 翡翠詩, 騷雅, 玉女詩, 意思飄逸, 末句有隱隱然餘意, 此兩詩, 當爲居魁" 又曰: "我初見時, 優劣莫辨, 一再翫繹, 則紫鸞之詩, 意思深遠, 令人不覺嗟嘆而蹈舞也" 원문은 이상구 역주,『17세기 애정전기소설』(월인, 1999)에 수록된 것을 인용하였으며, 번역문은 필자가 수정하였음. 이하 같음.

3 『論語集註』「序說」"程子曰, 讀論語, 有讀了全然無事者, 有讀了後, 其中得一兩句喜者, 有讀了後, 知好之者, 有讀了後, 直有不知手之舞之足之蹈之者"

다며 극찬하는 것이다.[4]

이렇듯 자란의 문학적 능력은 당대의 감식안이라고 할 안평대군과 성삼문에 의해 극찬을 받을 정도이다. 그리고 자란의 이러한 능력은 그녀로 하여금 수성궁 궁녀들 사이에서 의론을 주도할 수 있는 위치에 서게 한다. 다음의 사건은 자란의 위상을 보여주는 좋은 예이다.

저는 홀로 병풍에 기대어 근심스런 표정으로 마치 소상(塑像)처럼 아무 말 않고 있었지요. 소옥이 이런 저를 보더니 말했습니다. "낮에 부연시로 인해 주군에게 의심을 받더니 이 때문에 걱정스러워 아무 말 않고 있는 것이냐? 아니면 주군의 마음이 네게 향하였으니 당연히 금석(錦席)의 즐거움이 있으리라 여겨 속으로 기뻐서 아무 말 않고 있는 것이냐? 네 속마음을 알지 못하겠구나." 저는 옷매무새를 바로 잡으며 "너는 내가 아니거늘 어떻게 내 마음을 알겠느냐? 내가 지금 시 한 편을 지으려는데 좋은 표현을 얻지 못하여 고심하느라 아무 말 없이 있었던 것뿐이다"라고 대꾸했습니다. 그러자 은섬은 "뜻이 향하는 바에 마음이 없으니 옆 사람의 말을 마치 바람이 스치듯 여기는구나. 네가 말하지 않더라도 알아내기 어렵지 않을 것이니, 내 시험 삼아 맞춰보겠다"라고 말하며 창 밖에 있는 포도를 시제로 삼아 칠언사운의 시를 지어보라고 채근했습니다.[5]

---

[4] 詳味其意. 其曰'臨風獨惆悵'者, 有思人之意, 其曰'孤篁獨保靑'者, 有守貞節之意. 其曰'風吹自不定'者, 有難保之態. 其曰幽思向楚君'者, 有向君之誠. 其曰'荷葉露珠留'者, '西岳與前溪'者, 非天上神仙, 則不得如此形容.

[5] 妾獨倚屛風, 悄然不語, 如泥塑人. 小玉顧見妾曰: "日間賦煙之詩, 見疑於主君, 以此隱憂而不語乎? 抑主君向意, 當有錦席之歡, 故暗喜而不語乎? 中心所懷, 盖未可知也" 妾斂衽而答曰: "汝非我, 安知我之心哉? 我方賦一詩, 搜奇未得, 故苦思不語耳" 銀蟾曰: "意之所向, 心不在焉, 傍人之言, 如風過耳. 汝之不言, 不難知也, 我將試之" 以窓外葡萄爲題, 使作七言四韻促之.

위의 인용문은 안평대군이 궁녀들의 부연시에 대해 평가를 내렸던 날 밤에 있었던 일을 서술한 부분이다. 안평대군이 운영에게 마음을 두고 있음을 넌지시 거론하는 소옥이나 운영의 속마음을 알아보겠다면서 굳이 시를 지어보라고 재촉하는 은섬에게서는 장난스러움이 느껴진다. 그리고 이런 분위기는 운영의 시에 대한 다음과 같은 소옥의 과장된 반응에서 더욱 두드러진다.

소옥이 시를 읽더니 벌떡 일어나 절을 하고 말했습니다. "참으로 천하의 빼어난 재주구나. 풍격이 높지는 않고 비록 옛 곡조와 비슷하지만 이처럼 갑작스레 시를 지어내다니, 이는 시인들이 가장 어렵게 여기는 것이다. 70명의 제자들이 공자(孔子)에게 그러했던 것처럼 내 너에게 진심으로 승복하노라."[6]

소옥은 굳이 자리에서 일어나 절을 하고 운영의 시를 칭찬하면서 운영과 자신을 각각 공자와 그의 제자들에 비유하는 등 호들갑을 떤다. 소옥은 운영이 낮에 지었던 부연시가 어떤 의미가 있는지, 이것이 앞으로 어떤 사건을 불러일으킬지 전혀 눈치채지 못한다. 그리고 이는 나머지 궁녀들 또한 마찬가지였을 것이다. 그런데 이런 상황에서 자란의 말 한 마디가 장난스런 분위기를 일변시킨다.

"말이란 삼가지 않을 수 없거늘, 어찌 이토록 과도하단 말이냐! 운영의 시는 다만 표현이 완곡하고 하늘로 날아오를 듯한 분위기가 있다고는 하겠다."[7]

---

6 小玉見詩, 起拜曰: "眞天下之奇才也. 風格之不高, 雖似旧調, 而蒼卒製作如此, 此詩人之最難處也. 我之心悅誠服, 如七十子之服孔子也"

자란의 짧고 간결한 한 마디는 앞선 소옥의 과장된 행동과 말에 대조되어 더욱 그 힘이 느껴지는데, 이런 까닭에 좌중의 모든 이들은 그저 '확론(確論)'이라는 말 외에 아무런 대꾸도 하지 못한다. 이렇듯 자란은 빼어난 문학적 능력을 가지고 있으며, 이러한 능력을 바탕으로 궁녀들 사이의 의론을 주도할 수 있는 위치에 서게 되는 것이다. 훗날 자란이 궁녀들을 설득하여 운영과 김진사가 만나도록 할 수 있었던 것은 그녀가 평소에 궁녀들 사이의 의론을 주도할 수 있는 위치에 있었기 때문이다.

그런데 자란의 능력은 이것만이 아니다. 자란은 상황을 꿰뚫어보는 통찰력 또한 갖추고 있었다. 성삼문의 시평(詩評)이 있던 날 밤, 자란은 운영에게 얼굴이 점점 여위어 가고 있어 염려되니 숨기지 말고 사연을 털어놓으라고 말한다. 그렇다면 자란은 굳이 왜 이날 운영에게 이런 질문을 던진 것일까? 이 상황을 설명하기 위해서는 안평대군이 궁녀들의 시를 여러 문사들에게 보였던 행위에 주목할 필요가 있다.

안평대군은 궁녀들 중 누구라도 이름이 외부에 알려지면 죽일 것이라고 말할 만큼 궁녀들의 존재가 알려지는 것을 꺼리고 있었다.[8] 그랬던 그가 궁녀들의 존재가 알려질 수 있다는 것을 알면서도 이들의 시를 내어놓은 것에는 특별한 이유가 있었다고 해야 할 터인데,[9] 안평대군은 운영의 시에 대해 자신이 가지고 있었던 의심이 맞는지를 다른 여러 문사들의 안목을 빌어 확인하려 했던 것으로 보인다. 안평대군의 이러한 의

---

7   紫鸞曰: "言不可不愼, 何其許如之太過耶! 但文字婉曲, 且有飛騰之態, 則有之矣"

8   "侍女一出宮門, 則其罪當死, 外人知宮女之名, 則其罪亦死"

9   실제로 궁녀들의 시를 본 성상문은 안평대군에게 "進賜宮中, 必養此十仙人, 願毋隱一見"이라고 말하고, 안평대군은 "誰謂謹甫有詩監乎? 我宮中, 豈有此等人哉? 可謂惑之甚也"라고 강변하면서 궁녀들의 존재를 부인한다.

도는 그가 궁녀들의 부연시를 본 바로 다음날 문사들을 수성궁으로 불러들여 자리가 정해지자마자 시들을 꺼내놓았으며,[10] 자신과 마찬가지로 운영의 시에서 누군가를 그리워하는 마음을 읽어낸 성삼문의 시평이 있은 며칠 후 궁녀들을 남궁과 서궁으로 나누어 거처하게 하면서 특히 운영을 외부와 더욱 단절된 서궁에 머물게 한 데서 엿볼 수 있다.[11]

다른 궁녀들이 운영의 시에 대한 안평대군의 평을 장난스럽게 받아들이고, 그저 성삼문의 시평에 감탄만 하고 있을 때, 자란은 이 모든 정황을 종합하여 판단함으로써 운영이 누군가에게 마음을 두고 있음을, 그리고 안평대군이 이런 운영에 대해 의심하고 있음을 간파했던 것이다. 자란이 여자로서 시집가고 싶어 하는 마음은 누구나 가지고 있는 것이라며 운영에게 마음에 두고 있는 사람이 누구냐고, 애초에 운영이 누군가를 좋아하고 있음을 전제하면서 직접적으로 물을 수 있었던 것은[12] 바로 상황을 꿰뚫어 보는 통찰력을 가지고 있었기 때문이었다.

이상 살핀 바와 같이 자란은 탁월한 문학적 능력과 상황을 꿰뚫는 통찰력을 가지고 있으면서, 동시에 궁녀들 사이의 의론을 주도할 수 있는 위치에 있었다. 그리고 자란의 이러한 면모는 「운영전」의 서사 전개과정에서 중요한 역할을 하게 된다. 그 내용은 3절에서 살펴보도록 하자.

10　翌日, 門外有車馬騈闐之聲, 閽者奔入告曰 : "衆賓至矣" 大君掃東閣延入, 皆文人才士. 坐定, 大君以妾等所製賦煙詩, 示之.

11　西宮이 수성궁에서도 보다 더 외부와 단절된 공간이었음은 서궁에 대한 옥녀와 운영의 다음과 같은 대화에서 확인할 수 있다. 玉女曰 : "幽花細草, 流水芳林, 正似山家野庄, 眞所謂讀書堂也" 妾答曰 : "旣非舍人, 又非僧尼, 而鎭此深宮, 眞所謂長信宮也"

12　"女子生而願爲有嫁之心, 人皆有之. 汝之所思, 未知何許情人"

3. 갈등 상황의 조정과 한계

① 자란이 갈등 상황을 어떻게 조정하려 하는지 논의하기에 앞서, 한 가지 질문을 던져보도록 하자. 자란이 운영의 애정 문제에 이토록 적극적으로 개입하게 된 것은 무슨 이유일까? 여러 가지 설명이 가능할 터인데, 이에 대해 운영은 자란이 자신과 마찬가지로 '원녀(怨女)'였기 때문이라고 진술하였다.[13] 그러나 이는 어디까지나 운영의 목소리, 운영의 입장일 뿐이다. 이것만으로는 당사자도 아닌 자란이 그토록 위태로운 일을 앞장서서 주도한 이유가 충분하게 해명되지 않는다. 이 문제를 해명하기 위해서는 자란이 이 문제를 어떻게 받아들이고 있었는지 파악해야 할 텐데, 이를 위해서 자란이 운영과 김진사의 일을 알게 되었을 때의 상황에 주목할 필요가 있다.

자란이 운영에게 무슨 사연이 있는지 묻자, 운영은 지난해 가을 처음 김진사를 보았을 때의 상황부터 서로 편지를 주고받은 사연까지 이야기한다.[14] 그런데 문제는 운영이 고백한 내용과 그녀의 상태가 심상치 않다는 것이다. 다음은 김진사의 편지를 받은 후의 운영의 상태이다.

저는 이 글을 다 읽고 난 뒤에 목소리가 끊기고 기가 막혀서, 입으로는 말을 할 수가 없었고 눈에서는 눈물이 다하여 피가 흘렀습니다. 그러나 몸을 병풍 뒤에 숨기고

13　紫鸞亦怨女, 及聞此言, 含淚而言曰 "詩出於性情, 不可欺也"
14　그간 「운영전」 연구에서는 운영이 자란에게 고백한 내용을 진사와의 첫 만남, 편지 전달만을 포함시켰기에 중간에 끼어든 자란의 말 "我忘之矣. 今聞汝言, 悅若酒醒"에서 운영의 고백이 끝난 것으로 잘못 이해하였다. 그러나 운영의 고백은 여기에서 끝나지 않고 좀 더 이어지는데, 문맥을 고려할 때 김진사의 답신을 받은 일까지를 운영이 고백한 내용으로 봐야 한다. 그간의 이러한 오류는 신재홍, 앞의 글, 117면에서 처음으로 지적되었다.

오로지 남이 알까 두려워했을 뿐입니다. 이때부터 저는 단 한 순간도 낭군을 잊지 못하여 바보나 미치광이가 된 것 같았습니다. 이러한 제 마음이 말과 얼굴에 드러나 니, 주군이 의심하고 사람들이 수군거린 것도 실로 괜한 것이 아니었습니다.[15]

이렇듯 이미 운영은 안평대군의 엄명을 어기고 김진사와 편지까지 주고받았으며, 그녀의 마음은 설득하여 달랠 수 있는 정도를 벌써 넘어 선 것이다. 그리고 우리는 운영이 궁궐에 들어오기 전까지는 매우 자유 로운 환경에서 나고 자랐으며, 처음 궁궐에 들어왔을 때 제대로 적응하 지 못했음에 주목할 필요가 있다.

제 고향은 남쪽 지방입니다. 부모님께서 저를 여러 자식들 중에 특별히 사랑하 시어 제 마음대로 밖에 나가놀거나 장난하게 두시었습니다. 저는 숲 속과 시냇가 를 돌아다니며 매화, 대나무, 귤나무, 유자나무의 그늘 아래서 날마다 노니는 것 으로 일을 삼았습니다. …… 궁궐에 들어 왔을 때 고향으로 돌아가고 싶은 마음을 억제하지 못해 매일 흐트러진 머리와 때 묻은 얼굴을 하고 남루한 옷을 입어, 보 는 사람이 더럽게 여기도록 했습니다. 그럼에도 제가 뜰에 엎드려 우니, 궁인들 은 '한 떨기 연꽃이 저절로 뜰 가운데서 피었구나'라고 말했지요.[16]

운영은 날이 갈수록 점점 더 궁궐 생활에 적응하지 못하였다. 운영은

---

15 妾覽罷, 聲斷氣塞, 口不能言, 淚盡繼血, 隱身於屛風之後, 唯畏人知. 自是厥後, 頃刻不得忘, 如癡如狂, 見於辭色, 主君之疑, 人言之來, 實不虛矣.

16 妾鄕南方也, 父母愛妾, 偏於諸子中, 出遊嬉戲, 任其所欲. 園林水涯, 梅竹橘柚之陰, 日以遊翫 爲事. …… 來入宮門. 不禁思歸之情, 以蓬頭垢面, 藍縷衣裳, 欲爲觀者之陋, 伏庭而泣. 宮人 曰, '有一朵蓮花, 自生庭中.'

스스로에 대해 깊은 궁궐에 갇혀 고목처럼 썩게 된 처지라고 생각하고 있었으며, '김진사를 만나기 전부터' 다음과 같이 이미 심각한 상태에 있었던 것이다.

매번 수를 놓다가 멈추고 등불을 바라보았으며, 비단을 짜다가도 북을 던지고 베틀에서 내려와 비단 휘장을 찢거나 옥비녀를 꺾어버리곤 하였습니다. 잠시 술을 마시고 흥이 나면 신발을 벗고 이리저리 거닐었으며, 섬돌의 꽃을 꺾고 뜰의 풀도 꺾으면서 바보나 미치광이처럼 마음을 억제할 수가 없었습니다.[17]

이런 정황들을 감안할 때, 자란이 운영이 김진사를 만나는 문제에 그토록 적극적으로 개입한 이유를, 단순히 운영과 김진사의 사랑을 지지했기 때문으로만 설명할 수는 없다. 자란은 궁궐에 들어오기 전 "숲 속과 시냇가를 돌아다니며 매화, 대나무, 귤나무, 유자나무의 그늘 아래서 날마다 노니는 것으로 일을 삼았던" 운영이 자라온 환경과 기질로 인해 궁궐에서의 생활에 제대로 적응하지 못하고 있었으며, 여기에 김진사에 대한 연모가 더해져서 되돌릴 수 없는 지경에 이르렀음을 인식했던 것이다.

② 그렇다면 자란은 운영이 김진사를 만나는 문제를 어떻게 생각했을까? 첫눈에 서로에게 반해 자신들의 만남을 운명적인 것으로 생각했던 운영과 김진사와는 달리 애초부터 자란은 두 사람의 만남이 지속될

---

17 停刺繡, 而付之燈火, 罷織錦, 而投杼下機, 裂破羅幃, 折其玉簪. 暫得酒興, 則脫舃散步, 剝落階花, 手折庭草, 如癡如狂, 情不自抑.

것으로는 생각하지 않았던 것으로 보인다.

자란과 궁녀들의 도움으로 운영과 김진사의 사랑은 깊어가고, 급기야 두 사람은 궁궐에서 탈출하여 도망갈 계획까지 세우게 된다. 다음의 인용문은 운영의 탈출 계획을 들은 자란의 질책으로, 두 사람의 사랑에 대한 그녀의 생각을 단적으로 보여준다.

서로 즐긴 지 오래 되어서 이제 스스로 화를 빨리 부르려고 하는 것이 아니냐? 한 두 달 서로 사귀는 것만으로도 충분한데, 담장을 넘어 달아나려 하다니 어찌 사람으로서 차마 할 일이겠느냐? …… 게다가 천지가 곧 하나의 그물인데, 하늘로 오르고 땅속으로 들어가지 못한다면 달아나 어디로 가려고 하느냐? 혹시 붙잡히게 된다면 그 화가 어찌 네 한 몸에만 그치겠느냐? 꿈의 징조가 상서롭지 못한 것은 말할 필요도 없다. 만약 꿈이 길조였다면 너는 기꺼이 가려 했더냐?"[18]

자란의 반대는 이전의 그녀의 행동을 감안하면 다소 의외라는 느낌이 든다. 물론 궁궐에서 탈출하겠다는 두 사람의 계획은 분명 무모한 것이며, 자란이 말했듯이 그 화가 다른 사람에게까지 미칠 것임은 자명하다. 하지만 김진사를 수성궁으로 불러들이는 것 또한 탈출 못지않게 위험하고 목숨을 걸어야 하는 일이었다. 이런 위험한 일을 과감히, 주도적으로 해 오던 자란이기에 그녀가 반대하는 이유를 단순히 너무 위험하기 때문이라고 설명하기에는 무언가 석연치 않은 점이 있다. 그렇

---

18 姜以進士之計告之, 紫鸞大驚罵之曰 : "相歡日久, 無乃自速禍敗耶! 一兩月相交, 亦可足矣, 踰墻逃走, 豈人之所忍爲也? …… 且天地一網罟, 非陸天入地, 則逃之焉往? 倘或被捉, 則其禍豈於娘子身乎? 夢兆之不祥, 不須言之, 而若或吉祥, 則汝肯往之乎?"

다면 자란의 이런 반응을 어떻게 설명할 수 있을까?

네가 할 일은 마음을 굽히고 뜻을 억누르며, 정절을 지키고 편안히 앉아서 하늘의 뜻에 귀를 기울이는 것뿐이다. 네가 점점 나이가 들어 늙게 되면 주군의 은혜와 사랑도 조금씩 식어 갈 텐데 이러한 형편을 보고 있다가 병을 핑계로 오래도록 누워 있으면 주군께서 반드시 고향으로 돌아가라 할 것이다. 이때 낭군과 손을 잡고 돌아가 해로하는 것보다 좋은 계획이 없으리라. 이러한 생각은 하지 않고 감히 도리에 어긋난 꾀를 내다니, 네가 누구를 속이려느냐? 하늘마저 속이겠느냐?[19]

위의 인용문은 수성궁 탈출 계획을 들은 자란이 운영을 꾸짖은 후 이어서 하는 말이다. 그런데 자란의 위와 같은 발언은, 굽히고, 억누르며, 지키고, 앉아서, 귀를 기울이라는 표현에서도 단적으로 드러나듯이 그녀가 운영의 사랑을 위해 보여주었던 적극적인 모습과는 전혀 어울리지 않는 것이다. "좋은 계획"이라고 표현하였지만, 애초부터 자란은 수성궁의 질서가 허용하는 선에서만 운영과 김진사의 사랑이 유지될 수 있음을 분명하게 인식하고 있었고, 당사자인 운영에게 이 사실을 일깨우고 있는 것이다.[20]

"한두 달 사귀는 것으로 충분하다"는 말을 통해 짐작할 수 있듯이, 자

---

19 "莫如屈心抑志, 守貞安坐, 聽於天耳. 娘子若年貌衰謝, 則主君之恩眷, 漸弛矣. 觀其事勢, 稱病久臥, 則必許還鄕矣. 當此之時, 與郎君携手同歸, 與之偕老, 計莫大焉. 不此之思, 敢生悖理之計, 汝誰欺? 欺天乎?"

20 자란의 이런 발언은 일종의 '타협안'인데, 결국 개인의 욕망을 허용할 수 있을 만큼만 허용하는 세계 질서의 힘과 속성을 보여주는 것이라고 할 수 있다. 그리고 이는 기존의 사회적 규범이나 질서, 금기 등에 대해 전혀 거리낌 없이 행동함으로써 사건을 파국으로 치닫게 하는 特의 면모와는 대조되는 것이다.

란은 운영의 마음이 사춘기 소녀의 사랑의 열병처럼 일시적인 것으로 곧 진정되리라 생각했던 것이다. 결국 자란이 운영과 김진사의 만남을 성사시켰던 것은, '두 사람의 백년해로' 같은 결말을 기대해서가 아니라 사랑에 막 눈을 떠서 마치 실성한 듯 보이는 운영의 마음을[21] 달래줌으로써 혹시나 생겨날지도 모를 문제를 사전에 막기 위함이었다.

③ 운영과 김진사의 애정을 둘러싼 갈등 상황의 조정자로서의 자란의 면모는 안평대군과의 관계에 있어서도 마찬가지이다. 운영과 김진사의 관계가 발각되자, 자란을 비롯한 서궁의 궁녀들은 죽을 위기에 처하게 된다. 그러자 서궁의 은섬, 비취, 자란, 옥녀, 운영과 남궁의 소옥 등 6명의 궁녀들은 각각 초사(招辭)를 올려 자신들의 잘못을 고하는 한편 운영을 변호한다.

> 주군께서 보살펴 주신 은혜는 산보다 높고 바다보다 깊습니다. 이에 저희들은 감격하고 황송하여 오로지 문장과 음률에 전념하였습니다. 이제 씻지 못할 더러운 이름이 두루 서궁에까지 이르렀으니, 사는 것이 죽느니만 못하게 되었습니다. 엎드려 바라건대, 속히 죽여주시옵소서.[22]

> 지난날 완사(浣紗)를 성 안에서 하지 말자고 한 것은 제 의견이었습니다. 자란이

---

21 雖無一番衾裡之歡, 玉貌丰容, 怳在眼中, 梨花杜鵑之啼, 梧桐夜雨之聲, 慘不忍聞, 庭前細草之生, 天際孤雲之飛, 慘不忍見. 或倚屛而坐, 或憑欄而立, 搥胸頓足, 獨訴蒼天. 不識, 郎君亦念妾否? 只恨此身, 未見郎君之前, 先自溘然, 則地老天荒, 此情不泯.

22 主君撫恤之恩, 山不高, 海不深. 妾等憾惧, 惟事文墨絃歌而已. 今不洗之惡名, 偏及西宮, 生不如死矣. 惟伏願速就死地矣.

밤에 남궁에 와서 매우 간절하게 요청하기에, 제가 그 마음을 불쌍히 여겨 여러 사람의 의견을 물리치고 따랐던 것입니다. 그러니 운영이 훼절(毁節)하게 된 죄는 저에게 있지 운영에게 있지 않습니다. 엎드려 바라건대, 주군께서는 제 몸으로써 운영의 목숨을 이어주십시오.[23]

위의 두 인용문은 각각 비취와 소옥의 초사이다. 두 사람은 모두 안평대군에게 자신들의 죄를 인정하며 죽기를 자청한다. 은섬과 옥녀의 초사도 비슷한 내용이며, 운영은 초사에서 자신이 세 가지 죄를 범했음을 말하며 설령 안평대군이 용서해주더라도 스스로 목숨을 끊겠다고 한다.

여기에서 우리가 주목할 것은 궁녀들이 올린 초사는 상황을 해결하는 데 아무런 도움이 되지 못한다는 점이다. 궁녀들은 자신들의 죄를 인정하며 죽기를 자청하지만 이들을 처벌한들 안평대군의 손상된 위엄은 회복될 수 없으며, 게다가 이들은 안평대군에게 있어서 보통의 궁녀들과는 전혀 다른 의미를 가지고 있는 존재이기 때문이다.

하루는 대군이 술에 취해 여러 궁녀들을 불러놓고 말했습니다. "하늘이 재주를 내릴 때 어찌 유독 남자에게만 많이 내리고, 여자에게는 적게 내렸겠느냐? 오늘날 문장가로 자처하는 사람들이 적지 않으나 모두 본받을 것도 없고 특별히 뛰어난 자도 없다. 너희들도 더욱 힘써야 할 것이다."[24]

23 前日浣紗之行, 勿爲於城內者, 妾之議也. 紫鸞夜至南宮, 請之甚懇, 妾怜其意, 排群議從之. 雲英之毁節, 罪在妾身, 不在雲英. 伏願主君, 以妾之身, 續雲英之命.

24 一日乘醉, 呼諸女曰 : "天之降才, 豈獨豊於男, 而嗇於女乎? 今世以文章自許, 不爲不多, 而皆莫能相尙, 無出類拔萃者, 汝等亦勉之哉!"

위의 인용문은 안평대군이 궁녀들에게 시문을 가르치게 된 계기를 말해주고 있다. 당대의 이름난 문사들을 만나고 온 날, 안평대군은 이들의 능력이 자신의 성에 차지 않음을 이야기하며 궁녀들에게 시문에 힘쓸 것을 명한다. 그런데 안평대군은 궁녀들에게 시문에 힘쓰라고 말만 하는 데 그치지 않는다. 그는 직접 궁녀들을 가르치기 시작한다. 그리고 이것이 취기에 의한 일시적인 것이 아니라 그 나름대로 체계를 갖춘 것이었음은, "먼저 『소학언해』를 주어 외우게 한 뒤에 『중용』, 『대학』, 『논어』, 『맹자』, 『시경』, 『서경』, 『통감절요』를 모두 가르치고, 또 이백과 두보 등 당시 몇 백 수를 뽑아 가르치니, 과연 5년도 채 안 되어 모두가 재주를 이루게 되었습니다"[25]라는 운영의 진술에서 확인된다.

이들이 5년도 채 안 되어 이룬 재주는 어느 정도의 수준이었는가? 운영이 청아한 음률과 글귀 만드는 완숙한 솜씨는 성당(盛唐) 시인의 울타리를 엿볼 만했다고 자평할 정도이고,[26] 안평대군 또한 "만당(晚唐)의 시와 비교해서는 우열을 가릴 수 없겠으나, 성삼문 이하의 사람들 중에는 너희보다 앞섰다고 할 자가 없겠구나!"라고 평가할 정도이니[27] 그 수준이 대단한 것이었고, 가르치는 사람이나 배우는 사람이나 아주 열심이었음을 알 수 있다.[28]

그렇다면 안평대군은 왜 이토록 궁녀들을 가르치는 데 열심이었을까? 그는 궁녀들을 가르치는 것을 통해 무엇을 말하려고 했을까? 그동

25 　先授諺解小學, 讀誦而後, 庸學論孟詩書通宋, 盡教之. 又抄李杜唐音數百首, 教之, 五年之內, 果皆成才.

26 　其卓挙之氣像, 縱不及於大君, 而音律之淸雅, 句法之婉熟, 亦可以窺盛唐詩人之藩籬也.

27 　大君看罷, 大驚曰 : "雖比於晚唐之詩, 亦可伯仲, 而謹甫以下, 不可執鞭也"

28 　大君入, 則使妾等, 不離眼前, 詩斥正, 第其高下, 用賞罰, 以爲勸奬之地.

안 적지 않은 연구자들은 안평대군의 발언 중 앞부분에 주목하여 여성에 대한 안평대군의 '진전된' 인식을 언급하기도 했는데, 전체적인 맥락을 고려할 때 발언의 의도는 다른 곳에 있는 것으로 보인다. 오히려 필자는 안평대군의 의도를 시문에 대한 자부와 이의 과시에서 찾아야 할 것으로 생각한다.[29] 즉 안평대군의 행위에는 '당대의 문인들 중 만족할 만한 인물을 찾을 수 없으니, 그렇다면 내가 직접 가르쳐 그러한 인물을 길러내어 세상에 보이겠다'라는 생각이 담겨 있는 것이다. 그가 군이 '궁녀들에게까지' 시문을 가르치기로 했던 것은 당대에는 자신이 만족할 만한 수준의 인물이 없다는 호기와 자부심 때문이었다. 그리고 이는 그의 발언 바로 앞에 있는 "당시에 뛰어난 문장가와 서예가들이 모두 그 단에 모이었는데, 문장은 성삼문이 으뜸이었으며, 필법은 최흥효가 으뜸이었습니다. 그러나 이들 역시 대군의 재주에는 미치지 못했습니다"라는 서술과[30] '술에 취해[乘醉]'라는 표현을 통해서 엿볼 수 있다.

이렇듯, 안평대군에게 있어서 10인의 궁녀들은 자신이 직접 선발하고 교육시켜 당대 일류의 문인들에게도 부족하지 않은 문재(文才)를 갖추게 된, 그의 자부심을 상징하는 존재이다. 따라서 궁녀들을 벌하여 죽이는 것은 자신이 이루어놓은 것을 스스로 부정하고 허무는 것이기에, 비록 곤장 수를 헤아리지 말고 죽을 때까지 치라고 직접 명을 내리기는 했지만, 안평대군으로서는 실행하기 어려웠을 것이다.

그런데 더 심각한 문제는 그렇다고 해서 안평대군 입장에서 이번 사태를 아예 없었다는 듯이 덮을 수도 없다는 것이다. 궁녀들이 우발적으

---

29   후술하겠지만, 이는 안평대군의 정치적 욕망과도 관련된다.
30   一時文章鉅筆, 咸集其壇, 文章則成三問爲首, 筆法則崔興孝爲首. 雖然, 皆不及於大君之才也.

로 또는 불가피하게 자신의 명을 거역한 것이 아니라 애초에 사전에 공모하여 자신의 명을 거역했음이 만천하에 드러났으며, 이로 인해 수성궁 주인으로서 그리고 대군으로서의 위엄이 손상당했기 때문이다. 그럼에도 불구하고 안평대군은 나머지 궁녀들은 풀어주고 운영을 별당에 가두는 것으로 사태를 마무리한다. 궁녀의 이름을 외부 사람이 알기만 해도 죽이겠다는 안평대군의 겁박과 궁녀의 신분으로 외간 남자와 사랑을 나누었다는 사건의 심각성을 감안할 때, 그 처분은 싱거우리만큼 밋밋한 것이다. 그렇다면 안평대군이 이런 식으로 사태를 마무리한 것은 어떤 이유에서일까?[31] 당연히 궁녀들의 초사에 그 이유가 있겠지만, 앞서 언급했듯이 자신을 벌하여 죽이라는 내용의 초사만으로는 상황을 해결하는 데에 아무런 도움이 되지 못한다. 따라서 궁녀들의 초사를 좀 더 세심하게 살필 필요가 있겠는데, 필자는 "대군은 우리들의 초사를 다 보고나서, 또다시 자란의 초사를 펼쳐놓고 보더니 점차 노기가 풀리었습니다"라는 서술에[32] 기대어 자란의 초사에 주목하고자 한다. 자란의 초사 중 어떤 부분이 계기가 되어 안평대군이 이런 가벼운 처분을 내렸다고 볼 수 있기 때문이다.

　　운영이 하루 저녁에 아침 이슬처럼 스러진다면, 주군께서 비록 측은한 마음을 두시더라도 생각건대 어떤 이익이 있겠습니까? 저의 어리석은 소견으로는 한 번 김생으로 하여금 운영을 만나 보게 하여 두 사람의 원결(怨結)을 풀어주신다면 주

31　이에 대해 안평대군이 궁녀들의 기세에 굴복했다거나 궁녀들의 초사가 안평대군에게 인식의 전환을 가져왔다고 해석한 경우가 있는데, 왕조 국가에서 대군과 궁녀라는 현격한 신분 차이를 간과한, 현대적인 관점이 지나치게 투영된 해석으로 보인다.

32　大君覽畢, 又以紫鸞之招, 更展留眼, 怒色稍霽.

군의 적선이 이보다 큰 것이 없을 것입니다.[33]

위의 인용문은 자란의 초사의 일부로서 다른 궁녀들의 초사에서는 찾아볼 수 없는 내용이다. 여기에서 눈길을 끄는 것은 자란이 안평대군에게 일종의 해결책을 제시하고 있다는 점이다. 우선 자란은 운영을 죽게 하는 것은 안평대군에게 아무런 이익이 되지 못함을 강조하는데, 이는 일찍부터 안평대군이 운영에게 마음을 두고 있었다는 것을 알고 있었기에 나온 말이다.[34] 그리고는 한 번 김진사로 하여금 운영을 만나보게 하여 원결을 풀게 하자고 하는데, 여기에서 주목할 것은 바로 '한 번'이라는 표현이다.[35] 자란은 '한 번'이라는 말을 씀으로써 운영과 김진사의 만남이 이것으로 마지막이 될 것임을 나타내었고, 또 이를 통해 두 사람의 원결을 풀도록 하는 것을 '주군의 적선'으로 표현하여 안평대군이 받아들일 수 있는 명분을 제공한 것이다. 말하자면 자란이 제시한 해결책은 안평대군에게 있어서 자신이 마음에 두고 있던 운영을 잃지 않으면서도 아랫사람에게 은혜를 베풀었다는 명분을 얻을 수 있는 방

---

33 一夕如朝露之溘然, 則主君雖有惻隱之心, 顧何益哉? 妾之愚意, 一使金生得見雲英, 以解兩人之怨結, 則主君之積善, 莫大乎此.

34 이러한 측면은 이재수 소장 국문본에서 보다 뚜렷하게 드러난다. 다음은 자란의 초사 중 일부인데, 특히 밑줄 친 부분은 한문본에는 없는 것이다. "일됴에 아춤 니슬 곳치 슬허지면 쥬군이 비록 측은지심이 계시나 진실노 무어시 유익ᄒ미 잇스오며 <u>오륙 년 이휼ᄒ시든 뜻지 헷 곳의 도라갈지라.</u>"

35 "一使金生得見雲英, 以解兩人之怨結"이라는 문장을 김진사와 운영을 '맺어주어' 원결을 풀게 하자는 의미로 번역하는 경우가 있는데, 전후 상황이나 발화자인 자란과 청자인 안평대군의 관계 등을 고려할 때 '한 번 만나보게 하자'는 의미로 번역하는 것이 적절할 것으로 생각한다. 초사를 올릴 당시 김진사의 수성궁 출입이 금지되어 운영과 김진사가 꽤 오랜 동안 만나지 못했다는 점에서 그러하고, 아무리 자란이 죽음을 무릅쓰고 운영을 변호하고 있다고는 하지만 대군과 궁녀라는 현격한 신분 차이를 무시하고 김진사와 운영을 맺어주자고 제안하는 것으로 보기는 어렵다는 점에서 그러하다.

법이었던 셈이다.

④ 이상 살편 바와 같이 「운영전」에서 자란은 단순히 운영의 사랑을 돕는 조력자의 면모만 있는 것이 아니다. 사건의 전개과정이나 자란의 발언 등을 종합해 볼 때, 자란은 갈등 상황을 조정하는 역할을 하고 있다. 그러나 자란의 역할은 애초부터 그 한계가 분명하게 정해져 있는 것이고, 자란이 안고 있는 이러한 한계는 주어진 질서가 어떤 것이든 그 존재 자체를 인정하는 (또는 인정할 수밖에 없는) 그녀의 태도와 관련이 있다.

이렇게 볼 때, 우리의 눈길을 끄는 존재가 바로 김진사의 하인 특(特)이다. 자란과 특은 여러 가지 면에서 공통적이다. 궁궐 안에서 운영의 사연을 누구보다 먼저 알아챈 인물이 자란이었듯이, 궁궐 밖에서 김진사의 사연을 처음으로 알아챈 인물이 바로 특이었다. 또한 그는 사다리와 가죽버선을 준비하여 김진사와 운영의 만남에 결정적인 기여를 한다.[36]

이렇듯 운영과 김진사가 만나게 하는 데에 결정적인 역할을 한다는 점에서 자란과 특은 공통적이다. 그런데 여기에서 주목할 것은 특은 자란과 그 지향점이 아예 다르다는 사실이다. 앞서 서술했듯이 자란이 운영과 김진사의 만남을 주선한 것은 사랑에 막 눈을 떠서 마치 실성한 듯 보이는 운영의 마음을 달래줌으로써 문제가 발생할 가능성을 사전에 막기 위함이었다. 반면 특의 태도는 이와 전혀 다르다. 특은 애초에 사회적 금기나 규범에 대해 아무런 거리낌이 없는 모습을 보인다. 이는

---

36 卽造槎橋, 甚爲輕捷, 能卷舒. 捲之則如貼屛風, 舒之則五六丈, 而可運於掌上. 特敎之曰 : "持此橋上宮墻, 而還卷舒於內, 下之來時, 亦如之" 進士使特試於庭, 果如其言, 進士甚喜之. 其夕將往時, 又自懷中, 出給毛物皮襪曰 : "非此難往" 進士着而行, 輕如飛鳥, 地上無足聲.

다음의 대화에서도 확인된다.

> 진사가 "운영을 보지 않으면 병이 심장과 뼈에 사무치고, 보려고 하면 헤아리기
> 어려울 정도로 큰 죄를 짓게 되니, 어찌 근심스럽지 않겠느냐?"라고 하자, 특은 이렇
> 게 말했습니다. "그렇다면 운영을 몰래 업고 달아나는 것은 어떠십니까?"[37]

운영과의 만남이 깊어질수록 김진사의 근심은 깊어진다. 그야말로
진퇴양난의 처지이기 때문이다. 그런데 김진사의 이러한 고민에 대한
특의 반응은 전혀 차원이 다르다. 운영을 만나는 것을 헤아리기 어려울
정도로 큰 죄를 범하는 것으로 여기며 고민하는 김진사에게 '더 큰 죄'
를 권하고 있는 것이다.

특에게는 종교적인 금기나 규범마저도 아무런 장애가 되지 못한다.
운영이 죽은 후 김진사는 운영을 위해 불공을 드리고자 하나 부릴 만한
하인이 없어 결국 특에게 이 일을 부탁하게 된다. 그러나 정작 특은 절
에 가서 패악을 행할 뿐이다. 특은 절에서 불공을 드릴 쌀을 팔아 술과
고기를 먹고, 아낙네를 겁탈하고, 심지어 김진사는 죽고 운영이 다시
살아나 자신의 배필이 되게 해 달라고 기원한다.

그렇다면 특이 이처럼 기존의 규범이나 질서를 완전히 무시하는 인
물로 '과장적으로' 그려진 것은 무엇 때문일까? 특에 대한 그간의 논의
는 주로 운영과 김진사의 사랑을 좌절시키는 부정적 역할에 초점을 맞
추어 이루어져왔다. 그러나 필자는 여기에서 특과 안평대군, 그리고 자

---

37   進士日 : "不見則病在心骨, 見之則罪在不測, 何之不憂?" 特日 : "然則何不竊負而逃?"

란의 관계에 주목해야 한다고 생각하는데, 그것은 바로 특의 중요한 역할 중 하나가 안평대군으로 하여금 운영과 김진사의 관계를 공개적으로 맞닥뜨리게 하는 것이기 때문이다.

안평대군은 일찍이 운영에게 "네가 따르고자 하는 사람이 어떤 사람이냐? 김생의 상량문에도 말이 의심스러운 데가 있었는데, 네가 생각하는 사람이 김생이 아니냐?"[38]라고 할 만큼, 이미 두 사람의 관계를 눈치채고 있었다. 그럼에도 불구하고 안평대군은 더 이상 추궁하지 않았다. 왜 그랬을까? 운영이 죽는 것을 바라지 않았기 때문이고, 다른 한편으로는 이런 일이 있다는 것 자체가 자신이 만든 수성궁의 질서가 무너졌음을 단적으로 보여주는 것이기 때문이다. 말하자면 안평대군은 운영의 사건이 공개적으로 거론되지 않는 한 이를 외면하고 덮어두려 했던 것이다. 그리고 이것은 자란이 원했던 방식이기도 하다.

그러나 안평대군과 자란의 이러한 바람은 특에 의해 좌절된다. 특이 운영과 김진사의 관계를 누설했기 때문인데, 이 일은 입소문을 타고 '궁궐 밖에서 안으로' 들어가게 된다. 안평대군으로서도 더 이상 모르는 척 할 수 없는 상황이 된 것이다. 안평대군에게 있어서 운영과 김진사가 자신의 눈을 피해 사랑을 나누었다는 것도, 자신이 애지중지 교육한 궁녀들이 이들의 만남을 위해 적극적으로 나섰다는 것도 괴로운 사실이었겠지만, 가장 괴로운 것은 이러한 일들을 자신이 알고 있다는 것을 공개적으로 밝혀야 하는 상황 그 자체였을 것이다. 결국 특으로 인해 안평대군은 자신이 그토록 아끼던 수성궁의 질서와 권위가 형편없

---

38 "汝之欲從者, 何人? 金生上樑文, 語涉疑異, 汝無乃金生有思乎?"

이 허물어진 상황을 공개된 자리에서 목도하게 된다. 이것이야말로 자란과 대비되는, 특의 중요한 역할이라고 할 수 있다.

4. 자란의 실패와 안평대군의 '일패(一敗)', 그리고 수성궁의 퇴락

그토록 안간힘을 썼음에도 불구하고 자란은 결국 조정자로서의 역할을 다하지 못하고 실패하였다. 안평대군의 '모른 척'과 주변사람들의 동조·묵인이 있음으로써 유지될 수 있었던 운영과 김진사의 관계는 특이 누설해버렸고, 죽음을 무릅쓰고 안평대군에게 저항하여 운영의 목숨을 구했건만 운영은 스스로 목숨을 끊은 것이다. 그런데 여기에서 우리의 눈길을 끄는 것이 있다. 그것은 자란의 실패가 안평대군의 '일패(一敗)'와 연결된다는 것이다. 자란의 실패는 수성궁의 퇴락을 예고하는 전조라고 할 수 있는 것이다. 끝으로 이 문제를 짚어보도록 하자.

「운영전」에서 흥미로운 사실은 안평대군이 부정적으로만 그려지지 않는다는 점이다. 운영과 김진사는 안평대군에 대한 원망을 드러내지 않으며, 특이 등장하여 안평대군에게 돌아갈 비난을 모두 가져가기 때문이다. 그리고 이와 같은 작품 속 설정과 역사적 인물로서의 안평대군의 실제 행적으로 인해 도리어 안평대군은 운영이나 김진사와 마찬가지로 일종의 피해자 또는 패배자로 여겨진다. 「운영전」에 대한 여러 해석 중 특히 안평대군에 대해 논란이 있었던 것은 바로 이러한 면모 때문일 것이다.

유영이 김진사에게 운영과 다시 만나고자 한 뜻이 이루어졌고, 특도

벌을 받아 죽었는데 어찌하여 이렇게 슬퍼하느냐, 인간 세상에 다시 태어나지 못함을 한탄해서냐고 묻자[39] 김진사는 다음과 같이 대답한다.

> 세상에 나가는 것은 원치 않습니다. 다만 오늘 저녁에 우리가 슬퍼하는 것은 대군이 한 번 패배한 이후로 수성궁에는 주인이 없으며, 까마귀와 참새가 슬피 울고 인적이 이르지 않아 슬픔이 극에 달한 때문입니다.[40]

김진사가 이렇게 대답한 것은 아마도 자신들의 사랑을 그토록 강고하게 가로막던, 그래서 도무지 무너지리라고는 상상도 할 수 없었던 공간이 지금은 아무것도 아닌 것이 되었음을 목도했을 때 느끼는 비회 때문이라고 할 수 있을 것이다. 이 과정에서 김진사는 안평대군의 일패를 언급하고 있는데, 안평대군의 일패가 의미하는 바를 좀 더 세심하게 따져보도록 하자. 그리고 이를 위해서는 우선 안평대군의 '대군'이라는 지위가 가지고 있는 이중적인 의미에 주목할 필요가 있다.

대군이란 왕의 적자(嫡子)로서 왕위에 오를 가능성이 있는 존재이다. 그리고 이로 인해 대군은 왕 또는 왕위 계승권자로부터 견제를 받거나 주위 사람들로부터 왕위를 노린다는 의심을 받기도 한다. 따라서 대군의 지위에 있는 사람은 불안한 처지에서 자신을 낮추고 감출 수밖에 없다. 왕의 아들이자 세자의 형제라는 대군의 지위는 부귀영화를 누리는

---

39 「운영전」兩人相對悲泣, 不能自止. 柳泳慰之曰: "兩人重逢, 願畢矣, 讐奴已除, 憤惋洩矣. 何其悲痛之不止耶? 以不得再出人間而恨乎?"

40 「운영전」是以, 不願出世矣. 但今夕之悲傷, 大君一敗, 故宮無主人, 鳥雀哀鳴, 人跡不到, 已極悲矣. 況新經兵火之後, 華屋成灰, 粉墙堆毁, 而唯有階花芬芳, 庭草敷榮. 春光不改昔時之景, 而人事之變易如此, 重來憶旧, 寧不悲哉!

안락한 삶을 보장하기도 하지만, 왕권을 노린다는 의심을 받아 역모의 죄를 초래할 수도 있기 때문이다. 그리고 만약 당사자가 왕이 될 만한 덕목과 능력을 갖춘 인물이라면 더욱 그러할 것이다. 운영의 목소리를 통해 전해지는 안평대군에 대한 다음과 같은 설명은 그가 왕이 될 충분한 자질을 갖추고 있었음을 보여준다.

장헌대왕의 아들 여덟 대군 가운데 안평대군이 가장 영리하고 뛰어났습니다. (…중략…) 대군은 유학을 공부하는 사람으로 자처하여 밤에는 독서하고 낮에는 시를 짓거나 예서를 쓰는 등 일찍이 짧은 시간도 헛되이 보내지 않았습니다. (…중략…) 게다가 대군은 필법에도 뛰어나 온 나라에 명성이 자자했습니다. 문종께서 왕위에 오르시기 전에 집현전의 여러 학사들과 함께 안평의 필법을 거론하면서 항상 말씀하시곤 했습니다. "내 아우가 만약 중국에서 태어났다면 비록 왕일소에게는 미치지 못하겠지만, 어찌 조송설보다 못하겠는가!"[41]

이렇듯 뛰어난 자질을 갖추고 학문에 힘쓰는 모습은 조선시대 유학자들이 이상적으로 생각한 군왕의 그것에 부합한다. 게다가 '병약한 왕(문종)과 나이 어린 왕위계승권자(단종)'라는 불안정한 왕권의 상황으로 인해 안평대군은 유력한 차기 왕위계승자로 여겨졌을 것이다. 그러나 안평대군은 이러한 사실을 공개적으로 언급하거나 왕위에 대한 마음을 드러낼 수 없었다. 이는 곧 반역을 의미하기 때문이다.

---

41 「운영전」莊憲大王子, 八大君中, 安平最爲英睿. (…중략…) 以儒業自任, 夜則讀書, 晝則或賦詩或書隸, 未嘗一刻放過. (…중략…) 而大君又工於筆法, 鳴於一國. 文廟在邸時, 每與集賢堂諸學士, 論安平筆法曰: "吾弟若生於中國, 雖不及於王逸少, 豈後於趙松雪乎!"

안평대군의 이러한 상황을 종합해 보면, 자질이 뛰어난 궁녀들을 선발하여 시문을 가르치고 그 결과로 나온 궁녀들의 시문을 자랑한 것은 현실 속에서는 충족할 수 없는 정치적 욕망을 간접적으로 표출하는 것이었으며,[42] 그토록 애써 궁녀들의 존재를 감추려고 했던 것은 이러한 욕망을 감추기 위함이었음을 알 수 있다. 그리고 이는 유력한 왕위계승 후보자로 여겨짐에도 불구하고 이를 감출 수밖에 없었던 그의 현실적 처지에 기인한 것이었다.

이렇게 볼 때, 안평대군에게 있어서 수성궁은 자신의 욕망을 간접적으로나마 충족시킬 수 있는 공간임과 동시에 그러한 욕망의 한계, 그 자체를 의미함을 알 수 있다. 안평대군은 아버지인 세종, 형인 문종이 그랬듯이 자질이 뛰어난 인물을 선발하고 교육시켜 신하로 삼고 싶었지만, 이러한 욕망은 고작해야 수성궁이라는 제한된 공간에서, 미천한 신분의 궁녀들을 대상으로 충족될 수 있었던 것이다.

그러나 안평대군은 여기에 만족하지 못했다. 나이 어린 조카가 왕위에 올랐다는 상황 때문이기도 했겠지만, 그는 수성궁 안에서만 가능했던 자신의 정치적 욕망을 수성궁 밖으로 확장하려고 하였고, 형인 수양대군과 대립했다. 안평대군의 이러한 시도는 김진사가 "一敗"라고 표현한 정치적 패배로 이어져 종국에는 수성궁의 몰락을 가져왔다. 달리 말하면, 그는 수성궁 안에서만 가능했던 것을 수성궁 밖에서도 얻기 원

---

[42] 정출헌 또한 안평대군이 수성궁에서 궁녀들에게 시문을 가르친 행위를 그의 정치적 욕망의 표출로 해석한 바 있다. 정출헌, 「운영전의 중층적 애정 갈등과 그 비극적 성격」, 『고전소설사의 구도와 시각』, 소명출판, 1999, 95면 참조. 다만 필자는 수성궁의 공간적 속성을 보다 세심하게 살피기 위해서는 '욕망의 표출'보다는 '욕망 표출의 한계'에 주목해야 한다고 생각한다.

했기에 패배한 것이다. 그리고 이는 운영과 김진사의 사랑이, 자란이 지적한 바와 같이, 수성궁 안에서만 제한적으로 유지될 수 있었던 것과 마찬가지이다. 김진사의 대답에서 안평대군에 대한 원망을 전혀 찾아 볼 수 없었던 것은, 그리고 김진사가 수성궁의 퇴락에 슬퍼했던 것은 안평대군 또한 자신들과 마찬가지의 이유로 패배자, 희생자가 되었음을 인식했기 때문이었다.

「운영전」은 체제가 허용하는 욕망의 범위를 넘어서게 되면, 운영이나 김진사처럼 미약한 존재는 물론이고, 안평대군과 같이 권력을 가진 존재라고 하더라도 가차 없이 패배하게 됨을 상징적으로 보여주고 있다. 몽유자 유영이 끝내 '부지소종(不知所終)'하게 된 것 또한 이와 관련이 있다. 애초에 유영이 수성궁을 찾은 것은 그곳의 경치 때문이기도 하지만 다른 한편으로는 이른바 '안평성시지사(安平盛時之事)'를 떠올렸기 때문이기도 했다. 물론 수성궁의 퇴락이 안평대군의 일패 때문임을 알고 있었겠지만, 이때까지 그에게는 안평대군의 일패보다는 지나간 성시지사가 더욱 의미 있었던 것이다. 그런데 운영과 김진사를 만나 그들의 사연을 들은 유영은 운영과 김진사의 뜨거운 사랑도, 자신이 평소 동경했던 '성시지사'도 절대적인 힘에 의해 어느 순간 흔적도 없이 사라질 수 있다는 것을 새삼 절실하게 느끼게 되었다. 그는 체제의 강고한 질서 앞에서는 어떤 존재도 자유로울 수 없으며, 여기에 맞서는 순간 처절하게 부서질 수밖에 없다는 사실을 깨닫고 좌절한 것이다. 그가 세상을 등진 이유는 여기에 있었다.

_『한국문학이론과비평』 49, 한국문학이론과비평학회, 2010

찾아보기